飞毡

西西

译林出版社

图书在版编目(CIP)数据

飞毡/西西著. —南京：译林出版社,2022.3
(西西作品)
ISBN 978-7-5447-8894-6

I.①飞… II.①西… III.①长篇小说-中国-当代
IV.①I247.5

中国版本图书馆CIP数据核字(2021)第211545号

本书由台湾洪范书店有限公司授权出版，仅限中国大陆销售。

飞毡　西西/著

责任编辑　管小榕
特约编辑　刘盟赟
装帧设计　黄子钦
校　　对　戴小娥　蒋　燕
责任印制　颜　亮

出版发行　译林出版社
地　　址　南京市湖南路1号A楼
邮　　箱　yilin@yilin.com
网　　址　www.yilin.com
市场热线　025-86633278
排　　版　南京展望文化发展有限公司
印　　刷　南京爱德印刷有限公司
开　　本　850毫米×1168毫米 1/32
印　　张　16.25
插　　页　4
版　　次　2022年3月第1版
印　　次　2022年3月第1次印刷
书　　号　ISBN 978-7-5447-8894-6
定　　价　78.00元

版权所有·侵权必究

译林版图书若有印装错误可向出版社调换。质量热线：025-83658316

说毡 代序

书名《飞毡》，严格说来，应是《飞毯》。毡与毯，音和义皆有别。

先说毡。何谓毡？我国古代制毡，是把羊毛或鸟兽毛洗净，用开水浇烫，搓揉，使其黏合，然后铺在硬苇帘、竹帘、草帘或木板上，擀压而成。《说文》之解释为"捻毛也，或曰捻熟也。蹂也，蹂毛成片，故谓之毡"。《释名》说"毛相着旎旎然也"，称为毡。《考工记》说："毡之为物，无经无纬，文非织非纴。"

毡并没有经过纺捻和编织加工的过程，纺织学上称为无纺织物。它的出现，远比任何一种毛织毯为早，新疆地区气候较冷，在原始社会时期，已经广泛使用。公元前1000年的周王朝，宫廷中已设置了"供其毳皮为毡"，监制毡子的官吏，称为"掌皮"。

毡是无经无纬压成之物，如今居室所用的 blanket，即毛毡。一般手工用的 felt，也是毡之一种。毡音沾，异体字为氊。

次说毯。毯也是用羊毛或鸟兽毛制成，却经编织过程。织法大致分两类：一为经纬平纹组织法，一组经线与一组纬线平行交织；相当于如今几桌上用的衬垫物 mat，或置于门口地上用之蹭鞋 rug。二为栽绒法，主要是在一组经线二组纬线织成的平纹基础组织上，再用绒纬在经纬上拴结小型羊毛扣，即如今一般所称之地毯，carpet。毯音坦。

毡或毯，在我国古代，有许多不同的名称。先秦时，称之为纰、罽、织皮。《逸周书·王会解》中提到伊尹向商汤建议，跟四方各地交换或贡献物品时，要"以丹青、白旄、纰罽、江历、龙角、神龟为献"。"纰罽"即毛织品，罽，还是华采毛织品的总称。《说文》中解释为"西胡毳布也"。《尚书·禹贡》记载有"织皮、昆仑、析支、渠搜、西戎即叙"。织皮，不是地名，而是毛布，制造者是织皮人。

毡或毯，于汉唐时称氍毹、氍毺、毾㲪。氍毺音瞿俞，与毡音近；而毾㲪音毯绒，与毯音近。[1] 外国学者从语音的角度考证，认为氍毹相当于中世纪的波斯语 Takht-Dar，氍毺相当于古阿拉伯语 Ghashiyat。

汉唐时，氍毺与毡常相提并论。张衡《四愁诗》中说"美人赠我毡氍毺"；汉乐府《陇西行》诗曰"请客北堂上，坐客毡氍毺"。而毡毯这种毛织品的铺设位置、用途也不明确。乐府句中的"坐客毡氍毺"，是指铺在地上的织物，而"氍毹五香木"则是铺于坐卧家具之上的垫褥。唐代诗人岑参在《田使君美人舞如莲花北鋋歌》中写道："高堂满地红氍毺，试舞一曲天下无。"显然是铺在地上的毯；而《玉门关盖将军歌》中写道："暖屋绣帘红地炉，织成壁衣

---

1 原文如此，氍毺与瞿俞、毾㲪与毯绒粤语发音相同。毺曾发音 yú，《说文解字》中注：毺，从毛，俞声，羊朱切。今普通话中，氍毺音 qú shū，毾㲪音 táng róng。

花氍毹。"分明是壁挂了。岑参乃边塞诗人，身处边疆，当然多见氍毹。而身处中原的杜甫，笔下是常见的毡。《与任城许主簿游南池》中写道："菱熟经时雨，蒲荒八月天。晨朝降白露，遥忆旧青毡。"这是杜甫游齐赵时所作，秋天来了，遥遥怀念故乡，有什么比老家的青毡更温暖呢？青毡，乃穷等人家的御寒物。

明文震亨《长物志·绒单》曰："绒单，出陕西、甘肃，红者色如珊瑚，然非幽斋所宜，本色者最雅，冬月可以代席。狐腋、貂褥不易得，此亦可当温柔乡矣。"富贵之家，当然以狐腋貂褥保暖，一般人则以绒单代席。绒单，由毛织成者曰"毛绒"，由丝织成者曰"丝绒"，绒单即绒毯，也即是毡。清李斗《工段营造录》曰："铺地用棕毡，以胡椒眼为工，四围用押定布竹片，上覆五色花毡。毡以黄色长毛氆氇为上，紫绒次之，蓝白毛绒为下，镶嵌有缎边绫边布边之分。"可见毡也分等级，青毡当属蓝白毛绒，为下等毡，边镶也必定为布边。杜甫《戏简郑广文虔兼呈苏司业源明》诗中写到这位"诸公衮衮登台省"的广文先生："广文到官舍，系马堂阶下。醉则骑马归，颇遭官长骂。才名四十年，坐客寒无毡。"青毡已为日用必需品，可是广文先生官独冷、饭不足，连青毡也无以奉客。宋王禹偁另有诗句云："除却清贫入诗咏，山城坐客冷无毡。"七言中融嵌五言杜句，但易一字。无毡之苦，诚然古今共通。

区区一毡，已反映炎凉世态。然则读者看我抄书抄到这里，只怕已如坐针毡了。这种苦，当比冻寒无毡更难受。我近年对书法艺术萌生兴趣，每天也试试习字，而古人是用青毡"衬书大字"（见

《长物志》)。《世说》载王献之在书斋夜卧,有盗入室,献之对他说:"青毡我家旧物,可特置之。"书圣父子家中的旧青毡,想来不会用作铺地保暖,是以弥足珍贵。韩愈的《石鼓歌》云:"毡包席裹可立致,十鼓只载数骆驼。"原来曾有人提议用毡包裹石鼓这种至宝之物呢。毡之为用大矣哉。毡屋即蒙古包,毡车即篷车。个人的用品有毡帽、毡袜、毡靴、毡笠、毡笔、毡裘;家中则挂毡帐、毡帘。至于毡墨,可模拓碑文及古器图形。

"毯"字的出现,远溯自唐代,《补江总白猿传》有:"嘉树列植,间以名花,其下绿芜,丰软如毯。"那时,毯与地还未组成一词,却和毡合用。白居易《青毡帐二十韵》诗句:"软暖围毡毯,枪拟束管弦。"到了清代,《红楼梦》第七十六回:"贾母又命将毡毯铺在阶上。"毡毯合称,用途有别。地毯的名称,要到元代才正式登场。《元史》世祖皇后察必列传中记载:"宣徽院羊臑皮置不用,后取之合缝为地毯。"这段文字所记的地毯,显然是铺地的羊皮,而不是栽绒地毯。可《大元毡罽工物记》中就记载了各式地毯的制法与颜色,泰定年间的记载是:"赴中尚监资成库送纳成地毯六扇""西宫鹿顶殿地毯大小二扇""成造地毯四扇"等。

《飞毡》一书中所叙述的毛织品,是地毯,为什么称为毡呢?《说文》说得好:"氍毹、毺毹,皆毡缕之属,盖方言也。"小说中的肥土镇,有自己的方言,对于毛棉绒丝织成的铺垫物,不管是平纹或栽绒织法,不管是为人取暖、覆盖、供人欣赏、包裹东西、作为书写的垫子,以至纯为踩踏之用,一律称之为毡。店铺的招牌上明明写着地毯铺，可肥土镇人称为地毡店，无论毡毯，都叫它毡。这不完全是虚构，我生活的地方，一直毡毯不分，都读成"煎"。所以，小说从俗，名为《飞毡》。至于内文毡、毯并用，则略有分别：正常叙事，用毯；如由肥土镇人口中陈说，则用毡。

打开世界地图，真要找肥土镇的话，注定徒劳，不过我提议先找出巨龙国。一片海棠叶般的大块陆地，是巨龙国，而在巨龙国南方的边陲，几乎看也看不见，一粒比芝麻还小的针点子地，方是肥土镇。如果把范围集中放大，只看巨龙国的地图，肥土镇就像堂堂大国大门口的一幅蹭鞋毡；那些商旅、行客，从外方来，要上巨龙国去，就在这毡垫上踩踏，抖落鞋上的灰土和沙尘。可是，别看轻这小小的毡垫，长期以来，它保护了许多人的脚，保护了这片土地，它也有自己的光辉岁月，机缘巧合，它竟也会飞翔。蹭鞋毡会变成飞毡，岂知飞毡不会变回蹭鞋毡？

这书的写作，曾由朋友替我向香港艺术发展局申请资助。资助通过后半年，忽然产生一些古怪的议论，让我看清楚了某些人情物事，而这，未尝不是多年来努力编织这毡的额外收获。

卷一

睡眠与飞行

庄周梦蝶。

许多年来，这寓言衍生过多少不同的解释？

如果顺着作者《齐物论》的观念，以为"天地与我并生，万物与我为一"，那么，人只要开放心灵，摒弃私见，不再泥执自我，在某方面而言，人和蝶未尝不可以互通互化；就在化物与化我之间，物我的界限消失，主客融化为一。

真是一个有趣而含义丰富的寓言，许多年后仍然能够引发各种联想，比如说：睡眠与飞行。庄周说，他做了梦，梦见自己成为蝴蝶。如果一切正常，人在睡眠的时候才做梦；蝴蝶是一种会飞的昆虫。

人类需要睡眠。

大多数的动物也需要睡眠。

昆虫和禽鸟会飞。

人类不会飞。

但人类和其他动物比较，无疑有更发达的头脑，更懂得思想。人类总是不断求索，向无限的时间开拓；对宇宙充满好奇、想象，而且会累积思考和探索的成果。

人类为什么要睡眠？是什么东西触发睡眠反射？迄今并无一致的答案。那种认为脑细胞需要休息的说法，早被推翻：即使常常处于休憩状态的人，隔一段时间仍然会感到困倦；即使在睡眠里，脑细胞仍然没有停止活动。

科学家老早指出，人类睡眠中的眼球，往往出现快速的、不规则的运动。因此，人类的睡眠，并非如一般人所想象的"安息"，而是一种"活动"，而且是频繁的"活动"。梦，就在"活动"的睡眠中出现。

有些科学家认为：眼球快速运动的睡眠，能够提供一种恒常的刺激，使中枢神经系统调整到戒备的状态，以应付敌意的外部世界。原始人穴居野地，睡眠时不得不保持警觉，以防身体陷入完全困睡而失去防御。如今，文明日久的成年人，睡眠时并没有"安息"，相信是从漫长的进化中继承了"戒备警卫"的本能。

人类睡眠的时候，瞳孔缩小，血压降低，脉搏转弱，出汗减少，呼吸缓慢。这些都是退守、自卫的表现。动物冬眠时，也呈现类此的情况。睡眠，使休眠者沦为弱者。"活动"睡眠，其实是人类抗拒睡眠的反映。

人类白昼活动，站立或行走，和土地接触的只是两片脚板与十只脚趾；到了晚上，人类躺下来睡眠，整个躯体就躺卧在地面上。人类最接近、最全面贴近大地的时候，就是睡眠的时候。抗拒睡眠的无意识引导人类仰望天空，渴望飞行。但人类并不能够飞行。

蝴蝶是一种能够飞行的昆虫。

庄周梦蝶，这寓言，寄托了人类抗拒睡眠的无意识。

生物钟

领事先生的身体内有一个钟。

领事夫人的身体内也有一个钟。

他们体内的钟,是生物钟。人类每日必须睡眠,睡眠之后又会醒觉。这神秘的周期,看来是被一种生物钟所控制,而不单是由于疲劳。人体内的钟就像人造的钟表一样,是地球自转的模拟物。科学家认为:控制人体睡眠的生物钟,可能通过一种生物学的而非机械的振荡,被地球的自转"带着走"。所以,人类的睡眠才会和外界的一昼一夜周期同步合拍。

这正是睡眠的时分,在肥土镇,如今已经是子夜十二时了。地球上虽然大多数动物需要睡眠,可并不一定要在夜晚进行。夜行动物比如老鼠,它们在白昼时躲在黑暗的洞穴中睡眠,而当黑夜来临,可以安全觅食了,就自动地醒来。人类刚好相反。人类是昼行动物,白昼时活动,到了晚上,就在黑暗的环境中睡觉。

领事先生和领事夫人回到官邸的时候,已经是晚上了。他们体内的生物钟都已经指向睡眠的钟点。此刻,领事先生不停地打着呵欠。所以,不久,他们就各自睡在床的一侧,再过一阵,我们还听见轻微的鼻鼾声。那是领事先生的鼻鼾声。

虽然,领事先生和夫人的身体内都各有一个控制睡眠的生物钟,但他们体内的钟并不完全相同。你听,领事先生发出了轻微的鼻鼾声。他已经睡着了;而领事夫人呢?没有。她亮着灯,倚在床上看书。那是一本新出版的家乡杂志。领事夫人觉得，她体内的睡眠钟是一个慢钟，因为她到了晚上还是精神奕奕，常常拖到子夜过后很迟才睡得着；而她的丈夫，他体内的睡眠钟则是一个快钟，到了晚上十一点，他已经呵欠频频了。

领事先生和领事夫人都不是肥土镇原住民，他们来自法兰西。他们是到肥土镇来公干的。在地球上，法兰西和肥土镇刚好一个在西，一个在东。太阳照着法兰西国时，肥土镇正好是夜晚；而肥土镇日当头时，恰巧是法兰西国的深夜。领事先生和夫人起初到肥土镇来，完全给两地的时差弄得日夜颠倒，醒睡不分，渐渐才能适应。

这天晚上，领事先生和夫人出席了一次晚宴，然后又被邀请去看歌剧。肥土镇大会堂常常上演音乐会，奏的多半是钢琴、小提琴，入座的也几乎全是番人。肥土镇的居民一般不上大会堂去，一则不习惯番土音乐，二来也不习惯那种衣香鬓影、正襟危坐的场合。肥土镇的人自有他们爱上的剧场。他们喜欢上戏院看肥土剧，穿平日舒服的衣裳，票价不贵，曲词一听就懂，又可以随意吃喝，说话。

肥土镇的原住民不上大会堂听番土音乐，那些居住在镇上的番人也不上普通的戏院看肥土剧。的确，由于语言不同，番人看不懂肥土剧。不过，肥土镇的大会堂终于也上演一出肥土剧了，一位通晓番语的戏剧迷花了许多心血，把肥土剧的曲词、说白，一一译写成番文。于是，产生了很特别的一套番语肥土剧。碰巧有一位英格兰的亲王外游途经肥土镇，官府就在大会堂上演一场地方戏曲，给嘉宾开开眼界。各国的领事也应邀出席，剧目是《庄周蝴蝶梦》。

疑妻

领事夫人在祖国看过不少戏，不过，肥土镇的番语戏曲她还是第一次看。她觉得从头到尾的大锣大鼓喧闹了些，可那些演员的戏服她很喜欢，全是飘飘逸逸的丝绸，发式也极特别。至于戏的内容，那是多么奇怪的故事：一个叫作庄周的人，要试试妻子对他是否忠贞，竟假装死去，躺进棺材里。可他又想到办法扮成另一个男人，去引诱妻子谈情说爱。结果，这做妻子的因为有了新的情人，答应用斧头去劈开棺木。

根据通译的讲解，古代真的有这么一个人，妻子死了，他却敲着盆子唱歌，又写文章说自己做梦，就梦见自己变了蝴蝶，飞得挺适意。通译告诉领事先生和夫人，庄周是一位哲学家，试妻的故事是后人编出来的。

"哲学家对事物总有一套独特的看法。"领事先生说。

"我想，这位哲学家的妻子一定长得不漂亮，所以，他做梦就变成蝴蝶了。"一位花枝招展的女子这么说，"唉，男人总要怀疑妻子，不相信妻子。"

领事先生睡得很熟了。领事夫人翻了一阵书，又想了一阵晚上看的戏，一直毫无睡意。她扭熄了床头的小灯，披上晨衣，走到露台上，把打开的落地玻璃长窗关上。正在这个时候，她看见一件会飞的物体，在露台外面不远的地方，轻盈地飞行。这物体并不发光，也没有声音。物体继续飞行，愈飞愈近，可以比较清楚地看见它了，那是一幅会飞的毯，就像她在书本里看见过的图画一样。

"比埃，比埃。"领事夫人一面喊一面再打开露台的长窗。

"什么事？"

当领事先生赤着双脚奔出露台，只看见妻子抬头仰望天空，伸手指着遥遥的星云。他不知道发生了什么事，仿佛妻子做了一个奇异的梦，把他从睡眠中唤醒。

"飞毯，比埃，是飞毯，我看见飞毯。"

领事先生看不见任何飞行物体，他用手轻轻搂抱着妻子的肩膊，但她仍激动地指手画脚告诉他。

"多奇怪，会飞的毯，从前面一直飞过来，从这边一直飞上去。毯上仿佛有一个人，可惜看不清楚，太快了，太突然了。"

"伊芙，你刚才一定又在看那些科学幻想的书了。"

"我看见了飞毯。上面是有人的，大概是个女子，穿的衣裳，就像晚上看过的那出戏中的女主角，飘飘逸逸的，非常轻柔。"

"今天晚上，你看了听了太多奇异的故事，会飞的毯？上面坐着古代的女子？一定是那些故事影响你，是那个哲学家的妻子，是那个会飞的蝴蝶。啊，还有，上个星期我们去参观过肥土镇的飞机表演，这里的人从来没有见过飞机哩。"

"嗯,一连三天,风很大,又下毛毛雨,可惜飞机飞不起来。"

"是啦,那是因为你太盼望它飞起来。啊啊啊,还有,还有,前天我们去参观过那个地毯展览,一定是那个飞机和那些地毯,在你的脑子里旋转。"

原理

有些人,晚上不爱睡觉,因为他们找到比睡眠更吸引人的事物。肥土镇的天文台台长,正是这样的一个人。除非多雾、密云的天气,或者下雨,那他就乖乖地早睡;否则,天朗气清,万里无云,天空仿佛透明似的,他哪里肯去睡觉呢,他正守着天文望远镜,在那里看星哩。天文台台长有一位朋友,也是晚上不爱睡觉的人,他可不是爱看星,而是喜欢研究各种各样和科学有关的东西,而且爱发表意见。当天文台台长在看星的时候,他正在写一篇讨论"飞行"的文章。

人类制造的东西,为什么能够像鸟类和昆虫那样飞行呢?依靠的是哪一种飞行原理?写文章的人开了一个头,就源源不绝地写下去,一点睡意也没有。

第一类飞行原理:氢气球。

氢气球和热气球为什么可以升空飞行?那是利用空气浮力的原理,使物体的浮力比空气轻。人类身体的浮力比空气重,所以不能升空飞行。不过，人类在月球上的浮力就大不相同了，人类到了月球上，一步跨出去，轻飘飘的，就可以感觉到类似飞行的体验。古代有人做过孔明灯，也是借浮力原理升空的。飞禽中的鹰身体重，需要大量的热空气，才能升空。

第二类飞行原理：飞机。

飞机或者直升机是怎样升空飞行的呢？那就是利用机翼相对气流运动产生升力这一个原理。飞行的动物都长着翅膀，人类没有翅膀，所以人类是不会飞行的动物。

写到这里，写文章的人停下笔，喝了一口咖啡。这是他每次要写什么时总预先准备好的饮品。世界上爱喝咖啡的人非常多，如果他们晚上不爱睡觉，或者不能睡觉，咖啡帮助他们抗拒睡眠。喝了些咖啡之后，写文章的人继续动笔，这个晚上，他写得很顺利，灵感如泉。天文台台长从来不喝咖啡。他不需要依靠咖啡的帮助来抗拒睡眠。他不会落入睡眠的陷阱，完全是靠星的吸引，这种吸引力无穷无尽，永远不会终止。这天晚上，天色极好，天文台台长虽然没有发现奇异的星，但见到了一颗小小的流星，并不是他追寻的对象。忽然，电话铃响，不知什么人这样夜[1]还打电话来。

"肥土镇天文台？"

"是，什么事呢？"

---

[1] 这样夜：粤语中意为这么晚。

"是这样子的。"

"什么事呢?"

"刚才在我们的屋顶上面。"

"什么事呢?"

"有一件很大的会飞的东西。"

"是什么东西?"

"好像一条大毛巾。"

"大概是你家对面房子晾着的毛巾掉下来了。"

写文章的人继续写他的飞行原理。

第三类飞行原理:火箭。

将来的世界将会诞生火箭或者导弹,这些事物是如何升空飞行的呢?那就是利用喷射反推力升空。停在基地上的火箭都面向天空,发射时,箭头向上直升,箭尾喷射出强大的反推力,火光熊熊,声音隆隆,非常壮观。

异类飞行

写飞行原理文章的人,写到了第四类原理。

第四类飞行原理:龙卷风。

房子怎么会飞上天空呢?还有椅子、桌子、树木、谷仓、水牛等等,怎么会飞呢?就是由于龙卷风的原理了。龙卷风的风速最高可达每秒二百米,中心部位气压一般只有正常气压的百分之二十。气流旋转愈快,中心气压愈低,这是离心力的缘故。房屋、树木、谷仓、水牛是被龙卷风带上天空飞行的,飞行的原理是旋转气流和大气压力。

桌上的咖啡已经是第二杯了,写文章的人又喝了一口,继续书写。

第五类飞行原理:飞毯。

飞毯怎么会飞呢?如果刮起龙卷风,那么,飞毯可能是给龙卷风吹上天空的。不过,如果没有风,毯怎么会飞呢?那就属于第五类的飞行原理:神话的魔力。

对,地毯或者挂毯之所以会飞,是属于第五类的飞行原理。这是一种借助外力的异类飞行。写文章的人放下笔。"飞行"文章暂告一段落,伸手去取咖啡。哎呀,一个不小心,竟把咖啡杯打翻了,乌墨墨的浓咖啡染满了字纸,许多字给淹没了,恰恰剩下"神话的魔力"几个字。幸而不是打翻了墨水瓶,写文章的人连忙把字纸救起,挥掉咖啡,又匆匆忙忙跑到厨房里去拿抹布,抹完又回到厨房去洗咖啡渍。他正在厨房冲洗抹布的时候,咦,窗外飞过的是什么东西?平平扁扁,没翅没翼,可不正是一张地毯。天呐,他喊:飞毯。

天文台台长正在欣赏满天的星斗,电话铃又响了,奇怪,这天晚上不知道为什么有这么多电话。拨电话来的,是他的朋友,正是在纸面上飞行的人。

"有没有看见呀?"

"看见什么呀?"

"在我家厨房的窗外。"

"是什么东西呀?"

"飞毯。"

"什么?"

"飞毯。"

"飞毯?"

"会飞的毯。"

"不会的吧,也许是……"

"是什么?"

"哈雷彗星。"

"彗星我知道,会发亮的,拖一条长尾巴的。可我看见的东西,不会发亮,没有银光闪闪的长尾巴,扁的、平的、四方的,会飞的,是飞毯。"

"你是不是在写那篇什么飞行原理的文章?是不是写得头昏脑涨,两眼昏花?世界上怎么会有飞毯呢?"

"我不是问你世界上有没有飞毯,我只是问你有没有看见飞毯。你没有看见,算了,那是你的不幸。老实说,你一天到晚守着你的望远镜,看的都是非常遥远、很远很远、极远极远的东西,近在身边、近在眼前的东西却看不见哩。"

"哎呀,什么话。我是天文台台长,天文学研究的是天体的运动、天体之间的相互作用、各天体自身的物理状况和它们的来龙去脉。你以为我是研究地球大气层的气象台台长？你以为我是看看花草树木、街道行人、风筝白鸽，站在私家别墅洋房露台的台长？你以为我是梦幻国的想象台台长？"

"这个，这个，对不起，我一时偏激。"

"算了，算了，对不起，我忽然小气。"

地衣

到肥土镇来做生意的人是愈来愈多了。世界各国的奇珍特产，渐渐地在肥土镇也可以买到，不必老远地向外国订购回来。最近飞土大道上的洋行，还推出了一个地毯展销会，由波斯国的商人，带了许多漂亮的地毯来，还有古董地毯展览，并有专人在会场推介和举行讲座。即使不买地毯，参加的人也可得到一本印刷精美的小册子，介绍名贵的地毯。

来看地毯的真不少，三天不到，已经卖掉了一半的销品。当然，古董展品是非卖品，只供欣赏，天天有专家和翻译在一旁介绍，就站在古董地毯前讲完了又讲。

各位，巴泽雷克位于阿尔泰山的北麓，那里由于长年冻结很厚的冰层，所以，地下的埋藏得以完好地保存下来。比如说，一幅全世界最早的实物地毡。译者是肥土镇人，翻成肥土语，把毯叫作毡。

各位请看，毡的图案纹样布局有五层边框。第一层和第五层的边框，在红色正方形格纹内显出禽鸟走兽的图案；第二层是红色地纹，织出绿色鞍马和黄色御者。御者头戴风帽，有的端坐马上，有的步行马旁。御者的服饰与马身上的饰件、鞍垫，都织得清晰细致；第三层是四瓣柿蒂花纹边饰；第四层是绿色地纹上，织成红色麋鹿，鹿身满布黄色梅花斑点，头上长着两只金黄色大角。地毡的中心，是红色地纹上织出四方连续的黄、绿两色四瓣花纹卷草图案。整幅毡面绚丽多彩，生动活泼，反映了游牧民族的生活气息。

对了，这位先生说得对，最美丽的地毡，当然要数敝国的地毡，敝国人喜爱花朵，常常把花园织在地毡上。花园里有池塘和相通的水沟，池中游着鱼儿，长着莲花，遍植树木，夜莺就在枝头上唱歌。密密的百合花围绕着地毡的边框。地毡可以搬运，是移动的花园哪。

不错，波斯人织造地毡时，由一位领班唱出颜色的次序，毡匠们细心地打结，每一小时打九百个结。平均每一平方英寸的地毡上要密集地打上三百二十个结。相传，彼得大帝送给哈布斯堡王朝的一幅地毡，每平方英寸打了七百八十三个结。朴隆那是波斯最华丽的一种地毡，在地纹上交织了金银线，使地毡闪闪生光。中央是大图案花式，宽阔多层的框边上，竟可以在密致的繁花之间织出整个葡萄牙的船队。这样的地毡，现在大概已经没有工匠可以织出来了。那样的手艺的确再也找不到了。人类懂得取火，知道熟食，是由原始人进入文明人的第一阶段。而地毡呢，却是使游牧民族与野蛮人分家的标志。野蛮人只知披树叶兽皮，游牧民族懂得编织。最初的地毡，是把羊毛黏合压成，无经无纬。而地毯，则是在经纬上栽毛结扣做成。

人类为什么要制造地毡呢？除了波斯人把地毡当作移动的花园外，几乎所有的答案都是说：保护自己。因为地毡可以御寒、隔潮和护肤。不，地毡制造的原意不是这样的，而是：保护大地。地毡是大地的衣裳。试想想，人类在地上行走、耕种、畜牧、生活、呼吸，大地赐给人类茂密的树木、青葱的草场、肥沃的土地，人怎可以不爱护它呢？所以，人类的脚应该走在石子路上，而不要践踏草地；人类的工厂应该过滤它们的烟囱，而不该由黑烟去污染大地的林木。

人类编织地毡，然后在上面坐卧，使泥土不致流失，使身上的汗水不致酸化泥土，使空中的杂尘，不要落在大地的脸上，人类敬爱大地，所以为它编织最美丽的衣裳。

荷兰水

花顺记的掌柜，早上很早起来打理店务，晚上也很早睡觉。荷兰水店铺里的一家大大小小连同伙计，也早早休息。什么晚上有飞毯在肥土镇飞来飞去，谁也没有见过。一大早，花顺记打开店门做生意，批发的商人把空瓶子一箱子一箱子搬回来交收，小贩们把装满荷兰水的瓶子一箱一箱搬上手推车。伙计们装瓶的装瓶，贴商标的贴商标，记账目的记账目，运冰块的运冰块。只要是夏天，花顺记里连猫也显得特别忙碌。

人们虽然长了两只眼睛，但不一定看见东西，也不可能看尽世界上的一切。整个肥土镇，说是看到飞毯的，不过几个人而已。有的人当晚早已睡觉，因为他们体内的生物钟是快钟；有的人从来不仰望天空，因为他们宁愿脚踏实地。那几个说看见飞毯的人，亲友也不相信，谁知道是不是眼花和胡思乱想。

花顺记是肥水街上的老字号，卖荷兰水也卖了许多年。别看这么小小的一瓶汽水，喜欢的人还挺多。肥土镇人一向习惯喝茶，热热的茶。空闲的时候，吃过饭后喝一杯，不知有多写意。镇里的茶楼早早就坐满茶客，一盅茶，两碟点心，生的熟的人坐在一堆，不到半盏茶的光景，早已天南地北聊起天来。这一辈的人，对荷兰水比较抗拒。

"冻冰冰的，别喝出病来。"茶客甲说。

"又甜，惹痰呐。"茶客乙说。

不过，年轻人和小孩子却喜欢，这是会上瘾的新事物。肥土镇几乎每天变，新奇的东西层出不穷，尤其是飞土大道，各种各样的人，各式各款的货物，看得人也来不及吃惊。荷兰水就是新事物之一，起初的生意还不怎样，渐渐就做开了。番人特别喜欢，因为他们又不上茶楼，喝的竟都是甜的茶，有一种叫作咖啡的东西，也是苦而带甜的。至于冻冰冰的饮品,番人尤其习惯,飞土大道上就有一种冻酒,还会起泡泡,叫作啤酒。番人爱喝荷兰水,大概是习惯了甜、冻,以及起泡泡。

肥土镇的人喝不喝荷兰水呢?居然也不少,尤其是住在半山区的肥土人,有的十分洋化,有的又因时髦,落伍不得,也喝荷兰水,若有什么亲朋戚友来做客,开几瓶荷兰水,非常摩登,也有了许多话题。单是那个瓶子,尖底的,瓶内又有一颗玻璃珠,岂不特别?有的人还留着当摆设看。

花顺记的荷兰水,大多运到飞土大道的办馆、士多[1]去,以批发的生意多,可零售也不坏,常常有半山区的肥土人驾了会勃勃叫的车来买,总是一箱一箱搬回去。夏天天气热,喝荷兰水有人觉得很舒爽,也来买一瓶,站在花顺记的店门口,咕噜咕噜灌几口,还和掌柜的聊天哩。既做生意,又交朋友。

一年里面,花顺记大约只做七八个月的生意,一到天冷,不再做荷兰水。天气冷,冻水还有谁去喝呢?也只有番人才不理气候季节,依然买荷兰水。夏天的时候,花顺记做许多荷兰水,好像蜜蜂采蜜过冬的样子。的确,冬天的花顺记,店内湿漉漉的水消失了,没有人勤奋地洗瓶子,没有人贴商标,没有人手摇机器把汽水入瓶。总之,没有人做荷兰水。这时候的荷兰水店,真的和冬眠差不

---

[1] 士多:粤音直译自英语中的 store,指小型日用百货零售店,类似常见的"小卖部",通常历史悠久。流行于粤港澳等粤语通行地区。

多。冬天的时候，也有办馆要荷兰水，花顺记是有存货的，秋末储藏的一批荷兰水，正好一点一点批发出去，门市才没有荷兰水卖。春天一到，惊蛰之后，虫蚁都爬出泥土，花顺记的机器，又咯隆咯隆响起来。

摩啰

冬天的花顺记，虽然不做荷兰水，可仍然打开店门做生意。做些什么生意？可得看伙计们的花样了。每到冬天，花顺记的老板就把店铺交给伙计去打理，赚到的钱也归他们自己。有的伙计回乡下去过年，和亲人团聚；有的仍留在花顺记，继续赚点钱。到了冬天，花顺记的店铺门口就五花八门了，年年有不同的风景，甚至个个月变换内容，因为做什么生意，全由伙计去决定。

有时候，伙计们在店门口卖粥和糕饼，有时候卖煎炸的矮瓜、鱿鱼，有时候卖卤水豆腐、猪肝猪肾，曾经有一阵子，还卖小鸡小鸭小白兔。渐渐地，"花顺记又在卖什么呀"倒成了街坊的话题。有好几年，花顺记的店面干脆租给人家做短暂的生意。于是，有时店内在弹棉花，有时又有人扎雨伞。

有一年，可特别啰。花顺记的一边店铺摆卖的竟是肥土镇罕见的新鲜事物。看看墙上挂着、地上摊着的东西就可知特别：长颈的银茶壶、葫芦形的玻璃杯子、用金银线织出来的布匹、一艘艘小艇那样的绣花鞋，还有，地毯。这些东西，本来在肥土镇也不算最最稀奇，因为肥土镇可以说是世界各地古怪东西都会有的市集，就看在哪一个角落出现就是了。像肥水街，摆卖那样的货物，倒比较例外。

要找不常见的怪东西，肥土镇的人自然会知道到什么地方去，可这样的人并不多。卖的特别，找的也特别。为什么卖的特别呢，因为他们都不是肥土镇原住民，而是从外地来的印籍人士：皮肤黑黑的，眼睛大大的，满脸胡子，头上包着白布。他们和肥土镇的其他番人不一样，肥土镇的人称他们作"摩啰"。

摩啰们怎么会到肥土镇来呢？他们可不是来做生意的商人，而是做生意的番人带来的雇员，有的以前是海员。他们在肥土镇的职业主要是当看更，替银行、货栈、洋行或者半山区的别墅守门。渐渐地，人老了，家人也来了，就在飞土区的两条小街上摆卖些土产以及旧货。

谁要找伽南香、咖喱、各式的麻布，找到摩啰先生就行了。他们的货物中最吸引人的还是一些旧货：挂钟、怀表、玉镯、项链、手摇留声机、唱片、杂志、书本。大至桌椅床柜，小至一个弹簧，一条钢丝，还有看起来又破又锈的烂铜烂铁，非常美丽的琉璃灯罩。只要有耐性，且有眼光，常常有人在摩啰先生那里买到十七世纪的名画，十八世纪的古董。

"花顺记又在卖些什么呀？"

"哎呀，来了一个摩啰，卖些摩啰东西。"

这样说，正说错了，因为在花顺记摆卖的人不是摩啰，他卖的货物也不是摩啰特产。他的确是外乡人，满腮胡子、大眼睛、卷头发，也不穿肥土镇一般人穿的衣服，难怪叫人误会。有一点比较明显，他的头上并没有包着白布。

二傻

即使是住在肥水街上，也很少有人见过花一花二，因为他们并不住在花顺记，也不在店内打理荷兰水。但肥水区的人大多知道有那么的两兄弟，是花顺记掌柜的侄儿，住在不远处近海的一座红砖房子里。以前，那砖头房子里住的是一位番邦人，后来再也没人见过他，只知道后来住的是花家二傻。

花家二傻是花一花二的绰号，是肥水区的人替他们起的，因为见过他们的人，都认为这兄弟二人根本是疯疯癫癫的，做的事完全不合大家的规则。而且，也不知打哪里传来的一些奇闻，说这二人整天在家里玩瓶子，捉虫蚁，只知游戏，不务正业。经过红砖房子的人充满好奇，大门总是关得紧紧的，听听里面又没有声音，几个人叠罗汉，从很高的窗子望进去，什么也没看见，因为满屋子显然都是荷兰水玻璃瓶，正是花顺记堆货的栈房。的确，有人见过花顺记的伙计来搬汽水瓶，花顺记没地方放的冬藏汽水，也都运过来储放。怎么说才对呢？花一花二其实像花顺记看守房子货仓的家属长工。

一般的结论就是，这二人根本不会做荷兰水，又笨又钝，所以派他们去看守房子。如果够耐性待在红砖房子外面，倒是有机会见到花家二傻的，他们有时竟会恰巧到房子背后的空地，掘掘蚯蚓，挖挖烂泥。就有人见过二人蹲在泥地上，一手一脚一脸都是泥，原来那么大的人还在玩捉青蛙比赛。只见许多青蛙到处跳。

大概一年总有那么的三几次，花一花二会到花顺记来。总是些过节过年，一家人得团团聚聚，花掌柜就把这兄弟二人请过来，吃一顿饭。他们呢，倒也来，饭照吃，只是从不带什么糕饼、果品。一次带了几只蝈蝈，装在小篾片织的笼子里。有一次，又带了一个水钵，里面养着十来只蝌蚪。

这年做冬，花顺记又把花一花二请来吃饭，二人果然来了，带的竟是两只蟋蟀，装在一截竹筒里，一边用棉花塞住出口，也没有泥钵把蟋蟀放出来斗。他们走到花顺记的门口，哎呀，怎么见到一个满腮胡子、卷头发的番人，原来是租花顺记店面摆卖的商人，大家叫他花里耶。摊子上的货物把花一花二牢牢吸引住，因为许多东西，书本上有，却是第一次亲眼见。他们看了长颈的银茶壶、葫芦形的小玻璃杯子、小碟子、绣花的像小艇一样的鞋子，然后他们看到墙上挂着毯，两人几乎同一时候看见，又同一分钟一起"咦"了一声。

"你这毡，会不会飞？"花一问。

"是不是飞毡？"花二问。

"什么飞毡？"花顺记的掌柜说。

花顺记的掌柜从来不知道什么叫飞毯，可花一花二知道，因为这兄弟二人读过不少童话，又看过关于什么波斯国飞马、飞毯的故事。正是昨天晚上，他们听到屋子外面有蟋蟀叫，二人也不睡觉，一起跑到空地上去捉蟋蟀。打开红砖房子的大门，走到屋后来，在他们的面前，不远的地方，不很高的天空，正飞着一件四四方方、扁扁平平的东西。完全是图画书中所画的一样。

"飞毡。"花一说。

"一定是飞毡。"花二说。

"唉，如今已经没有飞毡了哩。"卷头发的商人说。

自己的个性

花一花二就坐在花顺记的门口和卷头发的商人聊起天来。花里耶说，他的国家叫突厥，在世界著名的麻辣麻辣海边，他的家乡叫凯拔离，那里有一个果鲁果鲁村。村子里的人都养羊，妇女们自己替羊剪毛，用野果染色，坐在家里织地毡。虽然，一幅地毡得几个月才织好，但做活的人多，家家户户都做，一年里就有好几百幅，说来叫人不相信，几百幅地毡里面，就有一幅飞毡了。花里耶一口肥土语，也就"飞毡飞毡"地讲述家乡的织品。

"真的有飞毡呵。"花一惊叹。

飞毡是怎么织成的？村里的人也说不准。所有的毡做起来都一样，同一类羊毛，同一种染料，同一个程序，经线啦，纬线啦，结一个一个的扣子啦，裁毛头啦，镶边啦，编流苏啦，每幅地毯其实都一样，只是颜色和花纹会不同。只是经过同样熟练的手，粗糙朴实的手，有的当是一种赚钱的活儿，完成就算；有的，却充满感情、热忱，而且不乏想象。那么多的地毯，到底哪一幅才是飞毡呢？

果鲁果鲁村的妇女织好了地毯，全放在家里，一幅一幅重叠，满满一屋子，堆得好像仓库。忽然有一天，其中一幅地毯的流苏好像风吹树叶那样上下飘舞起来，这情形大概会持续一盏甜茶的时间。人们一看见流苏在飘动，就知道它是飞毡了。于是大喊：在这里啦，又有一幅啦，在这里啦。这么一来，全家的人就得把压在上面的其他地毯搬开，把它抽出来，让它飞翔。顺便给它起一个名字。飞毡的流苏就拂呀拂呀，整幅地毯冉冉地升起，离开地面，在空中还要绕一两个圈子。最后，它可以自由悠转了，慢慢地降落地面。这样的一幅地毯往后就能飞行。

并不是所有拍动流苏的地毯都会变成飞毡。在地毯仓库里，如果有一幅地毯飘舞它的流苏，却没有人发现，过了一盏甜茶的时间，它就不再拂动，以后，它就失去飞行的能力，像遗忘了，不会飞了，跟其他的地毯再没有分别。有时候，地毯压得太低，堆得太远，大家把其他的地毯搬了半天还没能把它抽出，它已经停息了拂动，也不会飞了。但没有人在乎，因为飞毡很多，并不稀罕。甚至有时候，大家还精挑细选一番，花纹不好的，不理它，图案不好的，由得它，织得不出色的，还叫它别手舞足蹈，别闹。所以，那时的飞毡都是手工一流的好飞毡。

在果鲁果鲁村，会飞的毡才多呢，村子里哪一家没有一幅飞毡呀？飞毡是不能卖的，卖掉飞毡会带来坏运气。所以，如果做生意要赚钱，根本不要飞毡；飞毡只能送，而且只能送给结交了十年以上的好朋友，不然，它不肯飞。或者，你要它飞，它不飞；不要它飞，却飞起来。它有自己的个性。所以，每一家都把飞毡留着，一代传一代，而且成为小孩的玩具。"现在还有没有飞毡呢？"花二问。

"没有了。我祖父的时候还有呢，到了我父亲那一代，就没有飞毡了。"卷头发的商人说。飞毡是很能干的，下雨的时候，它们会飞到云层上面避雨，不过，经过冒烟的烟囱时，飞毡会打喷嚏。有一次，果鲁果鲁村的一座清真寺失火，寺内有许多人正在祷拜，寺庙的祈祷塔也烧着了，贝壳形的顶盖快要倾塌下来。村里的人又急又怕，不知怎么办。这时，忽然有一群飞毡飞来了，每一幅飞毡上都坐着扑火的人和一桶一桶带上飞毡的水，他们一面浇水，一面打破彩嵌绘花的蓝玻璃窗，飞进去救人。火势非常大，地毡虽然以不易燃著名，但到底是羊毛织品，被大火炙烧得满身都是黑洞洞。有的断裂了，有的给烧焦了，只剩下小小的一道流苏，没有一幅飞毡不焦头烂额、体无完肤。但大火终于给扑灭了，救出了所有人。如今，这座重建过的清真寺墙上还张挂着这一批受了严重损伤的飞毡，旁边写着：永远怀念我们英勇而出色的消防队。

瓶子旅行

花顺记的荷兰水瓶天生一副不安定的性格。首先，花顺记的荷兰水瓶是尖底的。肥土镇有各种各样的瓶子：酒瓶子、酱油瓶子、药水瓶子、花露水瓶子等等，这些瓶子，底部都平坦牢靠，可以自己在桌上、柜台上、地上站得稳稳当当。可荷兰水瓶子，底部圆尖，像个橄榄，或者鸡蛋，无法站定。要它们站，歪歪斜斜就倒了。因此这些不安定的瓶子，在花顺记，要用有格子的箱子装载，一瓶一瓶，分插进格子才安定下来。否则，只能一一挂到天花板上去。

其次，荷兰水瓶一出生就不断旅行，不肯在一个地方停留太久。比如说花露水瓶子吧，一瓶花露水可以用一年半载，底又平坦，守在什么人家的梳妆台上，一守可以守一年，照照镜子也起码可自怜半载。又比如一个酒瓶吧，酒喝完了，酒瓶就给扔掉了，几十年还不知醉卧在什么烂泥堆里。至于荷兰水瓶子，它们是永远的旅客，出门不久又回来，循环不息，老是匆匆忙忙，安定不下来。

花顺记的荷兰水瓶子，肥土镇并不出产，厚厚的玻璃，还印上字，是从外国定造，运回来的。一次运来的瓶子很多，花顺记根本没有地方堆，全放在红砖房子里。红砖房子成为荷兰水瓶的仓库，楼下的一层，堆到几乎连窗口也遮住了，几乎连大门也打不开。

荷兰水的顾客，大多把荷兰水一箱一箱运走，批发商人固然整箱整箱买，即使办馆、半山区的人家也是一箱一箱买。一箱共有二十四瓶。只有到花顺记店面来喝的人才逐瓶买。荷兰水的生意不错，一天可以卖掉许多箱。只见明晃晃的玻璃瓶，又一批一批出外旅行啦；不过只是出外逛逛，不久就回来了。

花顺记回收所有的荷兰水瓶。因为都收了按金，交回瓶子就发还按金。批发商人和顾客，对瓶子也懂得珍惜，打碎了，等于和自己的荷包过不去。于是，旅行完毕的瓶子，又一箱一箱地回航了。灰尘仆仆，立刻就被接去洗尘。不过，到底瓶子是玻璃，一季下来，总有不少亏损。洗澡时会破，打气入瓶时会爆裂，碰碰撞撞也易碎。这样，常常要补充，就派个伙计上红砖房子搬一批回花顺记。

上过红砖房子搬荷兰水瓶的伙计，都说那是一个虫蚁聚居的地方。不管什么时候，那里总有不少会飞会爬的东西。有时是蚱蜢，有时是蜻蜓；有时是螳螂，有时是蝴蝶。玻璃瓶子里面，本来只应该有玻璃珠，可是，伙计带回花顺记的瓶子，里面常常有蚂蚁、甲虫和蟑螂。店内的伙计，一听说要到红砖房子去搬荷兰水瓶，就禁不住浑身发痒，几乎想用蚊帐把自己整个包在里面。

昆虫之家

不错，红砖房子里有许多小生物，它们大多是昆虫。肥土镇的名牌昆虫，那里全有，它们是：

> 膜翅目的蚂蚁
> 网翅目的蟑螂
> 双翅目的苍蝇
> 双翅目的蚊子
> 半翅目的臭虫

这些昆虫，在肥土镇是大大著名，几乎每一条街、每一幢楼宇里都有它们的踪迹。别以为它们只占领人烟稠密的地区，即使是花园洋房、半山的别墅，甚至大酒店，一样有它们的领地。至于茶楼、戏院，那就更加不用提了。上帝造人，他其实造了更多的昆虫，所以它们也在教堂出没；佛度众生，它们也有佛性，故此它们也聚居寺庙。世界上有一百万种生物，其中八十万种以上是昆虫，呵哈，将来的世界固然是它们的，现在何尝不是？

肥土镇虽然有许多名牌昆虫，而且不易消灭，可是，幸运的是，这个地方却没有世界上第一名牌的昆虫，使许多农民尚可安心种田，第一名牌的昆虫是蝗虫。红砖房子里的名牌有多有少，次序为蚊子、蚂蚁、蟑螂、苍蝇和臭虫。红砖房子屋后是空地，常常有积水，所以多蚊子，入夜之后多得几乎可以把人撞走。至于蚂蚁，也是因为有泥地、树根，可以在那里做窝，发展事业。蟑螂呢，因为房子里杂物多，适合大小蟑螂捉迷藏，玩迷宫。苍蝇较少，因为花一花二家中食物稀寡，没有多少油水。说到臭虫，反而渐渐一只也没有了，房子大，人少，连臭虫也饿死啦。

红砖房子和别处人家不同，除了名牌昆虫，还有专业昆虫，比如衣鱼，专门替书本镶各式花边，手工极细。它们自己又非常漂亮，银白色的，长长的触须，个个有三条尾巴，可以和任何彗星媲美。红砖房子的空地，既长了树木草丛，也就有昆虫栖息。吹沫虫在树枝上吐出许多白白的泡沫，简直像吹肥皂泡。春天的时候，黑蝉、红鼻蝉、小草蝉，轰轰烈烈唱歌，四月之后，其他的蝉开始鸣叫，它们反而一声不响了。竹节虫生活在奇异的保护色中，身体很瘦很瘦，瘦得比竹还瘦，瘦得比牙签还瘦，瘦得仿佛是HHHHHH铅笔画出来的几条线，也不知道怎么能够活着。

还有没有别的昆虫呢？到红砖房子的楼上去看看就知道了。呀，还有许多昆虫呐，有的养在盒子里，有的游在水钵里，有的做成了标本，放在玻璃盒子里。只要空闲，花一花二就到野外、山间、树木繁茂的地方找昆虫，然后带回家，用显微镜看呀看。有时候，并不捕捉，就看昆虫如何爬，如何飞，如何吃树叶。花一花二不特别喜爱名牌，他们有自己钟情的昆虫，比如说，长尾水清蛾，身体是苹果绿色的，形状像一条魔鬼鱼，飞起来像蝙蝠，因为晚上才出现，所以花一花二也不容易找到。还有长尾翡翠豆娘，和蜻蜓是表亲，一对翅膀像翡翠般碧绿，另一对则和水一般的颜色，只见翅脉如网，完全透明。

每次到山间野外走一趟，花一花二总有收获，在大红花上找到了绿蠡斯，在野生龙葵上常常见到带斑点的瓢虫。当然，还有各种各样的蝴蝶。那天，满脸胡子的鬈发商人说，如今已经没有飞毡了，花一花二一点也不觉得意外，会飞的毡不再飞，有什么奇怪呢，本来会飞的蚂蚁，现在不是统统在地上爬了么。

温柔之必要

花一花二在肥土镇一直找寻的昆虫叫天蚕。这种蚕，他们还没有见过。依据古代人的描述，它们生长在东海弥罗国，身长可以达到四寸，金色，吐的丝则是碧绿色，所以又叫金蚕丝。这些大蚕的丝，质地坚韧，通体透明，可以用来做琴瑟的弦，也可以做弓弩的弦，甚至用来做钓鱼丝，做缝线。当然，金蚕丝还是做衣服的原料，做出来的衣料是茧绸。

天蚕生长在南方，蚕身长大，结茧后孵出的蚕蛾，身形也特大，仿佛面盆，而且五彩缤纷。花一花二在肥土镇一直没有找到天蚕。因此，当他们到野外林间找寻昆虫时，见到了樟脑树就特别留意，仔细看看有没有书本中记载的大昆虫。他们当然也在寻找自障叶，可一时间也不能找到。

这天，他们在山上漫步，到处张望，忽然山坡上冲下几个八九岁的小孩子，双手抱着头飞跑。花一花二正想追问，却见一群蜜蜂紧紧跟着小孩子飞。于是，花一花二也不敢乱动，悄悄等蜜蜂飞过。没一会儿，小孩和蜜蜂一起消失得无影无踪。二人朝小孩们奔跑的方向慢慢走去，走了一阵看见小孩子了，头脸上、手臂上都给蜜蜂蜇得肿了好多处。蜜蜂都飞走了。

"好厉害，轰炸机一样。"

"没想到这么多。"

"又飞得那么快，逃也逃不及。"

"谁叫你去碰那个蜂巢。"

"我是不小心，并不是有意。"

"唉，蜜蜂真凶，真恐怖。"

"很痛很痛。"

花一花二经过他们的时候，他们正因为跑得太猛烈，坐在山边喘气。每一个小孩都给蜜蜂蜇了。的确，蜜蜂是不好惹的。在昆虫中，蜻蜓以凶残著名，别看那么漂亮的黑斑蜻蜓、铁锈蜻蜓、黄翅豆娘，娉娉婷婷地停在水面、树上，捕食时却毫不放松。螳螂也很厉害，把捕捉的小生物，从头到尾，吞个片甲不留。当然，这也是它的美德，绝不浪费。

但人和昆虫相处，即使是蜻蜓和螳螂，也毫不危险，反而是蜜蜂，招惹不得。花一花二对小孩子说，被蜜蜂蜇了第一口，如果立刻用唾液舐舐伤处，可以消解蜜蜂留下的气味，就不会再遭受袭击了。不过，既然碰倒了蜂巢，那就没有办法了。幸而不是遇上虎头蜂，回家去用肥皂洗洗吧。

"哼，下次给我见到蜂巢，我就放一把火，把它烧掉。"

"我们去把肥土镇的蜜蜂全部歼灭报仇。"

"我这样子回家,一定要吃藤蟮炆烧肉[1]了。"

"我妈妈会说:活该,那么多的东西不惹,去惹蜜蜂?刺得好,刺得少。"

花一花二正想说话,小孩子却起身,朝山坡下滑去,只听见一片索落索落的声音,一下子跑得干干净净。花一花二这天没有什么大收获,只随便捕了几只金龟子,用树叶折成扁盒子,装了回家,还没走到家门口,花一突然停下了脚步。

"我忽然有一个主意。"花一说。

"说来听听。"花二说。

"我们可以试试,培养温柔的蜜蜂。"

"嗯,试试看,培养好脾气的蜜蜂。"

方向感

蜜蜂属于昆虫纲、膜翅目、蜜蜂科、蜜蜂属。

蜜蜂属的特点是:

(一)后胫节上没有距。

---

[1] 藤蟮炆烧肉:粤语俗语,指用藤条、鸡毛掸子打小孩的屁股。

（二）巢脾完全用自身蜡腺分泌出来的蜂蜡建成。两面都有六角形的巢房，和地平面垂直。

蜜蜂属分为四个种：

大蜜蜂、小蜜蜂
东方蜜蜂、西方蜜蜂

自从一个聪明人在地球仪上定位一个点，就把地球分为东半球和西半球了。当然，这样有个好处，人类对于整个世界，就有了方向感，至于有更聪明的人拿方向作为价值判断，那是后话。蜜蜂里面没有聪明蜂，指导它们哪一边是东，哪一边是西。蜜蜂天生具备方向感，比人类聪明。蜜蜂不把一切两极化，它们在天空中飞，不是飞向东方或西方，而是飞向花朵的一方，蜂巢的一方，阳光照耀的一方，水的一方，敌人的一方。它们的方向叫作花方、巢方、光方、水方、敌方。

大蜜蜂和小蜜蜂比较幸运，它们没有被编分为东或西，因为它们是野生的蜂种，在大树上或岩洞里筑巢。海南岛的排蜂，和广西、云南的大挂蜂都属于大蜜蜂，蜂巢很大，可以大至一米长，好像一扇门。小蜜蜂体积小，比只有黄和黑两种体色的大蜜蜂漂亮，因为身上还有两节砖红色的腹节和四条鲜明的银白色毛带。蜂巢相对很小，只有小孩手掌般大。不论是大蜜蜂还是小蜜蜂，都爱迁徙，所以少人饲养。

东方蜜蜂主要分三类：龙蜂、日本蜂、印度蜂。龙蜂是巨龙国土生土长的蜂种，身体黑色，腹节生有或深或浅的褐黄色环，全身披黑绒毛。工蜂上唇基前方有黄色斑，后翅有一条放射状的长翅脉。龙蜂很勤奋，行动敏捷。不过，如果巢内没有饲料或滋生虫害，会一齐飞走。

西方蜜蜂的品种就多了。西方，从来就是一个笼统浮泛的词，既有欧洲类型、非洲类型，还有中东类型，数起来有二十七八型之多。最多人养的是意大利蜂，因为它们性情温驯，又不怕光，常常维持一大群，采集力强，产卵多，育幼虫也很积极。当然，它们也有些缺点，是人类自我中心认定的缺点：饲料消耗大，容易染幼虫病。意大利蜂是世界四大名种蜜蜂之一，其他三种是欧洲黑蜂、喀尼阿兰蜂和高加索蜂。

非洲类型的蜜蜂有什么特别呀？

　　突尼斯蜂最神经质，爱蜇人。
　　摩洛哥大蜂分布的地方蜜源贫乏，产蜜量少。
　　撒哈拉蜂对沙漠绿洲的蜜源气候条件惊人地适应。
　　埃及蜂懒惰。
　　乞力马扎罗蜂能适应高原森林气候，不怕霜冻。

中东类型的蜜蜂又怎样呢？

塞浦路斯蜂性情凶猛。
安纳托利亚蜂最易感染麻痹病。
叙利亚蜂有两种，勇士蜂很凶，羊蜂极驯。
黎巴嫩蜂繁殖力强。

那么，美洲和大洋洲呢？美洲和大洋洲没有蜜蜂，十七世纪后才由外人带去。

晴雨计

该饲养哪一种蜜蜂呢？东方蜜蜂还是西方蜜蜂，高原森林蜜蜂还是海滨平野蜜蜂？蜜蜂当然可以买，但是花一说，还是自己去捉吧，因为在肥土镇，山间野外，蜜蜂并不缺乏。花一花二在家里翻了一阵书，又参考了一沓沓的资料，就出发了。在出发之前，他们做了几个蜂箱，髹得白白的，仿佛奶油蛋糕似的明净。班门弄斧啦，他们说。

找蜜蜂要到野外去，愈进入深山幽谷愈好。小山冈没有什么蜜蜂，所以花一花二就朝高山走。肥土镇位于气候温暖湿润的南方，既有大蜜蜂，也有小蜜蜂，都是野生蜂。可别捉错了黄蜂才好。要把蜜蜂和黄蜂分别开来，得注意它们飞行的姿态和航道。黄蜂么，像战斗中的轰炸机，喜欢俯冲，仿佛凶恶的兀鹰；至于蜜蜂，一群蜜蜂一齐飞，整条航线闪闪发光，在阳光中漂亮极了。蜜蜂喜爱晴朗的天气，它们真可以当晴雨计。后来花一花二养多了蜜蜂，只要一清早见到蜜蜂出外采蜜，就知道这天准不会下雨。蜜蜂怕雨，淋湿了可不是玩的，会感冒。凡遇阴雨，蜜蜂的脾气都不好，憋在家里太闷啦。

找寻雪豹、狐狸等动物，得看脚印，蜜蜂不在地上爬，没有脚印，找它们，要看树叶。如果树叶上有点点泥黄色的斑迹，闻起来又有一种蜜糖的香味，肯定可以找到蜜蜂，它们连排泄物也是香甜的。花一花二每天在野外的树洞、岩洞、石洞、泥洞里找寻，起初一个蜂巢也没有找到。终于有一次见到了，连忙戴上头盔，披上面纱，穿上手套，提着围布的竹篓子，把蜂巢挖凿下来，把蜂群倒进篓里。因为是第一次，花一花二虽然全副武装，还是给蜜蜂蜇了。手上脸上虽然痛，可是那次痛的却是心，因为有的蜜蜂在巢中倒不出来，花二用手去掏，竟不知道，这么乱捣一阵，竟把蜂皇捏死了，带回家的蜂，失去了蜂皇，都飞散了。

捉了许多次蜂后，花一花二有了实际的经验，觉得比书本的知识宝贵得多。他们终于饲养了几箱蜜蜂，繁殖得很快，由几箱渐渐变成了几十箱。不久，花一花二他们足足有三十箱蜜蜂，每窝蜜蜂有三万只到四万只。于是，他们就细心照顾一百多万条生命，清洁蜂房呀，隔热呀，当然，他们也得细意栽种园中的花树，特别是荔枝树、鸭脚树、乌冠树，那是肥土镇的蜜蜂最喜欢的。

　　花一花二饲养蜜蜂的目的和别人不同。一般人饲蜂，是为了兴趣，为了获取蜂蜜，可花一花二的目的是为了培育温驯的蜂，让小孩子可以和蜜蜂一起嬉耍，和平共存。这就是他们宁愿到山林间找寻野生蜂的缘故。花顺记的老掌柜得悉花家二傻最近的动态后，送了一件礼物给他们，正是蜜蜂。他可不是自己到山野林间去捉回来，而是买，送的也不是东方蜜蜂，是养蜂人最爱的意大利蜂。意蜂性情温驯，老掌柜哪里知道二傻要找的是凶恶的蜂呢。花一花二有养无类，一并养在花园里。

　　使蜜蜂温驯的方法，一般都用烟，但只会暂时见效。难道一天到晚用烟去熏蜜蜂么？必须让蜜蜂自动自觉温柔和蔼才好。花一花二首先想到的方法是音乐。不是说那些牛听了音乐吃起草来就更愉快了么？不是说那些青蛙听了音乐，不久就能配合乐曲的韵律伴奏了么？音乐有缓和神经紧张的作用。蜜蜂一天到晚忙碌工作，太紧张了。它们和世界上任何动物一样，倦了脾气就暴躁。

　　蜜蜂该听什么音乐？意大利蜂，最适合的不就是音乐么？蒙特威尔第呀，梅诺蒂呀，加布里埃利呀，斯甘巴蒂呀；古键琴呀，竖琴呀，小提琴呀，长笛呀，风琴呀。花家花园晚上常常开音乐会，慢板的乐章特别多。如果这些意大利音乐对意大利蜂见效，对东方蜜蜂又怎样呢？花家蜜蜂有九成半是东方蜜蜂，而且是龙蜂。肥土镇的蜜蜂该听什么音乐呢？花一说：南音。

地水南音

> 孤舟岑寂，晚景凉天
> 夕阳衬住双飞燕
> 我斜倚蓬窗思悄然

蜜蜂园里响起了哀怨的曲调。花一花二好不容易请到一位瞽师来演唱。南音可不比西洋歌曲，可以到一些专卖唱片、乐器的铺子里去买，或者像肥土镇许多番人那样，从自己的国家带来。肥土镇根本没有南音的唱片。那么要到哪里去听呢？到避风塘，上茶楼。早上的茶楼一片喧闹，众人忙碌来往，专心看报；到了晚上，茶楼上的茶客可悠闲多了，唱南音的瞽师也上茶楼卖唱了。晚上的茶楼，就像晚上泊满渔艇的避风塘，地方曲调幽幽怨怨响起来。有人点唱，瞽师与拍和的同伴，一个弹古筝摇拍板，一个拉二胡，先即兴唱几句提纲，然后咿咿呀呀转入正题。这些盲人歌手，唱的原来叫地水南音，替善信占卜，即兴唱讲。他们是人神的媒介，但地位微贱，收入很不稳定，不过曲不离口，唱得久了，加上他们身世坎坷，歌曲又大多愁怨，于是自成一种沉郁有味的地水腔。

上茶楼的多数是男人，可肥土镇的妇女也极爱南音，妇道人家，总不好抛头露面，一些人家就干脆请瞽师上门唱，正厅里几房人的媳妇、家眷都一齐坐着听。花一花二自小听南音，那时候还有走贩沿门兜售《木鱼书》，妇女还买了在家中自己唱。当然，没有人拍和，效果差多了。在外国读书那阵，花一花二完全听不到这种肥土音乐，一回肥土镇，南音也回到脑中。好几次上茶楼去聆听、比较，请得瞽师回家，还特别邀了花顺记一家男男女女，以及大大小小的伙计。

  耳畔听得秋声桐叶落
  只看平桥垂柳锁寒烟
  亏我情绪悲秋同宋玉
  在客途抱恨对谁言

  《客途秋恨》是南音名曲，喜欢听南音的都会唱，瞽师唱得极好，吐字玲珑，运腔跌宕苍凉，直听得一园凄寂，但愿瞽师唱完一曲又一曲，永不终场。这的确是令人难忘的经验。也许演唱的地点是在户外，又在花园，适逢秋月当空，有点凉意，正配合了曲情。可惜，这样的盛会难再，原来瞽师得悉花一花二请他们来主要是唱给蜜蜂听，未免别扭，恐怕是二傻拿他们来开玩笑，虽然园中仍有不少沉醉的听众。更重要的原因是，瞽师二人在花园中着了凉，患了伤风，咳嗽许多天，完全不能唱曲，半个月没做成生意，他们认为风水不好，发誓日后再不到这个凉风有信的花园唱曲。
  花一花二只为蜜蜂举行了一次南音演唱会，既然没有瞽师肯再来，只好仍把留声机搬到花园，唱些巴洛克音乐。至于蜜蜂们，不管听了些什么音乐，似乎脾气一点也没有改变，还是秉持本性。花一花二也不介怀,仿佛成败并不是他们最终的目标,自会想出新的方法来试试。

紫苜蓿

花一花二的蜜蜂场本来养在自家屋后的花园里,为什么这天竟会在深山野外出现呢?这完全是阿花花的缘故。什么是阿花花?它是一种植物,番邦的名字叫作 Alfalfa,龙文叫作苜蓿。它本来不是巨龙国的土产,公元前一百多年才由西域传来。那时候,还是汉武皇当大帝,那时候,骠骑大将军张骞出使西域,在大宛国,见到苜蓿,就把种子带回国。那么多的奇珍异玩之中,为什么特别要带苜蓿回国呢?为的是马。那时候,还是马匹最受倚重的世纪,包括打仗和代步。而马最爱吃苜蓿了。大宛人喜欢喝酒;大宛名马喜吃苜蓿。那些马,长得特别强健耐劳,显然和饲料有关。张骞一见大喜,带了种子回国隆而重之献给天子,于是由天子下令种苜蓿饲马,这可是《史记·大宛列传》里白纸黑字记载的历史。

马吃苜蓿吃得津津有味。庶民吃苜蓿,则是生活贫困无可奈何的事了。巨龙国古代学馆里的教官,多半清苦,吃的是蔬菜,少鱼少肉,所以有这样的诗句留存:"绛纱谅无有,苜蓿聊可嚼。"苜蓿的品类不少,有南苜蓿,有紫苜蓿。大宛国及阿拉伯人喂马的多是紫苜蓿。花一花二是喜欢远足的人,空闲的时候,就到山巅海滨、人迹罕至的地方溜达。他们会一路上看看昆虫，瞧瞧各种各类奇异的花草。这一天，他们见到了苜蓿，是紫苜蓿。事实上，他们的花园里正准备栽植这种牧草呢。那么多苜蓿的地方，花二说：不如把蜂箱搬过来吧。

三天之后，花一花二在苜蓿遍地的野外搭起了帐篷，运来了三十箱蜜蜂。蜜蜂们嗡嗡嗡地在花间飞舞，采集苜蓿花粉。苜蓿的花粉和别的花粉有什么不同？采集了有什么特别的意义？这方面花一花二都略有研究。苜蓿这种植物，在豆科中是最小的，生长的时候，根部却会朝地底下延伸，可以伸到大约一百英尺的深度，这么一来，它吸收养分的时候，就连同地底下很深层的矿物质也吸取了。它吸了许多矿物质，钙啦，钾啦，铁啦，磷啦，其中最令人惊讶的是，它会吸取钽。钽是非常稀少的金属元素。科学家试过把四十公顷的紫苜蓿烧成了灰，从灰中提炼出来的钽竟有二百克。以前，钽只能在实验室中提炼出一点点。

钢、铁、铬、锰，都是黑色金属，铜、铅、锌、锡，都是有色金属，这些金属，都由矿石中提炼出来，而钽却可以从植物中提炼。这种金属和别的金属不一样，比如说铜和铁吧，有集中的矿场，一找到矿场，可以大量开采，钽在土壤里、海水里、金属矿里都可以找到，不过含量很少，几乎比淘金还难。

钽有什么用呢？用处才多呢，比如说，它有很强的吸收氧、氢、氮等气体的能力，用作电子管中的除氧剂最适宜；它耐热性能高，用来制造电子管中特别是大功率的振荡管中的热附件最好；它也不怕低温，在零下二百六十三点九摄氏度的严寒中，能变成没有电阻的超导体，把铌线绕在钽棒上，放在低温中，可以做成奇妙的电子器件，即冷子管；它的抗腐蚀能力强，提炼钢铁时，加些钽作为合金元素添加剂，做出来的不锈钢质地更理想；它的熔点高，高达三千摄氏度，是超硬质合金的好材料。对于发展航空、火箭、人造卫星，钽是重要的金属。

钽自己是金属元素，可它和生物是好朋友，个性与别的金属相反。一般的金属，碰触到生命组织时，会产生刺激作用。但钽不会。因此，在医药上它又成为大功臣了。利用钽，可以制成薄片和细丝，成为骨科和塑形手术中的辅助物件。脑盖上要打个补钉么，骨头要缝接么，把钽请来吧，它一点也不会损害身体的活力。花一花二说，马吃了苜蓿强壮健康，蜜蜂需要强壮健康，不怕虫害，让它们吃苜蓿的花粉吧。若是我们提炼到钽，也可研究研究呀。

众水之王

肥土镇的人特别爱"水"，因为水为财；有钱，叫作"大把水"。早就有这么一个说法了：肥水不流别人田。其实，爱上"水"字的人比人们想象中的要多。中世纪那些炼金术士，最爱水，无论新发现了什么液体，统统称之为水。比如说，发明了用蒸馏酒的方法获得酒精时，因为酒精含量多得足够燃烧，于是立刻叫它作"燃烧的水"；至于酒本身呢，喝了使人精神一振，好像得了新的生命，又把它叫作"生命之水"。

十四世纪时，炼金术士发现了一些东西，是很强的无机酸。以前，人们知道的最强的酸是醋，无机酸比醋强了许多许多倍，其中之一是硝酸，能够腐蚀任何给它碰上的物质。可厉害了吧，立刻被命名为"强水"。硝酸的确厉害，不过，还有一种物质不怕它，那是金。所以，金是金属中的王。硝酸被发现的三个世纪之后，人们又发现新的东西了，是把盐酸或氯化铵加在硝酸里，变成绿惨惨的混合液，这一次，金子也被它溶解了。能够把金属之王也溶解的酸可不是水中之王了么？于是定名为"王水"。

"王水"连铂也能溶解，可它的王者称号，那顶皇冠后来终归还是戴不稳了，因为，因为，魔高一尺，道高一丈，又出现了一种新的元素不怕它，这元素正是钽。它是十九世纪初被发现的，它的命名和"王水"的模式差不了多少。炼金术士爱把液体叫作水，后来的科学家却爱把发现的新东西联系到神祇上面去，发现了什么星，就叫什么天王、海王、冥王，而钽呢，本来是古神话中利底亚国王坦塔罗斯的名字，因为他触犯了众神，被罚在地狱中受刑。他站在齐颈脖的深水中，要弯腰俯身喝水，水会向下流去；想吃头顶上吊在眼前累累的果子，树枝就会摇晃躲避，不让他吃到。这国王本来是个普通的国王，但他受的刑罚给人留下深刻的印象。

"金属中的钽比神话中的坦塔罗斯强。钽不怕王者。"花一说。

"坦塔罗斯却没有天神的办法。"花二说。

"不知道有什么东西可以把钽溶解呢?"花一问。
"我看,只有花顺记的花叶重生了吧。"花二答。
"哎呀,小声一点,千万不能让她听到。"
"是的是的,不要被她知道。"
"不要让她知道我们知道。"
"一定一定,绝对保守秘密。"

斧头党

花顺记二楼朝大街的方向,有一个宽敞的房间,房间里有一个大木柜,是个白色镶着金边、雕刻着葡萄串和藤蔓的西式衣柜。新搬来的时候,连同其他同样漂亮的家具,从肥土镇的另一端沿着大马路搬抬过来,引起满街群众围观,仿佛花车游行一般热闹。这橱柜如今已经旧了,金色隐褪,白色也蒙上一层雾气,变得灰斑斑。柜门有许多年没有打开过,门上的锁也许已经生锈,如果加点润滑油,把门打开来看看,里面除了衣服外,最令人不明白的是,居然藏了一把斧头。这柜衣服和斧头,都属于房间的主人,他的名字叫花初三,小时候,花顺记的伙计都喊他三官。他是花顺记掌柜的儿子。

花初三平日在家里帮父亲打理店务,可是,每个星期总有三两天晚上,他和斧头党人待在一起喝酒。不知道他们的行径的人大概要产生许多误会，因为这群人个个有一把利斧，出动的时候，一律穿上黑衣，行动迅速，声势汹汹。可不像一伙强盗？但认识他们的人，对他们很是尊敬，而且拥戴，把他们当作正义的朋友。一干人伙成一个斧头党，差人也不去抓他们，因为他们是一群自发的消防员。

说来可叹，肥水区这一带，并没有火烛馆[1]，或者，叫作水车馆。其实，肥水区这样的地方，房子特别挤逼，木材的建筑最多，很容易发生火灾。再说，整个肥水区，数数大概还只得一两个电话，通信设备不发达，如何迅速通知镇上的火烛馆？飞土区上有镇里唯一的火烛馆，远水如何救近火？花很多时间，把老远的水车召来扑火的时候，整栋房子怕早给烧得灰飞烟灭了。

肥水区的人就自己组织起来，由年轻人带头，出钱出力，办了一个消防队。地方的长辈、商家，也出钱资助。不久，个个都配备了钢盔、制服、水靴，还购置了一辆水车。幸而肥水区也有一些水井，又因位于海边，水源并不缺乏。街道上好歹也有几个接驳水源的栓柱。

斧头党人的声誉极好，一伙都是年轻人，正直，有侠义之风。大家情同兄弟，遇上火警，不但英勇救人，而且绝不劫取人家一针一线。斧头党的名字，其实是肥水区的居民替他们取的，因为他们扑火的时候各带一把斧头。这斧头有什么用呢？当然，灭火用的该

---

[1] 火烛馆：消防局的旧称。旧时称消防车为火烛车。

是水，可是水的力道，由于设备简陋，不够多不够强，火又容易蔓延。窗户、门扇、楼梯、栏杆，常常关上的关上，堆满东西的堆满东西，火警时阻塞通道，这就得靠斧头去开路了。而且，火场的外围，除了用水降温，还得靠斧头把易燃的杂物消除，把火隔离。

斧头党有一个党馆，就在花顺记对面不远。选这样的地点完全是因为斧头党人都住得比较集中，容易召唤。肥水街上这水车馆，一天二十四小时，日夜有人轮值，一旦附近发生火灾，就由当值的人跑到街上打锣示警。于是，斧头党人立刻出动，推动水车赶到火场。他们行动快捷，英勇救人，很受区民的爱戴。

肥土美

谁是肥水区最美丽的姑娘呢？斧头党人大多认为，当然是家具行叶老板的女儿。她是重阳节出生的，父母给她取了个名字，叶重生。她从小喜欢猫，家里养了许多猫。家具店的三大特色是美丽的女儿重生，重生心爱的一群猫，以及一屋子精致的家具。

古时候，希腊国的一位哲学家和一位诡辩士讨论什么东西是美的，什么是美的问题。诡辩士很有学问，他说，什么是美？美就是一位漂亮的小姐。他们可没有继续辩论怎样的小姐才算是漂亮的小姐，因为他们后来的对话，连诡辩士自己也愈弄愈糊涂了，因为说到后来，竟是一个竖琴也有美，一个汤罐也有美，甚至讨论到，最美的汤罐比起年轻小姐来还是丑，最美的年轻小姐比起女神来也还是丑。说到最后，哲学家用他们国家的谚语这么说：美是难说的。

的确，美是什么，怎样才算美，那是很难说的。在肥土镇，斧头党人认为家具行的小姐是最美的姑娘，但也有许多人不同意。一位来自北方的老太太认为，该长得高一点才好。一位来自东北方的姨太太则说，该长得白一点才好。至于一位想娶媳妇的太太就坦白指明：该胖一点才好生养。的确，即使是女性，也会把女性当作猪办。太太们的意见其实是不差的，因为她们都表达了个人的审美观，同时，也反映了传统的集体审美意识。

在那个叫作希腊的国家，诡辩士所称的漂亮的小姐，大概会依他们国家的标准来看：头发淡金，眼珠子碧蓝，手脚修长，腰肢纤细，葫芦形身躯，皮肤白皙，头和躯体的比例为七比一，等等。这样的女子，在肥土镇相似的倒也有一些，只要上飞土大道中走走，一天准会碰上三五个。因为飞土大道上番邦女子才多哩。然而，奇怪，肥土镇的居民，并没有认为她们特别美，起初还觉得有点怪异，金发碧眼，俨如志怪故事里的妖怪。

肥土镇的女子，虽说先辈都从附近的岛屿和陆地移居，但日子一久，竟也形成了自己的地域特色，和别的女子不一样。不是只和番邦女子不一样，和附近的地区，稍远的北方，也不一样。那么，她们是怎样的呢？她们个子不高，五英尺二三英寸左右，肤色也不雪雪白，而是黄褐色。头发黑而直，眼睛并不水汪汪，却像很深的海。如果要从人类学的角度去研究，她们属于蒙古利亚种南方型。

的确，最初到肥土镇来定居的女子，带来了她们的家乡色彩和体质，白皮肤、高身材，脸儿像个鹅蛋。奇怪，稍后在肥土镇生长的女子，完全融汇了海岛的风格，属于这地方的海水，温湿的气候，灿烂的阳光。这样的女子，走在街道上，和肥土镇再协调也没有了。她们的皮肤不是冰霜的白，而是蜂蜜的古铜，看来充满阳光、热力。叶重生正是这样子，她个子不高，皮肤仿若琥珀，非常细致，有一种温玉的透明。坐在家具行里，她和家具几乎同一色系，仿佛她也是一件精致的艺术品。

酸枝铺

叶荣华家具行，卖的当然是家具。在肥水区，家具行也有好几家，都是店铺连工场，由店主和伙计一起在工场做好了家具，放在铺里出售。虽说都是家具行，做的家具并不相同。木料不同、款式不同、手工不同、轻重不同，甚至连颜色也有很大的分别。比如，花梨木，自然就和杉木不一样；而一个博古橱，当然和一个碗柜不一样。那么，叶荣华家具行做的是哪一类的家具？

只要经过这家店铺，站在门口看一会儿，也就明白了。店内的色调比较深沉，物件显得十分沉重，细节却多姿多彩。最靠近门口的一个双层花几，不是做了镂空的雕饰么？至于那一列对椅，都镶上云石。的确，如果仔细把店内每一件家具看一遍，就知道这是做比较精致家具的店铺。依叶老板的说法，他们做的是硬木家具。而肥土镇许多家具行只做软木家具。什么是硬木家具？用硬质坚实的木料做的家具就是了，比如檀木、铁梨、樟木、楸木、椴木这些。一截木头，颜色看看相差不大，叶老板只要用手提提，立刻可以说出是什么木材。一尺见方的木材，松樟重三十斤，桅杉重二十斤，紫檀重七十斤，花梨重五十九斤，黄杨重五十六斤，铁梨重七十斤。木料愈硬，木工愈皱眉，不过，任何木料叶老板都不怕。

自从聪明人把地球分为东半球和西半球后，自然也分出了南半球和北半球。肥土镇位于北半球。如果只拿北半球来分，肥土镇却在南方处于亚热带。肥土镇上的家具店，也就采用南方的木材，绝没有桦木、槐木的家具。硬木家具当然以紫檀最珍贵，叶老板自己则喜爱花榈，但这种木料几百年来不断给人砍伐，货源少，材料全给用竭了。这的确是紫檀和花榈的不幸，到头来也成为人类的悲剧。那么，叶荣华家具行采用什么木料？主要用红木、乌木、柚木，其次是桃花心木、核桃木、楸木、椴木。还有樟木，多半是做箱杠[1]，因为樟木防虫蛀，做衣箱最好。

家具行工场一角，堆放木料，另有两处空间，分别堆满短的木头，都一捆一捆扎好。两处的木头完全不同，一边是沉香，一边的确是烂柴，可模样着实差不多。家具店的厨房有灶炉，所以买了柴

---

1 箱杠：又称扛箱，指由两人抬着出行的装财物等的行李箱。一般其箱体分层叠摞加盖合成，并有立柱和栋梁，可供穿杠肩抬。

卷一　　　　　　　　　　　　　　　　　　　　　　　　49

堆在家内；至于另一种仿若劈柴的短木却是硬木家具。店铺内没有很多地方摆家具，不少几椅案架，就打散了捆在一堆，这也是硬木家具的好处。

家具行可不是杂物铺，顾客川流不息，一个进来打一瓶油，另一个又来买一包盐。叶老板的家具行，顾客比其他的家具行更少。有时候，几乎整天也没有人进店，但这并不是说，家具行没有生意。事实上，买精致家具的人家并不普遍，住在肥水街上，什么人家才需要摆四对太师椅呢？到叶荣华家具行来的，可以说都是比较特殊的顾客，选购家具，也常常是几件几件，或者是一套套。比如，买多宝格、博古橱，总是一对一对；而买一张圆桌，当然配六张圆凳才算一份。每一件家具都很精致，所以价格不低，顾客选购一批，就是大生意。再说，做一件精致的家具费时，细工出巧艺，天天有人进店买家具，叶老板还真赶不出货来哩。

家具行内的各种木料，叶老板当然一一叫得出名称，可在店铺外经过的人，见到那些暗暗红红的硬邦邦木头，对这种木头另有叫法，称之为酸枝。所以，若是有人问叶荣华家具行卖什么家具，答的一个就会很内行地说：做酸枝台凳啦。

衣裳似的家具

叶老板的家具行，常常有人来订货，做一些比较特别的家具。

比如一位叫作罗伯格里耶的先生，已经来过好几次了，他是番人，来时又有通译陪同，所以叶老板记得很清楚。第一次，他买的是一个雕花屏风；第二次，买的是一个樟木杠。罗伯格里耶先生的名字很长，叶老板也不会说，就称他为罗先生。每次到家具行来，罗先生都会看一阵店内的家具。

"好漂亮的玫瑰木呐！"他赞叹道。

"手艺又是第一流的。"通译也在一旁欣赏。

罗先生的确很喜欢家具行的家具，他说他想定做一件。定哪一种呢？叶老板带他看店内的陈列品。但番人说，并不想要店内的款式，拿出一幅图画来，原来是写字桌，是一个高的书柜叠加在一个矮的书桌上。书桌的桌面，是一块可以移动的木板，平放时是桌面，收起来关上时是一扇门。这写字桌还有一点特别，矮桌下座有许多抽屉。做这样的家具，并无困难，既有图样，依着做就行。

叶老板亲自动手做这件家具，当他做着一个一个的抽屉时，不禁想起古人在一部书里写过做家具的文章。他说：造橱立柜，无他智巧，总以多容善纳为贵，尝有制体极大，而所容甚少，反不若渺小其形，而宽大其腹。至于抽屉之设，非但必不可少，且自多多益善，而一屉之内，又必分为大小数格，以便分门别类，随所有而藏之，譬如生药铺中，有所谓百眼橱者。又说：抽屉一物，有之斯逸，无此则劳。叶老板一面做抽屉，一面想到家具行的家具的确很少抽屉，但古代的人对抽屉早有愈多愈好的建议。

有很多抽屉的写字桌，是叶荣华家具行第一次做的最特别的家具,就像自己穿着的衣裳有许多个口袋。连叶太太和叶重生见了都说好看,叶太太说她不用写字,可那些抽屉装装耳环戒指项链不知有多好。家具做得极好,罗先生很喜欢。过了一些日子,罗先生又来了,仍请叶老板做一些家具,又把图样打开来。图画是彩色的,把家具的颜色清清楚楚显示出来,虽然也是一些桌子、凳子、矮几、高柜,竟都是白色,镶了一道金边,伴了卷草藤蔓的装饰。正是番邦家具。

对于做西式家具,叶老板觉得并无困难,他店内的硬木家具,用的是榫卯结构的制作法,手工非常讲究,又得显现硬木原有的沉穆本色和质感,是打磨和抹蜡的功夫。至于图中所见的家具,注重的反而是木面的油漆和纹饰,比较起来,就轻易得多。不过,家具中有一件要奇异些,椅子是椅子,却很矮,又很长,比板凳还要长,可以坐二三个人,更特别的是,坐的部分都用厚的内垫和布料。叶老板还到罗先生的寓所去参观过一次。这种椅子,罗先生说,叫沙龙椅。这件家具,叶老板也亲自动手做。这一阵,他做番式家具做得有点糊涂起来,到底他是在做桌子还是在做抽屉?到底他是在做椅子还是在做衣裳?

花狸

很少家具行像叶荣华这家,把家具摆得整整齐齐,而且布置出一个格局来。在店铺的门面，别的店只把所有的家具挤塞在一起，椅子和椅子背对背，圆桌倒转了叠在方桌上，其他的不是柜逼柜，就是架叠架，真是凌乱的堆栈。可叶荣华家具行却布置得井井有条，虽然地方小，伸展不开，仍可看得出是一套厅堂的摆设。首先是店铺最深进之处，摆了一张八仙桌和一张比八仙桌稍低的长条案，两边各置一个花几，几上放陶瓷花盆，栽些时花；条案之前，是一张方桌和六张方凳配成一套，桌凳两旁，是二行一排四张的靠背扶手对椅，椅间各有一个双层茶几。椅后贴墙的地方，是两张玫瑰椅，与一张琴案配成一套；墙角一边是个博古柜，另一边是个多宝架，摆了些古玩。如果挂上宫灯，加上痰盂，墙上添上牌匾、对联，可不是大户人家堂堂正正的厅堂？当然，家具店到底是家具店，所以墙的侧角会摆了些其他的陈列物件，有时是一个雕花屏风，有时是一个灯架，有时是一个樟木杠，有时又是一个鱼缸托架，架上放了青花大鱼缸。

叶太太几乎不到店面来，也许由于这地方是做生意的铺面，不是妇女该停留的地方。整个店面的摆设非常规律对称，而且，所有家具都呈四方形，木质的颜色又深，充满严肃、拘谨的气氛。尤其是那两列对椅，一坐上去立刻就得正襟危坐才行。叶重生倒常常到店面来，只因为她的猫儿会跑下来，夏天的时候，还特别爱在云石镶的椅上睡觉。幸而家具店的猫有许多柴木让它们磨爪，家具并没有受到侵害。

家具行的楼上，气氛和铺面很不同，虽然，家具仍是上好的红木，但式样既温柔又轻巧。比如厅中那一套圆桌子和绣墩，线条都是弧形的，又嵌了螺钿。墙边的椅子，没有扶手，窗前只有琴案和两张月牙凳，可以坐着浏览窗外的景物。在家具行楼上这小厅里，有两件家具是一家人都非常喜爱的，叶太太说，坐上去很舒服，两边的扶手弯弯的，正合把手臂搁在上面，背板也是斜斜的，靠上去坐背脊骨好像有东西托住，坐久了也不会背痛。叶重生喜欢椅子坐起来舒服，特别喜欢那颜色，因为绝不是深得乌沉沉，而是明丽的黄，像蜂蜜一般，木头的花纹也像有图画，仿佛里面藏着什么花草和鸟兽。

"里面躲着狐狸呢。"叶太太说。

"这种木头，叫作花狸。"叶老板说。

那是两张黄花梨木做的圈椅，并不是家具店的制作。叶老板常常说，现在没有这样的手艺了，也没有这么漂亮的木料了。叶老板是在偶然经过摩啰街时发现椅子的，事实上，旧货摊上并没有椅子，而是摊子一角堆了一捆东西，露出一只木头家具的脚来。叶老板看看手工和木料，数数件数不缺，就买了回家。他把一捆木头一件一件修饰一番。重新嵌砌，啊，两张美丽的黄花梨木圈椅出现了。叶老板说，说不定还是古董。

叶老板做好一张沙龙椅，并没有交货。第一张，他只是实验。他送到罗先生家去的椅是他做的第二张。至于那件实验品，如今就放在楼上的小厅中。坐上去多舒适呀，沙龙椅的布料又是画着花朵的织锦，整个小厅变得更加活泼明亮了。沙龙椅又阔又深，在上面不必正襟危坐，还可以斜靠着，甚至在上面睡觉。猫最懂得什么是舒服的家具，所以，坐在沙龙椅上的除了叶重生，常常还有五六只猫。叶重生觉得，楼下的铺面，像她父亲，比较严肃，至于楼上的小厅，很像母亲，慈蔼温柔，自有一种可亲的妩媚。

童话

  叶重生自小就有许多各种各样的玩具，也有人送她新奇的礼物。可是，在这个世界上，有一类陪伴儿童成长的事物，在她童年的日子里，从来没有出现过。世界上除了玩具，还有什么可以陪伴儿童成长，度过那么漫长的童年，以至青少年的时光？如果去问问家具行的叶老板，他一定会说，不会吧，应有的她不是都有了么？这不能怪他，因为那可是连他也没有见过的：童话书。事实上，不要说家具行的叶老板，即使整个肥水区，可以说，虽然能背四书五经，读过诗词歌赋的人数不胜数，却没有人知道有童话这种书。他们不知道不同的年龄应该读不同的书，而童年，应该是童话的时代。肥土镇的大部分儿童，从来没有听过童话故事，没有见过童话书，可说是童话盲。别的地方的人，却早已经写出了许许多多的童话，而且做起研究来。
  比如说，一位研究童话的专家，把自己国家的一百篇童话仔细读过，得出了这么的一个结论：所有的童话故事，都是同一种类型的结构，由三十一种功能组成。又说童话故事的基本构成，只有七个角色。至于另一些人，却在研究，为什么童话中有那么多凶残暴戾的事情，而这些，又是否适合年纪小小的心灵呢？

于是，研究的专家又分为两派，温婉派与残忍派。温婉派认为太恐怖的童话不适合小孩子，儿童该过甜美、温暖、无忧无虑的生活。所以，他们该读的童话是玻璃鞋、白雪公主、巨人的花园、快乐王子这些。但残忍派认为，为什么把小孩子放在温室中保养呢？他们一旦长大，来到成人的社会中，就无法抵受外界的压力了。可怕的童话对儿童是有教育意义的，它们帮助儿童认识复杂的现实社会。这社会有美，可同时也有丑。让他们可以挨受冲击。所以，小孩子应该看小红帽、蓝胡子那样的童话。他们甚至说，温婉的童话反而适合成年人，现实的世界是怎样的，他们已经目击，天天面对，甚至身受其害。正是童话，温馨的童话，安抚、净化他们，带他们重返芳草花蜜的国土，为他们重建梦中的乐园。

且不管专家怎样研究，站在哪一方的立场，肥土镇大部分的小孩子，可不知道白雪公主和快乐王子，也没听过小红帽和蓝胡子。他们只从父母、老师的口中，听过一些古老的传说、民间的故事：孙悟空大闹天宫，哪吒足踏风火轮。这些故事也未尝不好，只不过原先是以成人作为对象的，并非为小孩子而设。肥土镇的许多小孩子，年纪小小打开书本就要背诵"子曰，学而时习之"，童年，童年究竟在哪里？

那是多么晴朗的一个早上，叶重生听到猫儿的叫声。是哪一只猫儿需要援助和保护么？她独自一人，随着猫儿的叫声，下楼找寻。猫声是在大门外，全家的人还没有起床。叶重生打开一扇门朝外看，见到一个大皮箱。猫儿被困在箱里么？她轻易掀开了箱盖，显然没有上锁，只是虚掩着，却看见皮箱内藏着她认识的店内的一个小伙计，整个人被斩成血淋淋几截，瞪着一双惨白的眼睛。邻居们后来说，只有用一把极端锋利的斧头，才能把一个人斩成这样子。但这件事和斧头党人完全无关，斧头党人，和叶家的恩恩怨怨，是在另外一些事上。

叶重生得了一种痴呆病，整天不发一言，面前的一切仿佛透明，连父母也不认得。于是四处请来许多医生诊治，医了三年，总算认得父母，也会说话了。

不受欢迎

常常到叶家来买家具、定造家具的罗先生原来是领事馆里的职员，随着领事住在肥土镇，他和太太都非常喜欢东方文化，家里的布置除了原来的西式家具，还添了许多肥土镇才有的东西，比如捕鱼人的草帽、绣花的布鞋，以及青花的餐具。不但这样，夫妇二人一到肥土镇就学习肥土语言，每天一小时，两个嘴巴模仿老师不断做出奇异的姿态，说着：飞飞、肥肥、土土、水水。

到家具店来的不仅仅是罗先生，有时候罗太太也会来，因为她也喜欢看各种各样的家具。怎样的款式，哪一种花纹，她都会给意见。罗太太到店里来的时候，有几次见到了叶重生。她抱着一只猫，坐在凳子上唱小孩子的歌：月光光，照地堂，年卅晚，摘槟榔。她才不管什么罗先生和罗太太，自顾自唱她的儿歌。罗太太被她吸引住啦，就瞧着她，听她唱。两个人的肥土语言还没有学到家，叶重生唱些什么，他们无法把握，只觉得充满童稚的趣味和天真，如果听到童谣的最末几句，也许会不高兴。事实上，他们也很少听完整首儿歌，他们到底是到店里来定家具，不是来听歌的。

肥土镇有不少外国人，有的人来做生意，有的人来传道。这两种人哪一种最先到肥土镇，真的很难区别，实际上是一齐手牵手，充其量是一脚前一脚后到的。做生意的开银行，开糖厂，办船坞，办德律风[1]公司，等等；而传道的呢，也建起教堂，办起学校来。在肥水区，就有做生意的肥水银行，以及传道的圣母堂。住在肥水区的人，上圣母堂的多不多？很少。真奇怪，大家都去瞧过热闹，可平常的日子，大家还是拜菩萨，许多人的家里供奉着观音，早晚上香。

不过，每星期上一次教堂的人还是有，星期天特别多的还是小孩子，因为教堂里有人讲故事，一起唱歌。听完故事，大家都分派到一杯牛奶喝，这牛奶可不是家家都有的营养饮品。有时候，教堂还派奶粉和衣服，人们就把它当作善堂，只可惜它不赠医施药。听

---

[1] 德律风：指电话机。

说，外国大夫常常能医好一些奇怪的病，那些药也不用煎，不过是一颗颗小小的糖一般的魔丸。到了圣诞节，教堂的门口会站着一个胖嘟嘟的圣诞老人派礼物，小孩子都分到了糖果和玩具。

有一年，叶重生也得到了一件圣诞礼物，送礼物的人是罗太太，她还亲自送来哩。罗太太在肥土镇住了一段日子，大概也懂得一点肥土镇的风俗习惯，得到礼物的人是不会当着送礼人的面把礼物拆开的。所以，她坐了一会儿就离去了。礼物一打开，叶老板就连连说：大吉利是，大吉利是。[1] 因为那件礼物，竟是一个钟。

镈钟

在地球上面，肥土镇和一块很大的陆地相连，很古很古以前，每逢潮退，人们从肥土镇的浅水地方走走，就可以走到很大的陆地上去。后来，海水渐渐漫升，不管潮涨潮退，通道都给淹没了，两地再也不能徒步来去。那块很大的陆地是巨龙国，有一条喜欢睡觉的龙住在里面。巨龙国的历史，非常悠久，曾经有一个时代，叫战国，许多大国小国，互相并吞，打了好久的仗。且说一个小小的诸侯国，国王叫作曾侯乙。那么微不足道的小国，历史书上提都没有

---

[1] 大吉利是：这句话表面看起来是祝福语或祈祷"大吉大利"的意思，实际上，一般是遇到一些所谓"不干净"的东西（如遇到送殡的队伍），或别人说了些不吉利的话时才高声说出，用这句话将倒霉、不吉利的事或话埋没掉，逢凶化吉。

提，可是，过了数千年，曾侯乙的名字却无人不知了。为什么呢，因为曾侯乙的古墓给发掘出来，里面有各种各样稀世的奇宝，其中包括一套六十五件的编钟。

这套巨大的乐器，真可以和管风琴媲美，不过，编钟的年代久远多了，而且清一色是青铜器，每个钟上都有铭文，总共两千八百多个字。一套埋在地下的编钟，隔了二十多个世纪，掘出来排列好，还可以奏乐，既能演奏古曲，也能演奏现代曲，还能奏和声、复调和转调。要听它的声音得到博物馆去，要看看它的模样，翻翻金属文物或音乐等的书就可以见到。整套编钟本来很整齐，自成秩序，但有一个例外。

编钟共分上中下三层排列，下面一排是十二个钟，除了大小稍有不同，个个一模一样，呈椭圆形，底部口缘像弯弯的蛾眉月。可在这十二个钟里，有一个异类，器形特别大，口缘是扁平的。原来这个钟叫作镈，本来不属于这套编钟，是外人送的。什么人送的呢？楚惠王。堂堂大国的楚惠王给小邻曾侯乙送钟来了，没有多久，楚王就把曾侯乙的国家灭掉，送了终了。谁也再不要什么人送钟。

巨龙国果然收到不少国家送的钟，不知道是不是想把贪睡的巨龙吵醒呢？所以有的国家送来了闹钟；或者，巨龙国地大物博人口众多，有许多生意可以做，外国人就瞧呀，想呀，计算呀，要到这个地方来做生意，而传道的人就来传道。一个国家和一个国家打交道，如果不是一开始就出兵硬抢，总先去探探虚实，送点礼物交个朋友，许多到巨龙国去探虚实的外国人，都是以制钟而著名的，当然就以钟为礼物了，说不定其中还有这样的意图：大家先同一步调，最后就把别人的国家送了终。

当罗太太给叶重生送来这么一件礼物，打开之后，叶家无论如何不肯收受。但那是一个很有趣的布谷鸟钟，每小时会有小鸟跑出来伸翼唤叫。叶重生很是喜欢，她的父亲最后还是认为不能接受，给悄悄扔掉了。不过，过了几天，非常意外，叶老板竟另带了一个布谷鸟钟回来了，这次是专程去买的，找得十分辛苦。肥土镇大大小小的店，竟没有这种钟，后来有人告诉他，到摩啰街去试试吧。摩啰街的确是令人惊异的地方，叶老板买到了布谷鸟钟，是旧的，有些破损。木头的东西，还不易修理，叶老板把那钟抹抹髹髹，一下子就像新的一样。不过，也许机件有点毛病，这却是叶老板没有办法的事。那个布谷鸟钟挂在墙上，根本不会报时，有时走走，偶然有一只鸟飞出来呼叫一声，把猫儿吸引得迷迷醉醉。

陌生男子

家具店发生火灾。火势愈烧愈厉害，因为店里面全是木头的家具，那简直就像火炉里烧柴。也许是猫尾巴碰翻了煤球炉子，也许是哪条电灯线太旧烧着了，或者，是一个小伙计偷偷地抽烟。家具店里一直禁止吸烟。火头在楼下厨房中发生，火和烟迅速蔓延，天井那边的工人立刻打水救火,可火把楼梯封掉了,完全不可以上去救人,而且火势不断冒升,工人们只好打开后门,各自逃生。

斧头党员马上到了现场,一面扑火,一面救人,竹梯搭到二层楼上,先后救出了叶家夫妇,都给烟熏得昏了过去,叶太太的手指一直指着房子的楼上,火正朝楼上卷上去。在竹梯上跨进二楼窗子的是花初三,那么大的火,为什么楼里的人竟不打开窗门求救?他推推窗子,竟都紧紧锁上。于是花初三挥动斧头,把窗子狠狠砸碎,跳入屋中。屋子里面都是烟,近门的地方还有火光。花初三碰见的是一名美丽的穿着很薄衣衫的姑娘。可她并没有因为消防员的出现感到欣慰,反而一步一步朝墙壁退走。花初三的确呆了一呆,因为依照过往的例子,凡是遇上火警,他无论进入哪一间房子,只要是没有被烟熏倒的人,必定飞奔过来,伸开双手求助。事实上,飞奔过来的情况也极少,因为他们早已挤在窗前,争先恐后地牵扯消防员。

那美丽年轻的姑娘在做什么呀,她在呼唤和找寻她的猫儿。打开衣柜看看猫儿在不在里面,掀起床单看看猫儿有没有躲在床底下。由于极度的惊恐,猫儿们已不听主人的呼唤,各自乱窜乱跳。她捉迷藏似的才抓住三只,当花初三走到她面前时,她把三只猫交给他,花初三急急把猫从窗口放出去,让它们自己沿着窗台的宽边逃出火场。他对姑娘说,快点,让我救你出去。可是她说,你要抱着我离开这里么?你是陌生的男子,我怎能让你搂抱。我宁愿烧死在屋子里,说着,又去追逐奔跑的猫。花初三不理她,伸手一把抱起，跨出窗口，爬上竹梯。

从竹梯上救下来的不仅仅是叶重生，还有一只猫，是姑娘的最爱，名叫明珠。当花初三从竹梯上下来，站在地面上看热闹的人一起拍掌欢呼，几乎把肥水区所有的耳朵都震聋了。在这么多的响亮的噪声中，花初三却听到一个清晰、温柔、甜蜜、坚决的声音：你如今抱着我，你必须娶我做你的妻子。

轻飘飘的钱

家具店的大火没有把番式家具烧掉，烧掉的只是柴房，火其实不厉害，只是烟多。过了不久，店主就把另一批漂亮的家具送到罗先生的住所去了。他一面和几个伙计搬动家具，一面告诉罗先生：幸好没有给火烧掉呀，不然的话，得重新再做一批哩。家具的确做得极好，罗先生很高兴，他付给叶老板的价钱是一张薄薄的印上花和字的彩纸。这是叶老板从来没有见过的东西。

在肥土镇，叶老板要买什么东西，比如说，米、柴、油，用的都是铜钱，贵一点的，可以用碎银，还有一个个的银圆，当然也有人用银锭。至于这种薄薄的纸，他还是第一次见，拿在手中轻飘飘的，一点重量也没有。没有重量的东西也算钱么？罗先生说，这是银行印的钱，叫钞票。叶老板想想，不用重甸甸的银锭、银圆，也有人用钱票的，这种钞票大概和钱票一样。

"一张纸,很容易给火烧掉的。"

叶老板说,他还没忘记最近的一次火灾。

"是呀,不管是钞票、银圆,放在家里,一旦发生火灾,都会给烧掉的。"

"银圆不会被火烧掉的吧。"

"房子倒塌了,恐怕找不到了呢。"

"那怎么办才好?"

"把钱存到银行里去吧。"

"银行?"

"对,是银行。"

"是很有钱的人去的地方吧。"

"很有钱的人、只有一点儿钱的人,都能去。"

"是外国人去的地方吧。"

"不管是外国人、肥土镇的人,都能去。"

"银行不会失火么?"

"比较一般的房子,不那么容易失火,因为是钢铁水泥建造的,铺的又是大理石。还有,把钱存在银行里另有好处。"

"什么好处?"

"比如说,你有一元,放进银行。"

"把一元放进银行。"

"一年后去取钱,会变成一元五仙。"

"赚了五仙。"

"如果存十元，赚五角；存一百元，赚五元。"
"钱会生子。"
"你把一元放在家里藏好，一年后怎样？"
"还是一元。"
"你看，是不是把钱放进银行合算？既有利息，又不用担心火灾。有人替你管钱，不必自己担忧。"

叶老板终于决定把钱存入银行，罗先生答应陪他去一次。那次回来，他给家里的人足足讲了三天，描述银行里外的模样和办理的手续，外面蹲着两头铜狮子，里面的伙计都穿上制服。当然，这是钱财的秘密，他对妻子说，不要随便对外人提起。所谓外人，包括他的妹妹和妹夫。他的妻子对银行还是将信将疑，她说：钱嘛，还是放在自己身边的好。事实上她的丈夫也没有把全部的钱财存入银行。

重甸甸的黄金

家具行的老板终于愿意把钱放进银行，可是，他的妻子却觉得，钱毕竟是放在自己身边好。以前的人不都是把钱缠在腰上么。当然，叶太太没有把钱缠在身上，她把它放在首饰锦盒里。家具行，做一两个小巧的木头雕花木盒还不容易，里面用织锦做，分开上下二层，另做分隔，盒外加一把铜锁。这样的盒子，仔细藏在衣柜里，不知有多好。叶太太有不少这样的盒子，个个雕不同的花，有牡丹绿叶、梅兰菊竹，有书生小姐丫鬟，也有什么花纹图案都没有的，只装配坚固铜角和蝙蝠形锁搭。单单是这一批首饰盒子，就可以细细把玩半天。首饰盒子里装的都是珠宝：珍珠、翡翠、碧玉，最多的是黄金。叶太太最爱黄金。穿穿戴戴，她喜欢珍珠和翡翠，可收藏呢，她爱金子。她是以重量来衡量价值的。珍珠一颗一颗都很小，即使一串，也重不到哪里去；至于碧玉和翡翠，都是一小片一小片，一条鱼，一个圆环，放在手心，绝不会比一粒纸包的陈皮梅重。可金子就不一样了，一只金戒指就很有分量，手镯、项链、锁片更加不用说。金子可以几钱几钱地买，又可以一两一两地买，金子是不怕火烧的呢。空闲的时候，叶太太就把她的首饰盒子搬出来给女儿看，什么戒指、耳环、手镯、项链、发簪，都一件件拿出来。叶重生年纪很小时早已戴耳环和脚镯。

"看黄金要看颜色。记住啦，七青、八黄、九紫、十赤。拿在手上重甸甸的才是真金，用牙齿咬咬，咬不动就是假的金子。还有，真金不怕红炉火。"

叶太太还舍得把金戒指掷到地上给女儿辨声音，假的会弹跳得很高，声音清脆，真的金倒是实实在在"噗嗒"一声。可是银圆就不同啦，用两个银圆互相碰碰，"玎玎"，声音很清很好听，才是真银圆。叶重生对黄金和银圆并无多大的兴趣，她只觉得银圆的声音很悦耳，而银圆上也刻着不同的花纹，有的是一个人的头，有的是一头鹰。她母亲说：这是大头，这是鹰洋，假的不值钱。除了金银，当然，叶太太还告诉女儿什么是翡翠，什么是玛瑙，以及珍珠。

"什么才是好的翡翠呢？要看翠好，水好，地好，美好。翠好，是要翠得浓、阳、正、和。浓，不能淡，要像雨后的冬青树或芭蕉叶，碧碧绿。阳是鲜艳明亮，不可阴暗。正是没有任何杂色混在里面。水好是质地细嫩润滑，通透清澈，光泽晶莹凝重。地好，是除了翠的部分外，别的颜色也要互相衬托，湖绿地、藕粉地、虾肉地、白豆地都好。若是豆青、紫花、绿白，那就差一点。美好，是完美，不能有裂纹、缝隙、杂质、痕迹和缺陷，形状也要自然。"

叶重生对这些也没好好记住。每次母亲把首饰拿出来，她喜欢的反而是雕花的盒子、金线刺绣的荷包和小小的包着首饰的抽纱手绢。叶太太觉得，女儿对首饰不关心，大概是年纪还小，不懂得金钱的重要。倒是她每次搬出首饰盒子，拣起一件翡翠饰物来，脑子里立刻会想起女儿小时候的乳娘。乳娘头上的发簪，正是翠好、水好、地好、美好的一件珍品。不知道一个穷家妇女怎么会拥有那么精致的首饰。

买花露水的下午

肥水街那么多人经过，当然因为这是肥土镇上连接东西交通的要道，另一个原因是，这条街上有许多商店。肥水街的中间是一条马路，两旁是各式各样的商店。米店卖米、豆、粉丝；油店卖油、酱、醋；香烛店卖香、蜡烛、纸扎的灯笼；绣庄卖棉被、绸缎的被面子；等等。又有布匹店、玻璃店，或卖鸡毛掸子、五金、草席、藤椅，三十六行，却能数上一百种不同的店铺。

肥土镇的居民要买东西，都到商店去，要买米，上米店，要买盐，上杂货店，要买碗，上山货店[1]。不过，最近，肥土镇有一间奇怪的店开张了，叫作百货公司。一间店，居然有一百种不同的货物。街上贴着海报，连报纸上也刊登了广告，列明了好多货色，还有图画，兼有番文，说是"士商惠顾请移玉步飞土大道中门牌第一百号至一百零一号敬仁光临是荷"。这成了肥土镇民闲谈的话题。

这天是星期六，银行家胡瑞祥在报纸上看到了百货公司的广告，见到一架留声机，正是他想买的一件新鲜的西洋唱歌新机器，于是他对妻子说，到百货公司去逛逛也好，大公司的衣料一定有新花样。两个人就到百货公司去了。这天，家具店的叶老板在喝早茶的时候，也听到了土语纷纷谈论的百货公司，说是有钟表、珠宝首饰、皮鞋及许多别处没有的货物。其中一件，叶老板一听就竖高了耳朵，说的是一个夹万[2]，上面有很坚固的锁，把钱藏在里面安全极了，给盗贼偷去也打不开，还能防火。叶老板的钱，有的交给钱庄，有的放在银行，有的藏在家里。在家里藏着的钱正需要一个夹

---

[1] 山货店：山货指的是以山上的材料，如竹、藤、草、木等制成的生活用品，如蒸笼、扫把等。旧时香港的山货店，除山货之外，也卖如公鸡碗、水壶、胶盘等家庭用品，更像是杂货店的模样。
[2] 夹万：粤语方言词，保险箱、保险柜的意思。

万。于是叶老板对妻子说，到百货公司去逛逛，开开眼界，那里有番邦花露水，你会喜欢也说不定。夫妇二人也到百货公司去了。

银行家胡氏夫妇在百货公司里浏览过银器、珠宝首饰、缝纫机、番式雨伞、手表。当他们走到卖番邦女子花帽的部门，正对各种奇奇怪怪花枝招展的帽子看得入神，却见到了他们的女儿胡嘉站在柜台背后。家具店的叶老板夫妇到了百货公司，果然像逛游乐场。这店真大呀，好像把肥水街分成三段，一段叠在一段上。肥水街的店，都在楼下，买东西就在店门口的地方，可百货公司不同，可以进去绕圈子，连二楼也是商场。这间店的特点是买东西不能讨价还价，买了会有发票。二人看过了毛毡被褥，参观过雪茄、烟斗、脚踏车、纽扣、家具，来到化妆品的部门，正要看看花露水，却看见站在柜台里面的售货员正是自己的女儿叶重生。

一切都是胡嘉的主意，胡嘉是叶重生的表妹。当银行家在报纸上看到广告里的留声机，他的女儿看到的却是招请女售货员的广告。这时候正是暑假，胡嘉不用上学，为什么不去找点事情做做？大百货公司又是非常整齐清洁高尚的地方，还从来没有招请过女售货员。那时候的姑娘，有什么工作可以做呢？不是去当女佣，就是到纺织厂去纺纱。胡嘉见过的出来做事的女子，可以穿得整整齐齐，不必用很大的气力劳动的，大概只有学校里的老师了。可是，老师是外邦人，而且有的是修女。

胡嘉对叶重生说，女子为什么要坐在家里绣花、煮饭呀，自己不喜欢煮饭，也不爱绣花，去当一阵子售货员吧，因为在那间百货公司做事，下了班可以学珠算、番文和龙文。胡嘉想学珠算，叶重生想学番文。二人真的去面试，一见就录取了，第二天立刻上工。叶重生说，告诉爸爸妈妈才好。胡嘉说，先去做一天，如果不喜欢，以后就不去；如果不错，才告诉父母。结果，二人当了半天售货员，就给父母押回家去了。

茶楼七部曲

家具行的叶老板每天很早就起来了，店铺当然没有这么早开铺，工场也没有这么早开工。早上六点多的光景，叶老板悄悄起床，梳洗穿衣，然后上街去。这时候，叶太太继续睡觉，从来不和丈夫一起上街，因为叶老板是上茶楼去。这种地方，妇女一般都不要去。不管风雨、寒暑，每天早上上茶楼，已经是叶老板的习惯，而且不仅仅是他个人的习惯，还是肥土镇许多男人集体的习惯。

在茶楼坐下，肥土镇的人就展开一连串的嘴巴活动七部曲。这七部曲，当然都和嘴巴有密切的关系，依次排列，大约是这样子：一喝茶，二说话，三吃点心，四吐骨头，五放飞剑，六吸烟，七剔牙。虽说是七部曲，其中也有密度的不同，比如喝茶，就比其他的活动要多些，而排名第一的，则非说话莫属。上述的七部曲，只和嘴巴有关，其他的活动也极鲜明，比如跷一只脚在凳上，或者搓脚趾。

当然，上茶楼是少不了喝茶的，在这个早餐时间，早餐并不重要，也没有人要填满肚子。所谓一盅两件，那么叫两碟点心也就够，可以选择精细一点的虾饺、烧卖，也可以豪放点来一个糯米卷加叉烧包。粉果、干蒸猪肉、排骨、鸭扎、马蹄糕，端看各人的喜好。不过，还是茶最重要，铁观音、龙井、普洱、寿眉，报上一个名字，茶盅茶杯立刻就送到桌上。第一遍冲的水当然倒掉，第二次冲水后，把盅盖盖好，等一阵子，注入茶杯，不错不错，正合意思。一盅茶，冲完再冲，喝完再喝，在茶楼里且消磨一两个时辰。几口茶下肚，接着自然是摆龙门阵，把肥土镇上早先发生的事、最近发生的事、将来可能发生的事，无论大小，畅论一番。飞机表演，马棚失火，大户人家姨太太和账房先生私奔，无一不是话题。茶楼一直是肥土镇的资讯中心，也是街坊的时事论坛。

"世界变啦，昨天有三个大姑娘到我店里来照相。"照相馆的老板说。

"三个大姑娘一齐照个相有什么稀奇。"

"都不听我说完。三个大姑娘，一起扮男装，穿上长衫马褂，难道想做祝英台？"

"说起女扮男装，你们有没有见到时装美女的月份牌？图里的美女，不再是男扮女装，是的的确确的女人，不用扮。"

"你说的美女月份牌，美女穿不穿衣服？"

"当然穿，穿时装，非常摩登。"

"我见过一个，画的是'贵妃出浴'，根本不穿衣服呐。"

"这样的月份牌，怎么挂出来？若是给家里的黄面婆见到，恐怕两只耳朵都给扭断了。"

飞土大道上百货公司开张的事,肥土镇的人是没有不知道的。茶楼里的茶客还知道叶老板的女儿去当了一阵售货员,给押了回家。一个茶客说,良家闺女,抛头露面,不成体统呐。另一个说,又不需要姑娘出去赚钱养家,还是在家里当千金小姐的好。

"报纸上有一段新闻,你们看到没有?"

"什么新闻?"

"招请女人去演影画戏。说是演一出叫作《庄子试妻》的戏,女角不用男人扮。"

"世界真的变啦,售货员请女的做,影画戏也找女的演。"

"叶老板,你的女儿长得那么标致,如果去应征,一定入选。"

"笑话,我的女儿才不会去当戏子。"叶老板灌了一大口茶。

照相馆

重阳节这天,明辉照相馆的老板一早就起来了。早几天,他已经把店铺粉饰一新,还把自己的兄弟请来帮忙。这一天,他一个人无论如何应付不了那么多顾客。打从早上开始,他几乎连吃饭的时间也挤不出来。果然,开门没多久,来拍照的人已经陆续莅临啦。

每逢重阳节,肥土镇的人都去扫墓,同时登高。那些祖先的墓地在山坡上的自然要登高,至于那些先人的墓地在海滨的,也要到

飞毡

山坡上去转一个圈。登高、扫墓之后,并不直接回家,全到照相馆去了。远远就看见照相馆的招牌,写着"明辉影相"四个大字,门口挤满了人。重阳节登高,是为了模仿古人避灾的,至于拍照,是为了要转运。大家相信,拍了照就会转上好运气。在墓地走来走去,又在山坡上闯,谁知道有没有邪魔附身,带回家如何是好。最好的办法是去拍照,只要照相机一亮,邪魔就给照相机吸去了。所以,重阳节那天,登高扫墓之后,一定要上照相馆去拍照。

但重阳拍照,不像过年,可不能一伙人一起照。全家福、夫妇二人或姊妹兄弟等的合照都不行,只可以单独逐一照,因此,的确要轮候很久。照相馆老板在重阳节这天最高兴了,而且,最惬意的还是所有这些来照相的顾客没有一个会来取相片。他们的目的只是站到照相机的前面,听到"咔嚓"一声响。真是好极了,照相机里面根本不用上底片,照了相更不必冲洗、印晒,简直是无本生意。

这天早上,连叶老板在茶楼喝茶时都没见到照相馆的老板,他们是在照相馆中见面的。那时候,天色已经暗了,照相馆还挤满人,这种情况,过春节的时候也没出现过。每逢过年,是照相馆一年中最旺的第二个日子,这次人们来照全家福,相片又要送给亲戚朋友留念。这些相片可是要取回家的,所以拍的时候要特别细心。那时用的是玻璃底片,感光慢,又没有照明的灯光,只靠天然光。所以照相馆都开在二楼,棚顶和窗都用磨砂玻璃,棚下撑起雪白的薄纱布,调节光线得用长竹竿去把纱布拨弄。太阳下山之后,照相馆没有了天然光,当然没有办法拍照了。只有重阳节这天,点上了灯,还有人站在照相机的前面,听那清脆的快门的响声,付了钱,非常满意地回家。

照相馆的老板,这天并没有向花顺记的掌柜投诉,说花家的猫有多麻烦。一来,他实在忙得没有一点空闲,二来,花家的猫这天并不妨碍他的生意。照相馆老板对猫没有怨言,大概一年中除了阴天、下雨,也只有重阳节这一天了。

左邻

照相馆的老板已经投诉过八次了。花顺记家的猫老是跳到他家的棚顶上去。这棚顶是磨砂玻璃的质料,为了要让阳光可以透射到室内,这样才能在室内拍照。可是,花顺记的猫可把这棚顶当作散步、游戏、晒太阳、睡懒觉的好花园了。整日整夜,就有一群猫在棚顶上"嘭嘭嘭"跳上跳下,吵得不得了,这还可以容忍。但这些猫爱躺在棚顶上睡觉,或者走来走去,使照相馆内的地板上、墙壁上,投下大大的老虎影,而且到处移动,使人眼睛也花了。

透光的棚顶不再透明,怎么做生意?对于照相馆的投诉,花顺记一时也想不到对策,不养猫吧,这甜甜的店却有鼠患,要是把猫一只一只全用铁链锁起来,又怎样去捉老鼠呢?花顺记只好对照相馆的老板说,立刻想办法。但办法不易想出来,房子和房子中间起个篱笆,立一道栏杆也没有用,猫是天生爬来爬去,高来高去的。

正当花顺记还在想办法的时候,照相馆的棚顶塌下来啦。

不知道是花顺记的猫吃得太肥胖,还是有的猫太笨拙,或是猫都给斩去了尾巴影响了跳跃的本领,几只猫在棚顶上不知如何"轰"的一声,把棚顶跳穿了一个大洞,跟着"哗哗哗""淅沥沥",棚顶的支架、棚底的玻璃全塌了下来。幸而这天是个阴天,快要下雨了,照相馆停止了照相,但是,照相馆可给毁坏了。还是这几天的事,照相馆布置了新的布景和道具,贴墙的一边搭好了一座月牙形的拱门,门的四周是镂空的花窗和栏杆,门前旁边稍过些,摆了一个高的茶几,几上放了一盆开放得灿烂的纸扎七彩花,而茶几脚边,还搁了描上蝴蝶飞舞的搪瓷矮身痰盂新产品。

装修和布景全给毁了。照相馆过来要花顺记赔偿所有的损失。两家本是好邻居,结果,照相馆认为即使重新装修,那一群猫仍是大患,不如另觅场所,搬到附近重新开店。于是,花顺记把照相馆的房子买下来,恰好花掌柜要娶媳妇了,于是把贴邻的照相馆和花顺记打通,装修之后,楼上给新婚儿子居住,那里地方大,足够放下女家特别设计的一套番式家具。未来媳妇很喜欢,新居所装修时特别留下天花板的一角,仍装上玻璃,用来看星。

右里

照相馆并不是花顺记第一栋购入的房子,花顺记最先购入的是右邻的"蛇王胜"。那是一家卖蛇的店铺,店内摆着一行行高至天花板的铁笼,笼里养了各类的蛇。这种笼子有时还摆在门口的人行道上。蛇店卖蛇,可是从来没有顾客来买一条条活生生的蛇,蛇店的生意是卖蛇羹、蛇胆和蛇酒。店铺的门面一边,搭了一个四方的木柜,里面放着一个大锅,是已经煮好的蛇羹。路人经过,就进店去吃一碗,只见碗内灰灰白白褐褐黑黑,材料是肉丝、笋丝、鸡丝、粉丝和蛇丝。至于哪一条是肉丝哪一条是鸡丝哪一条是蛇丝,其实不易分清楚。内行的人会说,蛇丝是白色的。

有的人只来买一瓶蛇酒,有的人来吃蛇胆。于是,蛇王伙计就伸手进笼里抓出一条蛇,用钻刺钉着蛇尾巴,把蛇像绳子那样扯直,然后在近喉处用刀一割,蛇胆落在碗中,顾客就吃活生生的蛇胆。这样才能活血补心,老板和顾客都这样说。蛇店的门口还放了一块巨大的砧板,砧板上、地面上总是血淋淋的。经过的人都要绕到马路上走一段路才回到人行道上。那些到花顺记来的批发商,推着木头车,更加不方便,因为人行道上都给蛇笼和蛇砧板盘踞了。

试过好几次,蛇走脱了,游进花顺记这边来,那么甜美的荷兰水,大概很能引诱蛇。那天花顺记的一个伙计正在凿冰,看见一条晃动的黑影,起初还以为是猫的尾巴呢,突然看见了吞吞吐吐的蛇头,才大叫起来。别看花顺记的掌柜打理店务能干,一听见有蛇,竟头一个跑到马路对面,反而是掌柜太太,一个胖胖的身躯立在店门口,指挥伙计围捕,并且立刻把蛇王胜找来。大家后来都认为,掌柜原来怕蛇,可能是因为这样,才把家里的猫,全数斩掉尾巴。

蛇王胜给蛇咬啦。被蛇咬对于他来说不算是大事，而且，店里的蛇都给拔掉了毒牙。但这次，蛇咬的不是他的手和脚，而是喉咙，那蛇不知如何飞扑到他身上，一咬咬住了喉咙。幸而没有咬断气管，却留下几个深深的齿印。蛇王胜觉得，一生犯了许多杀戒，也应该回头是岸了。于是和花顺记商量，把房子以很低廉的价钱沽出，宁愿回乡养猪种菜，并且留下一首肥土镇《八大毒蛇劝世歌》：

> 青竹蛇金脚带
> 饭铲头银脚带
> 红脖游蛇爬得快
> 珊瑚蛇谁敢踩
> 过山乌捉来卖
> 山穴蝮蛇咬伤我
> 归隐田园收杀戒

耳语

一次失火，撮合了一段姻缘，花初三真的娶了叶重生。家具行的嫁妆中有一套漂亮得令肥水区所有的姑娘都惊羡的家具，完全是番式的，既有大衣柜、五斗橱、梳妆台、梳妆凳、桌子、椅子，还有一套沙龙椅和茶几，一律白底金花绿叶红玫瑰。那种白，就像耶稣堂里派的牛奶；那种玫瑰红，就像番人喝的葡萄酒。家具沿着肥水街一直运送到花顺记，到街上看热闹的人多得像灯会，坊众们足足谈论了几天几夜。

在众多的家具中，独欠一件，却是很重要的家具：床。女家不能送床。于是，花顺记就得为新婚的年轻人找一张床。每一次找到的床，经叶重生看过，都摇摇头。她从小在家具行长大，漂亮的家具见得多了。而且，怎样的一张床才能配那一套奇异的番式家具呢？结果，却是叶重生在花一花二家发现了一张古老大床。那床简直比一架水车还要大一倍，四周是雕刻的围栏，既有床顶，床前又有垂帐。最特别的还是床的内侧，俨然一个大木柜，满满是一格一格的小抽屉，岂不是一张百子格架子床？百子千孙，大家都很满意。

于是，这张床就搬进了新房，酸枝都抹得洁净明丽，换上薄纱蝴蝶和花朵的绣花帐子，八字形分开挂在床架的两端，垂着彩色的缨络。一件古典的肥土家具和一套番式家具放在一个房间里，竟然非常好看。当年轻的新婚夫妇一起躺在床上，当花初三轻轻搂抱着叶重生的时候，他又听到了温柔、果断、甜蜜、清晰的声音：我如今是你的妻子，除了我，你不可以搂抱任何别的女子。

古老酸枝床，是花一花二家的东西，一直和其他许多奇奇怪怪的东西堆在一个房间里。原来的屋主，是个爱收藏古怪事物的人。花一花二也从来不去理它们，房门可没有锁，但人也走不进去，因为杂物一直堆到门口，一扇门，既不能开也不能关。如果不是花初三带叶重生上红砖房子去看蜜蜂和花园，如果不是叶重生的眼睛锐利，可能根本见不到房内有一张床。她起初见到的只是一幅图案好看的刺绣，高高张挂在木架上，虽然很旧，但花纹却绣得栩栩如生，仿佛房间内有蝴蝶在飞舞。事实上，红砖房子里的房间内有蝴蝶飞舞，是一点也不奇怪的。飞舞的还有蜻蜓、甲虫、蚕蛾等昆虫哩。叶重生从小爱看刺绣，什么花样、什么色彩、什么丝线，一遇上总要仔仔细细看半天。一幅漂亮的刺绣，她当然想看。于是劳动花一花二和花初三，一起把各种杂物搬开。呀，竟是一张古老大床。最吸引人的当然是床内那一列大大小小的抽屉。

这些抽屉有什么用？花顺记的老掌柜知道一点端倪，因为他听母亲说见过这样的床，抽屉是用来装零食的。于是，当你躺在床上，随时可以找到各种好吃的橄榄、瓜子、苹果、花生、蚕豆等酸酸甜甜的食物。如今这床搬到了花初三的家，他竟像小孩子似的常常打开抽屉，看看有什么好吃的零食，可是抽屉里什么吃食也没有。

"怎么没有好吃的东西在抽屉里？"他问。

"如果放满零食，可不惹来满床蚂蚁么？"她答。

叶重生不知道传说中的人家在抽屉里放零食会不会惹来一床蚂蚁，花顺记的蚂蚁是操兵一样多的。她宁愿把零食用陶罐装好，放在木柜里，即使有虫蚁，也不用把整张床翻转。有时候，她把好吃的零食放在碗里，把碗搁在盛了水的面盆中央，这样也能避过蚂蚁。有什么办法呢，花顺记到底是一家荷兰水铺呀。

那么多的抽屉，该放些什么好呢？叶重生看来没有什么特别的打算，既没有放她心爱的绣花线、剪纸花样，也没有放她的耳环和珠宝。只有一两个抽屉里放着抽纱的手帕和一把檀香扇子。结了婚许多日子，床内的那些抽屉几乎仍是空的。有一天，花初三又像孩子似的打开抽屉看，一面搂抱着心爱的妻子。他又听到了温柔、决断、清晰而熟悉的声音：记得不可搂抱别的女人，不然的话，我就会用你的斧头把你斩成三十二截，把你的眼睛放在这个抽屉里，把你的耳朵放在这个抽屉里，把你的鼻子放在这个抽屉里，把你的嘴巴放在这个抽屉里，把你的心放在这个抽屉里……

二人世界

花初三和叶重生，是结婚之后才开始恋爱的。以前，他们并不相识，一场火灾，成为他们的大媒。两个人曾经是多么地陌生呢，如今他们一点一点、一天一天渐渐去了解对方的性情、喜好和生活习惯，常常穿哪一件衣衫，钟爱哪一些颜色，选择甜的还是咸的食物。他们常会傻傻地注视对方的一言一笑，记忆一句话，感觉肌肤的暖意。晚上，躺在古老的大木床上，年轻的夫妇似乎有永远也说不尽的话题，童年的生活，仿佛一个个奇异的故事。

"你小时候读书用不用功？有没有被老师用尺打手心？"

"让我一件一件告诉你。"

"谁教你唱那么多小孩子的歌?每天早上,谁替你梳头发?"

"我也会一件一件告诉你。"

他们常常互相拥抱着,一觉睡到天亮。可有时候,却在半夜醒了,而且一齐醒来。是墙上的布谷鸟钟把他们惊醒的。那钟一直按照自己的兴趣走动,从不准确报时,长针短针老是懒洋洋的不肯移动。但忽然在一个深夜,它却精神百倍起来,钟上的一扇小门自动打开,飞出两只小鸟,拍动双翼,"布谷、布谷"那么叫两声,然后又飞回钟内,小门也跟着关上。年轻的夫妇相对看一眼,互相微笑。这时候,他们没有继续再睡,因为星在他们的头上遥远的地方闪烁。这房间本来是照相馆的摄影房,屋顶上本来装着磨砂玻璃。装修的时候,特别留下了天花板的一角,敞了一个可以开启的天窗,晚上透过玻璃,可以看见满天的星斗。下雨的时候,雨水滴滴答答,打在玻璃上,仿佛无数的花朵。

被布谷鸟钟惊醒了的花初三和叶重生,不再睡觉了,因为月亮的光从天窗上泻下来,他们都看到一把银色的天梯,他们的思想也跟着这天梯一直攀升,到窗外辽阔的空中飞行。很久很久,他们才渐渐再次入睡,彼此拥抱得更紧。可是,有些夜晚,他们被闹醒后,再也无法睡眠,因为是火烛馆的铜锣响起来了。只要锣声一响,就等于宣布:肥水区发生火警。听到那熟悉的锣声,花初三会立刻从床上跳起来,穿上制服和水靴,一手抱着头盔,一手提起斧头,出门赶到火烛馆去。

斧头党人都到得很快,最早到的推出水车,其他的人,举梯子的举梯子，带射筒的带射筒，一齐赶到火警的现场。当这批人走了不久，还有一个人赶到斧头党的总部来了。这个人不是斧头党员，而是叶重生。哪里有火？她问。事实上，肥水区没有多少条街，只要站在街上，抬头就可以见到发生火警的地方冒出浓烟。但是叶重生自己绝不花时间去找，到火烛馆问清楚再说。

每当花初三迅速赶去灭火，叶重生也跟着起床，披上衣衫，穿上绣花鞋子，拨拨头发，照照镜子，独自一人也跑到街上。过了不久，街上一片喧闹，很多人赶来帮忙，也有人争看热闹。火烧得厉害不厉害，受伤的人多不多？叶重生并不理会，她只盯着靠着楼房的梯子，找寻花初三的踪迹。啊啊，花初三救出一个人来啦，救人和被救者沿着梯子平安下地。叶重生静静地看着，哦，救出来的并不是女人，叶重生笑了。

气味的联念

花初三平日在楼下店铺里帮助父亲打理生意，批发荷兰水，管理账务，忙得不得了。一忽儿送冰的人来了，一忽儿回收的荷兰水瓶运来了，一忽儿要去煮糖浆了，一忽儿要清洁瓶子。花顺记虽然伙计不少，可是花初三从小什么都做，绝对没有少爷架子。

叶重生从来不到工场来，她老是穿着绸缎的绣花鞋子，店铺和工场都是水，而且，荷兰水装瓶时偶然也有意外，瓶子被气迫裂了，四处飞溅，常常伤人。因此，大家都不让她帮忙。她多数整天待在房间里绣花，自己绣鞋面，绣枕巾。有时候，她也会到街上去，买些胭脂水粉，买几朵香白兰放在窗前的小几上，使房间里整天弥漫着一片花香。有一个地方她常常去，就是对面陈家妈妈的铺子，她去喝莲心茶。家里那么多荷兰水、果子露，叶重生一概不喜欢，而且都是冰冰冻，喝得人心也凉了。她喜欢喝热的东西，宁愿选择莲心茶。

莲心茶带点苦味，叶重生就是喜欢这种味道，和橄榄相似，可又不一样。她不喜欢很甜的食物。在莲心茶铺子里，她一坐就能坐一个下午，当然不是一直在喝茶。喝茶也不过是一盏茶的时光。她其实是在帮陈家二位老人家的忙。在肥水街，荷兰水生意较好，爱喝的人渐渐多了，可莲心茶呢，生意普普通通。要知道，在肥水街，单是卖凉茶的铺子就足够抢去莲心茶的生意。但陈家二位老人只会煮莲心茶，每天煮两锅，还常常卖不完。因此，他们兼做一些家庭手工业，帮补家计，也可以打发时光。

家庭手工业是什么呢？其中之一是包装话梅、糖姜、橄榄这些凉果。到店铺去接一盆凉果，回来在家里做，包好了送回去，这样可以赚些钱。包凉果很容易，用筷子把一个凉果先放在一张小小的四方蜡纸上，包好，再在外面包上印好名称和店号的纸，把纸两端一旋，扭成蝴蝶结的样子就完成了。但包凉果并非一年四季都有，冬天很少人做凉果。一年四季都可以做的家庭手工业是卷烟，而且永远有货，长年发出来给人做。

陈家二位老人不知肥土镇什么时候忽然有了这么奇异的烟，是番烟，和肥土镇人一贯抽的不一样。当地的人也抽烟丝，用一张薄纸，用手卷，烟丝很粗，卷起来每一支烟粗细不一样。番烟呢，烟草公司会发烟草和卷纸，还有一个卷烟的小机器，长短就是一支烟的尺度，打开盒盖，有一道深沟和一道窄缝，深沟里装满烟丝，窄缝里放一张烟纸，只要旋转两端的转轴，纸片转呀转呀，把烟丝团团围住，纸张边上有胶水，沾点水就能把接口粘住。卷烟比包凉果干净，因为不惹苍蝇。

叶重生就在莲心茶铺子里，喝一碗莲心茶，然后也帮忙卷烟。她有时会送点小礼物给老人家，比如说，一双露出手指的手套，在冬天的时候，戴上这样的手套卷烟再好也没有了。那手套是棉的，还绣上花哩。老人家也会送一点小礼物给叶重生，比如说，将近过年，送的是一个铁皮的月份牌，正是他们到烟草公司去讨回来的。至于一些香烟盒子里的画片，叶重生没有孩子，都给花顺记的伙计们带回乡间给孩子玩。

每次卷过烟回家，叶重生就带着一身的烟味了，无论她怎样洗总洗不掉，房间里的白兰花也没能把烟味淹没。晚上躺在床上，花初三搂抱着她，笑着说：啊呀，好像和一个男人睡在一起。叶重生说：那我以后不去卷烟了，还是包凉果吧。花初三说：啊呀，那我就和一个话梅睡在一起了，好酸好酸，比最厉害的醋还要酸。叶重生说：那我去煮莲心茶吧。花初三说：你的胆子真大，陈家铺子有鬼哩。

冬鬼

当花初三对妻子说陈家铺子有鬼，他的妻子说：夏天没有鬼。一个说有鬼，一个说没鬼，都没有说错，因为二人所指的鬼不一样。在肥土镇，大家叫印度人作摩啰。至于其他金头发银头发蓝眼睛绿眼睛的番人，一律给叫作番鬼，番邦的女子则叫作鬼婆。莲心茶铺里有鬼么？夏天的时候没有，冬天的时候有，因为一个叫作花里耶的外邦人，到了冬天会租莲心茶铺的阁楼住。

花里耶是突厥人，他到肥土镇来做生意。将近冬天，他就来啦。有一年，一个身穿条纹宽脚裤子，小花朵长衣衫，满脸胡子的外国人在肥水街来来往往走了好几天，终于，他看中了莲心茶铺子。讲了半天，才知道他想租半边铺子做生意，因为那铺子不过是一张桌子，上面放着一摞碗，旁边有个大锅。陈家老先生对他说，铺面太小，实在腾不出半边给他做生意，你到对面花顺记去，他们的铺面大，冬天又不做荷兰水生意。

的确，花顺记荷兰水，一年只做半年生意，生意好，半年已经够整年的开支，还有许多盈余。入秋以后，不卖荷兰水了，天气冷了，谁还要喝冰冻的水呢？每到秋末，花顺记制造荷兰水的机器停顿下来了，批发的小贩不上门，送冰的人也不来了，伙计们再也不用忙碌。于是，有的回乡下和家人团聚，过了年才回来，有的呢，就做一些别的营生，赚点钱。冬天的花顺记，是伙计们赚外快的好时光，他们卖炒面，做糕饼，总之会做什么就做什么。铺面又宽阔，因为是和隔邻的房子相连打通了的，所以，总能租一半出去给人做别的买卖，有时会是弹棉花，有时会是炒栗子。年年不同。

衣着奇异的人到花顺记来了，于是和花掌柜租下半间店铺，卖的倒是有趣的物事，因为新奇，肥水街看的人也多，奇怪的是，偶然还有番人来买哩。花里耶的铺面上摆着茶壶，挂着金色银色条纹的布料，还有一卷卷的地毯。其实呢，他主要不是来肥土镇做生意，他是要到巨龙国去办一批陶瓷，回到家乡去卖的。肥土镇不过是他中途的转运站，他总不想空手来，于是带一点家乡的特产，卖掉当然好，卖不掉也无所谓。他会在肥土镇逗留一阵子，等船期，学肥土语，然后上巨龙国，办好货，仍回肥土镇，再回家，肥土镇是海路四通八达的地方。

铺面租好了，可住的地方呢？花里耶随身也有一些行李和货物。花顺记的掌柜说，租莲心茶铺子的阁楼吧，那地方常年空着。的确是这样，莲心茶铺子的楼上从来没有人居住，陈家二位老人年纪大了，走楼梯觉吃力，又很麻烦，所以一直住在楼下的店铺后面，前铺后居，已经几十年了。不久，花里耶搬到莲心茶阁楼上去住，每天到花顺记这边来看铺子，店铺面对面，方便极了，花里耶很满意。冬天过去，他上巨龙国，舍不得肥水街的地方，花顺记掌柜答应到了冬天仍租给他做生意，而陈家老人的阁楼，就由他一年四季堆放货物，随时欢迎他回来，只要他人不在就不收租。花里耶很喜欢肥水街的坊众，常常跷起一只大拇指说：秦，秦。他认为，肥土镇的人是秦人。

肥水街的小孩子，经过花里耶的铺子，还叫他摩啰，或者叫他番鬼,他们不知道他是突厥人,既不是摩啰,也和一般的番鬼不一样。叶重生所说的鬼,指的正是花里耶,因为冬天的时候,他住在莲心茶铺子的阁楼。可是花初三说的鬼,不是他。

鼠声

花里耶搬到莲心茶铺子的阁楼去住,行李不太多,大概七八袋的样子。每天早上他就提一个袋子到对面花顺记去开铺,晚上又提着袋子回家。他才一个人,花顺记的掌柜说,到我们这里来吃饭吧,横竖每天都煮许多人的饭,不过多一双筷子。但花里耶没有接受好意,因为他不吃猪肉,花顺记家的菜锅里常常不缺猪肉。于是每天他就自己煮东西吃。在肥土镇住久了,自然会融入当地不少的土风。比如说,每天早上,他会到小巷子去买早餐,常常吃猪肠粉。雪雪白的粉卷,加些酱油,添些辣酱,撒上芝麻,好吃极了,又是热腾腾,吃了很饱。第一次去吃,他问别人这叫什么,别人说是猪肠粉,一只猪的猪,肚肠的肠,他吓了一跳,以为有猪肉,后来才知道是米粉卷,却不知道为什么起了猪的名字。他常常和肥水街的人打交道,肥土语也渐渐地道起来。

当然,花里耶保持了他家乡的生活习惯,就像他的皮肤的颜色,永远和他粘连在一起。比如说,每天总有五次,他要跑回家去,打开一幅地毯,跪在上面,对着一个他确定好的方向膜拜,天天都这样，在这个时候，谁都不可以打扰。所以，有些人经过花顺记，虽然店铺上摆着许多奇异的货物，却见不到花里耶。铺面整天敞开，没有人看管，花里耶也很放心，花顺记的伙计都在那里，而且，对门还有他的房东，好像早有替他看守铺面的默契。

许多许多年以前，陈家夫妇在肥水街开莲心茶铺子，那时候的铺面很深，因为夫妇二人的卧室在阁楼上，后来，他们搬到楼下，铺面因此也短窄了一大半。夫妇二人在阁楼上休息，晚上常常听到声音，两个人都听到，显然不是做梦。那声音仿佛人声，不是一个人，而是许多人，一群人，兴高采烈地在宴饮。楼梯上咚咚咚，响着脚步声，然后是椅子搬动、杯盘交错的声音，水声，笑声，气氛是非常欢乐的，甚至屋子外面的街上还有马蹄嘚嘚的声音。他们试过起来看，隐隐约约地似乎见到很多影子，穿着华丽的衣裳，都是飘逸的服饰，仿佛书生、小姐、丫鬟、侠士，既有人舞剑，又有人吹丝竹管弦，虽然朦胧，但也能够辨别，仿佛很遥远，却又近在眼前。

到底是怎么一回事呢？有一次当花顺记的掌柜太太到莲心茶铺子来闲话家常，陈老太太就问起来，花太太说：是狐仙呢，没有事的，有狐仙的地方会兴旺的呀。如果想心安，就立一个"狐大仙之位"的灵牌，安放在屋子里。这牌位如今一直留在楼梯脚的墙边，陈老太太每天早晚上一炷香。许多年以后，陈家夫妇也会到阁楼上去看看，到了晚上，仍是一片宴饮的声音，可人影渐渐模糊。一次，她对花太太说，以前还见到人影，如今只剩下声音了。不知道是什么缘故。将来会不会连声音也没有了呢?

声音一直没有消失。当花里耶搬进阁楼,晚上仍可以听见楼梯响,楼板上似有什么走动。房东好几次对他说:我们家有狐仙。他笑着说:是不是你们秦人的神仙呀?世界上没有狐仙的吧,我信安拉,安拉是唯一的真神。至于晚上听到的声音,他说是老鼠。

虎斑明珠

第二年的冬天,花里耶到肥土镇来的时候,除了带来一些家乡的特产,还有一只猫。骨骼粗健,满身虎斑纹,一看就知是突厥猫,头大、脚粗、全身松长的毛,尾巴像鸡毛掸子。猫很小,可一副充满自信的模样,很努力爬过门槛,爬到一半,打了个翻滚,摔了一跤,跌到门槛的另一边。爬起来,摇摇尾巴,不明白刚才发生了什么事。不知道是猫还小,还是莲心茶铺子根本没有鼠患,一直没捉到老鼠。每天早上,花里耶看见楼梯口整整齐齐,一字儿排开,陈列着七八只不会动弹的蟑螂,当然是猫的杰作了。

猫很静,晚上花里耶睡觉时,它也睡觉,整夜都没有猫的叫声。可是楼梯的响声、杯盘的水声、桌椅的移动声,依旧和以前一样。春天的时候,花里耶从巨龙国办了货回来,要回家乡去了,这猫怎么办呢?送给陈家吧,看来他们也喜欢它,的确,房东很喜欢猫,可是花里耶那天在厨房里煮饭,听见房东的疑惑:会不会打扰了狐仙呀？世界上有没有猫狐仙呀？

　　花里耶想过把猫送给花顺记的掌柜，那里甜食多，老鼠也不少，而且花顺记就养了不少猫。但是，花里耶不愿意把猫送到对面的店去，因为花顺记的掌柜每次饲养一只新买回来的猫，总要把猫的尾巴斩掉。他见过一次，掌柜把猫捉住，把尾巴按在砧板上，拿把菜刀，用力一斩，猫儿大叫，砧板上血淋淋的。不知拿些什么土药涂在伤口上止血，那猫一直要痛叫几个小时。花里耶爱猫，绝不肯把猫送给他。

　　最好有一个爱猫的人，把猫送给他才好。在肥水区没有人不知道谁最爱猫，当然是家具行的姑娘。于是，花里耶的猫就送给了叶重生。花里耶每年冬天带一只小猫上肥土镇来，过了冬天，就把猫送给叶重生，都是突厥大猫，身体强壮，国字脸，活像一只小老虎。后来，肥土镇的海关发布了新的规则，凡带动物进口要检查，又得办理许多手续。花里耶嫌麻烦，再也不带猫了，何况那些猫并没有令阁楼的奇怪声音停息下来。

　　突厥猫愈大愈漂亮，又威武又温柔，尾巴又粗肥，简直可以当地拖。在众多的猫中，最早送给叶重生的一只是她最喜爱的，她给它起了个名字叶明珠。这猫叫全家的人都惊异不已，因为它爱钓鱼。家具行的铺面虽然摆的都是桌椅几架这些木头制品，可是也在家具中间摆几件装饰。比如那张八仙桌上吧，就摆了一套陶瓷的八仙；另一张茶几上放着福禄寿三星；古玩架上则有三彩的骆驼、雕漆的花瓶、玉马等等。在古玩架的旁边，放在地上的一个雕花托架上，搁着一个水缸般圆阔矮身的青花瓷盆，里面养着八尾朝天眼金鱼。在这么矮圆的瓷盆里养朝天眼最好看，因为从上面俯看下来，刚好看到金鱼朝上水泡汪汪的大眼。

金鱼缸旁边有一张圆鼓凳，本来是让人坐着看金鱼的，可后来一直给猫儿占据了。叶重生的猫就爱在凳上看鱼，而且虎视眈眈的，不时用爪去捉金鱼，曾有一只笨拙的猫，鱼没捉到，自己掉进了鱼缸。所有的猫都会伸爪进鱼缸，只有明珠，它常常一尊石像那样端坐在木凳上，把尾巴垂到水中。但它从来没有钓到一条鱼，可能是因为金鱼太小，它的尾巴又太粗，看来它也不介意。叶家的一个伙计说，如果由他替猫起名字，就叫姜子牙。

莲心茶

没有人知道陈家二老是什么时候到肥土镇来的，也不知道莲心茶铺子是什么时候开的，只知道，有肥水街的日子，就有了莲心茶。花顺记一家还在肥水街上卖西瓜的时候，莲心茶铺子已经开在对面。打理店务的，一直是两个老人，也没有别的伙计。不用说，人人看得出，那店生意奇差，店里的苍蝇也比别家少。真不明白这样的店怎么可以一年一年挨下去。

每天早上，陈家老太太在厨房里把一大把晒干了的莲子，也不剥去莲心，就扔进一个大锅里煮，既不加糖，也不下甘草、陈皮，就那么寡寡地煮。若是夏天，在市场上买到荷叶或莲蓬，最多扔一块荷叶，或是一个莲蓬进锅子，煮上三个钟头，就成为莲心茶。陈老先生把莲心茶用勺子舀入碗里，盖上一方玻璃片，搁在店铺门口的柜台上卖。莲心茶很苦，喝的人都紧皱眉头。一天卖不了多少碗，玻璃片上的水珠都落回碗里去。

那样子的苦茶，在肥水街上已经卖了许多年。店铺的陈设，茶的味道，经营的方式，店内的人物，一直不变。陈家二老好像一点也不在乎，每天依旧老样子守在店内。只有他们自己坚持莲心茶是好茶，常常对顾客说，茶是苦一点，但喝了可以止渴生津，对身体有益。他们还常常说，莲心茶是祖传的茶，莲心就是心连心。喝的时候不觉得，过了许久，都会想起来，因为想起了茶，就会想起肥水街、肥土镇。喝茶的人和茶之间会产生心连心的记忆，这是需要很多日子慢慢培养的，所以，莲心茶一定得苦。

并没有人懂得陈家二老这一套道理，事实上，他们愈来愈沉默，对任何人都不大说话了。店铺一天比一天破旧，生意一天比一天差。连花里耶也看不过眼了，他虽是过客，可住在茶铺的阁楼上，天天和老人见面，还常常一起在厨房里烧水煮东西。于是，花里耶就向老人家建议，改变一下做生意的方式。他认为，单卖莲心茶是不行的，应该打开销路，卖许多种不同的东西。比如说，可以卖荷叶饭，可以卖甜香的桂花糖莲藕，可以卖新鲜的荷花，可以卖糖莲子，卖红枣莲子百合汤。如果这么一开始，还可以扩展业务。既然做荷叶饭，为什么不做裹蒸粽、糯米糍？既然卖糖莲子，为什么不顺便卖糖冬瓜、糖椰圈？既然卖新鲜的荷花，为什么不同时卖新鲜的菊花、剑兰和姜花？既然卖红枣莲子百合汤，为什么不卖花生糊、杏仁茶、芝麻糊和红豆沙？

花里耶在肥土镇住了一阵，的确和本地的生活打成一片，连肥土镇的甜食也如数家珍起来。他的建议其实是不错的，因为他是一个做生意的人，长了一个做生意的脑。可惜，陈家二老一面听，虽然一面点头，一面眨眼，但并没有采纳他的意见。

"我们只有两个人，四只手，又老了。"一个说。

"我们又不会做裹蒸粽、荷叶饭。"另一个说。

花里耶住在莲心茶铺子的阁楼，每天喝的是什么茶呢？是他家乡人人喝的一种糖茶。他一直带着家乡的杯子，葫芦形状，玻璃的小杯子，得用一个小碟子盛着。花里耶每天烧些开水，用玻璃杯冲一杯红茶。喝的时候，他把糖放进杯子，用小匙搅拌，这糖茶是花里耶挺爱喝的。不过，后来，他在莲心茶阁楼住久了，看看陈家二老的光景，也就不再喝家乡的糖茶，竟天天喝一碗莲心茶。

"将来，你就会记得莲心茶的。"一位老人家说。

"你会怀念肥土镇的。"另一位老人家说。

移动的烟囱

花初三觉得满身烟味的妻子好像男人，那是他少见多怪的缘故。因为在他的家里，抽烟的都是男人，大半是做荷兰水的伙计。他们在洗瓶子的时候抽、交收批发的时候抽，吃过饭就更加抽得逍遥自在了。反而是花初三一家人不抽烟，他的斧头党弟兄们更加不抽烟。这个组织注定要和烟火作对。再说，他根本就不和女人待在一起，见到的也多半是不抽烟的女人。叶重生可不同了，她从小就闻惯了烟味，而且见惯了抽烟的女人。

叶重生的姑母很少上兄长的家来，除了过年吧，因为她是一个爱抽烟的人。兄长的家是家具行，一直禁止任何人抽烟。她不到叶重生家来，可叶重生常常到她家去，因为那里有大花园，还有金鱼池。在姑母家里，叶重生就见到她抽烟了，抽的是水烟，手中握着一只像骨牌的七字那样的锡壶，底下四四方方，像竖立的扁盒子，从这盒子中伸出几条圆管：一条是用来吮吸的，一条是放上烟点火的，一条是放些通烟管的帚子的。吸这种烟的时候，会发出一阵呼噜噜的水声，可不会把水吸进嘴里。如果叶重生去吸呢，不用说，每次准是吸了一嘴巴又辛辣又苦涩的黄水。

姑母抽烟的时候，左手握水烟壶，右手拿着一支火捻子，火捻子是用纸卷起来的，长短粗细就和一支筷子一样。叶重生也用纸折过，可要卷得松松细细的才好，卷得粗了会散开，紧了会点不着，容易熄掉。火捻子很奇怪，一点燃之后，会一直燃着，纸上端露出一小圈红光，并不会烧起来。若把纸捻子放近嘴巴，一吹，火光就来了；如果不要火烧起来，一吹，火又没有了，仍剩下红光。

另外一个爱抽烟的女人，是叶重生的乳娘。家具店不准抽烟，她知道，可她就是偷偷地抽。有时借故背着叶重生上街，在街上就自由自在抽起来，一面和其他的妇人聊天。她抽的是生切、熟烟那一类的烟丝，只用一张薄纸松松一裹，做成小小漏斗的样子；抽的时候，好像嘴上咬着一朵喇叭花。她整天在街上逛，和附近的许多店铺都混熟了，又和待在后门洗衣煮饭的妇女打上交道，很容易去取一枚烧红的炭把烟点燃。

女人抽烟有什么稀奇，她对叶重生说，早几年，她在一家很富裕的人家做乳娘，那家人老爷、太太、大少爷、二少爷、大少奶奶、二少奶奶，连千金小姐也都抽烟，可不是这种拿在手上的烟，是用大竹筒装着，躺在榻上，天天抽。抽了，精神顶好，不抽，眼泪鼻涕一齐流。身体愈抽愈弱，愈弱愈要抽，真是可怕。听说，那是一种洋烟，很贵，一家人抽得很瘦很难看，抽得连房子也卖掉，简直是倾家荡产，这种烟害人不浅，番鬼没安得好心。

除了爱抽烟，这乳娘却照顾得叶重生无微不至，仿佛她是伊的女儿。上街的时候，她用一条䙓带背着她，在家里总是抱着她。小孩快要睡觉了，她就唱起童谣来。

排排坐

叶重生的乳娘会唱儿歌，小孩子快要睡觉了，她就抱着婴孩摇呀摇，唱着自己熟悉的歌：

一更天，想睡眠

蚊子嗡嗡嗡嗡叫

二更天，想睡眠

老鼠吱吱吱吱叫

三更天，想睡眠

猫儿咪咪咪咪叫

四更天，想睡眠

狗仔汪汪汪汪叫

五更天，想睡眠

公鸡喔喔喔喔叫

小孩渐渐长大，就牙牙学语跟着乳娘唱。

落大雨，水浸街。**乳娘说。**

浸街。**小孩说。**

阿哥担柴卖。**乳娘说。**

柴卖。**小孩说。**

阿嫂做花鞋。**乳娘说。**

花鞋。**小孩说。**

小孩很快就会走路，端张小矮凳坐着唱：

排排坐，食粉果

猪拉柴，狗烧火
猫儿担凳重生坐

有一首歌，叶重生的妈妈听了不喜欢，所以乳娘以后没有再唱：

鸡公仔，尾弯弯
做人新抱甚艰难
早早起身都话晏
眼泪未干入下间
下间有只南瓜仔
老爷又话蒸，安人又话煮
蒸蒸煮煮都唔中意
拍起台头闹到五更
三朝打断三支夹心棍
九日跪烂九条夏布裙

小孩子喜欢唱儿歌，最爱唱团团转：

团团转，菊花园
炒米饼，糯米团
阿妈叫我睇龙船
我唔睇，睇鸡仔

鸡仔大，捉去卖

叶重生五岁的时候，乳娘就离开她了。叶家本来是想继续留着她照顾孩子，可是发现了她极爱抽烟，终于把她辞退。于是，小孩在家里自己唱着乳娘教过她的歌。

月光光，照地堂
年卅晚，摘槟榔
槟榔香，摘子姜
子姜辣，买菩达
菩达苦，买猪肚
猪肚肥，买牛皮
牛皮薄，买菱角
菱角尖，买马鞭
马鞭长，起屋梁
屋梁高，买张刀
刀切菜，买箩盖
箩盖圆，买只船
船沉底，浸死两个番鬼仔
一个红毛鬼，一个法兰西

家具行发生一场大火之后，叶重生有一天忽然哼起几句童谣来：

> 嗳姑乖，嗳姑大
> 嗳大姑仔嫁后街
> 后街有鲜鱼鲜肉卖
> 又有鲜花戴

叶重生长大后真的嫁到后街去了。因为她住在染布街，染布街的背后是肥水街，肥水街的背后也就是染布街。

鸡毛掸子

鸡毛掸子的生意一直不错，肥土镇的人，除了番邦人，几乎家家户户都有鸡毛掸子。鸡毛掸子的用法，在女子手中和在男子手中不完全相同。许多时候，鸡毛掸子被用作教育工具。比如说那些顽皮的小孩，天天总要受鸡毛掸子打一顿。那时候父亲拎起鸡毛掸子的一端就满肚子怒火狠狠抽打小孩，甚至有母亲高举一根鸡毛掸子在街上冲锋陷阵追打儿子。鸡毛掸子在街上大出风头是众目睽睽的事。但有时，却不为人见，而只可意会。比如说，一位名叫淑贞的夫人，今天又在闺房中上演一出"肥水街灰阑记"，她的丈夫正跪在一个白粉圈中，头上顶着一个红花绿叶的痰盂，痰盂上面再加一根鸡毛掸子镇压,气呼呼的夫人,还把鸡毛吹得左右摆动。

家具店的老板从来没有用鸡毛掸子打过女儿,连大声骂一顿也没有。但他却是肥水街买鸡毛掸子最勤的人,而且不到一头半个月[1],就得换一根,这完全是街外带来的灾难。染布街,当叶荣华一家搬来的时候,已经是一条不错的街了,中间是一条马路,两边是人行道,路的底下铺着石头,上面铺了柏油。路的两边都是店铺,店铺的楼上住人;若是像益昌大押那样的铺子,楼上还可以堆货。叶老板有时坐在店内朝外望,马路上有马车经过,有木头车推过,有人力车拉过,脚踏车跑过,还偶然有人牵一头牛走过。至于人行道上,一天到晚都有人来往,比起乡下那些烂泥路,染布街好走易跑得多。

很好的一条街,不是已经铺好筑好了么?可是,不到半年,又来了一批工人,翻呀凿呀掘呀,硬把马路或者人行道掘出窟窿。而且这一条土沟还长得很,碎石都翻起堆在路上,泥沙到处飞扬,空中全是白灰黑粉。叶老板可惨了,店里的家具全铺上厚厚的一层泥沙。平日,灰尘也容易吹进店来,所以叶老板每天总要拿着鸡毛掸子把所有的家具掸几次灰,他一天的大半时间做的就是掸灰尘。鸡毛掸子不是抹布,不作兴洗,用过几次,鲜明的羽毛变成泥潭里的鸡一般,毛羽黏搭,黄色褐色的鸡毛也都变成灰黑,又得换一根新

---

[1] 一头半个月:粤语中指大概半个月到一个月。

的了。

街道掘得遍体鳞伤的日子，也是叶老板最头痛的日子。他甚至要把家具用布罩起来，只剩下一两件，更努力地掸灰尘，其他的除非有顾客来看才掀起罩布。肥水区的街道，每次又掘又挖，总要闹几个月，路边的店铺都觉得烦。茶楼的点心沾上了灰，药材铺的药材加上了飞来的沙粒，最倒霉的还有莲心茶的铺子，本来生意已经不好，掘路的工程开始，难道卖灰土茶么？唯一的办法就是只摆两碗莲心茶，而且一直用玻璃片覆盖在碗上，再用湿布罩着，其他的器皿、用具，不断用湿布揩抹。并不特别受影响反而是花顺记，因为荷兰水都以密封的瓶子装好，灰尘进不去。不过，好几只猫变得灰头土脸，整天舔毛梳理。

有一天，街上出现一张硬纸板，放在掘开的路沟旁，上面写着：

　　多谢路政部，天天掘马路
　　生意没得做，灰尘吃饱肚

挖路掘路的时候，大家天天埋怨，可路修好铺好之后，却又欢喜得很了。奇怪，挖掘的虽是道路，得益的反而不是可以走在一条平坦的路上，而是其他人人都觉得方便、非常文明的东西。比如说，那次掘路之后，下雨之后居然没有水浸；另一次呢，家家有了自来水，再也不用雇人到街尾担水回来；又有一次，街道翻开，再铺好，真是先苦后甜，因为肥水街和染布街都有了电供应，肥水区有了街灯。

乳娘管家

街道像一条被剖的鱼翻出了鱼肺鱼肝鱼鳔鱼肚肠，叶重生的乳娘倒没有什么怨言，只不过每天要多抹几次木屐上的灰尘。她还是抽空到街上去。本来，她不过是叶家的乳娘，可却像是叶家的管家，许多事不用她理，她都插一手，大家也乐得有一个这么勤劳的跑腿。别人家的乳娘，空闲的时候不是睡睡午觉，就是替主人家缝缝补补，给小孩子做件小棉袄，或者纳着永远也没完没了的鞋底。她没有。

家里要柴要炭，她就去叫，送五十斤炭、十担柴到家具店。这些燃料消耗得很快。因为吃饭的人多，灶里烧柴，一天除了三餐饭粥，还常常煮糖水，蒸糕饼。至于炭，家具店的花梨、红木、酸枝这些硬木家具，都要打蜡，那些打磨好的素架，先要敷苏木水，涂上均匀的颜色。这时候就要把木头烘热，一面烘热一面涂上蜂蜡，让蜡质融进木头里面，然后用干布用力揩擦，把浮蜡擦去，可不出现一件件纹理清晰、颜色雅致的家具？木头上的棕眼也给蜡填平了。暗哑的木头，一经打蜡，像绸缎一样光亮，那些黄花梨木，简直就如琥珀一般透明。

火水灯当然又是乳娘抢着去加燃料。她把灯盏斟满煤油，把灯芯剪得整整齐齐，把铜灯托擦得亮锃锃，把那两边圆窄而中间肥凸像个大肚子女人的灯罩仔细抹干净。煤油的烟总是很快就把灯罩熏黑，灯罩很薄，乳娘试过打碎不少，连叶太太自己也常常打碎灯罩呢。要去买灯罩啦，乳娘说，于是背着小小的叶重生上街去了。

家具行一带的商店，人人认识乳娘。她和药材铺尤其熟，平日买些甘草橄榄、陈皮梅和杏脯，一头半个月买些清补凉、银菊回家，头痛发热就去买些王老吉盒仔茶。她有时生病，也不用看大夫，把病情告诉药材铺的师傅，就带了药回家。面粉店、米店、油店，她无一不熟，不但是店，连街上的摊贩她也熟，尤其是卖熟烟生切的和卖茶籽饼、刨花的女人。茶籽饼用来洗头，刨花可以梳光滑的头发。

翻开的道路上碎石纵横，她一脚高一脚低地走着。她常常说，建造这条马路，她的丈夫没有功，也有劳，因为她的男人是采石场的碎石工，长年累月就在石矿场敲敲打打。那些一根根、一条条的石柱都运去造房子，至于碎石，就运来铺路。见到碎石，她仿佛见到了丈夫。她常常记挂着丈夫，但又不想常常见到他。她为什么出来当乳娘？不，家里生活还过得去，并不愁吃，不愁穿，而且，她的丈夫还当上了采石场的工头呢。出来当乳娘，是和丈夫吵了架。她不喜欢生孩子。她悄悄地对叶太太说过，可是丈夫喜欢生孩子。这有什么办法呢？丈夫说，娶一个老婆就是为了生孩子。

惑人的市声

"卖火水啊。"肥土镇的人与中世纪的西方炼金术士所见略同,大家都把新奇的事物称为"水"。会燃烧的水,水上冒火的水,自然叫作"火水",绝对不叫作石油。

只要听到街上有人在叫卖什么,叶重生的乳娘就兴高采烈地朝外跑了,明明是打着瞌睡,也变得精神奕奕起来。她整个人好像全部的感觉器官都长在耳朵上,很仔细地搜索街上的市声。卖煮蚕豆的小贩经过,她去买一包蚕豆,卖甜酸大头菜的人经过,她也去买一包。小贩都在门外经过,她故意拖拖延延,等小贩走过好几家店铺,甚至拐弯,才在后面追着去买,所以,每次她去买零食什么的,总要好一阵子才回家。乳娘只有用这个方法才能在街上抽几口烟。

其实乳娘并不太有兴趣买火水,因为拿一个瓶子去装,一分钟就把瓶子装满了,根本没有时间可以好好地抽一阵烟。最好的还是补锅补钟,或者磨刀的经过,那么,拿个锅出去补补或者拿把剪刀出去磨磨,总可以抽个够。还有一种小贩也是乳娘极为欢迎的,他们是箍木桶的人。不过,他们不常经过,因为生意很好,肥土镇本来是渔港,渔船和鱼栏就有许多木桶,茶楼酒楼又用许多木盆洗碗碟,单是替这些行业的人箍破损了的桶,已经不必再挨门挨户地去兜生意了。

家具店有不少伙计,都是巧手的木匠,能够做精致的八仙桌,古玩柜,就是不会做木桶木盆,因为家具的接驳方法是入榫,而木桶木盆是用竹片箍。那么多的木匠师傅,木桶坏了,还得借助箍桶的人来修理。没有了木桶,用什么盛水呢?没有了木盆,用什么来洗澡呢?还有,没有了马桶,到什么地方去方便呢?

大家都不明白为什么乳娘的一双木屐坏得特别快,十几天一次,木屐上钉的帆布就断裂了,好像木屐不是用脚穿着走路,而是放在嘴边用牙齿咬。要去换木屐的帆布了,乳娘说,于是她用裉带背着小小的叶重生到小巷的木屐摊子去了。把木屐上坏的帆布拔下,把钉子一一抽出,然后选一对新的帆布,左右暂时钉好,穿穿看,很好很好,不松不紧,就这样吧。于是把钉子敲入木屐,一二三四,五六七八,一只;二二三四,五六七八,又一只。很坚固耐用,穿穿看,正好。乳娘穿着木屐咯落咯落走回家,叶重生在她背上睡着了,她刚才正好抽完了一整支手卷的生切。

另外一个靠街道做营生的人,也可以帮助乳娘到街上抽烟。这人不是小贩,和箍桶的手作人一样,也是从事服务的行业,那是一个阉猫人。这类人和走江湖的郎中一般,良莠不齐,谁知道他的本领济不济事?曾有一只猫,给做了简单的手术,几天之后,不少人见到那猫蹒跚地在屋檐上走,肚腹上有一个碗大的洞洞。所以,叶太太就说:我们家的猫,还是由得它们吧。那阉猫专家技术不灵,使乳娘丧失了不少在街上抽烟的机会,只好等待另一则世界上最原始的有声广告了。

龙舟

　　街上有什么小贩、做手艺的人经过，只要一喊，乳娘就听见了，仿佛她天生一对顺风耳。她立即朝外跑，主要是去抽烟，唯有遇上一种人经过，她才真正地没有把抽烟这件事与之相连在一起，那是沿门唱龙舟的人。唱龙舟的人，其实是乞丐，在大街小巷挨家逐户讨钱。不过普通的乞丐光会伸出一个钵来求人施舍，唱龙舟的却会唱一段木鱼歌。

　　唱龙舟的人经过时，并不大喊大叫，所以，乳娘不一定听见他们，而且人数又不多，一年中可能只见一两个。而且每一次，乳娘见到他们时，龙舟歌早已唱了一半。她永远听不到"龙舟鼓，响叮当"的起式。他们似乎是悄悄地走来，瘦瘦削削的一身灰麻百结的衣衫，走到店铺的门口，站在那里，就唱起来。也有好几个好事的小孩追随。他们手中握着一只木制的龙形长艇，艇的前端是龙头，末端是龙尾，艇身上彩绘了花纹。

　　肥土镇人人认识龙舟，每年端午节，肥土镇照例举行热闹的水上活动赛龙舟，这时候，海边一带可挤满了人。那些龙舟，正是一只只龙形的长艇，有龙头、龙尾和龙身，舟中两边坐着十数人，都握着桨。艇首坐着鼓手，摆着鼓，艇尾坐着舵手。划桨的人就跟着鼓手"咚咚"的节拍一下一下用力划。划得好不好，要听鼓手的节拍，要看划桨的齐不齐。力道不齐的，常常在半途上侧翻，人人掉在水中，引起岸上一阵讪笑。他们也不介意，索性在海上畅泳一番，因为肥土镇民相信，游过龙舟水，会健康顺景。

划龙舟的自是小伙子，将近端午节，他们就勤快地练习，海上传来"咚咚"的鼓声，一听就知道端午又到了。节日一过，竟谁也见不到龙舟，也许偶然地，一个特别的乞丐经过，手中撑着一只小小的龙舟。那龙舟，就和端午节海上所见的一模一样，用木雕成，舟上还遍插彩旗，不过颜色已经暗淡破旧。舟上也有鼓，乞讨者摇动木舟里的绳索，鼓就响起来，然后，唱起龙舟歌：

> 银树开花添锦绣
> 金枝发叶色光浮
> 今年丰熟方方有
> 第一时年在我地头
> 正是老少平安添福寿
> 一路光明到白头
> 景地太平无贼寇
> 村乡平靖无人偷
> 买卖营生到处有
> 任你打开门睡放得银牛

唱龙舟的在店铺门前唱，乳娘知道的时候总嫌太迟，因为当她赶到门口，龙舟歌早已唱了一半，不久也就唱完。叶老板给了那个人一点碎钱，乞讨的人道了谢，提着龙舟又到另一家店铺去了。乳娘对唱龙舟的人感到很亲切，仿佛是她家乡的亲人，还有那些歌，她一直爱唱各种小调，真想跟唱龙舟的去把所有的歌都学会。

钟无艳

从前，有一个皇帝，叫齐宣王。

乳娘又开始讲故事了，她满肚子故事，好像永远也讲不完。叶重生喜欢听故事，只要吃过饭，没有事做，总要她讲故事。在家具行里，乳娘只有一个听客，但一年里总有几天，除了叶重生之外，还有另外的听客：叶重生的表妹、表弟，名叫胡嘉和胡宁。比如这一天吧，当乳娘开始讲故事的时候，她是坐在胡嘉家的花园里，三个小孩坐在小矮凳上。

从前，有一个齐宣王，出外打猎的时候，见到一个非常美丽的姑娘也在打猎。

"姑娘也会打猎呀。"胡嘉说。

"是个美丽的姑娘呀。"叶重生说。

国王一见姑娘，喜欢得不得了，于是追上前去，说自己是当今的国王，立刻封她为正宫娘娘。姑娘一笑，别过脸，可把国王吓坏了，因为姑娘的另一边脸，黑得像锅底一样，她就是大名鼎鼎的钟无艳。国王见到的只是她非常漂亮的半边脸。

"半个脸白，半个脸黑呀。"叶重生说。

"叫作钟无艳呀。"胡嘉说。

国王是金口，说了话不能不算数，只好把钟无艳接回宫中。可从来不去看她，也不到她宫中去。这时候，常常有些番夷的国王想找借口并吞邻国，于是派了大使带些古古怪怪的东西来，出些难题，倘能解答，就获得敬仰彼此和睦，不然，兴兵打进来。红骨国的国王最先派使臣来见齐宣王，带来一个藕丝琴，说是素仰贵国地大物博，人杰地灵，必定有人能弹这个琴。

"藕的丝也可以做琴呀。"胡嘉说。

"真是一个漂亮的琴了。"叶重生说。

藕的丝做的琴，怎么弹呢，一弹不就把丝弄断了么？那么红骨国王就可以说，你国毁坏了我国的国宝，有仇岂能不报。齐宣王急得不得了，去找西宫娘娘，那是最近封的后妃，一边脸美极了，另一边脸也美极了，而且一双手又白又嫩。齐宣王以为她能弹琴，给她一把蚕丝琴试试，一按就断了三根弦。钟无艳得到了消息，立刻出来弹琴，不但藕丝没有断，还弹得好听极了，连红骨国的使臣也听得连声惊叹。

"原来光是长得漂亮没有用呀。"叶重生说。

"钟无艳真叫人喜欢呀。"胡嘉说。

后来又有一个绿眼珠国王派使臣送来一颗九曲碧琉璃珠，说是珠内有一道窄隙，弯曲盘旋九次，请中土的能人用一根丝线把珠子两端贯穿起来。钟无艳又来为国家解困了，她把珠子穿好挂在颈上，那使臣叹服地回国去，还把珠子留下送给王后。

"碧琉璃是什么样子的呢?"叶重生问。

"珠子是怎么穿的呢?"胡嘉问。

那钟无艳,不过是把丝线系在一只蚂蚁的身上,在珠子的另一个孔外放些香甜的食物,蚂蚁带着丝线沿着曲曲折折的道路走出来啦。

祖父母的职业

"我的爸爸是开银行的。"胡嘉说。

"我的爸爸做桌子椅子。"叶重生说。

"我的爸爸种田。"翠竹说。她是胡家买来的婢女。

"你的爸爸是不是也种田呢?"胡嘉问。

"不,我们一家都在海上讨生活。"乳娘说。

"哦,你们是打鱼的。"胡宁说。

"不是打鱼,我的爹娘,都是海盗。"

乳娘郑苏女的父母是海盗,她家的叔伯也是海盗。她的祖父祖母、外祖父外祖母都是海盗。那时候真是海盗的世界,肥土镇附近一带的岛屿,到处都有海盗的巢穴和山寨,一个首领手下有许多喽啰,海盗首领们分为红旗、黄旗、蓝旗、白旗、黑旗。

"你家是什么旗呢?"

郑苏女家是红旗,是最著名的海盗。她的祖父郑七拥有五百多只船,千多个喽啰,大大小小的头目也有十多个。其中最大的头目叫阿保,是祖父的义子,既勇敢,鬼主意又多。郑七正当盛年,可是不慎染上重病去世。

"那怎么办?"叶重生问。

"由我祖母带领海盗。"

"一个女的海盗首领呀。"胡嘉说。

"我祖母巾帼不让须眉,一点不比我祖父逊色,威名远播,是海上最厉害的海盗。"

郑七嫂率领红旗的时候,不但没有抛失丈夫的任何船只,还倍数增加,她的船队足以令任何商船丧胆。郑七嫂骁勇善战,而且得到阿保的协助,在海盗界名震一时,后来,郑七嫂还和阿保结为夫妇。

"所以,我有两个祖父。"乳娘说。

"打仗时,你在船上么?"胡宁问。

"小孩子,都留在岸上的村子里。"

"你上过那些战船么?"叶重生问。

"非常好看,很威武的大木船,船头一面大旗,船尾五支旗,正中一根大桅杆,杆顶上雕着一条大鱼,鱼身上插四支三角旗,鱼头衔一颗珠,鱼尾垂下缨络。船身两边是一排画上七色面具的藤盾牌,船的左右前后都有大炮。船上人人都佩带长枪。"

"海盗是不是强盗?"胡宁问。

"是海上的强盗。"胡嘉答。

"强盗是坏人。"胡宁说。

"但我的祖父母是侠盗。"乳娘说。

"是不是劫富济贫的侠士?"叶重生问。

"我的祖父母劫的是番船,许多番船运来有毒的芙蓉烟,赚许多钱,害死许多人。祖父母找到船上的烟,都抛到海里,或者搬上岸烧掉。"

"这就好。"胡嘉说。

"海上除了商船,也有打鱼的船,有些海盗会欺侮打鱼的船,我的祖父母在海上劫商船,从不劫渔船,还保护他们。"

"后来你家祖父母怎样了?别的海盗呢?"

"有的海盗首领给官府捉住,有的在海上战死。我家祖父母是受招抚上岸的,官府给他们许多银子,劝他们不要再做海盗。本来,最初做海盗,是因为无法谋生,逼下怒海,既然可以过安定的生活,就做平常人。可惜……"

"可惜什么?"

"可惜,肥土镇附近一带的岛屿,没有了侠盗,只顾赚钱不讲良心的番船,因为通行无阻,官兵又比不上海盗英勇强盛,芙蓉烟就一箱一箱、一船一船运到沿海的岛和陆地上了。"

行情新闻日派

胡嘉的家不在肥水区,是在半山区,靠近山顶的地方。从通往山顶的大路上，有许多小路伸向山旁的房舍，这些小路都很短，而且都是私家路。路的尽头只有三四户人家，全是花园洋房，建在山坡开发出来的平台上，面海背山，面海的一边其实就坐落在斜坡上。胡嘉的家是二层楼的番式房子，这样的房子，都有新式的卫生设备，浴室中有浴缸和抽水马桶。当肥水区家家户户还是用火水点灯的时候，半山区的房子早有了电灯，而且铺设了煤气的管道。

住在半山区的多半是番人，几乎家家都饲养了番狗，肥土俚语就说：住洋楼，养番狗。有的人甚至养骆驼，常常牵了骆驼在路上散步。银行家并不爱狗，不过也养了一只，那是胡嘉的弟弟收养的流浪狗。一只流浪狗不知如何逛到了胡嘉家门外，跟着她的弟弟不肯走。狗是土狗，满身松卷的毛，眼睛明亮，小孩喜欢，就把它养在家里。小小的狗，其实很凶猛，听到什么风吹草动、陌生人的声音就胡胡地叫。派报纸的来，它去追派报纸的；邮差来，它咬邮差。那些派报纸的和邮差每次到这座房子来，就站得远远的，把报纸和邮件掷飞镖一般抛到门口，然后逃生。小孩给狗起个名字叫邦主。邦主在胡嘉的家生活得挺写意；不过，它也有落难的日子。它把邻居的花王和在门口扫落叶的女佣都咬过了，邻居告将官里去，由捕狗房来拖去坐了几个星期狗牢。孩子喜欢它，银行家只好赔米饭钱和坐牢费再把它领回家，此后常常关在厨房背后的天井里。

喜欢咬人的不仅仅是邦主。胡嘉还有一只动物，养在天井那边厨房的平顶上，从天井有楼梯可以走上厨房的平顶，在平顶上另有一道楼梯直上房子的天台。养在两道楼梯中间平台上的动物是一只

卷一 —— 113

大黑兔，起初是一对，其中一只后来染病死去，才剩下一只。黑兔身体肥大，完全不像一只兔子，仿佛小熊。它也不怕人，常常趴在楼梯口，等人饲喂，小孩子就站在梯级上给它吃白菜或胡萝卜。不管是什么食物，当它吃到一半就得放手。你别想用手去抚摸它的耳朵和身体，一碰它它就咬你。下雨的时候，它躺在平顶靠墙的大檐篷下，晴天在平顶上到处走，有时蹲着不动，和楼梯下的邦主遥遥相望。邦主从不爬上楼梯，它也从不爬下来，各有各的王国。

只要听见邦主吠，而且每天都在差不多的时候听见，不用说，准是派报纸的人来了。常常是胡宁抢着到大门外去拿报纸回来给父亲。而翠竹就紧紧地跟在他的背后。打开大门，谁也看不见派报纸的人，因为邦主凶恶，那人把报纸远远扔过来落在门口，回转身就走啦。胡宁还小，看不懂报纸，但胡嘉识字，不但龙文的报纸她看得懂，连番文的也渐渐一段一段看得明白。胡嘉的父亲天天看报纸，看过的报纸，胡嘉放学回来也翻，报纸上有许多事情，都是学校里从来没有教过的。

胡嘉家订的报纸，叫作《龙文日报》，报的名字，大大的几个字，在纸中间，两边各有两行小一些的字，一边写着：周年价银五圆，每月价银半圆。另一边写着：行情新闻日派，星房虚昴停印。还有日期和礼拜的数目字在报名字底下。其他的字很小，报纸有几页，第一页上都是告白，第二页上有新闻。胡嘉的母亲只看第一页，看看有什么新出的东西，胡嘉的父亲多数看第二页。

报纸写明"行情新闻日派"，行情最重要，因为肥土镇商人多，在报上做告白可以吸引顾客，新闻不过是肥土镇或者邻近的地方发生什么事，不比做生意重要，不过是给想知道些事情的人看的。礼拜天并不派报，因为报馆不出版礼拜天的报纸。这有什么奇怪呢，胡嘉读的学校，到了礼拜天不是不用上学么？飞土大道上那些洋行，礼拜天也是休息，不开门办公。

看到报纸上有不明白的字和句子，胡嘉会问爸爸，比如说，"行情新闻日派"旁边那几个字，是什么意思？父亲说，喔，是不是"星房虚昴"四个字？是天上的星宿的名字，一共有二十八个这样的名字哩。肥土镇的人用星宿的名字来计算日子，而番人用的则是礼拜一礼拜二，一个礼拜有七天，一个月有四个礼拜。

"你看，星房虚昴，是不是只有四个字？"

"停印就是不派报纸。"

"我们哪些日子没有报纸看？"

"礼拜天都没有。"

"一个月有几个礼拜天？"

"四个。"

"这星房虚昴，正是一个月中的四个礼拜天，所以星房虚昴停刊的意思就是礼拜天不派报纸。"

"原来是这样啊，肥土镇的星宿名字真奇怪。"

"这姊弟二人，读的都是番书学校，许多本土的事物都不懂。我看，还是请位老师来，在家里教他们多读一些龙文。"银行家对他的妻子说。

尔女子

胡嘉的家在半山,她的学校也在半山,因为是番人教会办的,所以有番文书读。她也有不少番邦女同学。把书本打开来一看,呀,叶重生可一个字也不认识呢,只见有许多圆圈,一个个字由许多小字合起来,有的长有的短,胡嘉说,读起来要横着读。胡嘉常常讲她在学校中的情形,有唱歌、体操,还有画图画,做手工。除了番文书外,胡嘉的一些书也非常特别,比如一本叫作《工用艺术教科书》,一边是字,另一边是图画,图画都是彩色的。

最特别的一本书,叫《圣经》,讲的都是叫上帝和耶稣的故事,叶重生倒也读得懂,比如一打开第一篇叫《创世记》:太初之时,上帝创造天地。地乃虚旷,渊际晦冥,上帝之神煦育乎上面。上帝曰:"宜有光。"即有光。上帝视光为善,遂判光暗。谓光为昼,暗为夜,有夕有朝,是乃首日。

胡嘉读的学校,是耶稣会的,所以要读《圣经》,而且,每天都要做早祷,唱圣诗。学校里还有女教师,胡嘉很佩服她们,觉得自己将来长大了,如果不去做护士,去做教师也很好。看起来,似乎做教师比做护士还要好,因为叔母说,护士要胆子大才行,因为有的病人流很多血,死了的人要护士去用布包起来的。

叶重生的学校和胡嘉的完全不一样,那只是观音庙办的街坊学校,就在庙旁边,并不收钱。肥水区的人到庙里去拜菩萨,庙里收到许多香油钱,就办了学校。肥水区的一些小孩都在那里读书,课本很少，每天只是读书、认字和习字。胡嘉到叶重生家来的时候，也看过表姊的课本，和她的完全不同。有一本叫《小学妇孺三字书》，书里也有图画，每一个句子都是三个字。比如这一页吧，讲到女子的一段，是这样的：

尔女子　亦国民
国中事　也须知
欲知事　看新闻
国衰旺　尔有份
国势弱　实可耻
教子孙　莫忘记
尔女子　宜勉之

叶重生还有一本书，封面上印着《妇孺新读本》和一些小字，胡嘉翻翻，看见一个题目叫《牛郎织女是恒星不是神仙论》。原来牛郎是一颗星的名字，织女又是一颗星的名字。胡嘉说，下次看星，一定用心去看看，最好像爸爸那样，有一副望远镜就好了。胡嘉的爸爸有一副望远镜，是到跑马场看赛马时用的，不过，爸爸也不是常常上跑马场，有时是叔叔们约他一起，才去玩玩。

胡嘉也拿望远镜来看过，放在眼睛前面，很远的树木、房子，忽然都走到面前来了，变得很大很清楚。真像变魔术。有一次，胡嘉拿望远镜看天上的星，这次，望远镜却没有魔术了，因为星并没有变得很大，仍是看不清楚。爸爸对胡嘉说，星太远了，要用特别的天文望远镜才看得清楚。

"那我一定没有办法看清楚星了。"胡嘉说。

"等你长大了，我带你去一个地方看。"

"真的？到哪里去看？"

"天文台。"

"我可以去天文台？"

"阿嘉，天文台台长是你爸爸的朋友。"胡嘉的妈妈说。

看看星

胡家的花园很特别。一般的花园，是在平地上，位于一座房子的前门、后门，或者房子的左右。胡家的花园不在地面，而是在二楼，因为房子建在山坡上，正门的位置在斜坡脚下，花园却在斜坡的顶上。因此，第一次到胡家的客人，经过正门，上了楼梯，来到饭厅，才见到落地玻璃长窗外面的不是一个宽阔的阳台，而是比房子面积还要大的花园。胡家的早餐，偶尔也在花园里进食，而不是在饭厅里。至于晚上，花园就成为蚊子用膳的地方。

一家人都喜欢晚上坐在花园里，于是用陶瓷的香炉，点上蚊香，放在草地上。陪着两个孩子坐的，常常是照顾小孩的翠竹，孩子们也缠着她讲故事。她给他们讲嫦娥奔月、牛郎织女。

"嫦娥怎么会飞呢？"胡嘉总是问。

"怎么，会会，飞飞，呢？"弟弟跟着姊姊说。

嫦娥怎么会飞，翠竹答不出来。所以，胡嘉觉得，还是爸爸和他们在花园里一起乘凉更好，因为爸爸会答她的许多问题。胡嘉喜欢看星，对于星，她的问题可以用一个箩来装。而爸爸总是告诉她许多关于星的事：我们居住的太阳系，有九大行星：金木水火土、地球、天王海王和冥王星。而我们居住的地球，有一颗卫星，是月亮。这些，胡嘉都知道，因为学校里的老师讲过。至于其他的，胡嘉知道的是银河，还有什么北斗星、天狼星，都是爸爸指着天空的星说的。爸爸知道的星才多呢，他说，火星和木星运行的轨道中间有很大的空间，原来里面有成千上万的小行星。

星的名字很有趣，那些大行星，比如天王星、海王星，用的都是古希腊罗马天神的名字，而且，都是男天神，至于小行星，就用女天神的名字。不过，有一年，却发生了一件大事，一位英格兰天文学家发现了一颗小行星，给星起了个名字，叫作维多利亚。这名字，恰恰是英格兰女王的名字。别的地方的天文学家一起反对，认为即使是女王，也不能随便升入天界。双方争辩得很激烈。

"结果怎样呢？"

"幸而大家翻书，追查，找到了一位罗马胜利女神，是个小天神，名字也叫维多利亚，才平息了一场风波。那颗星是第十二号小行星。"

卷一　　　　　　　　　　　　　　　　　　　　　　　　—— 119

"天上的星都是神仙，又都是男的天神是大行星，女的天神才是小行星。"

"后来，小行星的名字，也渐渐不再用天神的名字，因为小行星成千上万，古希腊罗马也没有那么多的天神。"

"那可用什么名字？"

"有的叫牛顿，有的叫伽利略。"

"他们都是科学家是不是？"

"第一个不用天神名字的小行星叫马赛，是法兰西的一个城市，那颗星是第二十号。现在的小行星已经编到几百号了。"

"都是番邦发现那些星吧，又都是些番邦天神的名字。有没有一颗星叫嫦娥？"

"东方人还没有发现过小行星，也许将来就会有的。不过，有一位天文学家，在巨龙国时发现了一颗，请皇帝赐给它一个名字，叫作九华。后来，这位天文学家又发现了小行星，这次才由他自己起名字，叫女娲。"

"谁找到一颗星，就可以给那颗星起一个名字对不对？"

"是的，如果胡嘉找到一颗新的星，那星就可以叫作胡嘉。"

契约

这天，胡太太一早出外办了两件事情。她先到金铺去买了几件金器，然后到荐头店[1]去找用人，如今，家里需要一个煮饭和一个打杂的佣工。胡家本有一名厨子，一个花王，一个洗熨的女佣，都是雇来的佣工，至于服侍胡嘉姊弟的翠竹，是老夫人当年买来的"妹仔"，用真金白银买卖的婢女。一晃十多年，老夫人早已过世，翠竹在胡家已经当了二十多年的妹仔。翠竹在胡家，就生活在围墙和山林之中，除了偶尔带小姐上上街，到亲戚家去之外，几乎一直待在家里，眼看一年一年长大，似乎要当一辈子的婢女了。

那时候胡瑞祥就对妻子说过，要不要给翠竹找一个婆家。可他们又不知把翠竹嫁给什么人，而翠竹则说不愿嫁，宁愿服侍小姐。于是，她的年纪渐渐又大了几岁，已经过了十六七岁适合出嫁的时期。也许是缘分吧，翠竹和家中的厨子很合得来，平日有说有笑，却又忽然互相规避。胡太太看在眼中，觉得这两个还没有结婚的人，倒是一对，厨子又是老实人。于是问问厨子想不想娶翠竹。厨子结结巴巴，说早已喜欢翠竹，只不过，家道贫寒，没有聘礼，知道翠竹是买来的妹仔，如果要娶的话，必定要下许多身价银。胡太太问起翠竹，说是愿意嫁给厨子，可自己是妹仔，不能替自身做主。

胡瑞祥和妻子看着好端端一个女子，在自己家中当了二十多年婢女，如今竟也遇上合心意的男子，决定撮成这一段姻缘，不但

---

[1] 荐头店：旧日给客人介绍佣工以抽取佣金的店铺，也称为"荐头行"。女佣中如烧饭女佣、梳头佣、奶妈等，男佣中如烧饭司务等。

不收一个钱的身价银,还给翠竹打些金器做嫁妆。不过,二人婚后都会离开胡家,厨子家中还有父母,夫妇决定做点小生意,一家团聚。胡瑞祥和妻子在书房里翻过几个塞得满满的抽屉,找了半天,才找到翠竹当年的卖身契,上面端端正正写着"今有生女一口,名唤带宝,因家贫年荒,恐成饥殍,愿将此女让与别家"等的字样。契上还写明,"倘未长大之时欲领回自养,须每年补回养育费银贰拾两。如至成年不出银领回,任从买主自行择配,虽礼金千圆,不干生父母事"。

十多年来,并没有人来领回翠竹,她的父母也不知在哪里。在那一沓契约之中,胡瑞祥还翻到一张卖牛的契约,写着:"立卖牛契人黎明大,有自己水牛一口,年齿廿月,凭中卖与胡达才,三面言议,今欲有凭,立契存照。"胡瑞祥很奇怪,不知道十多年前,父亲买一头牛做什么。而卖女与卖牛的契约又是多么相似。

街道图

说染布街的背后是肥水街,以及肥水街的背后是染布街,其实不大准确,那只是事实的一半,而且没有指明方向。上述的街道,都各有两个背后。从来没有城市设计家为肥水区做过通盘的设计。肥水区的街道里,由于年月悠久点点滴滴地形成的不同模样、不同时期的建筑,就建在同一的空间上。最早的时候,这一带本是大片农地，住着十来户人家，搭了简陋的砖屋平房，各自随意挑选位置，只要靠近农田就行。不过农舍的方向大致上还是一致的：门口朝海，屋后背山。可是过了许多的十年，农田的一边走出一条小路，后来的房子竟沿着小路的两旁逐一兴建起来。方便的交通比海景更吸引人。

曾经有人说：路是人走出来的。肥水区的路是商人走出来的。因为商人不断把跳鱼湾区的石头运到飞土区去建造银行和高楼大厦，就走出了路来。肥水街的楼房就由一条小路引发而先后落成。本来只是一条小路，旁边是菜田，田边是农舍，渐渐呢，菜田退后了，路变宽了，平房增高成了二层、三层的楼宇，稀稀落落的农舍也变成连接在一起、高高低低的楼房；而且，就都坐落在路的两边，彼此面对面，就像张开嘴巴时的牙齿。在这样的一条街上，有一列房子面海，而另一列则面山。许多个十年前，面海的房子，还看见海边的空地，晒晾了不同颜色的布匹，还看见有人晒鱼和虾，还看见长满野草的小丘和低洼的小潭；而面山的房子，仍看见大片的农田，远一点蔓草丛生的荒地，以及更远的青葱的山岭。这些地景渐渐消失，除了海和山，土地都变成街道，街道上挤满了楼房。

不管是肥水街还是染布街，都是弯弯曲曲的，是海使它们变成这种样子。肥土镇是海上的孤悬小岛，四周是海，岛的边缘就像一条扭动的蛇，街道呢，也只好跟着这样的弧线蜿蜒，自生自长，不断地延长。海湾的形势，还造成肥水区特殊的方向感：偏重东西，轻略南北。比如说染布街吧，太长了，就分成二段，这一边的叫染布东街,那一边的叫染布西街。整个肥土镇的街道其实也是这样,像飞土大道吧,太长太长了,就分为飞土大道东,飞土大道西,还不够用么?东西之间,再加上一段飞土大道中。

当有人在肥水区问路,太容易答了,朝西一直走好了,或者朝东走吧。至于南和北,只是说,朝海的方向走,或者,朝山那边就行。在肥土镇,当人们想到南和北,想到的往往是南北行,做参茸海味的买卖。那么,住在肥水区的人,要从山脚走到海边去,有没有南北贯通的街道呢?有的,要有路,就有路了。却不是街道,而是一些小巷,是一连串密密麻麻排列的房子与房子间断裂出来的一条条缝隙,可以容三几个人经过。这些小巷,大多没有名字,仿佛是这一带居民紧凑的生活日程短暂的余裕,在时间表上可没有指明。所以,当一个人要从肥水区的山脚这边走到海边,就得穿梭一条条窄缝似的小巷,像螃蟹那般横着走。从小巷到小巷,穿过去,走出来,最后,终于听到海水的声音。累了么?不会的,小巷都很短,只是两座楼房的长度。

那么,肥水区的地图像什么呢?一条窄窄很扁很长,有点皱缩的破旧条纹围巾,那些条纹正是区内的街道。打开别的城市街道图来看,和肥水区是多么的不同呀,那些城市的街道图样,是井字形、十字形、亚字形、非字形,还有一颗星的放射形状。肥水区只是一尾尾弯弯曲曲的蛇。走在肥水街上的人几乎碰不到一个十字路口,而对着肥水区街道图的建筑家,立刻要惊叹起来:这是一个没有广场、没有中心的地方。

在肥水区的地图上,人们看见的只是几条街道的名字。从肥水街开始,往海那边数,是染布街、摆菜街、晒鱼街和弯街,往山那边数,却只有隔田和牛脚两条街。总共是七条街。肥水区的宽度可想而知。而肥水区的长度,却是宽度的十倍。提起肥水区,人人都知道肥水街,因为到跳鱼湾区去,要经过肥水街;到飞土大道去,又得经过肥水街,仿佛肥水街就是这个区域的灵魂似的。其实呢,肥水街只是大家路过的地方,肥水区的灵魂散布在那许许多多的小巷中。

街不在多,有巷则灵。窄窄的小巷,刚够一辆水车经过,幸而是这样,不然,斧头党人真没办法灭火了。消防的水车恐怕要绕过整个肥水区才能掉头进入另一条街道。在肥水区的街道上,人如潮水,移动涨退;但在小巷里,连狗也可随自己的意向躺在地上睡懒觉。每条小巷都有它自己的灵魂。这条小巷有卖木屐的摊子,巷尾是理发的地盘。那条巷子里有人挽着一个篮卖香白兰和茉莉花,几个女人坐在一旁用刨花梳头,用白线刮面。至于另外的一条小巷,有人在两张凳子上睡觉,有人围住一个食物摊子吃白粥油条、炸鱿鱼、卤水牛肝猪肠鸭肾鸡脚。每天晚上,花顺记的伙计到小巷来吃馄饨面,小孩子来打巷战。这里也是资讯收发站。

肥水区没有中心,既没有大榕树,也没有大空地,可以让一群人围在一起。若是什么人要搞革命,或者搞反革命,可真费煞思量。不过,没有中心,没有广场,自有它的优势,因为到处都成为中心。正如地球是圆的,哪一点不是中心呢?肥水区的每一条小巷都是中心。若真要寻找中心,恐怕只得算上菜市场了,不过是摆满瓜果鱼肉的两三条窄巷，每天两次，挤满了人，满地水渍，还有残叶烂瓜、牛头猪血、鸡毛鸭脚。可人人爱到这里来，因为除了蔬菜鲜肉，这里还有连接成一里长的地摊，日常的用品、五金、陶瓷、衣服等等，几乎什么都有，还有东家长西家短，如果谁爱听，还有故事，肥水区的故事，就从这里开始，然后穿过各条猫肠小巷，到达大街，成为大大小小的漩涡。

咯落之歌

咯落咯落。在肥土镇的街头巷尾，从一大清早到半夜三更，人人都可以听到咯落咯落的声音。那是肥土镇特有的市声。不，不是木头车子在卵石巷子中经过，肥土镇没有卵石的小巷。不，也不是小孩在街上踢汽水罐的声音，那时候的肥土镇还没有汽水罐，花顺记的荷兰水都装在瓶子里。咯落咯落，那是木屐的声音。在肥土镇，谁不爱木屐呢，从春天穿到秋天，又从秋天穿到春天，夏天几乎是脚不离屐，许多人到了冬天仍然穿。最出众的木屐是肉摊子的老板和伙计穿的，门口的砧板有多厚，他们的木屐底就有多厚。

要买木屐还不容易，几乎每条横街都有木屐摊子，叶荣华家具行旁边的小巷里有，花顺记贴墙的过道里也有。卖木屐就像卖年画一般，屐都挂在墙上，大大小小，男男女女，白木黑木，髹彩素色，都有。站在木屐摊子前面，随意选择好了，要一双女式的么，

飞毡

黄色的岂不好看，上面画着水草和金鱼，要不就绿色的，画的是荷花和荷叶，还有莲蓬。好的好的，就这一双。什么颜色的屐面料子？帆布的还是皮面？布面不会刺激皮肤，不会引起皮肤敏感；皮面防水，不怕雨，下雨穿最好，如果厨房里湿，还用挑么？

一只手拎木屐，另一只拿起一块梯形的塑胶，把胶块按在木屐的边上，把咬在嘴巴里的小钉子取下来，用锤子轻轻把胶片钉在屐上。试一试，穿穿看，紧不紧，松不松？刚刚好。于是把钉子锤紧，木屐两边各下四枚钉，走走看，咯落咯落就响起来了。舍不得现在穿，要带回家？那好，用一条咸水草一束，摇摇晃晃提着回家。还要买两双给小孩，好的好的，明天带他们来。是呀，花心木最好，花纹特别好看，分量也轻，走起路来声音又特别响。银木也好，木材轻，不过没有花纹，所以才画上花朵呀。

花顺记的伙计没有一个不穿木屐的，荷兰水工场里整日整夜都是水：荷兰水、冰水、洗瓶子水，没有一双厚木屐怎么工作？男人穿花屐会惹人笑，所以都穿花心木屐，木材自身有花纹。木屐又便宜又耐穿，大家穿得不愿脱，连花顺记家办喜事、喝喜酒那天，也有人穿着一双木屐。咯落咯落，好听极了。罗先生家大厅的墙上就挂着一双木屐。木屐挂在墙上，好看是好看了，肥土风采也有了，可惜没有了咯落咯落的声音。没有了咯落咯落的声音，木屐就不成为木屐，也就没有生命之歌。

木屐的咯落咯落，在寂静的夜晚，更加响亮。在这个时候，有什么市声可以和它媲美，尤其是在冬夜？大概也只有那一声声从街尾传来，又遥遥远去的叫唤：裹蒸粽。

夏虫

每天给花顺记送一块大冰来的小贩不小心给冰压伤了脚，所以，这一阵，花顺记只好叫伙计虾仔到飞土大道去买冰，然后运回来。到飞土大道上去买冰，如果要找冰店、冰行、冰厂，绝对找不到，因为有冰卖的地方，叫作"捷利雪厂"。肥土镇的人总是把冰叫作雪，一支冰棒么，叫雪条；一个冰箱么，叫雪柜。为什么会这样子呢？有一句成语说得好，夏虫不可以语冰。肥土镇一年三百六十五天都不下雪，一百年也不下一次雪。这情况大概和一个叫埃及的国家一样，那里许许多多的国民，一辈子也没见过下雨，根本不知道有一种用具叫雨伞。

虾仔从花顺记门口推出一辆木头车，到了飞土大道，找到雪厂，买了一块大冰，用装米的麻包袋盖好，用绳子扎紧，就沿着马路把冰推回来。咦，这是什么呀，虾仔见到有件东西在马路上，停下木头车，过去拾起来一看，是一本书，打开来看看，只见一页纸上有十来二十个格子，每个格子里都有字。虾仔不大认识字，于是把书放在口袋里。回到花顺记，虾仔见到花初三，就把书拿出来。

"初三哥，这是本什么书，有没有用？"

花初三接过来翻看，原来是一本教人讲番语的书。

"不用人教,看看就懂番文了?"虾仔问。

"只是教很简单的字和句子。"

"这个是不是早字,番文怎么说?"

"早,叫作骨摩宁。"花初三把格子里的龙文读出来。

凡有圈(。)声字音,要大声读,如"头。"字读偷,"走。"字读周,"仍。"字读英之类是也

他好饮酒 He is fond of drinks 希、E时、呼安、柯乎、杜。铃时	佢勤力做事 He works hard 希、乌若时、乞	我将近做完 I have nearly finished 挨、虾乎、呢亚厘、呼烟尼唯
佢不知自量 He is so cheeky 希、衣时、骚、威奇	佢绝无嗜好 He's got no bad habits 希时、葛。恼、叭。嗑别时	我不在佢处作工 I have left him 唉、虾乎、唎乎、谦
佢不堪信任 He can't be trusted 希、骑、晏、卑、佗。罅时铁	佢甚好入路 He made plenty of money 希、觅、菩哩地、柯乎、蚊尼	佢系我仇人 He is my enemy 希、E时。买、N弥眉
此杯崩了 This cup is chipped D时、吸、衣时、妾	佢做揭借银两生意 He lends money 希、哩时、蚊尼	我唔知情由 I don't know anything about it 挨、冬、恼、N呢。听、亚包、热
我唔信得佢 I can't trust him 挨、骑。晏、佗。罅时、谦	你做了几多 How much have you done! 捞、乜昂、虾乎、腰。顿 (又曰) How far have you got? 捞、花、虾乎、腰。葛	我听你劝 I'll take your advice 挨劳、忒、腰亚、遏歪时
佢在乡下 He is in the country 希、衣时、烟、地、勤吐梨		

虾仔把冰块从木头车上用一个大铁钩钩牢，拖到冰箱旁边去了。花初三却一直在看那本他学校里从没见过的书。以前，他也读过一本和这本很相似的书，同样的大小，同样的纸质，也是一页上分开几个方格。不过，以前那本有图画，这本没有。对了，花初三记起来了，以前读过的那本书，叫《绘图识字课本》，一个格子里画着拐杖，旁边有一个大字"杖"，然后是一行小字：拐杖，扶了走路的家伙。一页里共有两格。同一页上还有"笻"字，小字是：毛竹的拐杖。

这本书没有图画，一个字或一句话底下列出番文，底下是读音，花初三跟着读，觉得很有趣。

  洗　Wash　窝殊
  扁　Flat　乎辣
  平　Cheap　妾

一个一个字，读起来倒不难，有些是句子，把花初三的头也读昏了，像这些句子：

  我事忙　I am busy
  唉 M 卑事
  手肿起　The hand swelled up
  D 悭时乌劳鸭

坏地方　This is a bad place
　　D 时衣时 A 叭皮黎时

　第二天，花初三把番文读音的书忘记了，虾仔运冰回来的时候，很神气地对花初三说，在雪厂见到了一个番人，对他大声喊了一声：骨摩宁。

　"他怎样说？"

　"那个人笑笑，也说骨摩宁。不过，有点不一样。"

　"该怎么说？"

　"我听听，好像是姑特摩宁。"

　虾仔向花初三讨回捡来的书，只听见他每天翻翻看看，口中喃喃自语，不时跑来问花初三。其实，花初三也没懂得几句番文，渐渐就帮不了他。虾仔说，何不去问问那些番人呢？书上又有番文。于是，他每天上飞土大道去买冰，就带了书本去，又把学会的字告诉花初三。

　　隔邻街　Next Street
　　就是匿时时吐咧
　　等紧用　Urgent
　　就是 Y 贱
　　好兆头　Good Omen
　　就是姑活特奥文

卷一　　　　　　　　　　　　　　　　　　　　　　　— 131

一件货　One Package
就是温魄杰厨

两个月后,花顺记不再调虾仔每天去运冰了,送冰来的小贩脚伤已经复原。而虾仔呢,再也不在花顺记出现,他到了匿时时吐咧的飞土大道做事去了,一家大洋行雇用了他当跑差,工作不算太卑事。

肥土文

肥土镇的人讲的话是肥土语,肥土语是一种地方语,主要是用来交谈的,并不是用来书写。在肥土镇,如果要书写,就得用巨龙国的龙文,这是大家都懂的。因为肥土镇的许多人,大都从巨龙国来,看的书,写的字,私塾老师教的,也是龙文。讲的和写的分家,这是长久以来的现象。许多年前,巨龙国老祖宗,把书写的文字统一起来,可没有同时统一语音。比如肥土镇的报纸吧,白纸黑字,印出来的莫非龙文。这些字,花顺水、花初三全看得懂。花顺记的招牌,花顺水的名字,无一不用龙文。当然,偶然也夹杂一些肥土词,形成地方色彩。不过,大抵并不影响语文的意思,就是巨龙国的来客也是看得明白的。

此外,在肥土镇,通用的除了龙文,还有一种番文。比如说,到飞土大道上去走走,银行、商店的字号和招牌,用的全是番文,一条街的名字,龙文番文并存。肥土镇除了有龙文报,还有番文报。当然这情况一点也不奇怪,到肥土镇来做生意的番人多,番人多数不懂龙文。只有很少数很少数的番人懂龙文,正如只有很少数很少数的本地人懂番文。但是,情况一点一点地变啦,肥土镇的一些学校,因为是番人办的,都教番文,看来,懂龙文的番人仍然不多,但懂番文的肥土人会愈来愈多了。

如果说肥土镇没有肥土文,那又不对了。肥土镇是有肥土文的,比如今天,虾仔手中的那张报纸,上面就有肥土文。虾仔到花顺记来探访朋友,常常会带些特别的东西,像他手中的报纸,他是带给花初三看的。花顺记家根本不看报纸。虾仔自己也不看,不过,在飞土大道,虾仔的朋友多,什么人有不要的东西,只要虾仔喜欢,也就留给他。一张旧报纸,也是新鲜的事物,里面有许多消息,是大家不知道的。况且,报纸上有广告,常常把新奇事物的图样也画出来,看看也有趣。像缝纫机吧,据说可以用来缝衣裳,没见过图画,还不相信真有这种新发明。

报纸上有不少广告,文字总以龙文为主,可是,有的广告,却用语音写成,成为一种独特的肥土文。像一家印务局在报上的广告,写着"幼童初学各样书籍发售",这几个字,大家看懂了。可内文把花顺水、花初三,以及花顺记内的好几个识字的老伙计都弄糊涂了,因为广告的内文写着:

法士卜昔近卜楗卜科卜辉乎卜列丁卜

"什么东西呀?"花掌柜说。

"写的是什么呀?"一名伙计说。

"我们从小读四书五经,很深的字也读过,这些字说的是什么呢?"花掌柜说。

"我也看不懂。"花初三说。

"愈来愈不像样了。"一位老伙计摇摇头。

荷兰水店里没有一个人看得懂广告的意思,只有虾仔,他懂。他说,广告是卖书。所有的"卜"字,就是指书。书本,番文就叫"卜"呀。"法士卜"是第一册,"昔近卜"是第二册,"楗卜"是第三册,"科卜"是第四册,"辉乎卜"是第五册。至于"列丁卜"是读本。广告里还有"士啤聆卜",是拼音书,"卡蓝麻卜"是文法书。

花顺记那些不识字的伙计都称赞虾仔聪明,有的还认为他愈来愈有学问。只有花掌柜和一些老伙计几乎把头也摇断了:真是吾不欲观之矣。

信差

虾仔的工作是很简单的,不用任何专业的知识,也不用读许多书,只要会讲几句番语,看得懂一些洋行的番名就行。他到洋行当信差，每天就在街上跑来跑去，从这条街走到那一条街，从这一家洋行走到那一家洋行，把一些信带到邮政局去寄。有时候，他把一封信或一个大纸袋带到目的地就算；有时候，要等一会儿，等别人在纸上签了名带回来。他去的地方，集中在飞土大道上。不多久，他就熟悉了那一带的街道、小巷、楼房、洋行，还结识了一群人。这些人有许多就和虾仔一样，也是信差，他们会在路上骨摩宁，闲谈几句，如果刚好在同一家洋行内等回件，就天南地北聊一阵。

是虾仔把飞土大道的许多见闻带回肥水街的，他住在肥水街，常常还到花顺记来喝荷兰水。花顺记的伙计天天都在做荷兰水，可虾仔呢，星期六的下午和星期日整天都不用上工，因为洋行也休息呢。在洋行做事，有许多假期，这是虾仔极满意的。每逢假期，他总要到花顺记来见见旧朋友，和花初三讲述自己的工作情况，以及到过的地方。比如说飞土大道中那座大酒店吧，虾仔也去过，酒店里有一座升降房哩，就像一个房间那样大，可以向上升，向下降。升降房有门，进去的是一个男人，出来的竟会是一个女人；一个土人进去，一个番人出来。有了升降房，再也不用走楼梯啦。不过，他没有进过这种升降房，酒店的白头摩啰叫他走后面的楼梯。酒店足足有五层楼高，幸好他天天上楼梯下楼梯，习惯了也不觉得累。

有一次，虾仔还到过一条火船上去，是番轮，简直和酒店一个模样，只是没有升降房，多的是一个一个房间，使人不知道那竟是一条船。有一个很大的房间，里面有很大的四方长桌子，桌上的四边角有洞，桌面则是绿色的，草地那样。番人就围着打球，拿着一根长木棍,撞球,七彩的小球在桌上滚来滚去,碰在一起时发出"嗒嗒"的声音。

虾仔每次上花顺记来,总有新的话题,比如关于洋行的模样,番人的衣着打扮,还有关于他的一群同业朋友。有一个现在不再是信差了,因为他学会说许多番文,帮番人专做传话译话,把番人的番话转为肥土语,告诉肥土镇人,又把肥土镇人的肥土语转为番语告诉番人。这些人不用在街上跑来跑去,也不用去邮局寄信。还有一个朋友,认识船上的番人,取得一些番货,开起店来了,卖的是番人的佛兰地酒,巴里斯的香水,像个调羹那样的烟壶,等等,都是肥水街上没有的。飞土区商店的名字,也和肥水街的不一样,不是什么店什么行什么庄什么铺什么堂什么记,而是叫士多。起初也不知是什么,但那店招牌上有番文,写着 store,就是有些人叫作办馆的店。其实,士多和办馆又不一样,他说。

有一次,虾仔穿着全套西洋衣衫进花顺记来啦,一件白色的衬衫,一条两边有插袋背后也有袋的裤子,衣衫束在皮带内,脚上是一双白袜和一双黑色的皮鞋。

黑厨香药

肥水区家家户户的厨房没有一个不是黑墨墨的,天花板黑,墙黑,窗框黑,连厨房里的菜篮、筲箕、米筛、竹凳、木台,都是黑颜色，这当然是燃料造成的。最早的时候，大家烧柴，有的烧煤球，火势猛，烟更厉害，尤其是煤球，生火的时候真把人熏得流出泪水。稍后，可好了，火水被提炼出来，火水不但给用来点灯，还可以用来煮饭炒菜。小小的火水炉，里面装火水，中间一个灯芯盘，团团拔起十数条铅笔粗细的棉纱灯芯，外面罩上铁罩和炉架，就可以煮东西。火力又可以调校，没有煤灰，也不用清理炭层。生起火来，不过用支火柴，哗地一响，所有的灯芯蔓延起一片火圈，比起又要用纸又要用炭生火的煤球炉不知方便多少倍。炊具的改进，是主妇们的福气。

虽然火水炉成为主妇们的宠儿，可黑色厨房的情况并没有特别改善，火水一样在燃烧时冒烟，一年下来，厨房就该髹一层白灰粉了。不过，很少人重视厨房的颜色，认为厅堂才是该光亮明净的地方，厨房就由它灰头黑脸。朋友到家采访，不都坐在厅堂么，难道会进厨房参观？于是，三五年下来。厨房的灰尘更多，油烟厚得像胶水，用揩布也抹不掉。

在这黑色厨房的年代，如果要投票选出肥土镇最大最黑的厨房，那就非痘症医院莫属了。痘症医院不在肥水区，肥水区没有医院，它位于跳鱼湾区，不但是那个地方唯一的医院，几乎是整个肥土镇唯一的医院。除了半山上，肥土镇本来没有医院，人们生病要看大夫，那就到药材铺去，药材铺里有大夫给病人把脉；开了药方，就在店铺里配药，立刻带回家去煎。除了药材铺，街上也有医师摆下的药摊，坐在摊前的医师自称祖传专医内外各种奇难杂症，既能续筋驳骨，立割肉瘤，又能医花柳坠毒，黄肿蛊胀，还能治妇人乳痈乳岩，小儿胎毒，男女痒吊。走江湖的人良莠不齐，也就看病人的气数了。

痘症医院本来不是医院，只是慈善团体帮助贫民收殓死去的亲人的机构，同时让过路的商旅有人意外身亡后停棺在义庄中。此外，还收留那些病重的老人。在那个时候，到这里来的病人几乎都打了输数，直着进来，横着出去。既然义庄收留病重的人，又给他们治病，贫穷的病人也来求助了，渐渐变成了一所医院。不但是老年人，小孩子因为天花传染，也都来诊治。医院对天花的疗法特别拿手，许多小孩都医好了，痘症医院的名字也被人叫开了。

后来，痘症医院不再是一座义庄，而是真正的医院。院内一个很大很大的厨房，是个黑色厨房。这厨房并不用来煮饭炒菜烧水，不是用来给病人和医师等预备膳食，不烧柴。这样的厨房大概是世界上独一无二的了，因为整个厨房只是用来煎药。一个一个的炭炉，里面燃着亮红红的炭，柔柔的文火慢慢地烹调着炉上的瓦锅。瓦锅比普通的茶壶要大些，有提柄有壶嘴，锅盖"噗噗"地响，冒出白色的烟雾，锅中煮的是药。这厨房弥漫着一股清香的气味，不似一般厨房充满浓烈的肉类煎炸的味道，而是苦涩的、辛辣的、芬芳的、清凉的、素净的草味。厨房由早到晚煎着药，每一个病人的药不同，每一次的成分不同，真是举世无双的厨房。

痘症医院是一家土医院，大夫的学识大都代代相传，用的都是草药，和半山的医院完全不一样。胡嘉的叔母在半山医院当护士，病人每天吃的是药丸或者药水，用开水送下喉去，医生常常替人打针，有的还要把身体切开剪剪割割再缝合起来。痘症医院不替病人打针，只有很特殊的情况，才用很长的针针灸；有些病，就用烧热的小瓶罩在背脊上。病人喝药，还有杏脯、葡萄干、甘草送药，医院充满各种植物的香味，一座花园似的。

上学去

　　幼年的花初三，每天都要走四次通向痘症医院的路，如果走得快，二十分钟就到了；慢呢，在路上到处看风景呢，时间就不能计算，有时是半点钟，有时是一个钟头。路上有什么可看呢？头一段路没什么瞄头，因为是一道围墙，里面是做船修船的，围墙的对面是山，山坡上长了树。在这一段路上，花初三会走得很快。第二段路却有东西可看了，因为要经过一个采石场，山边开出了一个圆形的大洞，山石灰灰白白袒露出来。山边的地方有一块块斜竖的帆布，用竹竿撑起，帆布一边没有太阳晒的地方，坐着石场的工人。有的把石头凿成一块块长条形；有的把石头敲碎。在这个地方，到处都是"叮叮""咚咚"的敲石声。如果一阵风吹来，花初三要立刻背转身体，不然的话，眼睛、鼻子、连耳朵都会吃进许多沙子。

　　打石其实也不算顶好看，中午的时候爆石，才是花初三不愿错过的，虽然常常看，还是不厌倦。有时迟了看不到，总觉得可惜。

所以，他会早一点赶到，站在老远的地方，到了爆石的时候，道路的两端全给截住，一端一人各拿一面小红旗，不让人通过，还有一个打响铜锣。不久，花初三就看到远远的地上有一些火花沿着一条绳似的东西，一直烧向山边，烧到尾尾火光还蛇闪几闪，忽然就是"轰隆"一声大响，山石处冒出一蓬灰，石头滚下山来。第三段路上全是风景，一边是山坡一边是海，刚才经过打石场，一头一脸灰沙，经过海边，就给海风吹净了。这个地方是著名的跳鱼湾，从前是捕鱼的地方，鱼多得不得了，渔人根本不必用网去捕捉。泊一只艇在海边，艇旁垂一块木板进水中，那些鱼游到板边，受到阻挡就跳起来，纷纷落入艇里。

经过了跳鱼湾，沿着山路走，下了山坡就是痘症医院。花初三每天到痘症医院来做什么？原来痘症医院不但是座医院，还是学校。医院旁边那座矮矮的小房舍，是办医院的慈善机构兼办的学校，起初还叫痘症学校，后来才改称跳鱼湾学校。学校内只有五六十个学生，按程度分为三级，同时采复式上课，老师教第一级学生时，第二、三级的同学做功课。做什么功课最多呢？当然是习字了。有的描红字"上大人，孔乙己"；有的白手写"万般皆下品，唯有读书高"这些。

学校里倒没有圣人像，花初三记得父亲说，他小时候进私塾，要拜圣人，作一篇八股文，如果老师在文章后面批下"胸无成竹，涂抹成篇"，就要罚跪圣人。许多同窗当然都不喜欢圣人。那时候要读诗和经，读"人之初，性本善"，老师的桌面有戒尺，打起人来虎虎生风。花初三在第一级时读"天地玄黄、宇宙洪荒",第二级时读《幼学故事琼林》,第三级时读《秋水轩尺牍》,第三级也教珠算。一个书包里没有几本书,重的是砚台,算盘另外用手挽着。后来,读到第三级还教一点儿番文。写番文不用毛笔,却用一种木头做的笔,笔头很硬,木头里裹着一段黑芯,写钝了就要用刀去削。毛笔是用竹做,竹里面空心,笔头用一个铜帽子套好。

花初三最喜欢和书友一起读书,好像唱歌一样地好听,比唱"鸡公仔,尾弯弯"好听,比唱"月光光,照地堂"好听,因为家里教的歌很短,一会儿就唱完了,而且总是一个人唱;读书时却和一群书友,坐在长木板条凳上,大家随着读书声摇着头。奇怪,这么每天摇头读的书,半懂不懂的,到离开了学校的许多年后,还依然背得出来:

　　人之初　性本善
　　性相近　习相远
　　苟不教　性乃迁

大头绿衣

肥土镇的小孩,即使从来没有读过番文,也懂得四个番文字母,因为大家都会唱一个流行的儿歌:

ABCD
大头绿衣
捉贼唔到
吹必必

　　肥土镇的差人,有镇上的本土人,也有摩啰人,他们的制服是绿色的,头都大得很,摩啰人因为头上缠着头巾,所以变得特别大。至于本土人,则戴了一顶像个倒转了的面盆似的竹册帽。差人都带着哨子,吹起来会"必必"响。花初三也会做哨子,当他上学,沿途上唱着 ABCD 的时候,就会想到吹哨子。于是,他摘下路旁的树叶,折几折,放在唇边,吹出"乌乌依依"的声音,他就这么一路吹着走到学校。

　　放学的时候,可玩的东西就多了,又有一群书友。学校的前方对正海滩,水退的时候,可以掘蚬挖蟹;学校的背后是一片低洼的沼地,农人在这水田中种植蕹菜和西洋菜,水田中有蝌蚪、水蟑螂、长脚水蜘蛛,可以捉来玩。至于水田背后的山坡,可以找到的小昆虫更多,既有龙虱,又有金丝甲虫。

　　最刺激的还是捉迷藏,可不是在肥水街的小巷里玩那样轻松,而是又害怕又提心吊胆的事,因为学校的旁边是痘症医院,医院的旁边是义祠,义祠的背后是义庄。在义祠和义庄里玩捉迷藏,是比胆量的游戏,不敢参加的就不是好汉。义祠里常常停着棺材,只用两张木条凳承着,躲在棺材底下的板凳中间当然隐蔽,不过想起头顶上有个死人躺在棺材里，一颗心就会跳个不停，只怕什么时候棺材会突然塌下来。义庄范围大，但都是坟墓，泥土高高低低，凹凸不平，许多地方的泥还是松的，一脚踩下去站不稳，当然跌进半闭半掩的棺木中。

在义庄的阡陌小路上走得多了，倒也知道哪一个坟新，哪一个墓旧，什么地方新埋了一个死人。奇怪的是，埋了死人不久的一副棺木忽然会打开了，里面空空如也，那位住客不知道搬到哪里去了。一位书友说，是山豹拖走的，有的说是狼，有的说是老虎。天色渐渐暗了，山坡上的树叶簌簌发响，大家不知道可是老虎会跑出来，急急跑回学校前面的泥地，分别回家。

管理义庄的林伯，和孩子们同样充满了疑问，义庄里的尸体都到哪里去了？一年总要不见十多个。的确，他试过整夜守候，结果见到盗墓的人。远远看去，大概二三人，个子也不高大，走起路来小心翼翼，不像习惯行走山坡泥路的样子。他大喝一声，所有的人都逃掉了。林伯有时候夜夜守候，一个盗墓的人也不见，一旦放松些，尸体又不见啦。这个义庄，其实葬的都是无亲无故的穷人，或者是外来做生意、客死异乡、一直没人认领的外地人。照说，这么穷的人，身上又没有珠宝首饰，更没有陪葬的金银，盗墓的人到底想盗些什么？死者身上的衣服和鞋袜么？那也是不值钱的，若是真的为了那身衣服，可为什么连尸体也盗走了？

有一次大白天，林伯见到一个人在墓地上走来走去，找寻什么东西似的，以为是贼，拿起木棒前去喝问，那人说，他的确是在找东西。找什么？坟边还有什么好找？的确有东西值得找，那个人说，因为有许多人的姓名。他正在写一本书，需要很多名字。这样的事，听得林伯目瞪口呆。林伯不明白的事还多呢，比如说，他所看管的义庄，不见了的尸体，其实是给半山上番医学堂的学生盗去做研究用的。如果林伯能够进入那所学堂的一些房间，自然会见到分解了的手和脚，封上盖子的大水缸里浮着一个个人头。

暑热病

也许是花里耶每年冬天才到肥土镇来，所以从来没有害过暑热病。古罗斯先生可倒霉了，每年夏天，就害起暑热病来；整个人全身无力，不能起床，发热，头痛，还会呕吐，一病就病足一个夏天，要到秋凉才好。奇怪，这种病肥土镇的人都没有，患者全部是番人。肥土镇还没有冰厂的时候，冰都由外国运来，就为了给番人治病。药材铺的师傅说，这是水土不服，如果要医好，也不是没有办法，这些番人要住在肥土镇的小房里，多喝肥土镇的水，和肥土镇的人一样吃饭，等等。总之，生活习惯和这里人愈打成一片愈行，那么，五年七年后，保证不会再发暑热病了。

古罗斯先生怎么会和肥土镇的人打成一片呢？他穿自己国家的翻领外套，打领带，吃的是面包、牛油，喝佛兰地酒，根深蒂固的洋传统一直不改，当然每年发暑热病。古罗斯先生唯一和肥土人沟通的是合伙做生意，他的合伙人是花顺风和花顺水，做的生意是出产荷兰水。古罗斯到肥土镇来，先买下了海滨的一座砖头房子，然后把制造荷兰水的机器和瓶子运来，在砖头房子开厂，招请当地的人制造，由他自己教导和指挥。机器刚运来不久，也招请到十多个工人，还没够半年，工人都跑掉了，因为听闻花旗国有黄金，竟有专船带大家去。工人一听都去淘金，只剩下花顺风和花顺水兄弟二人。这二人原先在肥水街的家门口卖些果子露，生意说不上好，也不算坏，见到番人招请制冰冻水的工人，决定去学学人家做饮料的先进方法，一方面也可赚点钱。于是把铺面留给家中的老人和妇女打理，兄弟俩一起出外打工。

别人都去淘金，花顺风一向喜欢念经拜佛，对淘金没有大兴趣，又因为生了一对孖仔，妻子难产死了，更不想离家；花顺水也因父母年老，兄长对生意懒洋洋的，主持不了家务，也不愿抛下一切去淘金。荷兰水厂没人做工怎么办呢，顺风顺水家男女老少当时有七八个人，做荷兰水也是够的，机器停着不开动毕竟不是办法。起初提议一家人到砖屋去工作，可是女人和老人不肯，最后想到折中的办法，把机器搬到顺风顺水家，横竖那机器也不大，房子又是两层，人都住到楼上，楼下做工场。再说，房子在交通便利的肥水街上，批发也容易。不像砖头房子，地方虽大，可要转上山坡，才能抵达市中心。

古罗斯就和花家合伙了，资本、机器、瓶子、制造方法、批发联络都是古罗斯的；房子、劳动力则归花家。那时候，花家顺风顺水的父母还健在，只有三个未出嫁的妹妹。另外再找来了几位赋闲的叔伯，荷兰水的招牌就挂出来了。这正是古罗斯先生到肥土镇来的第三个年头。他已经发了三次暑热病。春天又来了，古罗斯先生正在为暑热病忧心，却没想到，发生了一件事，从此免疫。

肥土镇的山顶上，住着古罗斯先生的一位同乡，是位很有学问的传教士。这天，他在家中设宴，招待在肥土镇的同乡，欢聚了半天，大家一起辞别主人。主人召来肩舆，分别送客人下山。但肩舆不多，必须轮候，等先下山的回来再载客。古罗斯这时站在山顶的碧草绿树之间，只见前面是一条风景优美的林荫小径。他本来喜欢音乐，爱读些诗，血液里颇有些浪漫细胞，忽生雅兴，说想一个人散散步，欣赏景色。不远的地方正是缆车站，他可以搭乘缆车下山回家。

于是古罗斯先生独自沿着山径散步，说不出的心情愉快，哪知走到一半，忽然山上起雾，看着远远一片灰白色，像布幕一般瞬间飞到眼前，前后左右头上脚下都是雾，把自己围在中间，伸出手来，连手指也看不见。雾没什么害处，过一阵自然会消散，这时候古罗斯先生如果肯站一阵就好，可他一路走来，身边有栏杆，想着手扶栏杆，很容易可以走到车站，哪知没走几步，脚下踏空，整个人滚下山坡。

浮屠

花顺记打开铺面不久，来了一个身穿号衣、头戴竹册帽的差人，要找花顺风和花顺水。一家人见到差人，都很惊恐，不知道发生了什么事，差人来办的是什么差事。差人问，认不认得一位番人名叫古罗斯？花顺水说，认得，是荷兰水店的大老板。差人说，古罗斯先生意外受伤，现在进了半山医院。二人一听，就跟差人赶到了医院。

古罗斯从小径失足跌下山坡，当时就昏迷过去。这地方偏僻，山顶区又绝少行人，古罗斯醒来时无法动弹，摸摸身子，好几处湿答答的，知道是受伤流血，呼唤许久，并没有人发现。一直挨到天亮，刚巧有一个人拖着一匹骆驼在山径上散步，见是意外立刻通知差馆。顺风顺水赶到医院，才知道一切情形，只见古罗斯先生头上包着白布，露出两只惨白的眼睛，呼吸微弱，看来是活不成了。

原来古罗斯双腿折断，头部破裂，大量失血。医师正在抢救，需要输血，不过，古罗斯的血型很罕见，一时无法找到，干焦急。古罗斯先生又无亲人在肥土镇可以救他一命。这时，顺风顺水兄弟见情况危急，一起在医院的走廊里商量。

"看来救不活了吧。"顺水说。

"如果输血就有救。"顺风说。

"他又没有亲人在这里。"

"听说，不用亲人的血也可以。"

"用什么人的血呢？"

"只要都是一样的血就行。"

"你的意思是？"

"我二人的血不知合不合用。"

"我们输血给他?"

"如果不合,也救不了。"

"输掉血,自己岂不是没有血了?"

"唉,救人一命,胜造七级浮屠。"

"还是救人要紧。"

那真是古罗斯先生的好运气,花家兄弟的血恰巧和他相同,二人的血救了他。人是活下来了,可是腿断了,无法行走,住了很久医院,眼看不能永远待在医院里,又无法打理生意,古罗斯先生决定回国。一个双腿断了的人,怎么走路呢?半山医院里面有许多痘症医院没有的新式设备,如果在痘症医院,古罗斯先生只好撑着两支拐杖出院,或者请人用肩舆抬他回家。幸好半山医院提供了一种有大车轮的扶手靠背椅,病人坐在椅上,由亲人推动轮椅,也能在平路上走;如果要上楼梯,就得多一个人合力把椅连人抬起。

古罗斯先生想回国,什么人帮他推轮椅呢,在船上那么长久的时间,怎样照顾自己呢?花家兄弟说:好人做到底,送佛送到西。顺风的孖生儿子花一花二虽然只有十来岁,可是长得高大,会点番语,平素也甚得古罗斯先生欢心,不如就由他俩护送古先生回国。一切决定下来,由花一花二沿途照顾古先生回家。至于花顺记和荷兰水的生意,古罗斯全部交给顺风顺水打理,还说如果经济上有什么困难,或者要购买机器、瓶子等的事,可以写信给他。当然,他还把荷兰水的配方告诉他们,一切交代好才回国,还留下一笔款项，说是不妨买楼房，可以保值。

古罗斯在回国的途中，得到花一花二的照顾，心情倒很轻松，他愈来愈喜欢身边的两个孩子，他们既纯朴，又驯良，人也聪明伶俐。回到自己的庄园，他舍不得花一花二回肥土镇。于是，写信给花顺记，说是希望把顺风的孩子留在他的国家，送他们进学校读书，把他们当作自己亲生的儿子，读完书再回肥土镇不迟。事实上，古罗斯没有结婚，没有妻儿，偌大的庄园只有父母、姊妹和一群仆人。花顺风觉得，孩子能在外国读书，总比留在身边做荷兰水可以学得更多的知识，可以开开眼界，也是好的。

花一花二在肥土镇时也进过痘症学校，会写信，懂得珠算，到了外国，常常写信给父亲报告近况，一切皆好，只是记挂父亲。花顺风读信，也觉得安慰。还说，这样也好，一切皆是善缘。过了几年，花一花二收到肥土镇的来信，不是父亲亲笔所写，而是叔父。信中说，花一花二的父亲一日醒来，自称在窗前见到文殊菩萨显灵，当天下午离家，当和尚去了。

红砖房子

花一花二回到肥土镇来的时候，已经在日耳曼国读完了大学。花顺水没想到，两个聪明伶俐的侄儿，到外国读了许多年书，回来之后，并没有更加聪明能干，反而变得傻头傻脑。这中间也不知道发生了什么事。照说,读了许多书,有了学问,自然会找得很高薪酬的职业,或者发展什么事业。可是,这二人回到肥土镇后,既不找工作,也没说有什么创业大计,只说古罗斯先生把海滨的红砖房子送给他们,于是住进去了,很少出来,连花顺水也等闲见不到他们一面。

真不知道兄弟二人搞什么鬼。花顺水当然不会指望侄儿到店铺来做荷兰水,可怎么不去当什么经理或者大班这些职务呢?难道在外国没有学到什么本领?一年一年过去,花一花二只待在红砖房子里。于是,花顺水说,两个侄儿像他们的父亲,疯疯癫癫的,就由得他们,免得多说话影响他们,谁知道会不会忽然也去出家当番和尚呢。花顺水也试过问问二人,在外国学的是什么,一个说是生物,一个说是化学,花顺水听听也不懂,再也不追究。幸好花顺记的生意一直不错,经济上没有困难,也不需要侄儿来帮忙,反而是做叔父的,常常要特别照顾两个傻小子。

关于花一花二的生活,只有花初三知道一些,因为每天由他送饭给堂兄。一天两次,花初三会骑着脚踏车把饭壶送到红砖房子去。他的二位堂兄,生活很简朴,吃不吃饭好像也不打紧,仿佛即使没有人送饭去,也不会饿死的样子。他们不常煮饭,吃的似乎是虾仔常常提到的蒸汽面包,夹些他们叫作香肠的东西,这样就一餐了。花初三回来告诉父亲,花顺水说:太凄凉了,我们就天天给他们送饭去吧。

红砖房子离花顺记不远,骑脚踏车才不过十来分钟,花初三很爱那地方,总是自告奋勇前去,不用家里的小伙计去办。事实上,他和堂兄还谈得挺投契。有时候,他也帮堂兄做一些小事情,比如上邮局寄信,到飞士大道的番店去买蒸汽面包和罐头。谁知花一花二在家里可一点也不空闲,整日忙着他们认为重要的事,而且很专注。对于这些工作,花初三也看不明白。常常有一些包裹寄来,写着番文,大概寄自日耳曼国。有时候是一大盒子书和杂志,有时是一些大大小小的玻璃瓶子管子。花一花二在玻璃瓶中注入不同颜色的液体,一会儿煮得冒烟,一会儿又冷得结冰,好像玩魔术。

花一花二自己洗衣服,晾在花园里。他们在园中种花,培育幼苗,又养些小动物。红砖房子三层楼,有许多房间,但大多数的房间都没有人住。花一花二只各占一间卧室,其他的堆满杂物,这些房间的门有的打不开,有的关不上,全给杂物堵死了。楼下的大部分走廊堆满汽水瓶子,就是花顺记用来装荷兰水的。其实,花一花二自己并无杂物,堆在房间中的都是古罗斯先生的家具和收藏品,各种新颖古怪的东西,他似乎都爱,买回来堆满一屋子。花一花二对它们没有兴趣,也不抛弃,就留着。

花初三喜欢红砖房子和堂兄,吃过饭休息的时候,花一花二就会搬出留声机来听音乐,把一张很薄的黑色圆片放在旋转盘上,移动一枚很短小的针依着圆片的凹纹走,喇叭花似的铁嘴巴就会唱出歌来。当然,唱一阵得摇机上的把手,不然,那首唱着的歌会变得古古怪怪,声音拖得老长,好像生病的人呻吟一样。花初三还是在堂兄那里第一次见到唱片和留声机,也是第一次知道世界上有些乐器叫小提琴、大提琴、竖琴……

火话

在红砖房子里,花初三最喜欢的并不是听留声机,番邦音乐他总觉得古古怪怪的,并不亲切。事实上,他对留声机的兴趣还比对留声机播出来的音乐要浓。花初三爱待在红砖房子里,主要是想听堂兄讲外国的见闻,讲他们喜欢看的侦探故事的结尾,奇异的案件总有出人意料的破案方法。此外,吸引花初三的,是堂兄对一切事物的看法,和一般人并不相同。仿佛他们各人都长多了几只眼睛,又长多了一个脑袋。比如说火吧,火应该是花初三最熟悉的了,他是斧头党人,对于火,不能不说比别的人体会得更深。

当花初三到达火灾现场的时候,他是会看火的。一场火,烧起来有不同的阶段:刚起火的阶段、火焰扩展的阶段、闷烧的阶段、全面闪火的阶段、稳定状态的阶段,以及无限制燃烧的阶段。斧头党人只要看看烟的颜色,大致上也可以知道火烧到什么阶段。由于火烛馆就在肥水街,火灾就发生在肥水区,斧头党人的行动迅速,所以,火灾大抵都属于刚起火和火焰扩展的阶段,斧头党人要做的是:救人,隔离火场和灭火。对于斧头党人来说,火是灾害,除了煮饭烧水点灯,他们几乎一见到火就要想尽一切方法把它消灭。

花一花二对火的看法,和花初三不同。堂弟把火当作敌人,堂兄则把火视为朋友。花一花二当然不希望任何房子发生火灾,但他们认为,火的好处、可爱处,比坏处要多得多。他们说,花初三虽然常常和火打交道,其实是不认识火的,对火视而不见。大家都习惯这样说：人向高处，水向低流。可花一花二则说：火向高处，水向低流。二人有时点燃一支蜡烛，坐在前面静静观看。

"火是温暖的。"花一说。

"火是光明的。"花二说。

"火是什么颜色的？"花一问花初三。

"火是白色的。"花初三答。

"不，火不是白色的。"花一说。

"光才是白色的，火是黑色的。"花二说。

花一花二说，火燃烧的时候发出光来，光才是白色的，至于火自己，它在燃烧之后留下自己的颜色：焦烧的木头、焚毁的纸、冒烟的灰烬、升空的烟，它们都是黑色的。火灾之后，火场上一片焦黑，那是火的痕迹，也就是火的颜色。我们天天吃火哩，花一说。烧过的肉、煎熟的鱼、炒饭炒面，都有火在里面，我们就把火吃下肚子。对着点燃的蜡烛，花一花二要说的话才多哩。

"燃烧的烛，发出咝咝的火焰声、噼啪声。"

"是火的歌，火的话语。"

"火既是生物，又是化学。"

"火是垂直的。"

花初三从来没有想到火是垂直的这种情况。花一花二告诉他，外国有许多教堂，屋顶尖耸，垂直向上，这是表示天神在至高之处。垂直的火，一直向上攀升，仿佛想离开地面，到空中飞行；飞上天空，是火的梦想。花初三从来没有想过火会做梦，他只觉得堂兄的脑子很奇怪，懂得许多东西，而自己呢，一直待在花顺记做荷兰水，完全不知道外面的世界有多大。但有什么办法呢？他是必定要继承父亲的这门生意，像他父亲那样，成为花顺记的掌柜。

"火是美丽的花朵。"

"火是令人惊讶的爱情。"

花一花二对火的话题似乎永远也说不完。

心事

叶重生的母亲喜欢珠宝，却很少穿戴。对于她来说，她需要的愈来愈不再是炫耀的漂亮，而是值钱的东西。有什么比黄金、翡翠更值钱呢。她常常对女儿说，一个女人，没有钱是不行的，所以，一定要有许多私己钱，这样整个人才踏踏实实。奇怪，叶重生觉得，母亲既有丈夫，家里又是家具行，还有什么不踏实呢？母亲又常常对她说，重生，如果丈夫给你一些钱，你就去买些金子，这样才牢靠，女人是不能没有钱的。但叶重生觉得，有了花初三就够了，花初三比金子重要得多。

叶重生的母亲有一次说，她做过一个梦，丈夫不见了，她和女儿二人饭没得吃，屋没得住，也不知如何是好。叶重生常常看着穿绫罗绸缎的母亲，觉得她心里充满了疑虑，一生就那么地在忧愁这忧愁那，没有安全感，还不如乳娘那样快乐。乳娘似乎一点忧愁也没有，出来当乳娘只是不满意丈夫一天到晚要她生孩子。有一次，夫妇二人吵架，妻子说，别以为我要靠男人养才有饭吃，于是离家当佣工。乳娘每个月自己赚钱，不用丈夫给她，也不急着去买金子。

也许是因为乳娘自己会赚钱，不必靠丈夫，所以从来不担心没有饭吃。叶重生也见过那采石场的工匠，个子矮小，黑黑瘦瘦的，乳娘的模样的确比他神气。乳娘好像生来就天不怕地不怕，第一天上胡嘉家去，那头叫作邦主的恶狗就朝她吠，想要咬她，但她一手提起墙边的地拖棍，指着狗说：死狗，别狗眼瞧人低，想咬我吗？你试试看，看我不把你的狗头一棒打下才怪。邦主果然夹起尾巴不作声躲到厨房一角去了。胡嘉和叶重生都觉得乳娘威武盖世。胡嘉的叔母是当护士的，在半山医院里工作，不像胡嘉和叶重生的母亲，从早到晚待在家里。因为家里有人洗衣煮饭，所以根本没有事做，闲来就凑齐四个人一齐玩骨牌。胡嘉说，叔母自己会赚钱，又能帮助病人，多么好，将来自己也要这样子。自己有手有脚，赚些钱买东西，也不必一天到晚向爹爹妈妈摊手。比如说，胡嘉想买一个望远镜，她又不会赚钱，没钱怎么买呢？什么都要依靠别人。即使是父母，也是依靠呐。

当然，表姊妹二人自己去赚钱的计划终于失败，她们只当了半天的售货员，一个铜钱的收入也没有。胡嘉说，看来她将来得像叔母那样去当护士。不知道为什么大家不反对叔母当护士，似乎还很尊敬她；可售货员，所有的人都摇摇头。叶重生从来没有想到过当护士，她不像胡嘉，到半山的学校去读书，还有番文读，当护士要懂番文呐。所以，对于去当护士的事，叶重生说，我又不懂番文。将来会做什么呢，她不知道，好像是不用做什么，也没有人期望、计划她该做什么。看来，她就会像母亲那样，嫁一个丈夫，生两个孩子，家中有人煮饭洗衣，空闲的时候凑满一桌子人打骨牌。还有，或者她就会像母亲一样，让丈夫给她一点私己钱，储蓄起来，去买珠宝首饰，把黄金藏在一个个锦绣的木盒里，然而一生一世地为这个那个担忧。

影画戏

这一天晚上，肥水区的观音街可热闹了，因为有影画戏看。这戏和大家常常看的戏不一样。比如说，盂兰节吧，老早就得准备盂兰盛会的一切，先搭起一个大竹棚，然后请来戏班。节日前后，整整要演上两个星期的神功戏。大家当然都去看了，演的都是大家熟悉的戏，花旦小生都在戏台上咿咿呀呀地唱，戏台下面的人一面看戏，一面吃东西。小孩子跑来跑去，被剧情感动的人伤心落泪。可影画戏不是这样子，既不用搭大竹棚，也不用请戏班来演。没有戏台，没有花旦小生，只有一块布，打了灯影在上面，就见到人了。可那些人很奇怪，可以清清楚楚，连衣服上的纽扣也看得见，一张脸会忽然变得很大，眼睛和鼻子好像伸到观众面前。

观音庙前面的这块小空地，入夜之后，用竹竿撑起一幅被单那么大的白帆布，帆布前面摆了一行一行椅子和长凳，然后，是一个搭得不很高的平台，上面放着机器，拖着一些黑色的线。大家都来看影画戏了，才五个仙的入场费，不过，很多人没有入场，因为站在观音街上也看得见，不过没有椅子坐罢了。这天晚上，看戏的人里面有许多斧头党人，几乎除了正在当值的党人外，其他的人都来了，因为这个晚上的戏目，叫作《京城大火》，是讲消防员灭火的事，斧头党人怎么能不来呢。花初三来了，连叶重生也来了，夫妻二人一早就坐在帆布前的椅子上。

影画戏简直像真的一样，房子着火了，有人呼叫，路上有人奔跑，火势愈烧愈猛烈，火焰不断冒出门窗，水车很快到来，这个人裹着毛毡，那个人攀出窗外，水车喷出水龙。斧头党人看得最有味，看得呼吸也凝定了，就像自己在现场抢救一样。可惜影画短了一点，不像戏台上那样咿呀一唱就是三个钟头。影画里的火给熄灭了，不过，那座经过大火焚烧的房子也倒塌了。正在这个时候，忽然人群中一阵骚动，原来附近的一栋房子冒出了烟火，观众纷纷推翻椅凳跑去看那场真正的火灾。

跑得最快最积极的自然是正在看影画戏的斧头党人，他们似乎是很有秩序地，一半人跑向火场，一半人跑回火烛馆去。花初三是跑向火场的一个，和他同时起跑的，是他的妻子。叶重生没有跑向火场，她朝火烛馆的方向跑，并不是跑到火烛馆去，而是一口气跑回家。到了花顺记之后，她一口气跑上楼梯，冲向自己的房间，打开衣柜，取出一顶钢盔和一把斧头。她就这样一手抱着钢盔，一手提着斧头,跑下楼梯,跑到街上,直朝火光熊熊的灾场跑去。火烛馆离火场近,水车已经到了,竹梯也已架搭,斧头党人不断救下人来,一个又一个,花初三一共救下了七个人。火势终于减弱,花初三又从梯上走下来了,肩膊上背着一个用大花被裹着的人。消防员和被救的人一起平安着陆,几个人过来扶持被救的人,叶重生跑过来找丈夫。她一路上奔跑,还在喘气,钢盔不知何时掉在路上,双手握着斧头。花初三和斧头党人把裹着被的人靠在路旁,解开被子,竟是一个白白胖胖的女人。花初三一惊,只见叶重生双手握着斧头朝他走来,不说一句话,胸前一起一伏地喘气。花初三呆了一呆,忽然掉转身子拔脚就跑,他的妻子看着他一直跑,一直跑,直跑到再也见不到他一点影子。

卷二

第六种飞行

　　日子一天一天过去，一个星期一个星期过去，一个月一个月过去。花初三一直没有回来，花顺记上上下下的人，肥水街的坊众，斧头党的兄弟，没有人知道他的消息。大家写了许多寻人告示，到大街小巷每个角落张贴，又找人打听，同样没有结果。渐渐地，寻找花初三的迫切行动转化为漫长而充满忍耐的期待。自从花初三离去之后，叶重生睡房中的天窗再也没有开启过，也没有人透过那窗子仰望天空中明、灭、远、近，恒久或移动的星辰。

　　布谷鸟钟不再鸣叫，长针、短针、钟摆静寂下来。花顺记的猫和家具行的猫早已打成一片，成为朋友。不过，两家的猫极易辨别。凡没有尾巴，自然是花顺记的。此外，两家的猫还有一点不同。花顺记的猫从来没有见过自鸣钟。叶重生的布谷鸟钟，对它们来说，是多么新奇的诱惑呢。可是这钟，家具行的突厥猫却见惯了。无尾猫们斜眼、正眼地观看布谷鸟钟许多日子，终于到了这么一天，一只从各种角度被布谷鸟钟迷惑得目瞪瞪的无尾猫，当布谷鸟跳出来叫唤的时候，猛地朝鸟儿扑去，整个钟"嘭"地惨叫一声从墙上掉下来，鸟儿、钟摆、指针，全跌碎了。从此，这睡房中再也没有了钟声。叶老板把钟的碎片粘粘砌砌，仍挂回墙上，但钟再不肯走动。

　　三更半夜，水车馆也没有了锣声。自从肥水街上装上街灯，家家户户也有了电灯，水车馆不再用锣来召集斧头党人。经过电工的接驳，水车馆安装了警铃，通到斧头党人的家中，一旦发生火警，警铃就会响起来。科技淘汰了水车馆的铜锣。于是睡梦中的叶重生再没有被铜锣惊醒了。

没有铜锣和布谷鸟钟惊醒叶重生了。奇怪的是她并没有失眠，一闭上眼就睡熟了，而且不停地做梦，梦见自己在空中飞行，几乎每次都坐在不同的物件上面。在她的梦中，有什么东西不会飞呢？所有的东西都能飞，既不需要翅膀，也不用借助风，一切都自自然然飞起来。每天晚上，叶重生在梦中飞行：睡在架子床上飞，抱着枕头飞，坐在绣花鞋里飞，骑着一把斧头飞，站在楼梯上面飞，握着一束香白兰飞。

但地面上的她却一天一天瘦下去，睁着呆滞失神的眼睛，渐渐不再说话。一家人很是担心，她的父母来看她，说道：莫不是旧病复发了？于是请大夫来给她诊治。大夫把过脉，对大家高声说道：恭喜恭喜，夫人有喜了。这句话使所有的人又惊又喜。

"唉，初三连要做爸爸了还不知道。"花掌柜说。

"真不知道他到哪里去了。"家具行的老板说。

大家几乎同时一起问大夫，叶重生是不是旧病复发了？大夫说，夫人如今患的是心病，心病可是没药可医的。不过，她的健康情况不大好，不能让她再消瘦，该多吃有益的食物；孕妇更加要注意。于是，掌柜太太负责媳妇的饮食，叶太太不时炖补品亲自送过来，而花掌柜和叶老板继续到处打探花初三的消息。日子又一天一天过去，叶重生继续每晚做飞行的梦，躺在火柴上面飞，踩着一双拖鞋飞,坐在沙龙椅上飞,站在布谷鸟钟上飞,抱着突厥猫一起飞。她的飞行,凭借的是第六种飞行原理——做梦。

睡午觉

这一阵,花一花二常常睡午觉。吃过午饭,他们就跑去睡觉。事实上,二人的精神很好,工作也不疲劳,而且毫无睡意,不打呵欠,根本不需要白天睡觉。他们这么做,原来想做梦。有什么办法可以令自己做梦呢?世界上又没有使人做梦的机器,唯一的方法,只有多睡觉了。当然,晚上的时候,花一花二一早跑去睡觉,他们呼呼呼,一觉睡到大天亮,竟半个梦也不来。他们很失望,想来想去,只好白天也睡多些觉。

花一花二多睡午觉,是希望做梦,不过,他们希望做的梦,可不是一般的梦,而是像他们敬仰的化学家门捷列夫、凯库勒那样,做一些激发创造思维的梦。化学家门捷列夫一直在研究化学元素周期表,花了许多日子,还是无法把各种元素合理地排列起来。后来,他做了一个可爱的梦,梦中清清楚楚地看见了这张周期表,各种元素一一排列在应该排列的位置上;至于另一位有机化学家凯库勒,研究的是苯的化学结构式,想来想去没法解决。一天,他也做梦啦,梦见一条蛇,咬住自己的尾巴,醒来后大悟,想出了六碳环的化学结构式。

教花一花二午睡的还有一个人,名叫贺尔。这人许多年来努力研究,要创造一件机器。他看见人们做衣服,一针一针地缝,得花许许多多个日子,太慢了吧。相反,衣服好快就穿旧了、破了。即使不旧不破,大家也想经常变换新的款式。他想,如果能够用机器来代替人手做衣服,可不又快又便利,又适应大家的需要?他不断设计,试验各种各样的缝纫机。机器的部分并不太难,他不久就成功了;可是那一枚小小的缝纫针却使他伤透了脑筋。

某天晚上,贺尔做了个可怕的梦:一群野蛮的人命令他在二十四小时内一定要做妥缝纫机,办不到,便把他处死。他急得不得了,完全想不到办法。凶恶的人来了,真的要用鱼叉把他刺死。眼见鱼叉刺到面前,他大叫一声。

贺尔大叫一声,因为在这电光石火的一瞬间,发生了三件事:一、鱼叉快把他刺死了;二、他醒来了;三、他设计的缝纫机最困难的一步解决了。原来当鱼叉伸到他面前,他见到鱼叉的尖端有一个椭圆形的孔洞。

一直以来,贺尔对于缝纫针的设计,脑中想到的只是传统的样子。人们惯用的缝纫的针,一端尖,一端钝,而穿线的针孔,位于钝的一边。他在梦中见到了鱼叉,哦,原来鱼叉的洞孔竟在尖端。那么,缝纫机那枚针的针孔,为什么不可以也设计在尖锐的一端呢?他于是发明了缝纫机。非常可怕的梦,醒来后竟变成非常可爱的梦了。

"那么令人羡慕的梦。"花一说。

"没有了梦,世界岂不枯燥。"花二说。

"如果我们也能做些有启示的梦就好了。"

"那么,我们就有办法培育温柔的蜜蜂啦。"

花一花二很努力睡午觉,但一点效用也没有,所有的梦都不和他们打交道。

抽屉的内容

明辉照相馆搬到了肥水街的街尾,房子外面的墙上,在一楼和二楼之间,仍垂挂着个长方形的"明辉影相"招牌。不过,站在街的对面朝这店铺看看,就知道它和以前花顺记左邻的照相馆不一样。如今,这座楼房顶上并没有磨砂玻璃的棚顶。进过照相馆的人都知道,照相再也不用到楼上去,楼下已经是摄影室。为什么呢?当然是科技带来的进步,因为肥水街上已经有电啦。

有了电,家家户户可以不再点油灯、火水灯;有了电,就有影画戏可以看;有了电,水车馆不用再打铜锣召集斧头党人;有了电,照相馆也不必利用磨砂玻璃的棚顶透太阳光。而且,不管是清早还是晚上,即使是阴天、下雨天,一样可以拍照。照相馆搬到街尾后,叶重生一共进去了三次,她可不是去拍照的。第一次去,她只问了三个问题:

用相片可不可以拍成相片?

可不可以把相片放得很大？

可不可以冲印许多张数？

老板对她的问题全部点头。这天，照相馆的老板坐在桌子前，正在给一帧女子的相片着色。他像个画家那样，很细心地用笔在相片上涂，眼睛、眉毛用黑颜色加深；脸蛋儿抹上胭脂色；嘴唇当然是樱桃红。嘴巴似乎大了一些，他就把红色涂窄些，呵哈，看起来真的是樱桃小嘴。至于一件旗袍，他涂淡黄色，一双绣花鞋，他用了苹果绿和紫色。老板对叶重生说，可以替她的相片加色，像她这样标致的人儿，彩色相片一定加倍好看。

叶重生第二次上照相馆来，带来了几帧相片。老板一看，当然认识相中人，是他熟悉的花初三哩：一帧是他和花顺记的全家福；一帧是他和斧头党的众兄弟；还有一帧，是他和叶重生的结婚照。三帧照片都在明辉照相馆拍摄，冲洗和印晒。说起来，那些照片的底片，还留在照相馆的一个木柜中。

"三官有没有消息？"老板问。

叶重生摇摇头，也不说话。老板只见她挺着一个大肚子缓慢地离开。这天，老板很忙，因为一位母亲带了个小孩来拍照，小孩顽皮，母亲不停地叫他：坐好，坐好。又不准他笑。小孩东张西望，坐在木马上不停地摇。照相馆的老板拍小孩照很吃力，要等小孩坐好，又要用拨浪鼓吸引他的视线，直拍得一头大汗。

叶重生第三次上照相馆时，大腹便便。老板正在搭一堂新的亭台楼阁布景，这样，拍出来的女子简直就和月份牌里的图画一样好看。月份牌里的美女都是画出来的，谁也不认识，可拍照就不同了，姑娘们自己变成月份牌里画的美女，岂不吸引？生意一定不错。老板正在把一个纸月亮挂到天花板上吊下来，却见叶重生走进店铺。店内一片凌乱，老板立刻请她不要移动，以免绊倒，把冲印好的相片交给她。

"三官仍没有消息？"老板问。

叶重生再次摇摇头。回到家里，她把相片一张一张用剪刀不停地剪，凡是有花初三的，就把他剪下来，然后再依次剪下眼睛、耳朵、鼻子、嘴巴、头发、手、脚，至于身体则剪成七八个碎片。她剪了一个下午才剪完，把其余的相片部分扔掉，打开百子格架子床的抽屉，把花初三的碎相片分别放进抽屉。这个抽屉里放进一只眼睛，那个抽屉里放另一只眼睛；上面的抽屉放左耳，下面的抽屉放右耳；一个抽屉放手，一个抽屉放脚，直到把整个花初三都放进了不同的抽屉里。

忆念

肥水区没有正式的火烛馆，也没有医院。医院在山顶区，在跳鱼湾区。虽然开办了医院，而且是西洋式的，可肥土镇人生孩子，从来不到医院去。除了洋人，本土妇女都在家中生孩子，一百年前是这样，一百年后仍是这样。不过，经过一百年，到底有些不同。比如说，叶重生的母亲吧，当年怀了女儿，到了产期，就把稳婆请来，在家里接生。那稳婆也没读过什么书,更不用说专门的医学科,只是经验丰富,接生接得多了,也成专业。若真的遇到难产,或者产后得了什么感染发高热,她是没办法的,产妇不得不听天由命。

花顺风的妻子生孩子,正遭命运播弄,倒不能全怪稳婆。事情也着实离奇,眼看妻子的产期到了,花顺风立刻把稳婆请到家中。家里的妇女忙着烧水,花顺风则在房间外面徘徊,并且烧香拜佛,直到听得婴儿的啼哭,稳婆出来恭喜他,说是诞下男婴,添丁发财,他才松了一口气。稳婆的工作做完,取了利是就回家去了。

大家正在抱着婴儿观看,喜欢得很,哪知产妇仍在呻吟,抱着肚子喊痛。过了一阵,帮她抹身子的妇人说看见一个小儿的头塞在产门。这可把一家人都吓坏了。花顺风连忙再赶去找稳婆。那稳婆刚刚踏进家门,又连忙再去。这的确是很稀罕的情况,一个女人竟有两个子宫,而且各孕育了一个婴孩。这次,稳婆仍把婴孩接生下来,不过,婴孩的母亲却保不住。这两个小孩,正是孖生的花一花二。父亲给他们起的名字是花忆慈和花念慈,不过,花家大小只称他们花一花二。

许多年过去,肥土镇上仍有稳婆,不过,镇上出现了现代化的接生行业,正正式式挂上招牌,大大的字写着"刘三姑妇产诊所""蔡二姑妇产院"。这些地方不是一般的医院,只替妇人接生。当然,妇产院比随便找来的稳婆专业得多了,因为那些刘三姑、蔡二姑都是护士出身,读过妇产科,懂得医学常识,又会打针,知道许多药的用处,一旦遇上难产,或者孕妇出了什么问题,还会立刻把病者送到医院去。

妇产诊所和妇产院证实比稳婆安全可靠,许多孕妇都去登记,按时去做检查,到了产期,就进产所生孩子。但是,不愿上产所生孩子的人还是很多。她们也去登记,做检查,产期到了,由刘三姑或蔡二姑上门接生。叶重生选择在家里生孩子,接生的时候的确遇到了一些难题。并非孕妇有什么不妥,而是那张架子床,团团地给木架木柱木栏杆围住,阻碍了刘三姑活动。但生产顺利,叶重生诞下女儿,并且自作主意给她起了这么一个名字:花厌颜。

降落伞

自从生了女儿,叶重生特别爱火柴。家里的火柴,她见了就收藏起来。空闲的时候,到莲心茶铺子坐坐,陈老太太也给她火柴。她既不抽烟也不用生火煮饭,大家见她收起火柴,以为她喜欢火柴盒子上的商标图画,或者以为,她大概想把火柴盒子留着,做些小桌子、小椅子、小梳妆台给女儿玩。但花厌颜还只是个小小的孩子呢,根本不会玩这种玩具。

到了晚上,火柴的效用就显出来了。三更半夜,叶重生居然没有睡觉,女儿睡在床上,她却站在窗前。她打开所有的窗子,把各种各样的纸搓成一团,擦亮火柴,点燃纸团。火一面烧她一面说:那么,你会来救我了,是吗?你一定会来救我了。火舌熊熊地伸展,浓烟从窗口中冒出。

首先劈开房门的是花顺记的掌柜太太,在烟雾中扑向床上的小孩,然后奔向窗前,伸手去拖媳妇。这时候,斧头党人已经抵达,其中一个爬上梯子,一脚踏在窗台上。他把掌柜太太和小孩先救走了。接着又上来一个斧头党人,见到叶重生站在离窗子老远的地方,呆呆地看着他。他当然认得她。

"花嫂,快,让我背你下去。"斧头党员说。

"我要初三救我,我只要初三救我。"她说。

斧头党员拿她没法,火势越来越大,火场中只见一群猫到处跳窜。斧头党员正想过去一拳把叶重生击昏再说,却见一只大猫扑到窗帷上,那布幔就在窗前朝屋里屋外两边钟摆似摇晃。叶重生见到猫,叫道:明珠、明珠。她要救猫,伸出双臂,整个人跳起来去抱猫。一瞬间,一群猫也同时跳出窗口,抓紧摇晃的布幔,"泼刺"一声,只见叶重生和她的猫,以及长长宽阔的布帷像一个降落伞似的飘出空中,缓缓下降。站在楼下的斧头党人,早张开了一幅大帆布,他们和许多前来帮忙救火以及瞧热闹的坊众,仰头见到一团圆形的大伞,众猫哗哗地竖起了尾巴,伞下一个仙女,徐徐降落,都看得呆了。

叶重生把房间烧掉了。烧掉了磨砂玻璃的棚顶和看星的天窗,烧掉了挂在墙上不会走动的布谷鸟钟,烧掉了雕玫瑰花的西洋家具,烧掉了衣柜和衣柜里的一把斧头,烧掉了百子格架子床。花顺记的掌柜说,幸而没有人受伤,只要平安就好。于是把原来蛇王胜那边房子二楼上的货物搬出来,粉刷了一次,给媳妇住进去。

那些爱说闲话的坊众，在茶楼上一面喝茶一面发表意见：原来是朵火牡丹呐。斧头党人开会的时候，提到了叶重生的情况，有人建议招请女斧头党员。大家考虑了很久。

"体力恐怕不行吧。"

"胆量不知够不够。"

"背不动一个大男人的吧。"

"只救妇女和小孩。"

"又不是所有的女子都是花嫂。"

"也许有女子像花嫂。"

"相信没有女子会来应征。"

"试试看好了。"

十分意外，以为没有女子会来应征，却有一个来了，当上了女斧头党员。不过，她不用在水车馆当值，晚上也不召她去灭火。白天么，不过偶尔顺便通知她一下，让她在火场站站，一次也没有进过楼房救人，完全不受重用。事实上，肥水区的确没有第二个叶重生。

大眼鸡

和姊姊一样，胡宁读的也是洋人办的教会学校。可这种学校，不叫学校，不叫私塾，也不叫学堂，而是叫作书院。所以，肥土镇人都知道，什么人家的孩子在书院读书，那就是在洋人办的中学里求学了。而这些书院,当然以洋文为主,只有一两册课本才是龙文。胡嘉读的是女书院,是全女子学校;胡宁入的则是男书院,只收男学生。肥土镇的人也知道,书院比一般街坊学校学的科目多,但书院出来的学生不会背四书五经,也不懂珠算。

胡瑞祥因为子女入的都是书院,学校的老师讲的多是洋文,所以特别请了一位老师在家里教孩子龙文,每天要孩子习字,用毛笔练书法,并且学尺牍。所以,胡嘉中学毕业后,父亲送她到外国去继续读书,她写回来的信,用的好歹也是龙文。其实,她写洋文要流利得多,家书中常常不免杂了些洋文。胡嘉说,有些事物,用龙文不知道怎么叫法就用洋文。胡太太每次收到女儿的信,总有些字不明白,要丈夫一一解释。胡太太有时候不禁叹息,好端端的一个女儿,不知怎么竟变了半个洋人,将来会不会嫁洋人丈夫?

和姊姊一样,胡宁也喜欢望远镜,但他们观看的事物不一样。胡嘉爱看星;胡宁喜欢看船。姊姊朝天上看;弟弟朝海面看。胡宁的房间面海,可以看见海面的船只。肥土镇海港中的船可多了,既有小舢板、小篷船、渡海轮、水警轮,又有远方来的邮轮和货船。不同的船有不同的模样和色彩,洋船行驶时像刀子,把水切开;而本土的船,像一幅矮墙用力向前推动。爸爸对胡宁说过,洋人造船,学的是鱼的游泳法;本土的船,制船的先辈们模仿的是鸭子。

不管是鱼还是鸭子,胡宁都喜欢。他最爱的船是大眼鸡,总觉得这种大木船有生命,仿佛海上的生灵。他的望远镜常常跟着这些船看:船身是木头,船桅也是木头,船帆是布,帆骨是竹;船上牵绊着麻绳，船面上放着木桶，堆着渔网，船舷挂着藤编的圆篓。胡宁特别爱大眼鸡，大概是因为幼年时听过表姊的乳娘讲过海盗的事迹。那时候，他还以为大眼鸡真的是鸡呢，原来是一种红皮肤大眼睛的鱼。大眼鸡木船两侧，就有那样的大眼睛。

海港上色彩缤纷，帆船的帆是橘黄色、泥褐色、灰色；而外洋的船，银色、灰色，有的有黑烟囱，有的有蓝烟囱，还有孖烟囱。到了晚上，海面上闪亮着船的灯号，桅杆上的白光，船舷一左一右，一边红一边绿，看看灯色，就知道船是来还是去。坐在家中，胡宁竟可以和船谈话，利用的是闪动的灯光。渐渐地，他知道，船带来肥土镇需要的东西：棉花、棉布、煤油、面粉、大米、呢绒、五金铁器、药材、木材；一些小的船带来水果、蔬菜、猪和羊、缸瓦和瓷器。洋船带走的是茶叶、丝绸、瓷器，由巨龙国运来。肥土镇起初是一个渔港，渐渐竟变成转运的商港了。

"肥土镇的好处就是水深港阔。"胡宁的父亲告诉过胡宁。

公函

这两天，胡瑞祥家没有食水用：不知道是哪一道水管坏了，整座房子都没有食水。碰巧是星期六和星期天，一家人一日几餐都到外面吃饭；至于洗衣服、茶水、淋浴，只好向隔邻取用，由用人带水桶装载了挽回来。花园的树木，看看渐渐干枯。衣服可以不洗，草木没有水是活不成了。

星期一下午，胡宁放学回来，扭开水龙头，依然一滴水也没有，跟着花王到邻居家去挽水。在大门口碰到爸爸下班回家。父亲见儿子提着一只水桶，卷起衣袖，知道他去帮忙取水，叫他放下水桶，跟自己回进屋子。花王连忙解释，是小少爷自己一定要去，不敢让他做粗重的工作。

"爸爸，我有气力，我可以挽水。"胡宁说。

"你能挽多少水？挽几天？"

"挽到有水供应为止。"

"傻孩子，现在派你做一件事。"

"做什么事？"

"写一封信到水务局去，说我们没有食水。"

"啊呀，我怎么没想到。"

胡宁立刻回到自己的房间去写信，不到半小时，信竟写好了，拿出来给父亲看。胡瑞祥一面看一面读给妻子听：水务局局长大人台鉴敬启者今仆等之山顶道八号住宅水喉多天未有水来仆等因此不能得水应用逼得由邻舍汲水以供烹饭洗浴之用似此非独于仆等殊为惮烦则邻舍亦因此受扰倘蒙饬员到来验明查有不妥之处着人早日修复则深心感大德于无涯矣诸费清神先此鸣谢敬请台安仆胡宁顿首。

胡太太听完，皱皱眉头。取过信来也看了一遍。

"好像似通非通。"她说。

"这封信好像很熟悉。"胡瑞祥说。

"又没有标点。"

"难道你没跟老师好好学龙文?"

"不是王老师教的,是我从书本中抄来的。"

原来胡宁在父亲的书房中找到一本书,是写公函的教本,附有范文。那公函本来是洋文,经过翻译,才有"仆等"的字眼。课本中碰巧有"水喉无水来致水务局西式",胡宁就照抄一遍,只改了地址和姓名。

"往后,每个礼拜,还是学写一封龙文信给王老师改的好。"胡太太说。

"原来抄爸爸小时候读的课本。"胡瑞祥说。

"我写个信封,贴上邮票寄去。"儿子说。

"你想水务局快些还是慢些来检查水喉?"

"当然越快越好。"

"那么,你改用洋文写吧,必定很快就有人来修理。"

"啊呀,我怎么又没想到呢。"

鬈发孩子

这一年冬天,花里耶并没有带突厥猫到肥土镇来,带来的是一个十岁左右的小孩,是他的儿子花里巴巴。仍是雇了一辆独轮车,车上两旁堆了行李。父子则跟着车步行。二人一车沿着肥水街来到莲心茶的铺子。花里耶依然租茶铺的阁楼,并且租花顺记的半个铺面摆卖些杂物。突厥国忽然流行脑膜炎病,夺去不少小孩性命,花里耶决定带孩子出国避灾。孩子长得胖嘟嘟,有一头鬈发,眼睛明亮,很喜欢笑。知道他的名字之后,大家都说:怎么能称他作爸爸呢。于是只叫他小花里。

花里巴巴和父亲住在茶铺子阁楼,每天跟着父亲一起到小巷吃猪肠粉、鱼生粥。他的书包里有几本突厥文的课本,因为肥土镇没有突厥文学校,就由父亲每天教他读书写字。每星期一次,他跟着父亲上飞土区唯一的清真寺去。

两个月后的一天下午,花里耶刚从轮船公司订好船票出来,在飞土大道上正想回家,迎面驶来一辆肥土镇罕见的人人称作"勃勃车"的盒子车,在花里耶身边停下。车上走出三个衣服奇异的大汉,一句话没说,就把花里耶连拖带推,扯进车里架走了。途人中有一个见过花里耶的人认得他在肥水街摆卖,到花顺记报告了消息,说是花里耶被人捉去了。大家都不知道发生了什么事,因为花里耶在肥土镇看来没有犯罪,捉他的人显然又不是公差。不管怎样,花里耶不见了。

花里巴巴也不知该怎么办,他到清真寺去问,没有消息;花顺记的伙计带他到差馆去查,也没有头绪。一个月一个月过去了,完全失去花里耶的消息。茶铺子的阁楼横竖是空置的,并不租给别的人,就由小孩居住。小孩很乖巧,常常帮陈老夫妇看店铺,卖东西。叶重生对他特别同情,因为他和花厌颜同样是不见了父亲的孩子。

她买什么玩具和吃食给女儿时,也会送一些给小花里,并且和大家商量，送他到街坊小学读书，能学多少就学多少，总比整日待在家里或者在街上游荡的好。于是，小花里进了街坊小学，年纪比同班的同学大，读的却是一年级。至于他的几本突厥文课本，每次上清真寺，也有人教他，还教他读《古兰经》。

小花里读书很努力，写字也用心，很快就和同学们打成一片，而且学会讲肥土镇的话。至于龙文，他学得很辛苦，老是不及格。虽然不太懂龙文，他却爱看书，图画他看得懂。这时候的肥土镇，街头巷尾到处都有小书摊子，墙上挂着贴满小书封面的纸板，选中了付一个仙就可以看几本。书摊上有许多小木凳，永远坐满了大小孩子。这些小书都是连环画，讲着不同的故事，字很少，即使不识字，看看也明白。小花里天天去看连环画，看了许多故事。有的故事里主角会飞，长着翅膀；一个小孩踩着两个火轮子也能飞，轮子上的火，却总不会把轮子烧坏。

叶重生经过书摊子的时候，常常见到小花里坐在矮凳上看连环画，她就会给书摊贩一个铜钱，让小花里选书看。小花里会说，谢谢花阿姨。他目送花太太离开，只见花阿姨牵着一个小女孩的手，有说有笑地翩翩飞走了。

商人部落

叶重生天天带女儿上学，接她放学。不过，到学校去报名那天，却是花顺记的掌柜抢着带孙女儿去。直到女儿正式入学读书，老师在学生手册上写上名字，叶重生才知道，花掌柜给孙女儿填的名字并不是花厌颜，而是花艳颜。老师还笑着对叶重生说，这孩子名字的笔画这么多，大概要很久才学会呢。学校里有什么事要告诉家长，循例派发通告，请家长签回条，叶重生总是签署"叶虫生"三个字。老师看了，摇摇头，不知道为什么有人起了一片生虫的叶子做名字。

花掌柜抢着去给孙女儿报名入学，的确是为了给小孩一个端端正正的学名。他一直觉得，花厌颜太离奇了，事实上，小女孩长得非常漂亮，她的母亲简直是和女儿开玩笑。学校里把申请入学表格交给花掌柜填，他在姓名一栏仔仔细细写下了花艳颜。这个名字，他自己觉得很满意。入学申请表格上还有其他的许多项目要填，填到家长一栏，他叹了一口气，写下花初三。填到职业一栏，他很不好意思地写了个"商"字。花顺记做生意许多年了，荷兰水的销路不错，他是一个颇成功的小商人。不过，一直以来，他似乎觉得，商人是不大光彩的。士农工商，还是读书人最受尊敬。读书多的人可以考状元，做大官。商人则是许多人看不起的，仿佛做生意的人，自自然然就是奸商。种田的人、打铁的人、养猪的人，似乎都比商人正派。

莲心茶铺子的陈老先生，看法完全和花掌柜不一样。他认为种田的人的确种了稻米、蔬果、粟豆给大家吃，可是如果没有商人开店铺做买卖，难道每个人都到乡下买米去？陈老先生还对花掌柜说，几千年前，有一个以畜牧为主的部落，养了许多牛马猪羊，自己吃食之外，还剩下很多，于是把毛皮、兽骨、牲畜拿去和其他的部落交换。这部落渐渐有了名气，因为擅于交换物产，于是被称作"商"，就是巨龙国著名的商朝。

陈老先生认为商人是应该受到尊敬的人，和读书人、种田人、工人一样有用。不过，他也有意见。他对花掌柜说，开的是米铺油庄饭店，或者家具行裁缝铺剃头店这些，都是便利大众，民生必需的，一点也用不着因为自己是商人而自卑。当然，如果抬高物价求取暴利，囤积居奇，那才是被人鄙视的奸商。

花顺水自然不是奸商，陈老先生的话使他感到心安，但他似乎觉得莲心茶铺子这位老先生话中藏有一层没有说出来的意思，那就是：米铺是卖米的，油庄是卖油的；家具行卖家具，裁缝师傅做衣裳，剃头师傅替人理发，这些对街坊都有益处，而他呢，花掌柜开的是荷兰水店，这种甜甜的有气泡的水，是不是大家需要的呢？他给自己安下一个也有好处的理由：夏天天气热，喝荷兰水凉爽，使人感到舒服，可以再努力工作。

醉花园

花初三失了踪，花掌柜就叫一个小伙计送饭去给两个侄儿。不过，到了星期天，却另有人自告奋勇，愿意担任送饭的任务，这个人是花里巴巴。小花里第一次上红砖房子,是叶重生带他去的,那天正好是星期天,花艳颜也不用上学。碰巧虾仔来探望大家,送来两瓶葡萄酒。这洋酒,伙计们都说喝不惯,甜腻腻的,没有酒味,还是喝仔蒸和米酒好。花掌柜说,洋酒,还是送给花一花二喝吧。

星期天,花艳颜放假在家。叶重生有时带女儿去探望父母;有时候上街逛逛,买些丝线、香白兰,或者小玩具;有时候,她带女儿上红砖房子去看看花草,让女儿晒晒太阳,做做户外的游戏。花一花二还特地在花园的大树上架起一个秋千,让小孩来玩。每次上红砖房子去,叶重生把小花里也带去,两个小孩就在花园里拍皮球,踢毽子,捉迷藏,荡秋千,抢凳子,玩各种游戏。

花园里有蜜蜂,花一花二到现在还没有培育出一只温柔的蜜蜂。每次小孩子来,他们就拿一把烟壶,交给叶重生去熏蜜蜂。花艳颜也就站得远远的,等到把蜜蜂熏过了,才到处奔跑。叶重生不会骑脚踏车,肥水区响叮叮的电车也不经过红砖房子,所以,每次上红砖房子,总要走一段泥路,叶重生还特别要买一双黑布鞋穿。因为试过一次,她的绣花鞋子都染满了泥,洗也洗不掉,越洗越糟,绣花鞋的花朵都褪了颜色。

叶重生并不常常上红砖房子,她常常去的反而是家具行。叶老板见到外孙女,欢喜得不得了,扔下工作,带孩子上街买玩具去。母女二人就在家具行的楼上闲话家常。上父母家,叶重生并不带小花里,因为家具行没有游戏的地方。小花里非常喜欢红砖房子,花一花二也欢迎他,于是,他对花掌柜说:我送饭去给花叔叔好不好？上红砖房子的路上几乎没有车辆，小孩子又不怕走路。于是星期天送饭的任务就交给了小花里。

小花里在红砖房子很快乐，帮花一花二做许多工作，浇花，捉虫，做得津津有味。后来，他连星期六下午也去，放假天天去，还替花一花二到飞土大道上买蒸汽面包。红砖房子吸引小花里的不仅仅是花园，对小花里来说，花叔叔们真够吸引，他们没有把他当作小孩，而是常常陪他玩，做一些有趣的玩意给他看。有一次，花叔叔用一个厚的纸盒，装满水，放在炉子上烧。不久，水沸了，纸盒竟没有给火烧掉。又有一次，花叔叔用一块削得又平又薄的冰，放在阳光下，地上放一张纸，没多久，纸就燃烧起来了。冰也能取火哩。还有一次，花叔叔做了一盆肥皂水，又做了一个四方的铁圈。把铁圈放进肥皂水里一浸，拉上来一看，哎呀，拉出一个很大的肥皂泡来，这肥皂泡却是四方形的。小花里总觉得花叔叔们会变戏法。

当然，小花里还跟着花叔叔们学会养蜜蜂。这一阵，花一花二忽然又想到一个培养温柔蜜蜂的方法：请蜜蜂喝酒。这当然是叶重生带去虾仔送给花顺记的葡萄酒触发的灵感。花一说，蜜蜂喝了酒也许会温柔些。花二却说，不一定吧，有些人喝了酒会打架。不过，二人还是决定试试，就把酒倒在碗里，放在蜂箱附近。

蜜蜂的确爱喝酒，它们飞去喝酒啦，喝得醉醺醺的，飞起来也摇摇摆摆。花一说，好像温柔了些吧。花二则说，好像懵懂了些才真。事实上，这一次，花一花二又失败了，喝过酒的蜜蜂并没有变得温柔起来。因为喝了酒，连命运也昏头转向。当这些醉醺醺的蜜蜂飞回蜂巢时,守门的工蜂一见,怎么醉醺醺的?于是把它们赶走,一个也不准回巢。第二天早上,这群喝过酒的蜜蜂,都在蜂房门外死掉了。

"唉,胡乱喝酒真的没有什么好处。"花一说。

"糟透了,我们害死了一群蜜蜂啦。"花二说。

夜游

已经不止一次了,半夜的时候,花里巴巴听到很特别的猫叫声。住在莲心茶铺的阁楼,他听到过许多奇奇怪怪的声音。他还是第一次到肥土镇来,以为这地方的房子和他家乡的不一样,晚上会发出许多怪声。当然,有些声音他是熟悉的,那就是猫群在屋顶上戏耍追逐。晚上的肥水街,的确属于猫的世界了。但花里巴巴听到一声轻柔的猫叫,仿佛那是一只睡熟了的猫,在梦中"喵呜"了一声。猫会不会做梦?梦见鱼么?花里巴巴并不知道。

花里巴巴起来看,阁楼上可没有猫。他走到窗前朝外望,外面是肥水街白天人来人往的大街,对面正是花顺记大大的招牌。白天那么喧哗的地方,晚上非常荒凉,行人绝少,只有街灯像一排高挂在空中的星星,伸延到眼睛看不到的远处。花顺记铺子打开了一扇门,"咿呀"一声,从里面走出一个孩子,正是花艳颜。她抱着一只大猫,朝街尾的方向走,走得很慢,几乎没有声音。那猫似乎也只叫了一声，就不声不响了。

怎么能继续睡觉呢，花里巴巴悄悄下了楼梯，跑到街上，跟着花艳颜走。她要到哪里去？只见她走到路口，转入小巷，走到另一个路口，又拐入小巷，一直来到海边。前面没有路了呢，她于是沿着堤岸走，站上石堤的边缘，老像差一点就要掉进海去的样子。花里巴巴很担心，跑过去唤她。

"花艳颜，花艳颜。"

花艳颜显然听不见，似乎也看不见任何人，只是朝前面走。这样走，到底要走多久？可不累么？说不定掉到海里去了呢？花里巴巴于是走过去，牵着她的一只手，替她抱着大猫，对她说，来，我们回家去。花艳颜并没有说话，那猫也不出声，它跟花里巴巴也熟悉，就由得花里巴巴抱着，牵着花艳颜，经过一条小巷，转一个弯，再经过一条小巷，又拐一个弯，一直回到肥水街来，回到花顺记的门口。

"花艳颜，回家去。"

花里巴巴把花艳颜带到楼梯口，把猫交还给她，让她上了楼梯，替花顺记掩上了门，然后悄悄回到莲心茶铺的阁楼。陈家夫妇晚上的确听到了楼梯和门扇轻微的响声，但他们早已习惯了。他们相信，那是狐仙的声音。或者，就像以前花里耶说的，那是老鼠的声音，因为花里耶一次也没有见过狐仙。

莲心茶铺的阁楼，家具简陋，只有一张行军用的帆布床，床边有一张小桌和一把椅子，此外还有一个杂物架。墙上有几枚钉，挂了一些衣物和毛巾,如果说这地方和别的陋室有什么不同,只好算地上多铺了一幅地毯。这地毯,是花里耶连同布匹、茶壶等的家乡土产一齐带到肥土镇来的,挂在花顺记的店面卖,也挂了好些时日。经过的人也有想买的,可看看又不喜欢,因为毯上的图案明明织错了,其中一个图案歪了,颜色也不对称,所以,看地毯的人认为这是劣货。

"地毡织错了,谁要呀。"

"不不不,这是挺好的地毡。"

看地毯的人也没听花里耶解释就掉头走掉。花里耶对花掌柜说:一般人并不理解他们家乡地毡的特色。比如这幅被人误认为错体的地毡,其实没有织错,而是故意这样织成的。因为果鲁果鲁村人一致认为,只有天神安拉才能创造十全十美的事物,凡人制造的一切,不可能完美。所以,大家从不制造天神才能做的地毡。果鲁果鲁村出产的每幅地毡总有一个颜色或一条线是斜歪的、不对称的。只不过,一般人看不出来,而花里耶手上的一幅,情况特别明显。

没有人买的地毯,花里耶就留在莲心茶铺的阁楼,自己用又有什么不好。他天天跪在毯上向天神朝拜,也需要地毯。正由于那个歪歪斜斜的图案和不对称的颜色,使他觉得,这地毯比其他的更虔诚。花里巴巴躺在床上,没有入睡的时候,也会看看地毯错体的花纹。这天晚上,他看见房间的另一边隐隐约约有一群人在奏乐,吃喝。那些人穿的正是他在连环画中见过的古代衣装。两个穿着绿衣紫衣的华丽女子走到地毯上坐下说：我们去接翩翩来。那地毯竟然冉冉地飞了起来，从关闭的窗口飞出去了。

番邦公主街

大年初一，虾仔到花顺记来拜年，带来一篮很特别的水果和两瓶佛兰地酒，又送给伙计朋友一包洋香烟。至于一个漂亮的盒子，有蝴蝶结丝带拦腰扎上的，则送给花嫂。那是一盒洋糖，叫作朱古力。大家留他吃饭，他一面吃饭，一面讲述飞士大道上的见闻。

"我是什么都要做的呀。"

"不是送送信么？"

"是呀，有信的时候就去送信。"

"没信呢？"

"给老板去买咖啡。就是一种又苦又甜的茶，很香的。"

"买完咖啡呢？"

"拿一双皮鞋去补。嘻嘻，是一双高跟皮鞋。"

"你的老板是女人？"

"不，老板的式克里陀利是女人。"

"什么式克里什么陀利呀？"

"是坐在一边替老板用手指打机器写信的人。"

"机器会写字么？"

"会，不过，写出来的字没有花掌柜写的好看。"

"是给老板的太太去补皮鞋？"

"谁知道，也不知道老板有没有太太。"

"拿到哪里去补？"

"番邦公主街。"

"从来没听过这样的街。"

"是我们做跑差的给起的名字。"

"为什么叫番邦公主街？很漂亮的大街么？"

"很窄的小巷，有补鞋的、卖烟的、卖花的。"

"有没有番邦公主？"

"每天有很多番鬼婆在那里，有的也去补鞋。"

"有的去买东西吧。"

"有的住在那里，番婆、肥土人都有，口脸涂得像花旦似的。许多番人去找她们。"

"虾仔，这样的街你少去。"花掌柜说。

"我只是拿高跟皮鞋去打一个铁钉在后跟上。"

"就像鸭脚街，也是不该去的。"一个老伙计说。

一群人，喝了点酒，谈起女人来了。虾仔还拿着个酒瓶，站起来扮演番邦公主街的女人，唱起歌来：

Goodbye 记得我
When you far away

> Goodbye　记得我
> 一日又一 day
> Spring's coming
> 雀仔 singing
> 唱着好 song
> Goodbye　千祈记得我啊

"算什么歌呀。"老伙计摇摇头。

饭吃完，酒喝过，歌唱毕，故事讲了几箩。大家说，最好掷骰子。人人赞成，于是把碗碟收进厨房，就围着桌子拿出一个大碗，三颗骰子。只听得虾仔叫道：我坐庄，我坐庄，来来来，大杀四方。

第二把火

"四五六、四五六。"虾仔喊。

"幺二三、幺二三。"大家喊。

"四五大六，哈哈，通杀，通杀。"

已经夜深了，一群人还围着桌子掷骰子。虾仔说，玩得真痛快，可惜少了一个初三哥。正说可惜少了花初三在场，却听得楼上响起桌椅倒地的声音，掌柜太太大叫失火啦，失火啦。众人连忙四散，有的朝楼梯跑去，有的跑到街上，只见掌柜太太用力拉扯媳妇,拖着孙女儿从楼梯上狼狈下来。这时,大家才弄清楚,花顺记另一边的铺位楼上失火了,那是从蛇王胜买回来的楼房。

花顺记本有许多水桶,可是由于冬天根本不做荷兰水,只有一个木桶里养着一尾淡水大鲤鱼,于是把鱼扔在地上,提着水桶跑上楼梯。众伙计协力拿木桶装水,可有什么用呢,火烧得快,水力又弱,完全没有用,水桶还没装满水,楼梯已经断裂。斧头党人赶到的时候,房子"轰"的一声倒塌下来。

叶重生又烧掉了花家的另一侧房子,花顺记左右两边的房子都给她放火烧掉,只剩下中间孤零零屹立的荷兰水铺子。花顺水仍然说,人口平安就好。花艳颜只说了一句话:妈妈熏蜜蜂。叶重生的母亲则说,幸而她叫女儿把首饰盒交她保管。自从上次失火,她就把女儿的首饰盒带回家去,因为叶老板买了夹万。

短短一个正月,肥水区真是火势兴旺,斧头党人忙个不停。先是叶重生烧掉了右邻的铺子,后来肥水街上发生两次更大的火。一次是因为小孩玩爆仗,爆仗飞进二楼,烧着了床褥,结果一连烧毁五座房子;另外一次是正月十五,一间纸扎铺子拜菩萨,烛火被风吹歪,整间铺子烧掉,房子烧通顶,连累了附近两座房子。最不幸的还是滨海的弯街,翻倒了火水炉,牵连一列十多座房子化为灰烬。

肥水街的房子,大多是砖头和木头建造,很容易着火。斧头党人虽然勇敢,但设备简陋,水源受了限制,越来越觉得力不从心。官府当然也注意到这情形了,于是没有多久,肥水区也设立了正式的火烛馆,运来配备升降梯的消防车,又在一些路口建消防栓,铺设地下消防输水管，同时招募正职消防员。看来这正是民间组织斧头党解散的时候，有几个斧头党人正式投入火烛馆工作，成为全职消防员。

斧头党人中有一名女子，是新加入的斧头党员，她倒有志愿加入消防局，但火烛馆并不招聘女消防员。女斧头党员虽然不畏艰苦，体格强壮，又愿意接受严格训练，但火烛馆的官员对她说，所有消防员都得接受同样的训练，夏天操练时一律赤裸上身。女子一听，不得不知难而退。

肥水之战

花顺记去年的荷兰水生意并不如意，销量明显减少了。伙计们把外面的见闻带回来，花顺水不得不亲自上街调查一下。果然，肥水街有几家店铺，摆出了一种和花顺记做的完全不同模样的荷兰水，大家叫它汽水。

起先，花顺水还以为自己看错，那样子一瓶一瓶装着的东西，又是黑色的，可能是一瓶瓶酱油吧。因为瓶子颇像家家户户用的那一类，也就是厨子、用人或家庭主妇提着到店里去打油打酱用的瓶子。说不定如今新出了一种瓶装酱油，不用一勺一勺地打了呢。不过，那瓶子比打油的瓶子小了些，比起装花露水的瓶子却又大了些。

瓶子里装的果然是汽水，黑颜色的汽水。花顺记出品的荷兰水是白颜色的，或者说，没有颜色，把瓶子摇摇，可以见到水，还能见到有汽的泡泡。那水既是白的，所以也见到瓶口的一颗玻璃珠。花顺记的荷兰水，瓶子是尖底的，不能够独自直立站稳，一定得放在有格子的木盘里。如今这些汽水，瓶底是平的，和油瓶、酱油瓶、花露水瓶都一样，能够放在任何平面上。

花顺水买了一瓶汽水回家研究。喔，瓶盖是铁皮造的，瓶内没有玻璃珠。嗯，用一只铁匙，把铁盖一掀，就能喝水。唉，这是一套从瓶子的设计到把汽水装入瓶子的方法，都和花顺记的荷兰水完全不同的东西：装水的是新式的瓶子，入瓶用新的机器。天呐，使花顺水吃惊的是，据说新式汽水的机器，利用运输带导引瓶子移动，完全用电力操纵，不用人手一瓶一瓶操作。花掌柜的心，好像荷兰水瓶内的珠子，给塞在瓶口了。

没有人可以为花顺水分忧，因为他的合伙人古罗斯先生已经多年没有音讯。日耳曼国一直和邻近的国家开战，对外的消息都封禁了。花顺记的机器已经残旧，荷兰水瓶虽有消耗，还不至于缺乏，但将来呢？如果一直没有货源补充，即使有荷兰水也没瓶子盛载。而机器坏了又怎么办？

肥水街上掀起了一场水的战争。事实上，肥土镇上没有一刻不处于争战之中。不过早些年，在飞土区掀起的，是和荷兰水有着密切关系的冰的战争。要知道，肥土镇气候温和，终年不下雪，根本没有冰。但是番医院需要冰，尤其是那些害暑热病的人，都要用冰敷在额头上。当年夏天，当古罗斯先生在花顺记的冰柜中取一截碎冰按在额前，大家就都知道，他的暑热病又发作了。

肥土镇没有冰，冰都从遥远的花旗国用船运来。最初，小小一方火水炉般大的冰，要卖一元。冰可以赚钱，肥土镇聪明勤奋的人很快就自己做出冰来了。人造的冰，绝不比天然冰逊色，冰商还为人造冰极力宣传：天然冰有杂质，并不卫生；人造冰都用烧沸了的开水凉冻后制成。人造冰由本土生产，不需要从老远的外国运来，省却了昂贵的运费。

人造冰的价格的确便宜。天然冰有了强劲的对手，就以减价推销来对付。那些酒吧，甚至医院，都成为人造冰的顾客，至于花顺记，由于天然冰降价，也就采用天然冰。一来，雪街离肥水街近；二来，荷兰水只需用冰镇冻，不像什么佛兰地酒，要直接把小冰块加进酒里。镇荷兰水的冰既不饮用，也不怕天然冰含有杂质。冰价低，冻汽水的成本也就降低了。新出品的汽水，花顺水不明白缘故，售价比花顺记的荷兰水便宜。花顺水每天晚上失眠。至于花太太，也是睡不好，花顺记店铺外恰恰有一盏街灯，在窗外一夜照到天明，照得她无法入睡。

管业期

最初的肥土镇，虽是个荒岛，却林木葱茏，鸟语花香，天气湿暖。岛上有一个奔腾悬挂的大瀑布,这瀑布,吸引了过往的船只。在海上航行,船只需要修理,也需要食水,那些经过肥土镇的船,远远见到一道飞泉,高兴极了,就把船泊到岸边取水;船只要修理,就在岛上搭起棚舍,停留一阵。来往的船只中,有远洋的货船、近海的渔船,和公海一带出没的海盗船。

肥土镇附近,列布大大小小的岛,还有大片大片的陆地。有些地方发生水灾,有些地方发生旱灾,有些地方出现瘟疫,加上有些人,犯了案,不得不离开原居地,就迁来重建新的家园。他们来到了肥土镇,从时间零,也从空间零开始,种田的种田,打鱼的打鱼,那时候,肥土镇上只有几十人,后来种田的多了,一条小村辗转发展,也只有几百人。

飞泉既吸引船只经常停留,有人的地方就有买卖。摆个小地摊,卖些茶水、瓜果、杂食、用具;或者,两手空空,用气力来讨生活:搬货、修船、髹漆,都是生计。岛上的人渐渐多起来。起初到肥土镇上干活的人,都是贫苦人家,灾荒与饥饿催逼他们寻找新的立足点。后来呢,到肥土镇上来定居的,不仅仅赤手空拳了,还有富裕的一群。其中一类是番人,他们来做大生意;另外一种人,是附近的岛屿和大陆上的人,因为逃避战乱,携带他们的财富到岛上来了。

少数农民和渔民在肥土镇上生活的时候,肥土镇还没有番人政府呢,但渐渐地,农民天天种田,渔民天天捕鱼,忽然有了一个管理他们的番人政府。政府的出现,对渔民来说,显然没有什么不同，他们生活在海上，依旧打鱼，或者，替番船运载货物，给番船髹漆；然而，对于农民，对于那些在政府还没有出现之前就到来的农民来说，并不知道，他们拥有的正是别人梦寐以求的土地：他们居住的地方，以及大片的农田。

有了政府，肥土镇的土地都属于政府。政府成立之后，第一件要做的事，是要促进库房的收入，没有钱，政府是没法办事的。怎样为库房迅速增加收入呢？当然是拍卖土地。于是首先批出一百个地段的土地，第一段是六千七百平方英尺，卖得八十金镑；第十一地段，虽然面积更大，是一万一千二百平方英尺，但地点不及第一段，五十二镑就投得了。投得土地的几乎都是洋人，他们开山采石，建筑洋房、货仓、码头，为了在肥土镇上发展铺路。

许多移居到肥土镇的富裕商人，并不热心拥有这些土地，政府起初不明白缘故。土地，属于政府，即使将土地售出，并不是说，这土地就永远让给买主了。政府出售的，只是这幅土地的"管业期"；而买主得到的，只是土地的"管业期"。政府给买主的管业期是七十五年。七十五年，番商们也不满意，这么短的年期，怎么伸展拳脚，大事发展呢？单是建设，就得许多年；发展，又得许多年，待得一切稳定，怕已期满了。对于长线的投资，短年期很不合算。本土的富商则更加对七十五年期没有兴趣。依照传统，土地和房屋，一切的物业，都是代代相传的。七十五年期，不过是父亲传给了儿子，连三代都数不上。物业得子子孙孙一直传下去才好。

政府需要更多的收入，希望本土的富商也买土地，又经番商不断反映意见，结果，把期限改为令所有的有钱人极为惊喜的意外：土地"管业期"，为九百九十九年。这样一来，本土的富商也有兴趣了，一千年，足够把家产子子孙孙传下去。胡瑞祥的父亲，正是这时候买了许多土地，沿海建了一列货仓，又盖了房子，开设银行。

镜子

"钱到底是什么呢？"胡宁问他的父亲。

"有的钱看得见，有的钱看不见，你问的是哪一类？"胡瑞祥说。

"看得见的，比如说，一个大洋。"

"那么，你说的是货币，也即是通货。"

"货币有时是金子，有时是银子，有时只是一张纸。货币到底是什么东西？"

"货币是一面镜子。"胡瑞祥说。

胡瑞祥是银行家，知道很多关于金钱的事情，胡宁这一阵对钱是什么，发生了很大的兴趣。父亲对儿子说，一个人不照镜子的话，不知道自己的样子；同样地，一张椅子、一瓶汽水，不照照镜子，也不知道自己的价值。

肥水街上有许多店铺，胡宁的舅舅家开家具行，胡宁的表姊夫家开荷兰水铺，那是一条商店林立的街道。做买卖的生意人是商人,他们出售的货物是商品。古时候的人生活简单,不外种田、狩猎,有的捕鱼,有的做工具。种田的人需要一把犁可怎么办呢?

"拿种出来的米去换犁。"

那是物物交易的时代。可太麻烦了,交换的商品又重,能交换多少东西又没有标准。

"所以,就要用一种特别的东西做标准。"

"要定出商品的价值来。"

"怎样定呢?"

胡瑞祥说,商品有两种性质,一种是使用价值,一种是商品价值。一张椅子是用来坐的;一瓶荷兰水是用来喝的,这是使用价值。凡是一件东西,必须有人认为有使用价值才能成为商品。至于商品价值呢,可不容易找出来。把一张椅子倒转,把一瓶汽水倒翻,也无法看到价值在哪里。

"就要照镜子啦。"胡宁说。

"对了,要照镜子才知道一件商品的价值。比如说,一个织布的人,拿了二十尺布,去换了一百斤米。那么,二十尺布就等于一百斤米的价值。一百斤米就是反映二十尺布价值的镜子。但这只是简单的、偶然的价值形式。"

"还有复杂的形式么?"

"有,叫作一般的价值形式。"胡瑞祥说。

二十尺布的价值,不只表现在一百斤米上,也可以同时表现在一系列其他的商品上,每一种商品,都成了反映布的价值的镜子。

像这样子，胡瑞祥在一页纸上写着：

二十尺布可换：
五只鸡
或三十斤盐
或两双皮鞋
或一百斤米
或一钱黄金
或其他东西

二十尺布，有许多许多反映它价值的镜子。二人正谈得高兴，却听见说已经开饭了。"两个人讲钱讲了这么久，还没讲完么？吃了饭再讲吧。"胡太太说。"要多讲一点给他知道，不然的话，将来怎么承继我们家族的事业呢？"胡瑞祥说。饭后胡瑞祥在另外一页纸上又写了一个等式：

五只鸡
三十斤盐
两双皮鞋
一百斤米
一钱黄金
其他东西

等于二十尺布

"看看这两个表,有什么不同?"胡瑞祥说。
"两边的商品掉转了位置。"
"可却是发生了很大的变化呢。"
"一个是商品的价值可以表现在任何其他商品上。"
"而另一个呢?"
"所有商品的价值表现在一种商品上。"
"于是出现了一面公用的镜子。"
"从此,本来是直接的物物交换,就变成了间接交换。"
"公用的镜子成为中介物,就像媒人一样。"
"钱就是这面镜子吧。"胡太太插了一句。
"货币是这面公用的镜子。"胡宁说。
"同时也是一把衡量价值的尺。"胡瑞祥说。
"又是商品和商品之间的一道桥。"胡宁说。
"这一阵,花顺记的生意好像出了问题。"胡太太说。
"你哥哥家的家具行也一样。"
"你读的那些书,对这种情形怎么说?"胡太太问。
于是,胡瑞祥把情况简单地分析了一下。他说,货币就是商品交换的媒介,它是一种流通的工具。这种工具,要流通才发挥力量。做生意的过程其实就是商品—货币—商品的过程。或者就分为两个步骤:

第一，是从商品转化为货币。

"把荷兰水卖掉，换回货币。"胡宁说。

第二，是从货币转化为商品。

"拿货币去买米或买菜。"胡宁说。

"花顺水的荷兰水卖得不好。"

"货币要流通才好，商品卖不出去，买和卖的两个过程已经分离或者脱节，这就是经济的危机。"

"那怎么办呢？"胡太太叹了一口气。

文明社会

大年初一，翠竹和丈夫一早就来给老爷和太太拜年，提着一大篮水果，还带了一些自己做的菜，都是老爷太太最爱吃的。他们每年都在年初一来，一早来，见到老爷和太太就跪下去叩头。

"如今文明社会，不用叩头了。"胡太太说。

"人人平等，不要叩头。"胡瑞祥说。

早两年上胡家拜年，翠竹还只是夫妻二人同来，今年却抱了个孩子，才三个月大。早两年，翠竹总细问小姐的生活：小姐胖了瘦了，读书辛苦不辛苦，衣服有没有人打理，起居有没有人照顾？这一年，小姐不在家，原来到外国升学去了。本来过年会回来，可是姑母留她度假，寒假又短，陪姑母旅行去了。

提起翠竹一家，已经不做熟食摊档。早一年还做，每天清早起来，推着一辆木头车到市场，生起火炉，煎炸些熟食。有时专卖炒粉炒面，拌些豆芽菜；有时卖炸茄子、炸鱿鱼、炸芋片。煮的大半由丈夫负责，翠竹负责洗碗。不过，现在可好了，不必推着车子到处走，而是申请了牌照，在街上摆个固定的大排档。晚上把四周的围板放下扣好，大排档看来活像一辆停在街边的小货车；早上把围板打开，取出条凳矮凳，围着大排档，将矮凳放在条凳上。一个摊档，一边是火炉、砧板、小橱，朝外的一边就成为桌子。

"生意好不好？"胡太太问。

"中午最好，因为近船坞。"翠竹的丈夫说。

"工人中午放工，都到大排档来吃饭。"翠竹说。

"晚上也不错，许多人来吃消夜。"

"比推车子到处走安定得多，也不必走鬼[1]。"

翠竹告诉老爷和太太，她到乡下去找了很久，转转折折，终于找到了父母，都说要来拜谢老爷和太太，但他们年纪大又多病，行走不方便，只好叫女儿来道谢，感激老爷太太把女儿好好嫁人，没有卖给人家做妾，也没有卖下妓馆。翠竹说，如今她的两个哥哥仍在乡下种田，一个弟弟跟她在大排档帮手。回忆起当年的往事，翠竹转述了父母的印象，那时候老夫人买翠竹，虽说是帮

---

1 走鬼：香港用词，以前流动小贩违法摆卖时，为了不想被抓罚，当见到有差人或者小贩管理队等执法人员出现，就大喊："走鬼呀！"其他小贩听到后就会一起急急逃走。"走鬼"成为小贩逃避执法人员抓罚而相互招呼走脱的暗语。

了她父母的忙,因为孩子多,穷得无法活下去,但老夫人总是觉得,分散别人的骨肉,要给菩萨责怪,所以按俗例同时买了一头牛放生。

婴孩在父亲的怀里哇哇哭起来。

"小孩肚子饿了吧,阿宝。"翠竹的丈夫对妻子说。

"来,让我抱她。"翠竹说。

"翠竹,你本来的名字叫王带宝,以后我们也不再叫你翠竹。"胡瑞祥说。

"我们也叫你阿宝吧。"胡太太说。

绿光

已经不止一次了,叶重生半夜醒来的时候不见了女儿。到哪里去了呢?她在房间里找了一会儿,正想下楼,只见女儿从门外进来,抱着明珠。花艳颜把猫放在椅子上,也不说话,自顾自回到床上继续睡觉。明珠也是不出声,在椅子上蜷成一团。叶重生替女儿盖好薄被,回转身走到椅边,抚抚明珠,这猫已经十八岁,再也不像以前那么活跃,白天爱睡,晚上也不走动。叶重生看得出,明珠一天比一天衰弱。

白天的叶重生,看来一点病征也没有,她天天带女儿上学。学校离花顺记不算太远,坐落在一个山坡上。山坡下还是一大片菜田，田间有几座茅舍，学生都沿田边的小路走上山坡才到学校。校门口有"飞利中学"四个字，是教会的学校；附设小学，还是一间寄宿学校，方便一些要常常到处跑的商人把孩子留在肥土镇读书。在肥土镇，学校每月收学费，部分还收杂费，入学的都是家境较富裕的孩子。

除了带女儿上学，叶重生还抽空去照顾莲心茶铺子的老人家，他们年老多病，总有一人要常常躺在床上休息。陈老太走动较伶俐，由叶重生陪她到痘症医院去看病，不用留医，拿了药回来。如今的痘症医院，病人越来越多，但厨房并没有因此越来越大，因为院方根本没有足够的人手为所有病人煎药。医院的新措施是把药炼成粉末，药方都编上号码，求诊的病人也不必等医生慢慢写药方，靠医院煎几小时药。来来去去那几类普通的病症，病人都领了药回家服用，这倒有点像洋医院了。

陈家老人病的是躯体，叶重生的病则在内心，表面上看不出来。比如说，花艳颜学校里的老师、同学的家长，以及花里巴巴，都不知道她有病。但诊过症的医生、叶重生的父母、花顺记的掌柜夫妇都知道，她的健康有问题。的确，她每天晚上做梦，梦见坐在各种各样的东西上飞，一直不停息，也一直不降落。不做梦的时候，她忽然会纵火，擦亮了火柴，点燃纸团，仿佛阁楼上的疯妇。

这天晚上，她又从飞行的梦中醒来了，浑身冒汗。她瞧瞧房间里的另外一张小床，女儿不见了。她听见楼梯响，走出门口，见到女儿抱着明珠，一步一步下楼梯。她呼唤女儿的名字，但花艳颜显然听不见，开了大门，走到街上去了。叶重生急急下楼，只见女儿站在街心，眼睛瞪着莲心茶铺子的门口。

叶重生走到女儿身边，扶着她的肩，朝女儿注视的方向看去，莲心茶铺子的门口打开着呢，门边停着几辆马车，这时铺里走出书生、侠客，以及一位英姿飒飒的女子，玉佩玎珰，绸缎的衣衫窸窣作响，分别坐进了车子。一名年轻的女子转过脸来，对着叶重生和花艳颜，唤道：来，明珠来。明珠从花艳颜的怀中一跃下地，竖起鸡毛掸子似的尾巴走过去。那女子弯下身，抱起明珠，轻轻抚摸它。明珠遥遥对叶重生和花艳颜柔柔地"喵呜"了一声。在幽暗的街头，它的眼睛晶晶亮，闪着绿色的光。年轻的女子抱着明珠登上马车，人和车不久朝街尾嗒嗒远去，消失了。

冰山雪谷

半夜，花顺记的大门"咿呀"一声，轻轻打开了。花里巴巴如今非常警觉，到了晚上，他很早休息，其实没有睡熟，蒙蒙眬眬，就等那一声轻轻的门扇的"咿呀"。他没有再听见奇异的猫叫声。那很特别的轻柔的"喵呜"，他只听见过几次，然后就永远消失了。花艳颜也没有再抱着那只大猫出来。

这个晚上很冷，花里巴巴穿上厚厚的衣服，还带了两件东西一起下楼。物件并不轻,他把它们搭在肩上,然后追上已经走在前面的花艳颜。花艳颜仍旧一直朝前走,走到路口,转入小巷,走到另一个路口,又转入一条小巷,越走越远,沿着海堤,一直走向沙滩。花里巴巴不久就赶上她了,为她披上一条巨大的围肩,对她说:天气这么冷,不要冷病了。

花艳颜也不说话,只是朝前走,披肩的丝穗,在她身边摆摆荡荡。花里巴巴就陪着她,和她并肩一起走,经过一道长长的围墙,不久,来到了沙滩上。花里巴巴说:等一等。从肩上放下一卷东西,打开来摊在沙滩上,原来是阁楼上一直铺在地上的毯。花里巴巴牵着花艳颜的手,对她说:来,我们坐飞毯。两个人就坐在毯上。花里巴巴拍拍毯,那毯就轻轻地平平稳稳地飞起来。花里巴巴高兴得不得了,这果然是一幅飞毯哩。

起初,飞毯只在海面上飞,花里巴巴看见远方的船,地面上的楼房,只有很少的窗子还亮着灯火。飞毯在海面上绕了一个圈,然后朝山顶飞去,花里巴巴只觉得越来越冷。忽然,有什么东西,冷冷的,软软的,落在头上脸上。他仰头望天,啊,整个天空飘着花朵似的棉絮。落在他头脸上,手上的棉絮,不久就变成了水滴。是下雨了么?不不,花里巴巴知道,天空落下来的不是雨。他对花艳颜说,你看,多好看,下雪了。他在家乡见过雪。

花艳颜从来没有见过下雪。肥土镇从来没有雪,这是南方的城市,最冷的日子,郊野的农舍也不过在冬日的清晨见到屋顶上白白的薄霜。在肥土镇生长的人,是没有见过雪的。可是,这天晚上，天却降雪了。这么好看的雪，许多人都看不到，因为他们已经睡熟。花艳颜看着满天的飘雪，平日沉默不语的她，竟也说了一句话：真好看。

飞毯一直朝群山飞，绕到山的背后，飞进一个峡谷，然后降落在山间的平地上。四周竟是一个奇瑰的世界，因为天气冷，草上树上都结了冰，凝成一件件晶莹的玻璃似的雕塑。树枝、草叶全闪闪发光，肥土镇上竟有这么罕见的景色。花里巴巴折下冰枝，挥舞着旋转，又把珍珠串似的小冰块摘下来给花艳颜。他们在冰天雪地中逗留了一段非常快乐的时光，然后坐上飞毯回返肥水街。

还没抵达肥水街，花里巴巴就看到一点特别亮的光，待得飞近了，才知是火。花顺记又着火了，但街道非常静寂，没有一点声音。天气那么冷，人人都躲在被窝中熟睡。花里巴巴看见叶重生在花顺记楼上的窗口，在一片火光中说，你会来救我了，你一定会来救我了。于是，他叫飞毯飞到窗口，停在那里。花艳颜见到了母亲，又说起话来：妈妈，来，来坐飞毯。她伸手去牵母亲，让她踏上了飞毯。楼房熊熊地燃烧，飞毯上的三个人平安降落地面。这场大火，把花顺记彻彻底底地烧掉了，机器烧毁了，荷兰水瓶子都压碎了，花顺记的猫，逃生的逃生，遇劫的遇劫，一只也不留存。店铺内大大小小，掌柜伙计，发现火灾的时候，花顺记已经无法可救。水车抵达灾场，只见一片焦土。有人怀疑起火的原因，但火烛馆找不到纵火犯，也没有一个街坊明白，叶重生母女二人怎么会平平安安地坐在火场对面莲心茶的铺子里。

火牡丹

花顺记化为灰烬之后，肥水区的人没有一个不感到运气已经远离这家人。那些把叶重生比喻为肥水街的牡丹的人也不禁叹息起来：唉，想不到竟是一朵火牡丹呀。火烛馆的馆长在一次例会中提到了肥水区最近的火灾，虽然，大部分的火警是由于区民不小心，放炮仗呀，拜菩萨呀，抽烟呀，打翻火水灯火水炉呀，等等，却也提到了特别的例子，比如说，一个叫作叶重生的女子，显然是纵火犯，应该抓到差馆去。火烛馆的消防员，其中有几个本是斧头党人，立刻为叶重生辩护。

"说她是纵火犯，哪来的证据？"

"又没有目击证人。"

大家于是讨论了肥水区近年来失火的另一些原因，比如说，房子太旧了，又是木头材料，所以一烧就倒塌，而且烧得通通透透；比如说，各人都认为电灯是最受欢迎的文明建设，却正是那些挂在屋内拖拖拉拉的电线容易着火，一烧起来，比放烟花还要快。眼看灯火闪闪，沿着电线一直蔓延，喷水也浇不熄，赶不上。火烛馆馆长最后的结论是：电线着火该如何扑救的确要重视，至于纵火犯，毕竟要特别留神。

花顺记给烧掉了，伙计们只好另谋活计。花家可怎么办呢？唯一栖身的地方，只有花一花二的红砖房子。于是一家人全搬进去。那里离肥水街稍远，到菜市场买菜，花艳颜上学，并不如住在肥水街方便。不过，正如花顺水说的，有地方容身，总算幸运。

火烛馆没有捉叶重生上官府。至于医馆，自从荷兰水铺子烧掉之后，叶重生竟然一次也没见过医生。每天一早，叶重生起来，带女儿上学，中午则带饭到学校给女儿吃，放学时再去接女儿回家。如今她非常忙碌，几乎没有空闲。下午接女儿回家，还得顺便到市场买了菜才回红砖房子。荷兰水铺子瓦解了，没有用人煮饭，洗衣，一家人的衣衫几乎全由叶重生一个人洗，家务也由她打理。只见她把头发挽向耳后用发夹一夹，穿上一双木屐，咯落咯落到处奔走。

住在红砖房子里，花顺水夫妇显然空闲得多了，既不用清早起来忙生意，晚上也可早早休息。除了帮忙煮饭，洗碗，他们有时也洗一点衣服，或者打理一下蜜蜂，给花草树木浇浇水。每天下午，二人还有一大段空余的时间睡午觉。本来，能够过轻松悠闲的日子岂不舒适，然而，对于忙惯了的人，一旦没有事情做，顿觉无聊起来。而且，不做生意，没了收入，一家六口将来的生活一定会出问题，夫妇二人手脚虽然闲散，心头却有大石压着。

花顺记给大火烧掉，当然是一场灾难。不过，花顺水事后孔明：这也未尝不是痛痛快快的事。如今肥土镇上出现了新式的汽水，明明比他家的荷兰水强，不出一年半载，荷兰水就要溃败得落花流水，毫无招架之力。到时候，还不是要关门大吉。一把火烧掉这烦恼，倒也爽快，不用再为荷兰水而绞尽脑汁。如果叶重生是纵火的人，倒该感谢这朵火牡丹。

缺憾

花里巴巴的飞毯只在一个下雪的晚上在肥土镇的上空由他自己邀请花艳颜坐过一次，后来，他再也没有带飞毯离开屋子。有一幅飞毯是一件事，坐飞毯却是另外一件事。当花里巴巴知道阁楼上的家乡地毯能够飞，他是多么地高兴呀，他的愿望就是能够和花艳颜一起坐在毯上飞到天空中遨游。这个愿望果然实现了。但是，令花里巴巴非常沮丧的事发生了，当他坐在飞毯上，升到空中朝地面俯瞰时，糟了，怎么只觉一切忽高忽低地团团转，一颗心忐忑地跳动，好像整个人要从飞毯上掉下去。毯上既没扶手，又没有可以紧紧握住稳定身体的东西。他越坐越害怕，仿佛快要呕吐了，幸而飞毯很快飞进了峡谷，而满天的飘雪吸引了他的注意。

花艳颜显然非常愉快，稳稳地坐在飞毯上。也许是花艳颜坐在身边的缘故，花里巴巴才不得不露出英勇的神情。为什么两个人坐在飞毯上，一个人显得不安，另一个却若无其事呢？花里巴巴记起，在家乡的传说中，有许多小孩子可以坐飞毯转悠，可也有一些小孩子天生不能坐飞毯，因为他们患了畏高症。对了，花里巴巴有畏高症，一旦上了高空，就心惊胆战。花里巴巴相信，那天坐在飞毯上，若不是花艳颜在身边，只有他一个人，那么他一定会从毯上掉下来。于是，花里巴巴不再带飞毯出外了，虽然，他是多么愿意和花艳颜一起坐上飞毯到天空中遨游。

花艳颜搬到红砖房子去住，到了晚上，花里巴巴再也听不到花顺记的大门"咿呀"一声轻轻地打开。如今的花顺记，只是一片杂草渐长的荒地。花艳颜怎样了呢？花里巴巴悄悄起来，下了楼梯，跑到街上。他顺着小路一直走到红砖房子的外面，四周没有人影，花园里只有昆虫的低鸣。好几次，他见到花艳颜在花园里步行，绕了一个圈子，仍走回屋子去。花里巴巴放心了，但是又觉得失落了什么似的。

花顺记一家搬到红砖房子去住，花里巴巴不用给花一花二送饭，不过，空闲的时候，他仍到花园来打理杂务，对于蜜蜂的认识也一天一天增多。他能够分辨出幼年工蜂、青年工蜂、壮年工蜂和老年工蜂，知道人类的一天就是蜜蜂的一岁，而一只蜜蜂，通常能活五十岁。他分得出哪一只是采蜜蜂，哪一只是采水蜂，瞧瞧蜜蜂站在巢门口的方向，还能指出哪一只是意蜂，哪一只是龙蜂。花艳颜的课本中有一课讲蜜蜂，但课本中没有一课讲蜜蜂的花里巴巴，对蜜蜂的认识比花艳颜多许多。

常常在蜂园中工作，花里巴巴还学会了做蜂箱，修理巢脾、取蜜和分蜂等的方法。渐渐地，他还能看出蜜蜂害的是什么病，用什么方法防虫和解毒。有时候，他会呆呆地看着蜜蜂飞行。他说，蜜蜂比自己强，不会患畏高症。花一花二得到这么一个年轻勤劳的助手，说不出地高兴，当花里巴巴回到莲心茶铺子去，他们常常送他一瓶瓶的蜂蜜。莲心茶铺子总共三个人，也吃不了那么多的蜂蜜，花里巴巴就把蜂蜜放在铺面上卖，果然有人来买。于是，花里巴巴开始替红砖房子销售蜂蜜啦,把卖得的钱都交给叶重生。陈家二老并不反对,几个月下来,买蜂蜜的人反比喝莲心茶的人多。

好极了

茶楼里面的人一面喝茶一面谈论火牡丹把花顺记的房子都烧掉的那个早晨,一个戴着顶鸭舌帽,长着一对招风耳的男人十分留心地倾听着。当人们眉飞色舞地提到花顺记,以及好几场大火,以及火牡丹闯的祸,那个听官竟叫了一声:好极了。他显然是个陌生人,因为茶楼上的大半是熟客,几乎天天茶聚,是肥水街的老坊众。戴帽男人的出现,并不特别引起客人注意,但许多人见过他,好像没有工作可做,只在肥水街上漫步,东张西望。事实上,他在肥水街上已经溜达了好多次,而且向一些店铺询问一个人的去处。他问,花顺记的掌柜搬到哪里去了?知道了住址之后,他立刻到红砖房子来啦。

花顺记并不认识戴鸭舌帽的男人,他自称是花初三痘症学校里的书友,喝过花顺记的荷兰水。一家人很是紧张,以为他知道花初三的下落,但那人说一直没有见到初三哥,没有他的消息。那么,他到红砖房子来找花老伯却是为了什么?原来是为了一幢房子。戴帽男人脱下帽子,抓抓头发,说,他知道老伯家不幸给火烧了,现在呢,他在肥水街上刚好有一幢房子空着,愿意给老伯住,不收房租。

"是你自己的房子么?"花顺水问。

"不,是我老板的。"戴帽男子说。

"那为什么不收租银给我住?"

"因为房子旧了,要拆掉重建。"

"那就拆掉重建好了。"

"要计划,要出图则,要设计,需要时间。"

"多久?"

"大概一年,一年后才会拆。"

戴帽男子说,房子空着,他和花初三是好书友,想起老伯一家人也许没地方住,可以在那房子里暂住一年。见到老伯如今住这么大的一座房子,觉得有点过于杞人忧天哩。不过,他说,房子是在肥水街上,是两层楼,虽房子窄小,却有店面可以做生意,也许花老伯可以在那里发展,不知道老伯会不会再卖荷兰水呢?

花顺水正想做生意,比如说,红砖房子里还有一批荷兰水存货,此外把蜂蜜拿出去卖,也是一门生计。不过,荷兰水和蜂蜜拿到什么地方去摆卖呢?总不能霸占莲心茶的铺面。虽然陈家夫妇也很赞成,但总觉得不如自己拥有店铺的好。红砖房子离市中心远,根本没有人经过,肥水街的确是最适合的地点。于是,花顺水跟着戴帽男子到肥水街去走了一趟,可不巧,那房子就在莲心茶铺子的贴邻。虽说只可以住一年,但到底是再做生意的机会,暂时能够维持生活就好。花顺水是商人,做生意是他的本行,对于搬回肥水街，觉得其中仿佛有巧妙，可是既能上律师楼签好不收租的契约，总是保证。再说，花初三的确交下过一批肝胆相照的朋友。于是没多久，花顺记的招牌又出现在肥水街上了。不过，这次卖的不仅仅是荷兰水，还有蜂蜜。

借火

戴帽男子和他的老板几乎同时喊了一声好极了。前者是针对发现了火牡丹而言；后者则是对肥土镇的当前形势感到鼓舞。因为一则新的消息，令他觉得金色的钞票长出了发光的翅膀在他的秃头上飞舞：政府颁布了关于"差饷"的新征收法。

说起差饷，从字面上看，容易令人产生误会，以为政府征收这些税项是为了支付公差，俨如官方的保护费。其实，差饷只是一种复杂的居住税，包括道路的清洁费、垃圾的清理费，和消防用的水费。凡在肥土镇拥有土地的业主，就得按时缴纳差饷。当然，这些税是政府的另一项收入。一幅土地，拍卖时只收地价，可是地上一旦建起了房子，就有地税、物业税和差饷可收了。

在肥土镇，买房子的人，以前总是整幢楼房地买。比如说，商人建好了一幢三层高的楼房，买房子的人得一口气买下整幢三层高的楼房。肥水区的店铺，包括花顺记和叶荣华家具行，都是这种类型的房子，楼下营生，楼上居住。政府的税收，也以一幢为计算单位。但城镇不断演变，人口倍增，经济开始转型。一些房子的业主虽然拥有一幢四层的楼宇，可以分租出去，可是有时往往只能租出一半，其他两层丢空了。这么一来，仍要缴四层楼税的小业主就未免太吃力了。此外，对于建筑商来说，何必建四层的房子呢，建两层高岂不简单，出售也容易？

政府终于权宜采行新的差饷法：楼房可以分层交税，层层独立。于是业主松了一口气，而建筑商，更容易把楼房售出。以前呢，买房子的人必须有买四层楼房的钱，如今，只需要储够一层楼房的钱就可以当上业主。如果一幢房子，一梯两伙，四层高，就有八个业主。要成为一个单位的主人，容易多了，个个是独立的小业主。政府的收入也更多更稳定。

戴帽男子的老板，是建造房子的发展商。分层缴税的消息使他喜上眉梢。在一块以前只建二三层高楼宇的地皮上，如今多建几层，制造更多的单位，岂不等于一个四面入水的猪笼？只要有地皮就行。他没有土地，可是土地可以转让，土地上原来的房子可以拆卸，重建；原来房子的住客，可以用赔偿的方法使他们搬出。肥水街上莲心茶铺子两边的房子，正是用这个方法变成空置待拆的楼房。建房子，有气魄的建筑商当然认为不建便罢，要建就建成相连的楼房，有气势，也更方便。本来，莲心茶铺子这个地段，一列十个号码，可以建成很不错的大厦，可是，在这地段的中央，恰巧是莲心茶铺子的所在，业主谨守旧业，不肯出让。地产商出了许多主意，包括出高价收购，仍然没有成功。

于是，采用了戴帽男子的办法，把隔邻的房子免费给火牡丹一家人住，只盼火牡丹夜夜纵火，祸及莲心茶铺子，最好把这一带的建筑烧成平地，那么，莲心茶这个单位就可以到手了，连拆房子的钱也可以省下来。戴帽男子很有信心地说：看吧，不消半年，准把房子烧掉。可是他错了，半年过去，火牡丹连一支火柴也没有划过。

大吉利是

花顺记的新店铺开张后不久，有个胁下夹着公事包的人来找花老板，自称是保险公司的经纪，说是坐一会儿，讲一点对老板有益的事情。花顺记一家对保险是什么东西从没听过，也不知底细，既然店铺开了门，又没什么生意，就由得他坐下来说话。

"都是为你们着想。"经纪说。

"为我们着想？"花顺水说。

"是的，比如说，你们现在的店铺，房子是木头的，很容易着火。如果不小心失火，烧掉了，损失不是很大么？把一切烧掉，店铺没有了，连住的地方也成问题。"经纪说。

"大吉利是，大吉利是。"掌柜太太很不高兴。

"老板娘别生气，天灾人祸是谁也不想的呀，可谁说得准一定不会碰上呢？既然会碰上，就要想办法。"

"是不是替我们看风水，挂一个铁锅在大门上？"

"我们不是看风水的,是做保险的。"

"保险,怎样保险?"

"你将来也许会有——最好没有,我们也希望没有——意想不到的灾祸降临,我们帮你提供保险。"

"担保房子不会火烧?"

"这个不是我们能力做得到的。"

"那么保什么险?"

"一旦房子烧掉了,我们会给你们赔偿。"

"赔什么给我们?"

"赔钱给你们。你们看,买了保险,遇上意外,得到赔偿,岂不是不会什么都没有了?得了赔偿,你们可以另外找房子,再开店铺。"

"赔很多钱么?"

"就要看你们买多少的保险了。"

"保险要买么?"

"每个月交保险费,遇上意外,就有赔偿。"

"没有意外呢?"

"没有意外,那最好,哪还用赔偿?"

"保险费岂不是每个月白交了?"

"就是保险呀,遇上意外,就不会一无所有了。"

"说来说去,就是要我们每个月付你们一笔钱。"

"还有一样,我顺便给你们说说。"

"又有什么?"

"万一有人三长两短,也有保险。"

"这却又保什么险?"

"这叫人寿保险,人死了,也有赔偿。"

"大吉利是,大吉利是。"掌柜太太提起一把扫帚,追着那人拍打,直到把来人赶走后,仍气呼呼地站在门边说:真是什么世界,咒人死掉。

说客

保险经纪给花顺记用扫帚赶出门,身子一闪,进了旁边的莲心茶铺子。天气那么热,他先坐下来,喝一碗莲心茶。这茶味道苦,不过,喝了倒觉得甘凉。陈家夫妇都在店内,陈老太太拿着一瓶百花药油,小小的瓶子,倒了些油在手指尖,搽在眉心上搓。

"天气真热呀。"经纪搭讪着说。

"热得人头都昏了。"陈老太太说。

"老人家,身体挺健壮呐。"

"哪里,通身是病。"陈老先生说。

"看过医生没有?"

"有什么用,老人病,看了也没用。"

"多休息休息。"

"骨头快打鼓啦,可以永远休息了。"

"百年归老是每个人都要经历的,二位何不买保险呢?"

"买保险?"

"就是每个月花很少的钱,将来百年归老的话……"

"怎么样?"

"可以得到一笔保险费。"

"人都死了,还要钱来做什么?"

"不是本人有用。是仍然活着的人有用。"

"我们二人都老了,差不多会一起去。"

"那么,你们的儿女可以收到保险费,这笔钱对他们会很有用。想想看,没有了父母,孩子由谁照顾抚养?"

"我们又没有儿女。"

经纪一时答不上话,拿起碗来,喝了一口莲心茶。站在一边拍苍蝇的那个年轻人,眼睛大,头发卷曲,不像本地人,想来不是老人家的儿子。但他立刻又有了话题。

"你们这个房子,买个保险可不好?"经纪说。

"这个房子,正想问问这个房子的事。"

"怎样,想知道什么,我全告诉你们。"

"如果我们百年归老,又没有儿女亲人,房子怎么办?"

"没有人认头的房子,归政府收回。"

"可不可以不归政府,留给别人?"

"可以留给别人,随你的意思。"

"那该怎么办?"

"写一个意愿书,就说把房子留给什么人。"

"写了,别人就相信了么?"

"最好是办正式的手续。"

"你们办不办这种手续?"

"我们是做保险的,不是做保证书的。"

"到什么地方去做呢?"

"到律师行去。飞土大道上有许多律师行。啊,明天我给你带些地址来,房子买个保险好,你们考虑考虑,我明天再来。"

除了保险经纪,长着一对招风耳的男人,已到过莲心茶铺子许多次了。他当然不是来喝茶的,也不是路过,是专程来游说陈家二老把房子出让。

"你们这房子旧啦,再住下去,会塌下来呢。"

"它比我们的骨头还硬呐。"陈老先生说。

"木头的房子最容易火烧。"

"除非有人想放火吧。"陈老太太说。

"你们看,附近大多数人都搬走了。"

"人家是人家,我们是我们。"

"我们会给你们一笔转让费。"

"我们不想搬。"

"转一个环境不好么?这里是地面,住楼下,很潮湿,易患风湿,对身体不大好。"

"房子不转让。"

"你们怕找房子麻烦?我们可以帮忙。我们在后街建一列新楼房,拿一个单位和你们交换,后街买菜更方便,门前又有电车。"

"要走很多的楼梯呢。"

"不会不会,我们给你低层的单位,或者,给你们铺面的单位,一样可以开店铺卖莲心茶。"

"要不要来一碗莲心茶?"

"新的房子好,有抽水马桶。迟一些,没有倒夜香[1]的行业啦。再说,附近的房子都要拆掉再建新房子,到时候,天天轰隆轰隆打桩,沙石飞扬,又脏又吵。怎么样?考虑考虑,我过几天再来。"

招风耳走掉了。的确,一个星期后他又会出现,在店里磨蹭,重复已经提出过的换楼条件和建议。但陈家二老始终没有答应。

"是我们的家,为什么要搬走?"

"对呵,又哪里会有比家更牢靠、更保险的地方。"

"龙床也不及狗窝。"

"何况房子拆掉,狐仙到哪里去聚会呀。"

"这是他们喜欢的地方。"

---

[1] 古时候的茅房没有下水系统和自动冲水的系统,是用木桶装粪便(也称作马桶),装满后需要清空。于是,会有专人在半夜挨家挨户收各家的马桶中的粪便,倒夜香就是指的倒粪便,是古代一种文明用语。

大排档

弯街靠近船坞围墙的这一段街上,一字儿排开,共有四个大排档,彼此倚靠,仿佛一列火车厢。排档虽然都和食物有关,可内容不同。郭广年夫妇主要是供应饭菜,而旁边的一家则卖咖啡、奶茶、三明治。早上也以这一家最忙:烧开水、冲咖啡、切面包、煎鸡蛋。大排档的奶茶特别浓郁,许多人天天光顾,一面喝奶茶,一面看报纸。顾客们很少倾谈,大都吃完早餐就走,不像茶楼,一盅两件,高谈阔论,或者读报、冥想,一坐个把小时。

牛记卖的是粉面,早上也比较清闲,一家大小各有工作,这个把面分成一饼一饼,那个用鱼肉挞成鱼丸,放在大铁锅中炸。另一个锅中煮的是牛肚、牛筋、牛腩、牛肠、牛肝,五香八角的气味四散,十分招引人。"阿香糖水"也是牛记的排档,专卖芝麻糊、红豆沙,早上则开了铁锅炸油条、煎堆、牛脷酥。大排档也卖松糕、粽子、白粥和豆芽炒面。只要到大排档来,总可以找到适合的吃食。因为食物不同,四个大排档各有顾客,多元共存,气氛融洽,还能相辅相成呢。阿香的糖水、牛记的粉面也可以拿过来放在郭广年的大排档上。

除了郭广年夫妇,他们的帮手还有王带宝的一个弟弟。大排档的一旁,摊开张折凳,旁边小矮凳上,坐着个小女孩,正在专心地做功课呢,她是大排档的小主人,郭广年和王带宝的女儿。她在抄社会科教本中的课文:清早起来,爸爸去上班,妈妈做家务。

船坞一天鸣笛四次，第一次是早上八时。这个时候，郭广年还在家中没出门口呢。他夫妇俩的大排档正像一头没睡醒的大水牛，乌黝黝地站在弯街的马路边。而旁边的早已坐满了人，吃三明治的吃三明治，喝奶茶的喝奶茶，锅里的鸡蛋煎得滋滋响。船坞第二次鸣笛是在正午十二时，这是大排档最忙碌的时刻，因为船坞上千的工人出来用午膳。大多数的人选择吃饭，所以总有几十，甚至上百的人，围在郭广年的大排档四周。每到正午，王带宝的弟弟已经在贴着围墙的人行道上撑开了七八张折桌和数十张折椅，桌上摆好筷子筒、酱油、辣油、牙签筒和烟灰缸。船坞的汽笛一响，一群穿着蛤蟆衣满身油漆斑的工人如潮涌来，占满了折凳。迟来的只好蹲在人行道上靠在墙边，托着画上彩色公鸡或蓝色卷草的阔口碗，自顾自吃饭。

到了一点钟，人群散去，快如潮退，汽笛一响，他们又进入了船坞。这时候的郭广年一家，才松一口气，轮到他们自己打游击似的吃饭。事实上，这时候又有了另一批顾客，数目不多，却是三三两两，有的是在附近工作的木匠、水泥匠，以及搭棚工人。

肥水区一直在不断兴建楼房，弯街上的房子可以说是这一区上最新的，但是更新更高的房子还在兴建。肥水街上的房子，大多是二层三层高；可弯街，几乎一律四层高，大概是比肥水街稍后开发，又遇过火灾，房子的模样反而整齐，不像肥水街、染布街，楼房的形式、高低，各有面貌。面对大排档的楼房，四层高，楼上层层都有骑楼。如果依西洋房子的住法，骑楼上不住人，种些花，看上去宽敞通风，很凉快的样子；可是在肥水区，骑楼大多封闭，加上密密的窗子，窗外钉了晾衣架，挂着一条条横竹，垂着随风飘飘晃晃的衣衫。有的骑楼外，另搭了花架，种些盆栽，有些植物，长成森林似的，几乎遮盖了整个骑楼。

楼上有骑楼，所以部分房子的楼下，都有支撑的石柱，走在人行道上，就被围在石柱阵中，人行道往往变成长廊。石柱漆上店铺的招牌，宣传货品的类别和优点；还有卖香烟的小贩，石柱正是他们摆小摊子的好地方。

几个搭棚工人，郭广年昨天才看见他们搭了一座竹桥，因为附近楼房三楼上有一位老人病殁。老人死在家中，一个棺材如何从楼梯上抬下来？只好找搭棚师傅来搭一座丧家天桥，从地面上斜斜地之字形伸上楼房的窗口，棺材就沿着天桥抬下来。

晚上的大排档，顾客和中午的不同，因为从船坞下班的工人都回家去了。来吃晚饭的是另一批顾客，大多七八个，时间多着呢，点几个小菜，喝几瓶啤酒。电灯对大排档有莫大的帮助，牵牵绊绊的电线，拉到排档来，晚上一亮灯，四周通明。晚饭以后，热闹毫不逊色，因为消夜的人出现了。来一碟肉丝炒面、牛肉炒粉，买了，用纸包了带回家去。大排档面对的那一列楼房，更加简单，从楼上吊一只篮下来，把粉面吊回楼上，楼梯也不必走了。

住在三四楼上的人家，那么多的楼梯要走，简直叫派新闻纸的报童气短。不过，报童不久就想到了解决的方法，把报纸卷成圆筒形，用水草一扎，站在马路上，掷标枪一般把报纸掷到楼上去。技术是练出来的，很少失手。除了报童，还有过路卖甘草橄榄和话梅的小贩，也用抛掷的方法叫卖，他们有一个形象的叫法：飞机榄。许多人家并不特别爱吃零食，但也抛下硬币买一包，只是想看看小贩表演杂技。

双叠床

荣华家具行的店铺里摆出了一件特别的家具，这是荣华家具行从来没有做过的新设计。事实上，店铺很少设计新的东西，总是传统的做法，条案是条案，太师椅是太师椅，绣墩是绣墩，除非西洋人到店里来，带备图样，指定款式和花样。此外，家具店也不做粗劣的家具，上好的木头当然做最精致的桌椅茶几。沉香是沉香，烂柴是烂柴，叶老板总是这么说。

染布街上另有一家家具店，做的是和叶家字号完全不同的东西。他们也做桌椅，用的是杉木、夹板这些粗材料，手工比较马虎简单。髹漆么，髹面不髹底，该入榫卯的地方，钉个长钉就算。不过，家具倒也坚实耐用。叶家虽然是家具行，也向他们买过好几件东西。比如说，饭桌子、板条凳。伙计们在后面的小饭厅吃饭，就用那样的桌椅，难道还摆一套红木雕花的圆桌和腰墩不成？厨房里的一个碗橱，也是买回来的，上层有纱隔，下层有木门，放碗碟最好。天气热的时候，苍蝇多，早上剩下的小菜，都放进纱橱里。

飞毡

不同的家具店，各有各的生意，互不侵犯，同样多人来买。可是，这几年，叶家的生意明显地差了，另一家却兴隆得多，还开夜工赶货。叶老板只觉得，他的店铺和花顺记的情况并不相同。花顺记是生产、制作比不上人家，别人的汽水，是新的瓶子，用新的机器自动入瓶。如果拿竞赛来打比方，是花顺记的产品已经赶不上新的生产方法。整个生产过程，已经被新的方法取代，旧的就被淘汰了。而叶家的家具，并不是产品比不上人家，试想，还有什么家具可以比自己的出品更优良精致呢？那么好的材料、精巧的手工，即使摆在皇宫中也不失色；而另一家的家具，那么粗拙的制作、普通的木材，反而抢去他的生意。货物比不上人家，那就无话可说，如今却是次货驱良货，怎不令人叹息呢？

生意不好，叶荣华觉得并不是自己的货品劣，而是肥水区在不断地改变，是这改变，使他的生意出现了困难。就说肥水街和染布街吧，以前都是一幢一幢矮房子，不过二层、三层高，住的是一家人。楼下开店铺，楼上住家眷。既是二三层高，房间大，摆一套红木家具不成问题。可现在呢，新起的房子，一梯两伙，每一层独立，可是，面积却小得多，分隔出来的房间，比一个多宝柜大一点点。像这样的空间，怎能摆一套叶家的家具？那么小的地方，既没桶扇，又没花窗可装，连挂盏宫灯的天花板都不够高，又如何和这些精致的家具相配？

染布街街角的家具店生意好得不得了，四方桌子、没有扶手只有靠背的木椅、折台折凳、纱碗橱、杂物架，天天用木头车送到那些楼房去。没有人来光顾叶家的家具。那么,肥土镇也有富裕的人呀,为什么不来买精致的家具?终于有一天,经过百货公司的时候,叶老板明白了,富裕的人原来到百货公司买家具去了。他们如今买西洋的家具,包括一套套的沙龙椅。

花顺水愿意接受戴帽男子的邀请,回到肥水街上来开店,主要的原因当然是可以再试试做生意,于是一家四口都搬回肥水街。这店可不是花顺记荷兰水铺子,面积很小,楼下做了店铺,不能睡人,于是全睡楼上。一间大一点的房间就给花顺水夫妇,小的一间归叶重生和女儿。这小房间,双人床一放,什么家具也塞不进去了。

是花艳颜想到的方法,做一张双叠床。这床当然由叶重生回娘家找父亲特别制造。叶老板从没想到,一生做许多家具,竟要做一张双叠床;叶重生也没想到,嫁到花家这许多年,居然会睡在一张双叠床的下铺。床是花艳颜想到的,叶重生的意见是,不要红木柚木,只要一般的杉木,不雕花,越简单越好。叶荣华也有他的专业眼光,他给双叠床做了三个大抽屉。

双叠床做好的那天,放在店铺门外,正预备送到花家去,过路的人已经有几个进店问过价。有的说想买,有的想定造。叶老板摸摸下巴,拔掉了几根胡子,和伙计商量了一下,大家都赞成,家具店就做双叠床出售。没想到生意扭转过来,好极了,有的人家不止要一张,而是要两张,甚至三张。清静了很久的家具店又多了人迹。

伙计也都感欣慰,因为眼看家具店的生意一落千丈,听说到处都在打仗，西洋人也不来订货，很担心不久就要给辞退。做惯了家具，转行并不容易。做双叠床对他们来说，轻而易举，只可惜他们本来都是精致家具的一等一手艺家，一旦落难，总觉得再无用武之地。叶太太则叹了一口气：唉，牡丹花全变成鸡冠花了。

呵欠操

花里巴巴打了一个呵欠。

花里巴巴常常要打呵欠，在家里，在学校里，在红砖房子里，他都会打呵欠。从早到晚，花里巴巴一天大概要打几十个呵欠。在家里打呵欠是无所谓的，他绝对有打呵欠的自由，不过，在学校里上课时也打呵欠，自然是对老师不尊敬。所以，当花里巴巴想打呵欠时，他就捏自己的鼻子，用手按住自己的嘴巴，拉自己的耳朵，尽量不让自己打呵欠。

花里巴巴读的是街坊小学，采用复式教学，一位老师同时教三班程度不同的学生。这是教师不足、课室不够、经济困难的权宜办法。不过，对花里巴巴却是好事，比如说，当他读中班的时候，老师教初班，他也听；老师教高班，他也听。所以，他同时学的是三级的课，浅的他当温习；深的他就学一点儿。复式教学的课室内，老师教初班时，中班和高班就做功课；教中班时，其他的两班做功课。这样，花里巴巴就可以打呵欠了。他低下头写字，打呵欠也自由得多了。

　　花里巴巴常常帮花一花二打理蜂园，兄弟二人很喜欢他。所以，他俩若是去看电影，也带小花里去，若去野外远足，也找小花里一起。当动物园新到了一头老虎，他们就带小花里和花艳颜一起去看老虎啦。大家以为那是一头威猛神气的老虎，哪知道看到的却是一头爱睡觉的老虎。老虎的确非常美丽，花艳颜很喜欢它，说它是大明珠。不过，老虎躺在笼子里的石檐下睡觉。看老虎的人大叫大嚷，老虎也不理睬。过了一阵，它从石檐底下走出来，走了才不过三步路，竟打起呵欠来了。它张大嘴巴，抬起了头，闭上眼睛，弓着背，前爪伸直，大大地伸了一个懒腰。

　　"啊呀，老虎打呵欠。"观众笑了。

　　真奇怪，老虎打了一个呵欠，竟成了传染病。首先，小花里打了一个，接着是花艳颜打了一个，后来，连花一花二也打起呵欠来。一天到晚睡觉的老虎，干吗还要打呵欠呢？打呵欠的老虎，是想继续睡眠还是赶走睡眠？关于"继续睡眠"，已经睡了很多觉的老虎当然不需要立刻再去睡觉；至于"赶走睡眠"，老虎并非抗拒睡眠的生物，因为它们没有抗拒睡眠的理由。显然，打呵欠和睡眠并不一定有关联。那么，是什么原因令睡完觉的老虎打呵欠呢？

　　瑜伽运动中有一种方法，训练人们发出某些字母的声音，或者一些单调的语音，借以调整人的精神状态。爱睡觉的老虎打呵欠，相信是为了同样的理由。打呵欠有点像深呼吸，人感觉疲倦时，身体内的许多功能都受到抑制。这时，二氧化碳和其他组织代谢产物，渐渐地在血液中聚集起来，这些产物刺激大脑的呼吸中枢，迫使人加紧吸气。于是血液中的氧达到饱和，排除一些不需要的物质。不过，打呵欠要比深呼吸复杂些，因为打呵欠牵连到更多的器官，也可以缓减神经的紧张程度和束缚感。在群体中的呵欠，还有很大的感染力，使热烈的情绪减弱，并且创造出心理学上温和与平静的气氛。

爱睡觉的老虎打呵欠，是为了调整一下当时的情绪和精神状态么？但这呵欠具有一层更深的意思。花一花二说，老虎是在告诉我们：动物园的环境并不适合它。老虎不是家猫，一个到处布满笼网的地方，并非生物的理想家园。但动物园一向不理睬动物的呵欠申诉。所以，老虎也只好继续在笼子里睡觉、打呵欠，打呵欠、睡觉。幸好世界上还有一样叫作呵欠的东西，否则，就只剩下睡觉、睡觉、睡觉了。

要是有什么人觉得自己被困在笼子里，那就一起来做"呵欠操"吧。身子站直，发声说"乌……"，然后改变一个音系，说"衣……"。非常容易做的运动，既然被困在笼子里，就不得不常常做"呵欠操"了。

这个这个

关于动物园里的老虎的呵欠申诉，花一花二接到了讯息。他们饲养的蜜蜂，有没有呵欠申诉呢？打从饲养蜜蜂开始，花一花二已经决定为蜜蜂建立开放的家园。蜂箱的门永远是打开的，蜂场的边界上没有铁丝网。为了提供更适当的生活环境，蜂场内不喷杀虫水，也不采用化学的肥料浇花。而且，蜜蜂非常自由，花一花二无意把它们变成宠物。

花一花二的蜜蜂，经过仔细的观察，并没有打呵欠。这当然是蜜蜂精力充沛，天生勤奋，不怕忙碌的缘故。但是，花一花二对打呵欠这件事却想到另一种用途。不是一直想培育温柔的蜜蜂么？如果让蜜蜂打打呵欠如何？一只蜜蜂打起呵欠，没多久，一群蜜蜂都会打呵欠，打呵欠的蜜蜂，说不定就变得温柔起来。这个实验，花一花二决定试试。

呵欠是会传染的，如果要蜜蜂打呵欠，那就得找一个老是打呵欠的人到蜂园中来才行。这个人，正是花里巴巴。于是，花里巴巴每天到蜂园来散步，在蜂箱四周走来走去，当然，他一面走，一面不忘尽量打呵欠。呵呵呵呵呵，呵欠，花里巴巴张大嘴巴，走着走着，又打了一个呵欠。为了让蜜蜂感染呵欠，平日用的熏烟器自然不适宜动用，因为若是用烟熏蜜蜂，它们立刻把头钻入巢房吸吮蜜源，吃得饱饱为止。吃饱蜜的蜜蜂变得温驯极了，但这和呵欠的实验完全不相干了。呵欠实验不能用烟，花里巴巴只好罩上覆面布，而且把布的下端塞入衣襟，又穿上长袖子的衣衫，但是，每天还是会给蜜蜂蜇几下。一旦给蜜蜂蜇了，只好离开蜂场，不然，成群的蜜蜂嗅到蜇人后留下的特异气味，就会追逐不舍。唉，花一花二又失败了，呵欠感染不成，倒取了不少蜜蜂性命。

每天上蜂园去，小花里和花一花二更加熟稔了，他们听音乐也邀少年一起听，红砖房子的许多图书也由得小花里随意取来看。书里的文字，竟是花里巴巴不懂的，显然不是学校里老师教的那些，而是另外一种文字。不过，有些书，花里巴巴很喜欢，里面有很多图画，而且是彩色的。花里巴巴喜欢画图画，他常常向花一花二借图画书，带回莲心茶铺子，拿出笔和纸，照书中的图画描绘。图画书很厚，又重，幸而可以放在脚踏车后座带回家。

红砖房子离肥水街稍远，脚踏车很有用。叶重生不会踩，也不想学；花顺水年纪大，不想冒险踩；花艳颜对脚踏车没有特别的兴趣。反而是花里巴巴，起初当作玩具，不久就学会了，竟成为有用的交通工具。每次来往红砖房子和肥水街，就踩这双轮车子。每天，他给花一花二送饭，饭盒子就绑在车的后座，如果有蜂蜜或什么要带回花顺记，也是放在后座带回来。

这天，花里巴巴带回家的是一本很大的图画书。他把脚踏车推进店里，靠在楼梯底下的墙边，解开绳子，把书拿出来。陈家二老和叶重生都在店里。

"这么大的书本，是什么书呀？"叶重生问。

"是有很多好看的图画的书。"花里巴巴说。

花里巴巴把书拿给叶重生看，真的是一本很大的书，比一般的书大了三四倍，而且很重。里面都是大页的图画，有的画的是人物，有的只画树和房子，有的很特别，画了一桌子苹果，有的只是几个洋葱。洋人的画的确很不同，叶重生常常见的图画，画的多半是送子娘娘、和合二仙、福禄寿三星，以及金鱼、小虾那些。翻呀翻，书里掉出一张相片来。叶重生拾起来，刚好见到照片里的人，明明是花初三，四周的景物绝对不是肥土镇。

花里巴巴踩着脚踏车，一直朝红砖房子驶来，后座上坐着叶重生，双手紧紧扶着座位底下的铁枝。车子一停，她立刻跑进屋子，奔上楼梯，找到正在对着一朵花端详的花一花二。她一句话也不说，走到二人面前，一手伸出相片，里面的人，正是花初三。

"这个，这个……"花一说。

"那个，那个……"花二说。

"别这个那个，人在哪里？"

"他他他……"花一摸摸头发。

"在在在……"花二抓抓额头。

"在哪里？"

"在古罗斯先生那里。"花一说。

"在日耳曼国里。"花二说。

水仙

花里巴巴常常打呵欠，花艳颜则常常打瞌睡。如果在家里，做做功课就打起瞌睡来，叶重生见了会说：太倦了，去睡一会儿吧。

在学校里呢，花艳颜上上课就打瞌睡了，尤其是那些图画课、作文课。她也不是不画画，不作文，而是很快把画画好，把文作好。一连两节课，她在一节课中已把工作完成，另外一节呢，她就伏在书桌上睡觉。同学们对她的这种行为早已习惯，人人称她为水仙，意思是睡仙。至于老师，曾多次向家长投诉，后来知道她患梦游症，晚上睡眠不足，也只好由她。

飞利中学每年有两个重要的日子，一个是校庆，一个是耶稣诞。遇上这两个节日，学校一早筹备，开庆祝会和游艺会，节目中一定不会少的，是演一台戏。本来，学生演演戏，不过是很普通的游艺节目。可是，飞利中学的戏剧却是学校中著名的。正如有些学校以音乐著名，年年夺几个音乐比赛冠军；有些学校以演讲、辩论著名；有些以运动取胜，在校际运动会上囊括大奖。飞利中学以戏剧著名，可惜没有戏剧比赛，不然的话，一定是冠军。

校中一位教地理的老师，是戏剧发烧友，并且是肥土镇有名的舞台剧导演，除了教书，业余时间就在剧场中度过。一年两度的校内戏剧表演，当然由他执导，开学不久，就着手筹备，写剧本，选角，不断地排演；正式上演时，灯光、舞台布景、服饰、化妆，一丝不苟，完全职业水准。演的还常常是古装戏，演员的一举一动，台步身段，绝不比真正的花旦和小生逊色，只差不会唱曲。

花艳颜已经当过不少次主角了。可是这一年的校庆，她却不用演肥土镇的古装戏，因为班主任派了一个角色给她演，演的是西洋古装剧，还要她在其中一幕里扮演年轻的法官。花艳颜这次并没有常常留在校中排戏，而是回家自己背台词。班主任是外国人，把一出戏完全交给学生去处理，略给意见和指导，其他都由学生自由发挥。既没导演，花艳颜就自己在家中一面背台词一面演，请得祖父祖母做最初的观众。那是部西洋戏，台词是洋文，花艳颜对祖父母约略讲了一下戏的内容，说是一个吝啬的商人借高利贷给人，某穷小子借了钱，没能力依时还，商人竟要割借贷人一磅肉偿还。花顺水叹了一口气，说道，唉，没有良心的商人太多，难怪生意人一直被人鄙视。

校庆一早派发入场券给学生的家长，欢迎参加游艺会。花顺水夫妇要留在铺中，就由叶重生去看女儿演戏。叶重生才不去理会戏讲什么，她只是看女儿，穿起一件长袍，戴上假发，几乎认不出来了。摄影的灯光不住闪，拍了不少照片，这些照片，过几天会贴出来挂在礼堂外的布告板上，让大家填表冲印。花艳颜每次都会选一两张，家里已经有很多这类剧照，单是扮演耶稣的母亲玛利亚的，就有十多张。花艳颜很喜欢扮演玛利亚，因为当演到三王来朝那幕，她只消坐在马槽前一声不响就行，台下的观众并不知道她其实是在那里打瞌睡哩。

游艺会结束，母女二人搭乘公共汽车回到肥水街，一路上还在讲化妆和西洋打扮的事。二人到市场买了菜才回家来。花顺记附近黑黝黝的，因为许多店铺已经搬出，并没有人住，这是地产商的杰作。对面的花顺记荷兰水旧铺只是野草丛生的荒地，也是灰黑一片。这些地方都没有灯火。天色渐渐暗下来，蜂蜜店已经亮了灯，远远看去，似乎有人买蜂蜜，由花顺水招呼着。母女二人踏进店门，拎着买回来的菜一直走向内进的厨房。叶重生还没走到厨房的门口，却听见背后有人唤了一声：重生。声音是那么熟悉，但又好像很遥远。她回过头来，只见柜台前面站着一个中年男子，穿着深色的裤子，浅色的衬衫，套着一件暗色的背心，戴副扁扁圆圆的眼镜。

"重生，你不认得我了？"

叶重生认得那个声音，立即也认出了那人的面貌：她站在厨房门口一动不动，对厨房内的女儿呼唤。阿颜，阿颜，快出来见爸爸。

流星雨

蜂蜜店里床位分配秩序有了新的调整。是花顺水的意思，本来的大房间，就由儿子和媳妇住；另外的一间小房间，双叠床的上铺仍给花艳颜，下铺转给老伴；他自己则买了一张帆布床，晚上撑开，早上收折，放在楼下店铺内进，厨房的门外。花初三和叶重生又再次睡在同一的床上。当花初三紧紧地拥抱着他的不再年轻却依旧美丽的妻子，他又听到了那熟悉、温柔、坚决、清晰的声音：你不可以再扔下我的。是的，他说，我再也不会离开你了。他们就那样地拥抱着，甜蜜地睡在一起。但不久，花初三却听到了轻微的脚步声，他仔细听听，仿佛有人在屋子里走动，又听到楼梯的响声。

"是阿颜。"妻子告诉他。

"她到哪里去?"

"到楼下去。"

"到楼下去做什么?"

"到街上去。"

"到街上去做什么?"

"走走。"

"深更半夜,一个女孩子到街上去,不危险么?"

"有人保护她的。"

"谁?"

"小花里。"

"我去看看。"

花初三起床,披上衣衫。他打开房门,叶重生也跟着来了。于是夫妻二人一起下了楼梯,打开店铺的小门,掩上之后来到街上。街上没有行人,只见花艳颜在远远的街心走着,花里巴巴从后面奔跑着,赶上了她,替她披上了一幅很大的围肩。

"来,晚上凉,披上围肩。"花里巴巴说。

花艳颜一直朝前走,花里巴巴和她并肩走着。他们沿着船坞的围墙,一直朝海的方向走。花初三还是第一次到这地方来,以前他上学,经过围墙,会一直走。现在他跟着女儿,沿着围墙侧转一个弯。在这条路上,围墙不久就尽了,连接的是由栏杆修筑的界墙,栏杆空疏,可以看见里面的房子,在月光下像云石一般白晰,如同积木砌成的模型。西洋的建筑，二层楼高，楼上楼下都有回廊，屋前有五六级石阶，前面是一大片相连的草地。花的香气飘浮，缠绕在过客的发端。

路的另一边是山，长满野花和蔓草，在这条宁谧、月色皎莹的路上，前面走着花艳颜和花里巴巴，后面走着叶重生和花初三。路的末端，是一片沙滩。船坞里的西洋楼，建筑群前是一片广阔的草地，一列大门对着涛声起落的海。沙滩的位置比草地低，栏杆外面，是一道可容行车的泥路，沙滩就在泥路侧的斜坡下。花艳颜和花里巴巴沿着之字形的泥路走过去，绕一个弯，前面是一条窄长的草径，一边是西洋楼的围墙，另一边是矮矮的石堤。清晨或者黄昏，偶然有人坐在堤边钓鱼。

花初三和妻子也到泥路上来了。他从来没有到过肥水区这么充满花香的地方，也从来没有和妻子在晚上散过步。石堤的转折处，有一座喷泉，却已经干涸，并没有水柱升空四散，但可以坐在喷泉的围石上憩息。石堤的另一端，就是草径的尽处，然后是无际的海水。

忽然，在黑暗的海天之上闪起了一片银灿灿的光。而整个天空，一霎间像烟花一般绽放出一朵巨大的雪白的花朵，然后是一点一滴，千千万万的小碎光像下雨一般落下来。

"是流星雨。"花初三惊讶地对妻子说。

"真好看，太好看了。"

花初三紧紧握着妻子的手，二人仿佛一对年轻的恋人那样，抬头看满天飘洒的流星。远一点的那边,只听见花里巴巴说:真像下雪一样,可是却没有一片雪花掉在头发上。而花艳颜则说:烟花、烟花。流星雨下了很久,和显现的时候一样突然,要停就停,再也不见了。过了一会儿,花初三听见花里巴巴的声音:花艳颜,回家去,来,我带你回家去。夫妻二人坐在灌木丛背后的喷泉围石上,看着花里巴巴牵着女儿的手,经过他们身边,一路沿着草径、泥路、花香的道路、肥水区弯弯曲曲的小巷,回到花顺记。

研究精神

花初三回到肥土镇,红砖房子更加热闹了。每个星期总有一两天,花家兄弟们仿佛在开音乐会,唱机四个小时不停播送出交响乐、协奏曲。如今的花初三,对于古典的西洋音乐,欣赏的能力已经和花一花二一样。除了音乐,他们也有许多共同的话题,关于古罗斯先生,以及日耳曼这个国家。大家都叹息日耳曼国偏激的民族主义,发动战争,侵略邻国,结果自己的国家,一败涂地,被炸得残破不堪。古罗斯先生的庄园已成为败瓦,他自己也在战乱中丧生。

在日耳曼国生活了许多年,各种感受和遭遇讲也讲不完,但是花初三说,最深的印象,除了古罗斯先生对他的帮助,还是大轰炸的那一年。战争持续了好几年,外国的飞机一直在空中投炸弹,大家天天都要躲到地下室避难。起初,炸弹的威力只不过炸掉高楼的顶层,渐渐地,炸弹的穿透力越来越强,七八层的楼房也给炸平,而且是地毯式的轰炸。

"你不是住在哥廷根么?"花一说。

"那只是一个小城。"花二说。

"小城一样炸,每天晚上,灯火管制,全城漆黑。"

有一天,炸弹声响,房楼并没有倒塌,到处一片玻璃震碎的声音,原来高空投下的竟是气爆弹,并不想伤人,目的只是震碎全城的玻璃。东城门一枚,西城门一枚,哥廷根房子的玻璃的确全给气流震碎了。那天早上,花初三在街上走,经过兵营的操场附近,却看见一个老人,弯下腰佝偻着背,对着周围的一段短墙出神。花初三认得他是教授,著名的流体力学权威。原来他特别跑来看炸弹爆裂时引起的气流,怎样炸毁这一段短墙。而这,是他的流体力学试验室里没法装配、做不到的实验。战争竟是一次难得的科学研究的机会。

此外,花初三还听到一位住在别城的同学提到轰炸时,人人都到地下室避难,却有一人反而从楼下跑上楼顶去,那是一位地球物理学教授。大轰炸是实验室中装配不出来的,全城地动山摇,他绝不会放过研究的机会,虽然,他随时会因此丧生。

"科学家的研究精神,令人敬佩。"花一说。

"他们真是我们的典范。"花二说。

不管是在红砖房子,还是在花顺记店铺,大家都爱听花初三讲述这些年的生活，而且听得津津有味。不过，花顺水关心的还有另外一件事，那就是，花初三读了这些年书，回来会不会当上公司的大班，去做什么经理呢？所以，在一次谈话中，他终于忍不住要问儿子了。

"你在外国读的是什么课？"

"我读的是考古学。"花初三笑着说。

"考古？有这样的东西？"花顺水皱起了眉。

花顺水终于明白了，他的儿子，大概就和他的两个侄儿一般，学的是奇奇怪怪的东西，一个不知生些什么物，一个不知化什么学；至于现在，又多了一个考什么古的东西。花顺水叹了一口气，唉，好端端的孩子到外国去读书，回来都变成傻里傻气的人了。但是再想想，只要孩子回来就好，还是在花顺记继续做生意吧。

扑翼的过客

当年曾经是荒芜小岛的肥土镇，因为悬挂的清泉瀑布，吸引了过往的船只，而在岛屿的另一端，肥土镇同样吸引了无数的过客，它们是候鸟。肥土镇四周环海，但岛的另一端，邻近一片广大的陆地，从高空俯瞰，泥黄灰褐的土地之间，蜿蜒曲折地伸展着一道绿色的水蛇，那是一条汨汨的长河。这河一直向海流去，就在和肥土镇几乎连接的地方，形成一个奇特的海湾。湾中的水一半是绿色，一半是黄色；一半是淡水，一半是咸水。咸淡水的交界，使肥土镇海岸一带，变成十分罕有的鸟类家园。

咸淡水交界的厚海湾，海的确深厚，但沿海一带，却是低洼的沼泽地区，长着桉树、榕树，以及密集的浸在水中的红树。肥土镇四季气候温和，冬季并不严寒，雨量适中，而咸淡水交汇的水域，水中多鱼虾，林中多昆虫，本来居住在肥土镇上的禽鸟，当然把这地方当作家园，而那些每年移动的空中过客，也发现了理想的过冬之所。

在这宁静偏僻的海湾，禽鸟的喜悦，可以媲美岛的另一端瀑布下的商船和渔船。最爱到厚海湾一带来的人，大概要算花一花二了。他们见到了沼泽中的红树林，以及各种罕见的昆虫和小动物，简直不愿意离开。二人一直说，如果能搬到附近居住就好了。一年之中，他们总到厚海湾来几次，有时候是二人一起，有时候还带了花里巴巴。不过，这一次更加热闹了，参加远足的还多了花初三和花艳颜，连叶重生也来了。

厚海湾的盐田村一带都是农田和小山丘，山丘上长满了树，只要走近村子，远远就可以见到田中的水牛，头上背上站着白鹭。至于山丘的树上，也立着许多白鹭，远看过去，仿佛绿树上开满了很大的白花。叶重生看到这样的景色，简直呆了。

"是白鹭呀，可以站在牛背上呀。"

"这些是牛背鹭。这里还有池鹭、小白鹭和夜游鹭。"花一说。

"啊呀，天空中飞过的是雁，快看快看。"花艳颜喊。

"你们见过这种蟹么？通身红色，只有一只巨大的螯。"花初三指着泥沟中的小生物。

"很多虾，很多鱼。"花里巴巴跳下浅水去了。

各人都被身边或远方的生物吸引住，花一说希望见到塘鹅、东方白鹳和黑脸琵鹭；花二也说最好能碰上红嘴巨海燕和黑嘴鸥。当然，如果见到短腿蟾蜍、四眼龟、蓝尾蜥蜴、肥土镇蝾螈就最理想了，那是可遇而不可求的事，但他们却见到了很有趣的弹涂鱼。

寻找动物中的稀客不容易，要观看植物中的品种倒不太难。远足的人，不久就走近红树林。沙滩上长着很多植物，既有鬣刺、白背蔓荆，也有芦兜树和云实，但厚海湾的珍贵植物却是沼泽中的红树林。沿着泥泞的海岸，长着矮小的灌木，它们是红树科和桐花树科的植物，这种树生活在环境多变的河口和海岸地带，演化成适应的生理机能，不畏海风，不怕盐度，站在水泽软泥之中。

"你们见过胎生的植物么？"花一问。

"植物也有胎生的？"花艳颜在学校中读过生物。

"红树林就是了。比如这丛桐花树，白色的花结了果之后，种子还在果实中，没有离开母体，就萌芽了。所以，被称为胎生植物。"

很少做梦的花里巴巴，从红树林回家后，竟也做梦了。他梦见厚海湾的生物，虾和蟹、蟾蜍和蜥蜴，特别是弹涂鱼。那鱼有两只大眼睛，长在头顶上，通身有蓝绿色的小斑点，简直像很大的蝌蚪。忽然，弹涂鱼张开背鳍了，扇子一般弧形伸展，远看过去，整条鱼就像一艘三桅的帆船。风儿轻轻吹，弹涂鱼迎风起航，漫天都是一艘艘飞行的渔船。

换地的游戏

花初三回到肥土镇的消息，最关心的人，居然是地产发展商。招风耳大叫一声：糟透了。既然花初三回来了，那么，火牡丹看来不会再纵火了，火牡丹不再纵火，莲心茶铺子和蜂蜜店当然不会无端端失火。莲心茶铺子的地皮收不到手，重建这一幅地段的大计，就无法展开。地产发展商对着肥水街的街道图看了又看；招风耳则在肥水街上踱来踱去，徘徊转圈。

这时的肥水街，正像小孩嘴巴里的牙齿，本来一只紧贴一只，排得整整齐齐，虽然牙齿的大小不同、形状不一、厚薄有别、尖钝各异，可都是坚坚实实的牙齿。但是，渐渐地，这里脱落一只，那里蛀烂半只，又有一只胡乱长出来。肥水街正是这个样子：一条街上，有些房子搬空了等待拆卸；有的房子陈旧破落；有些地方，根本没有了楼房，而是一片泥地，上面长满了野草。这些泥地，不用说，其中有的是火牡丹的杰作。

在街上实地视察了不少日子，招风耳又有计划献给他的老板，主意不错，于是，他上蜂蜜店来啦。花顺记搬到肥水街上再开店铺,对花顺水来说,是日月如梭;对招风耳来说,却是度日如年。眼看一年将近过去,契约很快期满。花家只觉得又要搬走,而招风耳则计划完全失败。花顺记储存的荷兰水,并没有零售,是批发出去的。既省却运冰的麻烦,也不必添置冰箱。荷兰水很快都卖掉了,于是,花顺记变成一间蜂蜜店。买蜂蜜的人毕竟少,又不是柴米油盐,并非生活的必需品,也不像荷兰水,是受欢迎的饮料,所以生意并不理想。花顺水当然明白,如果不继续把店开下去,就完全没有生计。一年过得飞快,看来,一家人仍得搬回红砖房子去,结束这里的生意。

招风耳到蜂蜜店来啦,一见到花初三就拍他的肩膊,说是好久不见,在哪里发财。他没有撒谎,原来真的是初三痘症学校里的同学,不过并不同级。大家寒暄了一阵,然后正经。他说是为房子的契约满期而来。

"到时候,我们搬走就是。"花顺水说。

"可以不用搬。"招风耳说。

"再免费给我们住么?"

"大家办一桩交易。"

"什么交易?"

"地皮换地皮。"

招风耳的意思再明白不过,面对蜂蜜店的荒地,可不正是花顺记荷兰水原来的铺子,房子虽给烧了,可土地没有脚,不会跑掉。这土地,花顺水每年仍要缴地税。那么好的地方,一直不建屋子,实在非常可惜。招风耳说，他们愿意拿蜂蜜店和花顺记原来一列三幅相连的土地交换。这么一来，蜂蜜店不用搬啦，可以永久住下去，因为签好转让合约，房子和土地都是花顺记的了。

"蜂蜜店只是一个号码的地段。"掌柜太太插一嘴。

"对面的荷兰水铺是三幅相连的地。"

"正是正是，所以我们另有安排。"

这另一安排是，原来的荷兰水铺建起了新房子，就给花家一个铺面和楼上一个单位，算起来，正好是三换三：两个单位和如今的蜂蜜店换三幅相连的土地。结果大家都同意。招风耳在荷兰水旧铺的左左右右又走动了许多次，不久，附近的楼房拆卸了，土地上开始动工了。

劳动大军

花顺记的荷兰水全部售完以后，再也不是荷兰水铺子，竟变成了蜂蜜店。生意一落千丈，要养活那么多的人显然有困难。事实上，除了以花初三为核心家庭的一家五口外，边缘的花一花二，外围的陈家夫妇和花里巴巴，都需要经济援手。于是，找工作就势在必行了。花初三虽然留学回来，但所学的东西不能用来谋生，因为这么多年，他的大部分时间是用来学习语文，读的是很冷门的考古学。在肥土镇，读考古学出身的人可以做些什么？至于语文，花初三学的是日耳曼文，在肥土镇，这又是派不上用场的外语。

花初三回肥土镇来，往日的斧头党人非常高兴，大家着实热闹地聚会了几次。自从斧头党解散后，各人已经很少见面，娶亲就业，家庭的重担压在肩上，往日的豪情也随着时日淡薄下来。知道初三想找工作，大家都愿意帮忙，提供资料，但一个中年人找工作就不如年轻人容易。比如说火烛馆吧，虽然当年的花初三是斧头党的中坚，可一个三十多岁的人还适合这项工作么？至于政府招聘的那些卫生督察、警务督察、行政人员，年龄都必须在三十五岁以下，而且要能够讲写流利的盎格鲁文。

只有工厂吸纳大量的工人。这时候的肥土镇，邻近的大陆爆发了战争，许多人为了逃难，潮水一般涌到肥土镇来了。这些移民，和早年到肥土镇来谋生的并不相同。数十年前，附近一带的人，到肥土镇上来做生意，种田，只为了转换职业，另谋生计，很有探路的意思。先是一家成员中出来一两个精壮，打好基础，再把其他的成员接来。许多探路的先锋并不打算在这里永久定居，就像那些远赴西洋淘金，开洗衣店或餐馆的子弟，总希望一日赚够了钱，仍回故乡去。虽然，事实上，许多人到头来就终老异乡。

但战争使逃难的人把能变卖的都变卖了，绝不回顾地离开，挣扎到新的土地上，找寻立足点。逃避战乱的移民，不是一两个人前来，而是整个家庭连根拔起，全面撤离。大量的人口涌入肥土镇，形成了一支劳动大军。移民都要找工作，他们虽然没有专门的技能、高等的教育程度，可有劳动的能力，在竞争激烈的情况下，更加不计较工作的时间和低廉的薪酬。其中有小部分人拥有大量的资金加上专业经验，决定在肥土镇上长线投资，重建家园。于是不少人开设了工厂。

有了资金可以建厂，有了劳动大军可以生产，政府也批出地来，继续移山填海，把整个地区划为大规模的工厂区。不久，大大小小的工厂竹笋一般，在雨季中蓬勃生长，资本大的开大工厂，资本小的也在山坡上简陋的木屋中开设山寨厂。既有原来的橡胶鞋、毛巾、肥皂、藤器、煤球、砂糖等行业，也出现了新兴的纺织厂、假发厂、制衣厂、塑胶厂、五金厂……劳动大军中，令人惊讶的是涌现了大量的妇女。数十年前，出外工作的妇女是受人冷眼的，做的工作也不外是女佣、小贩。如今，妇女和男工一样，天天上工。在进入工厂的大军中，还有为数不少的青少年。学校的学费昂贵，兄弟姊妹又多，一个家庭中往往只能负担一两个孩子入学读书，而且以长子、次子为首选，女儿呢，其他的儿子呢，都得为家庭赚取生活费。正该好好求学的孩子，不得不过早地投入社会，变成赚钱机器。而他们的父母，也不分昼夜地工作，晚上宁愿加班，假日从不休息，完全变成工蜂了。

花初三每天出外找工作，把街上的招纸都细细阅读，又上门去求见，没有成果。他已经无法承担过分消耗体力的劳动，年龄又成为另一障碍。这时候，叶重生也决定去找工作做，没想到，她找工作居然比丈夫容易，三天后，就和肥水区的许多妇女一般，进入附近一间工厂去缝衣。

卷二

家务卿

叶老板到蜂蜜店来的时候,花初三正在厨房门口洗衣服。岳父看见女婿坐在一张矮凳上,面前是个大木盆,盆上斜架了块洗衣板,手握木擦,正在擦衣领。叶老板感到非常惊讶,他自出生以来,从来没有洗过一件衣服。小时候,衣服由母亲打理,婚后,衣服由女佣洗,而且,一般的男人,只要结了婚,衣服都由老婆洗。对叶老板来说,这次上蜂蜜店来,真是眼界大开。

"原来你自己洗衣服呀。"

"读书的时候,在学校里,也是自己洗。"花初三笑着说,一面移开矮凳,站起来,到水龙头底下去洗手,把肥皂沫冲净。叶老板看见木盆里有些碎花图案的衣裳,他就更加吃惊了,认得是女儿不久前穿过的。

"你还替重生洗衣服呀。"

"谁洗都一样。"花初三抹干了手,把岳父请到店铺里坐好,端上一杯茶。

"重生这孩子,抛下家里的事都不理。"

"她每天上工,很辛苦。"

"到工厂去做工,竟一直瞒着我们。"

"爸爸是来拿蜂蜡的吧,我早该送过去,如今却劳烦你亲自来走一趟。"

"我是路过,顺便进来。不过,有一件事,要和你商量商量。"

"什么事?"

"你不要出去找事做,到我的店里来吧。"

"到家具店去?"

"是呀,来替我打理这盘生意。"

"但我不会做家具。"

"谁要你做家具,木工自有师傅去做,你只消看看就行。"

"爸爸做得好好的,我又完全是外行。"

"初三,我老啦。我们只有重生一个女儿。将来,这盘生意交给谁呀,你就过来,帮帮我。那天和你姑妈说起,知道你要找事做,她说瑞祥的银行总可以安插一个职位给你。我看,你还是不要到银行去,到我的店里来。我又不用你每天上班,你有空就来,忙的话,不必来,怎么样?"说起胡家,叶老板叹息起来,原来胡宁在外国结婚了,夫妇回到肥土镇后,并不住在父母家中。

叶老板离开蜂蜜店的时候,带走了一大盒蜂蜡,是给家具上蜡用的。花初三每次都不肯收钱,但叶老板一定付款,而且说:打开门做生意,次次送,还开什么店。叶老板刚走,虾仔就进店来了,蜂蜜店一张,他就常常来。花初三回来,他更加高兴,老有说不完的话,说到最后,总是说:可惜荷兰水铺的伙计都四散啦。虾仔认识一些朋友,在飞土大道上开士多和办馆,虾仔就把花顺记的蜂蜜拿去批发给他们。虾仔说,洋人吃面包,喜欢搽果酱,许多人还爱涂蜂蜜。由于质量好,花顺记的蜂蜜很受欢迎。

"初三哥,我认识一个朋友,开间小酒吧,请人当侍应生。"

"是不是啤酒吧?"

"是,工作很简单,不过,却不适合你做。"

"为什么?"

"酒吧在番邦公主街,有很多女人,花嫂一定不让你去。"

花初三也不答话,只是笑。至于虾仔,早已不在洋行当信差了,如今在一家大酒店的餐饮部工作,他说:当信差没有 prospect,在大酒店反而有许多东西可以学,而且有升职的 chance。

蜂蜜缘

一个外国人经过肥水街,见到了蜂蜜店,停了下来,走进店内,指指蜂蜜,想看看。他不会说肥土语,拿着个瓶子一面看,一面自言自语:纯正的蜂蜜。花初三一听,听得懂,原来讲的是日耳曼国语。花初三也用同样的语言和他说话,那人吃了一惊,因为肥土镇的人看来大多懂盎格鲁语,其他国的国语懂得的人甚少。那个人自称姓博贺兹,刚到肥土镇来不到一个星期。

"这蜂蜜是不是自己蜂场酿的?"

"正是自己饲养的蜜蜂。"花初三说。

"可不可以参观你们的蜂场?"

花初三把博贺兹先生带到红砖房子,花一花二正在家里听音乐呢,留声机转呀转,播的是一首小提琴奏鸣曲。虽然唱片的声音沙拉沙拉炒豆子般响，博贺兹先生一听，说道，啊，斯特拉迪瓦里小提琴。四个人就坐着，一声不响，把曲子听完。又多了两个会讲日耳曼国语的人，博贺兹先生可乐了，仿佛他乡遇上了故知。他说，他是个做小提琴的人，肥土镇一家店铺向他订了几个，他亲自带来，顺便看看朋友。朋友是拉小提琴的，见到他，请他务必替这里几个喜爱拉琴的朋友修理一下小提琴，因为几个人常常一起奏室内乐，小提琴都有点毛病，可能这里的天气太潮湿了。

修理小提琴，博贺兹先生要找点优质的蜂蜡，给琴打磨，也需要上好的蜂胶做油漆。在肥土镇，他可不知道上哪儿去找蜂胶和蜂蜡，竟幸运地遇上了。当然，他得先看看蜜蜂才行。于是到花园里来看蜜蜂。一箱一箱看过去，他对蜜蜂倒很在行。

"你们养很多土蜂呢。"

"气候比较适合。"花一说。

"对了，是这种蜂了，我要找的就是这种蜂。"

"欧罗巴黑蜂。"

"正是，身体大，肚腹宽，黑色，腹节背板上有黄色小斑、毛长、吻短，正是这种蜂。"

"还是近年添的新品种。"

"好极了，有没有现成的蜂蜡和蜂胶？"

"有，我们都分门别类。"

"我自己比较喜欢欧罗巴黑蜂的蜡和胶，正如那些意大利的小提琴匠喜欢用意大利蜂的产品。"

几个人仍回到屋子里来。博贺兹先生没有给蜜蜂的主人带来大生意，因为他需要的只是少量的蜡和胶而已。但是，他提供了两件使大家很高兴的事。第一件，他说，蜂园的主人为什么只卖蜂蜜呢，可以做蜡烛。他说他是天主教徒，天主堂中都用上好蜂蜡制成的蜡烛，而且用量不少。肥土镇上有不少天主教堂，是长年的生意。他会去和神父讲一声，说不定会派人来接洽，因为他们需要好的蜂蜡做的蜡烛。

第二件事，他说，肥土镇的日耳曼国文化协会刚成立，有书本和唱片可以借出，如果找不到要看的书或要听的唱片，可以到那里找找，文化协会的会长是他好朋友。还有，协会需要教师，如果有兴趣，可以去兼几节课，让更多的人认识歌德和贝多芬。

头上有瓦

花顺水的妹妹，嫁到巨龙国去许多年，忽然一家大小为了逃避战乱，非常狼狈地跑到肥土镇来了。他们来到肥水街上一看，花顺记荷兰水店怎么变成了一片野草蔓生的烂地，感到无限彷徨，不知如何是好。花芬芳的儿子李健安排众人放下行李，坐在行李上休息一会儿再说。他自己也一边抹汗一边喘气。众人见到对街有一家铺子，似乎卖的是茶水，都想过去喝一碗。李健就和大儿子李家栋走过马路，买茶给老人家喝。两人刚走到马路一半，抬头见到花顺记的招牌，真是说不出的惊喜。怎么这店铺不在原来的地址上,而是在街的对面;又怎么,店铺里没有一瓶瓶的荷兰水,而是一瓶瓶淡茶色的东西,进店铺一问,才找到了舅父。小孩子以为到了肥土镇,立刻就可以喝上一瓶荷兰水,哪知喝的竟是隔邻苦味的莲心茶。年长的几个人则觉得,这苦茶毕竟还是甘甜的。李健一家十口,父母二人夫妇二人,六个孩子,加上行李,一时之间,把蜂蜜店塞得满满的。首先要解决的是住宿问题,店铺内当然容纳不下,莲心茶铺也是小地方,结果当然一齐到红砖房子来落脚。买了草席打地铺,只让出一张大床给老人家。幸而天气热,也不需要厚被,只盖毛巾和薄被。

李健夫妇天天出外找房子,他们到肥土镇来,变卖了原来的房子,带了所有的钱财,虽说有首饰和金器,可是肥土镇的楼房,贵不可攀,移民多,楼房供不应求,于是楼价飞涨。买房子根本没有能力,经过半年的奔波,终于在弯街租到四楼上一个单位。入伙时得先交一个月上期[1],另加按金,共交三个月的房钱。

这是一种典型的房子,大门上没有警眼,却有一扇小门,打开了,连一只鸡也能穿过。房子里面,空荡荡,什么也没有,只有四堵墙,但有个小小的骑楼,骑楼与楼房之间,倒有一列甚好看的落地长窗,上半截是玻璃,下半截是木板,颇有古代建筑桶扇的韵味。楼的背后,是砌了水泥灶台的厨房,再进一点,是个极窄的厕所,只容得下一个大木盆。但是在肥土镇上,能够住这样的地方,已经足以使普

---

[1] 上期:指第一个月的租金。

罗的移民羡慕不已。楼房位于四楼，太阳直照，非常热，而且上落都要走许多楼梯，对老人家来说，只能少点上街了。相对来说，四楼之上就是天台，晚上可以上去乘凉，也是小孩子嬉耍的地方。不过，小孩子还是喜欢大街，不到三天，就和街上的孩子们混熟了，天天在街上玩，打弹子，拍卡纸，兵捉贼，直玩到像个泥鬼才回家。

先找人装修房子，把空荡荡的楼房间隔出三个极小极小，仅容一张床、一把椅子和一个小五斗橱的房间。李健夫妇占一间。骑楼本是露台，适宜栽点小盆花草和休憩之用，就把它加上窗门，成为密封的房间。人多，就到叶荣华家具行订了三张双叠床，一张横搁在骑楼房内，另两张丁字式塞进另一房间，父母分别占一床位，孩子们有的只好二人合铺。余下的房间，就用红纸写上出租的字句：适合夫妇或单身人士，光猛尾房，包水电。贴在楼下梯口的墙上。只求租出，也不介意条件，所以并没有"小孩免问，以不举炊为合"等的字句。

房间都用木板间隔，楼顶却是打通的，使空气流动，而且天花板上的灯光四通八达，一个房间亮灯，全屋通明。房间虽有门，日间永远打开，房门口只垂一幅布帘，分隔内外，保留室内的私隐。吃饭的地方就在入门口窄窄的通道上，饭桌子可以折合，不占地方。另有一张小写字木桌，根本没空间在上写字，摆满热水瓶、茶杯等物。桌底下还有"五方五土龙神"的牌位，早晚都有香支供奉。书桌上端，自然少不了木架神位，写着"李门堂上历代祖先"，也是凝聚一家人的图腾符号。

很快地，一家人就在肥土镇上定居下来，习惯了本土的生活，

飞毡

学会了本土的语言,和肥土镇人打成一片。走到街上,各人一口肥土语,把以前的词汇都改变了。

> 巴士是公共汽车的士是计程车
> 士的是拐杖士多是杂货铺
> 雪糕是冰淇淋雪条是冰棒
> 擦胶是橡皮猪润是猪肝
> 马蹄是荸荠通胜是历本
> 公仔是洋娃娃公仔纸是绘图的卡纸
> 煲仔菜是用小砂锅煮的饭菜

打天下

　　移民的首要任务是找房子安身,然后是成年人找工作,青少年找学校读书。工厂渐渐多起来,找工作,只求温饱,倒也不难,李健到假发厂去做工,妻子要照顾老人家和小孩,又要洗衣煮饭,只能留在家中。一个人赚钱终究不能养活庞大的家庭成员,大儿子担起支撑的责任,也就义不容辞。第二个儿子尚在中学阶段,决定让他继续入学读书;女儿也读了一半中学,读呢还是不读,的确需要取舍。最后决定女儿也值得读书,因为在肥土镇,知书识字的女学生,中学毕业后也可以找到工作,赚钱的能力并不一定输给男学生。挨几年，必定有出头的日子。既做移民打算，最初就打算来挨的。至于其他三个小孩，两个还小，一个就到街坊小学去读书。

一家各人，最辛苦的是大儿子李家栋，在巴士公司当守闸员。一辆公共汽车上，共有三名员工：一个司机，一个守闸，一个售票员。司机负责开车、停站，夏天的日子，气温三十度以上，困在司机位上八个小时，没有强壮的体格是不行的，视力又要好，技术也得够水准，一辆车子，一载就是上百人。售票员负责售票，左手拎着一沓车票，右手握着一个打票机，楼上楼下，前前后后，没有一分钟停息。每一站都有人上车，上一个站的乘客还没有买完票，下一站又到，常常有些人票也没买就下车去。的确有小撮人躲躲闪闪，又搭了一次免费车。守闸员做什么呢？把守巴士的闸门。看看字面，觉得没什么困难，不过是照顾乘客下车上车，开闸关闸，好像乘搭渡海轮，水手升降踏板一样。不过，比起水手来，巴士的守闸员难干得多了。

守闸员其实等于打架员。汽车每停一个站，就要打一次架。肥土镇上的人越来越多，交通工具的需求增加，巴士走的路线长，收费低廉，是平民大众主要的交通工具，但人实在太多了，车站上总挤着几十个人。生存艰苦，哪里还讲究谦让的美德，也没有傻子去排队。车子一来，大家蜂拥上去，塞满车门。门还没推开，车级上已经踏上十只八只脚，下车的下不来，上车的上不去。守闸员就要使出气力，拉开闸门，推开挤上来的乘客；下车的人也又推又挡硬挤下去，鞋子踩脱、眼镜打碎是常事，衣衫扯烂也很惯见。老年人真的不适宜搭乘巴士，妇女被人混乱中搓一把，也无法指证是谁非礼。

下车的挤下去了，上车的又互撞互碰强攻而上，塞在车门口，悬挂在梯级上，门闸也拉不上。司机大叫：下去几个，不要再挤上来，不能开车啦。哪里有人理会。守闸的不管三七二十一，拳打脚踢，把最外缘的两个人打下车去。车子才颠颠簸簸地开走，仿佛轮子不久就要脱落，车子随时要在转弯时翻侧。李家栋当了一个星期的守闸员，绝对可以加入花旗国的榄球队出赛。

一个星期后，李家栋成为跌打铺的常客。在肥土镇，跌打铺和土药房有着相同悠久的历史，卖的都是草药，后者以熟草药为主，前者则卖生草药。店内挂着绿色的叶和草，不明白的人，还以为做盆栽的生意。跌打铺有医师替人诊治，医的都是筋骨的毛病，跌伤、扭伤最拿手。除敷草药外，也替病人按摩，属于物理治疗的鼻祖。李家栋在跌打铺买了药酒，没有一天不要搽一趟。他的确是到肥土镇来挨苦的。吃得苦中苦，方为人上人，这种苦，成千上万的人想吃还吃不到呢。李家栋也算一个汉子，毫无怨言，天天上工，忠于职守，体力劳动后，回家大睡一觉，第二天再来奋斗。肥土镇就是靠无数这些不折不挠的人打下了繁荣的基础。

垂直的社区

一梯两伙，除了楼下是店铺外，楼上的六户人家，数十个人，天天在楼梯上碰面。大人上班,小孩上学,主妇买菜。在楼梯上大家打个招呼,吃过饭没有?去买菜啦。不久,就熟了。隔壁人家姓杨,楼下一家姓蔡,另一家姓黄。二楼的两家姓姚和姓廖。哪一家有多少人,在哪里上工,几个月下来,都弄得清清楚楚。隔邻的一家,尤其亲睦,没盐了过来借盐,没葱了过来讨葱。就站在门口,也可以谈上老半天。于是,月尾的时候手头紧了,悄悄问对方借十元八元钱济济燃眉,月头发了薪水也就还了。一方既不收分文利息,另一方也绝不赖账。合六户人家大团结的凝聚力量的,大概还有打麻将,楼上楼下,左邻右里,凑够四个,就可以开台。虽说是四个人打牌,可下场的远不止此数。一忽儿婆婆下来打两圈,媳妇去给小孩换尿布;一忽儿丈夫下来打四圈,妻子上街去买菜。不过,通常都是四位主妇下场,老搭子,天天打。楼下的永昌隆,是杂货店,既卖柴煤油米糖盐,也卖蚕豆、眉豆、榨菜、虾酱、腐竹、粉丝。买菜时经过,叫五十斤米,两瓶火水,立刻由伙计送上楼来。大家熟了,还可以赊数,每月结一次。杂货店兼营出租麻将牌,生意不错,每天中午饭后,伙计就手提一个小铁箱,肩抬一块麻将台板,送到楼上去了。

中午之后,李宅的客饭厅也变成了杨家的客饭厅,或者是黄家客饭厅变成了蔡家的客饭厅。一个客饭厅,五六倍地扩大。小孩们穿梭往来,奔跑跳跃,有时吵得太厉害,又不听母亲的吆喝,鸡毛掸子就出场了,孙悟空似的孩子被打得呜呜咽咽地跑回家去。一忽儿,背着的婴孩哭了,母亲就摇呀摇,站着打牌。

在这样的环境里，孩子们自有生存之道。李丽莲放学回来，母亲正在打牌，牌桌就摆在门口的通道上，她于是躲到骑楼房来做功课。她没有书桌，做功课的桌面是一台缝纫机，只消把机头部分收进木板底下，盖上面板，就是一张结实平滑的桌子。骑楼房的双叠床上层，墙上钉了四个支架，架着两块木条板，就是李丽莲的书架。另一幅墙边，摞起六个果箱，成为很前卫的组合柜。从骑楼朝外望，李丽莲可以看见船坞的泥地、生锈的起重机、铁皮建的仓房，和更远的一望无际的海。

读小学的李定源，大家不大发现他的踪影，他自有他的去处。下午五点半，他正在电影院的门口溜达呢。见到单身入场的人，或者没有孩子跟着的情人，他就会说：哥哥，带我进去好么？大多数的人都不介意，因为小童不用买票，而且，带小童进场，不过是带他经过那道厚重的布幕，一旦进入放映的大堂，孩子就会乖乖巧巧自己去找可以坐下来的地方，互不相干。有几次，他还碰上花一花二哩。

李定源看电影，一直用这种方式，免费。他看的电影，多得数不清，古装、时装、歌唱、打斗、武侠、文艺，什么都有，但他最爱看的还是《大侠甘凤池》《怪侠一枝梅》《方世玉打擂台》《胡惠乾打机房》，还有放飞剑、祭法宝的打斗，好看极了。至于黄飞鸿，那是永远看不完的，看得他常常这样说话：我，李定源将来，长大了，一定做个，大，导，演。有些电影，因为天天看，看了十多次。肥土镇的电影明星，他如数家珍；肥土镇的电影歌，他哗啦哗

啦拉开嗓子就能唱一箩：

- 荷花香　新月上
  荷花爱着素衣裳
- 有个马来先生
  穿件花纱笼
- 马来亚春色　绿野景致艳雅
  椰树影衬住那海角如画
- 当年相恋意中人
  大家性情近

有说有笑

　　放学之后，花艳颜带了半个大蛋糕回来，用一个纸盒装着。学校里今天的家政课内容是做蛋糕。早一个星期已经交了几元材料费，算起来，蛋糕的价钱，比在飞士大道的蒸汽面包店买的还要贵。花艳颜在学校里每星期有两节家政课，两个星期会做一次西式糕饼，其他的课，老师教的是如何洗衣熨衣、布置餐桌、美化家居等的常识。这对花艳颜，以及几乎所有的学生来说，都和她们的生活不相配。比如说，布置餐桌，没有一个人家里有餐桌，什么中间插一瓶花，两边摆两个烛台，每一个座位安放大碟子小碟子、刀叉汤匙、面包碟子、牛油刀、餐巾，以及各种杯子的位置和握法，更加挨不上边。

吃饭的时候，花艳颜在家里就先抹桌子，也没有什么绣花的台布，筷子和酱油碟子，就放在桌上。吃完饭，把碗筷拿到厨房，用抹布把桌子一揩，利落简单。花艳颜的同学之中，也没一个有电烤炉。没有这种炉，根本就不能烘烤蛋糕和馅饼。还有，谁家会有什么香料、做小饼的刻模、搅鸡蛋的大陶钵？都没有。因此，学习做西式点心，做一次就得牢牢记住，抄下材料的分量，做法和烘焙的时间，回家去根本没有实习的机会。

不过，同学们都很喜欢上家政课，因为做西式糕饼毕竟是新鲜的玩意，饼又香，做出来很有满足感，请这个那个吃一点，得回无数称赞，一路上拿着蛋糕回家，低年级的同学还非常羡慕。至于学得一套布置餐桌和美化家居的知识，许多学生竟因此以为自己身份已高人一等，在迈向淑女的道路上猛进了一程。

花艳颜带了蛋糕回家，打开来给父亲看，是半个巧克力蛋糕，茶色，上面镶了一条白色的花边，中间还嵌了一颗糖樱桃。真的和店里卖的蛋糕一样好看。女儿就把怎样做蛋糕的情形告诉父亲。花初三最爱听女儿告诉他学校里的情形：她最好的同学之一是程锦绣，做蛋糕也是和她一起，二人一组。所以，蛋糕是一人一半，各带半个回家。

"要烤很久吧？"父亲问。

"二十分钟。"女儿答。

"怎么是茶色的？"

"是巧克力粉,加在面粉里。"

"面粉里加上糖是不是?"

"不是,是先放牛油和糖,再打鸡蛋一起搅拌。"

"你上次说,搅鸡蛋很吃力。"

"是呀,幸好是两个人一组,可以接力。"

"这白的花边是奶油吧?"

"是呀,用牛油和糖做。"

"怎么做得这么好看,有花纹的?"

"用一个铁的花模,包张纸在里面,放奶油进去,握住纸,挤出来,就是一条长长的有花纹的奶油。"

两父女常常这样聊天。有时候,一起在厨房里洗碗,一个洗一个抹,也是不停地有说有笑。女儿会说,这次的朗诵比赛是罗微得了冠军;班上的邝神怡,绰号是神医,却是个用左手写字的姑娘,常说将来要当左手神医;唐吉庆长得很胖,因为爱吃糖。或者说,今年的耶稣诞,又选了她扮演玛利亚。

"你不请陈伯伯、陈伯母和花里哥哥吃蛋糕?"

"好的,切三块蛋糕给他们。其他的,等妈妈回来一起吃。"

棉絮浮游

二十年前,叶重生和表妹胡嘉,一起到百货公司去当售货员,做了半天就给彼此的父亲押回家去。那一天，到百货公司的人挤得水泄不通，新开张的百货公司，又是两层楼都有售货的柜台，当然吸引许多爱新鲜事物的人，不过，很多人并不是来看百货公司，而是看女售货员。肥土镇的大百货公司，从来没有女售货员，怎不全镇轰动呢？那时候，月份牌上的小姐，是男扮女装，戏台上的花旦，是男人扮的。如今一切都不同了。

叶重生到制衣厂来做工，瞒着父母，怕他们又像以前一样，绝不让她去做。于是上了工再说。父亲知道了，还是不赞成，但叶重生说，是出嫁从夫啦，父亲管不着啦。叶荣华说，唉唉，有了丈夫，不要父亲了。花初三站在一旁，见父女二人斗嘴，也不插话，只是笑。事实上，上工厂做事，完全是叶重生的主意，花初三也不敢阻止，怕她辛苦，只说，可以试试，辛苦就不要做。

制衣厂的工作并不麻烦，只是从早做到晚，休息的时间少，几乎是不停地在那里踩缝纫机。制衣厂在肥水区的一间工厂楼房，单看看街上招请工人的招纸，就知道有一定的规模，生熟手都招请，缝衣、锁边，都需要人手。事实上，制衣厂还有许多部门：采购、跟单、办房、放码、裁床，但街上的招纸上并不列出来，因为这些比较专业，也不需要密集的劳动力。需要的是坐在缝纫机前的女工。叶重生进厂时是生手，就缝一些简单的直线，渐渐学会上袖、上领。宽敞的厂房，坐满女工，一行一行，缝纫机窣窣响。女工们缝呀缝呀，谁会发现缝针的线是穿在针尖的？谁会发明一台缝纫机？如果这一群女子如今都在大学读书，对社会的贡献将会多么

卷二 —— 261

不同。

这一层几乎全是女工,只有几个管工是男人,女工中有组长打理小组的工作,小组之上有领班。工作不算太辛苦,叶重生觉得自己可以赚钱帮助家庭,精神愉快。所以每次丈夫问她:辛苦不辛苦,会不会太累?她总是说,很好,不累。其实,她也累,而且并非"很好"。这和做衣服无关,她缝的衣服不错,很少出错,做得又快。使她感到烦恼的是,这层楼的管工常常故意走到她身边来,看着她缝纫,摸摸她做的衣服,称赞她能干,说着说着,就说请她去看电影。这个管工,对厂内的女工,只要样子端正的,就借故亲近,更不用说漂亮一点的女子。

全层楼的女工都对管工恨之入骨,负责清洁的阿婶也为一群女子愤愤不平。但这人总是嬉皮笑脸,去碰碰这个女工的手,触触那个女工的头发。于是,女工们常常集体行动,避免落单,上厕所也结伴而行。当然,管工操纵了女工的谋生命脉。有些女工做了很久,永远不会升做组长;有的被他诸多挑剔,不是说袋子缝歪了,就说领口左右不对称。这天,他又来烦叶重生了。

"小叶,我请你去看五点半公余场,为什么总不答应?"

叶重生照旧低头缝衣。

"我已经决定了,下个月升你做组长。"

叶重生依然踩着缝纫机。

"小叶,你的手长得真好看。"

叶重生"嗖"的一声站起来,手中握起缝纫机台上的剪刀。管工吓了一跳，连忙退后。全层楼的女工一起停下工作，缝纫机突然全部静寂。叶重生手握剪刀，把缝纫机上缝着的衣服，以及身边堆得高高的衣料，一一拿在手中嗖嗖嗖都剪碎。没有人来阻止，管工不敢走近。只见叶重生把身边最后一块布料剪碎，"啪"的一声抛下剪刀，双手朝碎布一拨，头也不回，离开了工厂。布碎在空中雪花一般散开，飘扬，仿佛一场密密的雨。很久很久之后，空气中还弥漫着一层白白的棉絮，和浮游的灰尘。

同样多刺

离开了制衣厂，叶重生很快找到另一份工作。这次是塑胶厂，工作比制衣简单，不用很仔细地缝线，只是替一些塑胶的产品涂上颜色。比如说，一个圣诞老人，做出来的时候是桃红色，那么就给老人的衣服涂上红色，胡子涂上白色，头发涂上黑色。制衣厂中充满布屑的浮游尘粒，塑胶厂中则是一股化学药物的气味。叶重生每天放工回家，围裙上、手上都沾满色彩。

塑胶产品有很多种类，每一批都不同，有时候做的是塑胶花，那就不用上颜色了。因为压模出来的产品，都有调好的颜色，叶子总是绿色，花枝总是褐色，而花则红的、黄的、紫的都有。叶重生的工作只是把枝叶花朵从模板压出来后连在一起的状态中拆散，然后再嵌砌。一枝花枝上，插上七八片叶子，顶上嵌插花瓣。本来是平面的东西，经过解体重组，就成为立体的样子。做塑胶花完全不需要技能，只要时间和人手。这一次，叶重生的手上沾的不再是颜色，而是创伤。塑胶花叶，和真正的玫瑰一样多刺，同样会伤人。而且，过了不久，叶重生的手上已经长出茧来。但她觉得，在塑胶厂工作还可以，精神上是愉快的，没有人骚扰她。事实上，工厂让她走出了狭小的家庭，培养她准时、守纪、迅速、敏捷、能干，训练她自立和自尊，使她扩大了社交圈子，和认识外面的世界。

除了叶重生，花初三也找到了工作，正是博贺兹先生提到的日耳曼国文化协会，他去教日耳曼国文，但属于兼职性质，因为到底不是一般的学校，学生只是一个星期上三节课。所以，花初三每个星期的一三五到协会去教书，每次教两个小时。花初三找到这份工作，最高兴的却是他的岳父，因为女婿有时间可以上家具店。他是多么急于把自己对家具的全部知识和做生意的窍门一股脑儿都传授给花初三。所以，每次花初三上家具店来，他就像老师傅收到了好徒弟一般细心教导，认识木头啦，处理材料啦，如何制作啦，怎样加工啦，等等。花初三倒也虚心学习，并且动手制作，渐渐就明白了做家具是怎么一回事，从一棵树变成一把椅子，那过程的确充满了神奇。

一个做塑胶花，一个刨木头，夫妻二人的手都一忽儿瘀黑了一块，一忽儿划破了一条缝，被对方发现了，都说没事没事，搽点药油就好。晚上睡在床上，闻到的是同一的药味，也分不出是从谁的肌肤上弥漫出来的。花初三找到了工作，又要上家具店去，余下的时间,他有时留在花顺记,有时就上红砖房子来。如今除了蜂蜜外,他们也开始做蜡烛,按时送到天主堂去。博贺兹先生没有说错,教堂需要优质的蜂蜡蜡烛。有一次,花里巴巴用蜡做成小动物形状的蜡烛,白兔、小羊、公鸡、鸭子,放在店里,倒也有人喜欢,于是,花顺记除了卖蜂蜜外,还卖小动物形状的蜡烛。孩子们都把蜡烛当玩具。

叶重生以为自己会在塑胶厂长期工作下去,至少比在制衣厂中更长久,哪里知道,不久就辞工回家来。一家大小,包括她的父母,都不让她再去做工,因为她怀孕了。叶重生认为,刚怀孕不久,身体健康,可以照样上工,但其他的人认为不好,要她多休息,少操劳。结果是和平解决,叶重生不再上工,留在家里,每天空闲,就接些工作在家里做。由花里巴巴到工厂去把塑胶产品带回来,做完送回去。工作并不困难,有时是把洋娃娃的手脚和头嵌砌在躯干上,加上头发;有时是替洋娃娃穿上工人裤,戴上帽子。在家里做这样的工作,反而轻松,就在店里做,连花顺水夫妇也抽空帮手,花里巴巴则更加勤劳,几乎有一半是他做的。

清字歌

  清白的一生德性好
  清爽的一身勤洗澡

> 清醒的头脑睡得早
> 清新的空气常晨跑
> 清淡的饮食求温饱
> 清洁的房间多打扫
> 清宁的环境不烦恼

花里巴巴在唱歌。他一面做蜡烛,一面唱着清真寺阿訇教他唱的清字歌。花一花二做的是白蜡烛,送到天主堂去交给神甫;花里巴巴做的是小蜡烛,放在花顺记售卖。蜡烛都用人手做,虽然不难,但花时间。不过,花里巴巴如今有的是时间,因为他没有再上学了。街坊小学读完,他升不上中学,超龄的学生,到处都不收他。

不能进入中学的花里巴巴,并没有放弃求学的机会。叶重生把花艳颜读过的书都给花里巴巴拿去读,他很认真地自修。花里巴巴从没想到,即使在家中读书,他也有不少老师。肥土文由陈老先生教,数学由花初三教,花顺水还教他珠算。花一花二正是他的生物和化学老师,至于盎格鲁文,他常常去问花艳颜。有的书,没有人教他,他只当故事书翻阅,比如说,《圣经》。他觉得很惊讶,《圣经》里的故事,有的竟和《古兰经》很相似,也有创造万物的天神和长着翅膀的天使。花艳颜在学校中常常扮演玛利亚,《古兰经》中并没有玛利亚,花里巴巴只知道安拉是真主。

红砖房子的一个小房间里,堆满做蜡烛的瓶瓶罐罐。花里巴巴很快就学会做蜡烛了,蜂蜡中加上石蜡,有时候加上染料,烛芯自己动手制造,细的烛用双线纱,粗的烛用四线纱,搓成芯,也可以用钩针编织一条粗线芯,还可以用三股纱编发辫一般编成,浸在稀释的硼酸中,干了才容易点燃。有时候,花里巴巴做普通的蜡烛,把蜡倒进吊好棉芯的铁罐中;有时候,他用石膏模型做小动物蜡烛。除了花里巴巴,做蜡烛的还有花一花二,他们也在一面做,一面口中念念有词:

> 我是 ben
> 你是 sen
> 我们是 biz
> 你们是 siz
> 你好吗是 nasilsin
> 我很好是 iyiyim

花里巴巴听听就笑起来了,原来花一花二念的是突厥文,正是花里巴巴教他们的。兄弟二人还常常请花里巴巴讲些《古兰经》里的故事给他们听。他们说,其实,花里巴巴也是他们的老师,教了他们许多事物。比如说,花里巴巴会告诉他们,按照伊斯兰教的解释,每个人的左右肩都各有一个天使。右肩的天使记录这人一生所做的好事,左肩的天使记录他一生所做的坏事,将来由真主罚恶赏善。而天空上面,一共有七重天,一重比一重高,乘坐长着翅膀的仙马,就可以飞到七重天上去。天上充满了音乐,由天界的乐师奏着乌德、卡龙、拉巴布、奈依、扎姆尔等的乐器,还有纳格拉、达甫的鼓和契鲁的钹。

"我们只知道些钢琴、竖琴、小提琴、大提琴。"花一说。

"还有,单簧管、双簧管那些。"花二说。

"最多加上肥土镇的二胡、古筝、琵琶。"

"真想听听天上的音乐。"

会说话的泥土

红砖房子是花里巴巴喜欢逗留的地方,不过,他最爱的活动还是跟花一花二到山野中去观看各种树木和花草。因为常常到郊野山谷远足,花里巴巴已经认识许多肥土镇的植物,大片叶子的有石栗、木油树、重阳木、血桐、白楸、山乌桕、白桂木、菩提树、青果榕、橡树。在高一点的山上则有樟树、裂斗锥栗、竹叶栎、山苍树、潺槁树。但最多的树还是马尾松和宝岛相思。花一说,该快些拯救马尾松才好,不然,会给萎缩线虫侵害,一旦蔓延,许多树都会枯萎。宝岛相思是从别的岛上移植到肥土镇上来的,这种树的木质燃烧缓慢,给山火烧掉,很快能复原,细小的叶片可以减低风压,抑制山火蔓延,既能护土,又能防火,难怪人造林到处可以见到宝岛相思树。

自从花初三回到肥土镇,花里巴巴到郊野去的机会更多了。花初三常常到离岛和海边去探测,花里巴巴也跟着去啦,各戴一顶遮阳帽,背上帆布书包就出发了。花里巴巴的书包中带的是食水和干粮,以及一些红药水等药物,花初三的书包中有笔记本、地图、罗盘、皮尺、标本袋、望远镜、照相机、小铲子和小帚子。跟着花一花二到郊外,花里巴巴总是朝山坡上望,高大的乔木,茂密的灌木,花朵在面前绽放,昆虫在头顶上飞舞。跟着花初三到野外,花里巴巴常常要低下头来,看沙和石,甚至蹲在地上,看花初三掘地。泥土中却什么也没有。如果是花一花二,他们会找蚯蚓,捉螃蟹。花初三只是掘土,看的是没有虫没有花的烂泥。泥土有什么好看呢?

"花叔叔,你不是说,考古就是在地下掘些东西出来么?"

"嗯,掘些从前的人留下的东西。"

"那么,你怎么只是掘些泥土呢?"

"找不到想找的东西,就看看泥土。"

"泥土很好看?"

"考古的工作,先要认识泥土才行。"

"认识了有什么用?"

"泥土会说话,它会告诉我自己多少岁。"

"这又有什么用?"

"在不同的泥层中掘出来的东西,就由泥土告诉我它几岁了。"

"那我把一块骨头埋在泥下面,你去掘出来,就知道它几岁了？"

"我会用碳十四断代法找出它的年龄。"

"碳十四断代法，是什么东西？"

和花初三一起到郊外去，对于花里巴巴来说，是全新的经验。他对世界的一切都充满好奇，只要他问，花初三也一定告诉他。比如说，碳十四断代法。花初三告诉花里巴巴，自然界中有三种碳的同位素，比例是十二比十三比十四，就称为碳十二、碳十三和碳十四。最后的一种碳十四有放射性，是会衰落的。自然界的植物利用光合作用将二氧化碳重新制造组织，人和其他动物依靠植物生存，所以生物体内都混入了碳十四。若是生物死去，再也不和大气中的二氧化碳打交道，它们体中的碳十四也就衰变和降低了。自然界中的动植物遗骸里都含碳，把它们的碳十四放射性水平和原来的水平相比，就可以知道那是什么年代。

花里巴巴很喜欢听花初三讲些自然界的事物，有些他似乎听懂了，有些仍不明白。但他觉得读书真好，读了书就能知道许多事。有时候，当花初三蹲在地上仔细观看一些什么的时候，花里巴巴呆呆地看着他。奇怪，这位告诉他有趣知识的花叔叔，竟跟家里坐在木盆前洗衣服的是同一个人。

不管是和花一花二还是花初三到郊野去，他们都常常会碰见一个年纪很大的妇人，头上插着一支绿色发簪，独自一人，在荒僻的地区行走，仿佛她是他们既陌生却又熟悉的山水中朋友。

飞毡

花朵和星星

塑胶工厂把原料倒进模型,就铸出花瓣、叶片,或者洋娃娃的头、手、躯干,经过嵌砌,做成花朵和玩偶。花艳颜天天上学,学校又把她塑造成怎样的产品呢?飞利中学虽然是教会办的学校,可没有把学生都变成教徒的意图,宗旨仍是让女子也受教育,将来到社会上做事,贡献自己的所学,并且提高个人的社会地位,受到应得的尊重。至于品德方面,当然竭力培育一群被社会认可的贤淑女子。学生的操行、修养,大部分都和"女"字相连。奇怪,学校花费了即使五六年的时间,竟没有使许多中学生清晰地认识到自己是女子。

孩子从哪里来?花艳颜不大清楚。她只从生物课上洞察出一点端倪。生物老师是西洋女子,已经三十多岁,学生称她贺兰德小姐,显示她仍未婚。老师并不化妆,面容端正,不苟言笑,老是穿格子布衬衫,密褶的阔裙,粗笨的矮跟鞋,颜色总是骆驼或灰蓝。极勤奋的教师,讲书认真,备课精细,而且画得一手好生物图。不过,教到生物的繁殖,就匆匆带过了事。

贺兰德小姐既教花艳颜一班生物,也教《圣经》。班上的罗微说:教《圣经》的老师也教生物,不是很有趣么?对于进化论和上帝创造世人,如何协调和解释?学生从没有问,老师也没有说。在课室里,学生只是听讲,抄黑板上密密麻麻的笔记、绘图,没有讨论的时间和机会。贺兰德小姐在《圣经》课上讲上帝用泥土和肋骨创造亚当和夏娃，玛利亚是圣灵怀孕生子。至于在生物课上，她从没提过进化论，一开始讲的是单细胞阿米巴，然后是草履虫和水螅。这些动物是如何繁殖的？细胞核分裂。花朵的繁殖当然和低等动物完全不同。花朵有雄蕊和雌蕊，花朵上有花粉，雄蕊上的花粉传到雌蕊上，不久结成果子。生命的繁殖，老师就讲了这么多，而花艳颜，懂得的也就这么多。当然，人类的繁殖，老师也讲过，黑板上画了图，牵出一道道横线，注明不同部位的名称，花艳颜只记得大家低头抄图表，老师脸红红的，含含糊糊就讲完了。

已经读到中学的很高班了，花艳颜和几个同学仍不知道婴孩是从身体的什么部位诞生出来的，一个说是肚脐，一个说是肋胁。当然，大家都明白，生孩子，得要一个男人和一个女人结婚，至于结了婚怎样会怀孩子，可又不知道。一个说，接一个吻就怀孕了，一个说，睡在一起，搂抱着才会怀孕。对于一群天真纯洁的女学生来说，结婚就是华丽的婚纱，圣洁的教堂，素净的花朵，温柔的亲吻和甜蜜的拥抱。花艳颜只见妈妈的肚子一天一天膨胀起来，不久，就生下一个星星和花朵似的可爱的弟弟。这个弟弟，依母亲许多年前的意思，取名花何久，现在呢，由父亲做主，改为花可久。

人与人的秘密

花艳颜请父亲帮她卷毛线球，于是花初三坐在一把椅子上，伸开两只手,让女儿把毛线套在手上。她拉着一条毛线,屈曲着左手的手掌,握成松松的拳头形状,另一只手拉着线,轻轻地绕成一个小球。有时候,毛线缠紧了,拉不出来,花初三把双手抖动一下,女儿过去把整团毛线翻松了,又再绕起来。

学校里的家政课因为老师请假,由另一位老师代课,这位老师不擅长做馅饼、肉卷和蛋糕,就教学生打毛线。花艳颜问过母亲,把一件穿不下的小毛衣拆掉,在椅背上绕扎成一大圈,洗干净了,毛线还是新的一样,只不过,却像熨过的头发,弯弯曲曲,洗了还是那样子。

"在想些什么呀?"父亲问女儿。

平日,父女二人在一起,总有许多话说,花艳颜会把学校中的趣事和新鲜事告诉父亲,可是今天,她却不说话,只顾卷毛线。花初三想,女儿一定是刚才做功课做得太累了。而且,她晚上到街上梦游,有时候白天就会打盹。没有能够看着女儿从婴孩到女孩的一段日子,是自己的一大遗憾。父亲又怎么会明白女儿的心事呢?花艳颜对父亲几乎是没有事不告诉他的,可是有些事,即使是父亲,也是不能够、不方便、不适合、不想说。

昨天,程锦绣约好花艳颜一起去看电影,选了一部唱歌跳舞轻松有趣的片子。两个人欢欢喜喜一起进电影院去了。这部电影,和许多电影一样,也加放卡通和短片,这些都是小孩子最欢喜的,只要卡通的字幕一打出来,全院的小孩子都会拍手。这次,加映的短片竟是一套"生育宝鉴",现场实地记录了一名孕妇生育婴儿的情况。生孩子的印象一下子烙进了花艳颜的脑子里,和她想象中的景象完全不同。

同班的同学秀珍就问过:小孩子是不是在胁底下生出来的?花艳颜说,怎么会呢,是从肚脐眼里生出来的。肚眼上有一个结,生孩子的时候,只消把结解开,露出一个大洞,把小孩拿出来,然后把结绑好。几个同学也说,正是这样,因为怀孕的女人都是肚子胀大,又不是胁底下胀大。

一进入脑子中的影像,无论怎样也抹不掉,挥不脱。分娩的景况使花艳颜震惊,那么多的血呀,整个婴孩就是血淋淋的。为什么她见过的婴孩都是又白又干净,非常可爱的呢?睡在马槽里的婴孩,不是很讨人怜爱么?玛利亚生孩子的时候,是不是也这样血淋淋?她只觉得许多事情,把她脑中一个晶莹美好的世界打碎了。玛利亚是圣灵感应怀孕的,怎样感应呢?不是说,和男子亲吻,就怀孕了么?

花艳颜在散场后还一直回忆起短片中分娩的过程。小孩子不是从肚脐解开了结拿出来的,而是从肚腹底下的孔道。产妇拼命地叫喊,冒汗,挣扎,翻腾,撑开了两条腿,小孩的头就从双腿之间冒出来,血水弥漫的婴孩,还拖着一截肠子,妇人的躯体是赤裸的。

"每一个女人都这样生孩子么?"

"每一个女人都这样。"

"那么大的小孩。"

"那么小的产门,是不是?"

"怎么能。"

"为什么不能,如果太窄,就把肌肉剪开。"

"用剪刀剪开?"

"不用剪刀,难道用锯子?"

每次上程锦绣家去玩耍,总看见她做不同的女红:绣十字花的桌布呀,缝花布裙子呀,打毛线呀;不然的话,就是炒菜呀,蒸鱼呀,煮糖水呀,做点心呀。或者,顶着一本书在头上走婀娜多姿的碎步呀,回眸浅笑呀,照镜子呀,研究一条丝带该结成怎样的蝴蝶结呀。她的年纪和花艳颜相同,也不知打从哪里获得一脑子关于女子成长的过程和人与人之间的秘密。有一次,花艳颜,中学毕业后,有什么打算?程锦绣说,怎么,还不是出来做做事,然后结识男朋友,结婚,生几个孩子。

结婚,生几个孩子。花艳颜的心中充满了忧虑,她只觉得非常害怕。对这件事,她认为没有人能帮助她,也不能和父亲母亲说。她曾经悄悄地冷静地观看母亲的表现,肚子一天一天胀大,可没有一丝忧愁。母亲不怕生孩子么?当她生孩子时,是不是也这样血淋淋?花艳颜觉得自己飘飘荡荡,非常孤独。有时候,她又想,长大了不结婚可不可以?或者,女子和女子结婚,两个相爱的女子结婚,甜甜蜜蜜地生活,也不用生孩子。

"阿颜,你累了。卷好毛线,去睡睡。"父亲说。

"哦,不累,不累,没事。"女儿说。

花里巴巴过店来,把一把刮胡子的剃刀还给花初三,脸上有一道小小的伤痕。

"又刮损了?"花初三瞧着这个大孩子说。

"我笨手笨脚。"花里巴巴摸摸自己的下巴。他把已经做好的塑胶花,放在小木头车上,推出门口,到工厂去交货。

田园渐芜

王带宝每次回下禾村探望父母,都觉得村子起了变化,和肥水区相比,情况更加显著。在弯街上,几乎再没有二三层楼的房子,代之而起的是四层五层的楼房。船坞的工人也比以前多。不过,人群中最鲜明的还是操不同方言的外乡人,用奇奇怪怪的肥土语和本土人做生意。比如说,卖臭豆腐的,虽然喊的是大家明白的臭豆腐,但喊叫的语音却是"潮豆腐"。叫卖的声音和食物的气味,同样给人古怪的感觉。街头巷尾也出现了以前不曾见过的小贩,卖糖炒栗子、龙须糖、面粉泥人,还有耍猴子戏的。他们夹杂在冰花白糖糕、叮叮糖、裹蒸粽的行列中,汇成一支南北小贩的混声合唱;有时,又会演变成两部斗唱。

肥水区最大的改变当然是楼房,在喧声沸腾的街道上矗立起高层的楼房固然是难逃众目,其实,发展得更令人瞩目的却是肥水区的山坡和山脚一带,悄无声息地,忽然蘑菇似的盖搭了无数简陋的木屋,方向各异,小门小窗,既没有电也没有水。由于聚居的人多，逐渐形成独特的社区，走出许多曲折蜿蜒的山路。肥土镇的居民，住在山上的一直是富贵人家，但这同样以山为栖息喘气的住户，则是贫穷的一群。肥土镇上的房子需求越来越烈，租值飞也似的上升，避乱而来的难民，赤手空拳，也不理会什么法律和土地权，找到了瓦片遮在头上再说。事实上，一个地方突然涌现大量的人众，政府也没有善策应付，就权宜由得他们在山坡上生灭。这些难民，大批大批被工厂吸纳去了。有的就在家中工作，发展成欣欣向荣的山寨厂。

肥水区的居民越聚越多，下禾村的村民却越来越少了。不仅仅是下禾村，乡区的许多农村都出现同样的情形，因为愿意在田里讨生活的人一代比一代少了。王带宝的父母都是种田的，她的兄弟也下田，可下一代呢？王带宝的几个侄儿，翻山越岭到附近的地区读书，中学还没毕业，已经扬言将来不想种田。的确，种田极其辛苦，完全是剧烈的体力劳动，日晒雨淋。可并非勤劳卖力就能得到应得的收获，还要靠运气。水灾、旱灾、风灾，都可以使田地一无收成。所以，王带宝的侄儿都认为还是到工厂去做工好，也比种田轻松些；每个月有固定的收入，比种田的得益稳定。

吃晚饭的时候，王带宝和父母、兄嫂、侄儿一起坐在村屋门外的檐篷下。一家人可以叙叙，当然很高兴，宰了只鸡，买了些猪肉，新鲜的菜从田里摘来，煮了个汤，还做了几样小菜。余晖照在树梢上，蚊子开始飞舞，一盏灯吊在树枝上，围聚了几只飞蛾。村尾附近，疏疏落落地还住着几户人家，远一点的平房，静寂得没有一丝声息，也没有灯火。王带宝进村来的时候，经过这些房子，门都锁上，但门扇已经残破，油漆剥落得不成样子。门上的锁已经生锈，碰碰也会掉落似的。反而是一个窗子，却是虚掩，玻璃早已不存，不知道是被飓风刮掉的，还是被进房探看的人推掉的。从外面看进去，只是黑暗一片，满布灰尘，破砂锅、焦黄的铁镬倾覆在灶台上。显然很久没有人住了。

下禾村中有许多居民离开了村子，大多数的人不是搬到镇中心去，而是离开了肥土镇。一家人中，起先是一位叔父，到海外去谋生，开一家小餐馆；然后是一个兄弟，过去帮忙。渐渐地，年轻一点的也走了。年老的一辈渐渐亡故，长大的女儿一一出嫁，一家人于是从村落中消失。那些留下的房子，萋草丛生，荒凉得如同废墟。王带宝不知道再过一些日子，她家的田舍房屋会不会也变成这样。年轻的一代到市镇、海外谋生；年老的一代，默默苦撑，能挨就挨，然后和草木一同腐朽。

猪笼入水

"后面是山。"

"背山就好。"

"前面这条街，像条河。"

"水为财，更好。"

"房子坐落两条街的交会处。"

"刚好在街角上。"

"前景开朗,红绿灯前,车龙汇聚。"

"猪笼入水,很好。"

"就选这里如何?"

"这个铺位开银行,非常好。"

"装修的时候,通道必须在左边。"

"唔,左青龙。"

"右边呢,设置柜台。"

"右白虎。"

"最好开两个门口。"

"正门要开在转弯的交界处,斜接两条街。"

几个人站在花顺记蜂蜜店外的街道上,朝对面观看,东指指,西点点,一个点头,一个竖起大拇指。花顺水知道这些人在看风水。如果说是造房子的工程师,衣着打扮并不像。事实上,承建商人早把地方测量好了,一个三脚架,搁在对街上,量量度度,已经是很久以前的事。原来的花顺记荷兰水铺这一幅地皮,旁边的旧楼也拆掉了,连在一起,变成很阔的地方,地皮上的房子快要建好。

花顺水是看着这房子一点一点建起来的,虽然水泥、沙、石弄得满街灰尘飘扬,他并没有什么怨言,就等房子建好,可以搬进新环境。这楼房,他占一个铺位和楼上一个单位哩。从外表看,房子和以前的花顺记不同,最显著的是骑楼下不再建柱脚,人行道也明亮宽阔多了。楼房的墙已经砌好,窗子也装上了,里面大概正在铺设电线和水管,屋外的棚架上还有人来来往往。肥土镇的人有各行各业,有的种田,有的打鱼,有的做买卖,有的做手艺,在众多的手艺中,花顺水最佩服的是搭棚师傅,不过是一些长竹,那么竖一根、横一根,从地面开始,空空荡荡地,居然搭出一幅井字形状的竹墙来。两枝竹交接的地方,只是一条条的竹篾,可扎得又坚固又牢靠,那么多的人在棚架上工作,立足点不过是一些竹竿罢了。花顺水常常说,这些搭棚师傅,建筑的本领,就和蜜蜂一样。

肥土镇的房子,都是砖石、水泥,没有竹房子,竹只用来搭棚架。造楼房搭的棚架,楼房建好就拆卸了。那些观音诞、盂兰胜会搭的戏棚,也只用那么的一两个星期,节日过后,也给拆掉。棚架在肥土镇虽然常常可以见到,但它们是时隐时现的,仿佛清晨的喇叭花,一会儿绽开,一会儿收起。不过,那天虾仔来探望大家的时候,看着对面的竹棚,也赞叹师傅的本领,他告诉花顺水,有一个地方,架起了几座竹棚,常年不拆卸,给风刮掉竹竿,风过后修修补补,又是新的一样。

花顺水不知道什么地方有常年不拆的竹棚。虾仔说,老人家当然不知道,因为又不游泳。虾仔喜欢嬉水,肥土镇多的是细滑的沙滩,他常常去。但沙滩远,他常常去的是海滩的泳场,没有沙滩,只是近岸的海,岸上搭了竹棚,一直延伸出海,棚与棚之间,还有泳道,不但能游泳,还可以比赛。棚内有更衣室、淋浴室,宽敞的通道,都是竹搭出来的,下雨也不怕。这些泳棚,每天去游泳的人很多。泳棚是运动会、体育会主办的,如果是会员,收费还要便宜。花顺水说,还以为用竹搭的东西,除了棚架,就只有鸟笼哩。

骨头打鼓

"我听见声音。"陈老先生说。

"什么声音?"花里巴巴问。

"骨头敲打的声音。"

"骨头会敲打?"

"嗯,人长到一定的年纪,骨头就会发出声音。"

这一阵,陈家二老的精神一直不好。陈老太太常常卧病不起,叶重生陪她去看过几次医生;带些药回来吃,也不见什么功效,店面上几乎见不到她的踪影。莲心茶还是照样摆卖,煮茶的有时是陈老先生;大多数的时间,煮茶的竟是花里巴巴。他按老人家的方法,煮一锅茶,端出店面,注入碗中,放在柜台上。生意真的很差,花里巴巴一面做塑胶花一面要不时拍打苍蝇。

店面上坐着的,常常只是花里巴巴一人。虽然他最喜欢上红砖房子去,可是陈家二老待他极好,他也就留在店中打理,还煮饭给老人家吃。往日,莲心茶铺的生意也不理想,陈老先生只坐在店内,静静地看书,有时低声吟哦。如今,花里巴巴也是一样,闲着就看书。陈老先生也会出来坐坐,教花里巴巴一两段课文,有时候，二人就闲谈，但多数是老先生天南地北讲些故事，花里巴巴倒听得津津有味。

骨头打鼓了呢，陈老先生坐在扶手椅上说。很快就可以安安静静地睡觉了，他说。这天，老先生的精神似乎好了些，起初讲的是骨头，接下去讲的却是蒙古贵族的习俗。他说，蒙古贵族死后，只准少数亲人送葬。找一头母骆驼，带了小骆驼同行，到了适当的地方，搭起巨大的帐幕，在里面安放木座和遗体，另设桌子，摆放各种祭品，有整只的肥羊、香甜新鲜的羊奶、崭新的钱币和皮货，还有一匹牝马和一匹最好的牡马。拜祭之后，遗体埋入帐内土中，祭品也都埋下。驱赶一群马把土地踩平，并且杀死小骆驼。墓地由千骑守卫，直到第二年，春草生长，便把帐幕拆去。这时，墓地和平野相接，一片绿草，既无坟垄，又无碑石，没有人知道睡眠的人真正在哪里。

到了拜祭的时候，又怎样？老先生呛咳了一声，继续讲下去。墓地已无标志，亲人就带小骆驼的母亲去寻找，母骆驼踯躅悲鸣的地方，就是埋葬的地方。然后岁月更替，少数的亲人和母骆驼都老死了，再也没有人知道贵族葬在什么地方。

"那是真正的安眠。"老先生说。

"可惜杀了那头小骆驼。"花里巴巴叹息。

这天傍晚，陈老太太起床，刚站起来还没开步，就口吐白沫，双手不能动弹。陈老先生抢过去扶她，只见她人已站不住倒在床上。老先生连忙拿药油给她搽在鼻上、额上，一面呼叫她的名字，她也不会答话，翻白了眼睛。救护车倒也来得快，不过，在半途上病人已经去了。花里巴巴只记得一切都在混乱之中发生，人声、脚步声、车声，然后静寂下来。花顺记一家人都过来了，大家劝老先生节哀顺变，只见老先生神情萎靡，劝了很久才入房休息。

第二天早上，陈老先生很迟也没有起床。花初三却一早过来了。花里巴巴说，我去唤唤他吧。门也没锁，一推就进去了，却吓得脸色煞白跑出来说，一动也不动，摸摸已经冷了。花初三大惊，进去看看，果然没有了呼吸，救护车仍是那一辆，医务人员仍是那二人，他们说，竟有这样的事，还以为走错了地方。经过检验，证实老人是心脏衰竭停顿，相信是突然发生意外，身心疲累引起。

铜墙铁壁

肥水街上有一栋楼房，二层楼高，和别的店铺一样，打开门做生意。不过，这店铺和一般的店，无论在外貌和内容都不同。比如说，在街对面朝楼房看看，二层三层楼上，全用铁栏栅包围，别说人，连鸽子也飞不进去。至于楼下店门，一进门就是一堵围板，里面什么模样，神神秘秘似的。对于肥水街的人来说，进去过的人并不少，那堵围板，其实是为顾客设想的。这店铺，看看实在像监狱，却是一家当铺。别的店铺，顾客进去拿钱换东西，这店嘛，顾客拿东西进去换钱出来。任何人老远就见到当铺的招幌，是一个扁盾形，连缀一个圆圈，其实就是蝙蝠衔制钱的图像。当然有象征的意义，蝙蝠是福，制钱是利。当铺是做福利事业的，自己获利，造福街坊。至于比例如何，就没有透明度了。

益昌大押是肥水街上的老店铺，经理黄益昌是人人认得的，天天在一品茶楼一盅两件。这天，他在茶楼碰上家具店的叶老板，说要做一些木架用。的确，肥水区上许多生意越是不景气，益昌大押却越是客似云来，三层楼的地方，堆不下许多货物，不得不扩充。叶老板说，他家是做家具的，属于木工业中的梓人[1]；至于房内的门窗、架子这些，该找泥水木工的匠人才行。这一点，经理说他明白。

"我们做典当，最重要的是防火防盗和防潮。"

"我家只是做家具的。"

"用什么做家具呢？"

"当然用木头。"

"对呀，我就是喜欢你们的木头。"

"用红木做木架？"

"岂敢，用普通的木料。"

"那么，为什么一定要我们做？"

"我们要的不是上等的木料，而是干燥的木料。"

黄经理说他去看过别的店啦，木头都不够干爽，而叶老板的木

---

[1] 梓人：泛指木工、建筑工匠。

飞毡

料最像样，再说，当铺需要的木架就和双叠床差不多。老街坊，无论如何请帮忙。叶老板终于又接下一单特别的生意。起货的时候，叶老板还是第一次进入监牢似的大押内部，真是铜墙铁壁，戒律森严，人人不准抽烟，灯色昏暗，供着火神和老鼠膜拜。许多房间内都是木架，堆满一包包的衣物，用牛皮纸包裹，扎一条麻绳，挂上木牌。有一间是首饰房，保管珍贵的物品，金银珠宝、瓷器座钟等等，都放在木橱和抽屉柜中，房间里还有夹万。如果不是认识当铺经理，接下生意，叶老板也无法参观这个地方。

叶老板到过益昌大押，他到楼上去；而他的女儿呢，也到过当铺，而且不止一次，到的地方，就是楼下的铺面，绕过照壁，面对高高在上的柜台。叶重生把她的金手镯、金戒指、翡翠耳环、宝石项圈都拿进益昌大押去了，虽说当了可以赎回，有好几件首饰，结果都当断。她的确是躲躲闪闪进店的，然后又悄悄出来。这些日子，花顺记一家生活艰苦，日常的花费，还勉强能维持，可是，遇上特殊的事情，就不得不另外想办法。比如说，生孩子，住医院；新居入伙，即使不粉饰，间隔房间，砌一个储水池是不能少的。而忽然地，莲心茶铺的老人家又不在了。

几件首饰，当不了多少钱，看看还是办不了事。低头走出当铺，不想碰见人，却偏偏碰见，给一个女人叫住，抬头一看，是彩姑。

"表嫂，你需要钱用？"

"嗯，有些事等着办。"

"表嫂，如果不够，别不好意思，让我帮你。"

"你有余钱？"

"刚标了尾会[1]，收到一笔钱，暂时也不等用。"

看天做人

肥土镇的居民要看天做人，因为小小一个岛，并没有一条河，围绕小岛的是海水，不能食用。水得从天上来。肥土镇的天空，每年和小岛的居民开玩笑，真是天地不仁。唉，谁能控制老天呢。这一年，整个夏天，老天又不下雨啦。乡下的田固然没有水灌溉，镇中心连食水也不够了。于是限制用水，每日供应四小时。百行百业全受影响，理发店只剪发不洗头，凉茶铺暂停营业，茶楼不冲茶。

供水的时间一到，人人回家去储水，住在高楼的人和楼下的住户纷争打架，街喉的取水站摆起长龙阵，挑水的担杆成为格斗的武器。教堂为食水祈祷，佛徒作法求雨。只有卖水桶的生意兴隆，许多店铺，还权宜变通，把火水罐掀去顶端，钉条横木出售，一下子被抢购一空。泥水匠也立即身价十倍，工程接得来不及做。家

---

[1] 标会就是几个人相约以资金互助，发起人称为会头。会头先拿钱，其他的会仔则需要以暗标方式竞标，以利息高者中标，中标的人便可在该期拿会钱用，但以后就不可再竞标。一般是急需用钱的人才会以高息竞标。不急需用钱的，自然不会用高息竞标，甚至不竞标，到最后，"标尾会"的人便赚取到利息。

家户户在厨房里砌一个储水池，有的面积之大，足够饲养数十条大鲤鱼。

天文台悬挂台风讯号的时候，肥土镇的居民是多么兴奋呀，有风就有雨了。八号风球挂起，学校停课，商店关门，巴士局部行驶。大家赶紧扣紧窗子，扭开收音机，到菜市场抢购食物。雨水落下来的最初半个小时内，还有人在街上快乐地淋浴，舞蹈。渐渐地，这些人都不见了，因为风力越来越大，招牌掉下，棚架倒塌，大树遭连根拔起，海浪冒升，到处都是虎虎的风声和碎玻璃的飞溅声。

没有水，肥土镇的人不能活；水太多，又成了灾害。台风带来许多雨水，山洪迸发，农田淹没，低洼乡村水高及腰，鱼塘和道路再也分不清，甚至房舍没到了屋顶，有人爬到树梢上求救，猪狗鸡在屋脊上徘徊，只有鸭子在水中嬉戏。肥水街上也出现了前所未有的洪水，巴士无法行驶，棚架横在路心，许多店铺把木板挡在门口，但水势没法挡，都流入屋内。

整整下了一个星期的雨，才渐渐停歇，街道上的水也缓缓退却。花顺记一家，莲心茶铺子的花里巴巴，手提水桶把铺内的积水泼出门外，然后用毛巾吸水，扭动毛巾，注水入桶中，倒去。

"从没有见过这么大的水。"花掌柜说。

"这门槛要加高一点才好。"掌柜太太说。

"要不要储备一些沙包？"花初三说。

街上的水已经退去，巴士恢复行驶之后，许多商店都呈半休业状态，有人来买东西，就抽空交易，但大部分时间都在收拾水灾后的损害。正在忙得团团转，却听见警车、消防车、救护车的鸣号，而且持续不断，在四面八方响起来。这么多的车子，在肥水街上呼啸而过，打转，是从来没有的事。听听声音，着实心惊，车辆似乎驶向肥水区的山边。过了不久，消息终于由过往的途人传来。

"山坡上泥土倾泻。"

"整片山坡松脱，倒下来。"

"许多木屋埋在湿泥下。"

"很多人，很多人在泥里。"

"山泥堆得几层楼那么高。"

"抢救也困难呐。"

"山泥还会倒下来。"

"山上的木屋，住着几千人。"

"许多人被掘出来了。"

"全身泥浆，都僵硬了。"

"很多人，很多人被掘出来。"

琵琶虫

打开所有的门，又搬了风扇到处吹，退了水的店铺仍散发出阵阵霉味。花初三拿着油漆罐和漆帚，蹲在地上，给桌子的脚髹漆，油漆的气味倒减少了霉味。蜂蜜店一带的店铺，都把潮湿的家具、用品、衣物搬到门口晾晒，使人行道顿然窄了一大半。几家店铺，索性把床也拆下来，抬着一块一块长条的木板，走出店门，朝地下用力顿撞，抖下四散奔走的木虱，接着伸脚去踩杀，或者用手见一只捻一只，统统按死在床板上。

在大街上捉木虱，并不是新鲜事，肥土镇早就有一个专门的日子，叫作"洗太平地"，在将近过年的时候举行。那时家家户户正好大扫除，把家中的废物垃圾清理一下。于是，破烂的锅瓦、木凳，看看补无可补，修无可修，就扔掉；厨房、厕所，家里各处彻底清洗，还用上消毒药水，这么一来，不但把老鼠杀绝，也使蟑螂、蚊蝇减少许多。

自从大量移民涌入肥土镇，人口多，居住环境狭窄，有些人家，一家七八口，挤在一张床上。床多半是木板搭成，这些木板，经过汗水、热力的酝酿，很快成为木虱的温床。它们躲在板缝间，只要有人挨近，躺在板上，就纷纷出动，吃得肥肥饱饱的。当然，一旦给发现了，逃得稍慢，就给捏死了。床板上一条一条，一道一道，黄黄褐褐的，都是斑斑的血迹。大扫除的那天，几乎每一家都搬出床板来，街上一片"碰碰砰砰"，追跑践踏的声音，混成合奏，然后用肥皂水、消毒药水把木板刷洗，冲干净，靠在墙上晒干。谁也不用看不起谁，肥水街上，哪一家没有木虱？还给它起个风雅的名字，叫"琵琶"。

花顺水夫妇和媳妇，都在莲心茶铺子里做清理的工作。店内虽然只有些桌凳，但铺内的房间却给水浸透了，床底下两个漆皮箱子拖出来时还发出"咕咕"摇动的水声。大家一起商量过，既然陈家老人都已不在，许多东西又遭水浸损，扔掉也好。打开箱子，也不过是些残破的衣衫，谁也不合穿，一件毛线衣还穿了小洞，硬得铁板一样，拉拉线段，应手即断。棉袄下的棉絮也跑出来。于是，一件一件拿出来看过，箱子中也没有别的东西，仍把发霉的衣物放进去，提出门口，待晚上垃圾车摇铃经过时，拿去扔掉。

房间中许多杂物，看看没用，也加以清理，床底下还扫出布鞋和鞋盒，又有痰盂、木盆，也都不再留存，最后把床也拆掉，把所有的东西搬出，洒了许多消毒药水。花里巴巴在一旁帮忙，要搬要抬都由他出力。花顺水夫妇把抽屉一个一个打开，眼镜、旧袜子、一包一包生虫的莲子、溶化了的冰糖、缺耳茶杯、裂嘴茶壶，都是该扔掉的。只有在打扫杂物时，花里巴巴拾起什么，稍稍迟疑，然后悄悄放进衣袋。那是两位老人家褪黄了的照片。

抽屉里倒是有一个小铁盒，里面只有很少的钱，二位老人并无积蓄。拆床的时候，席子底下扫出一些纸张和几个封套。纸张是些水电的收费单。至于封套，一个里面装的是房子的买契，已经很旧很旧，纸都发黄了，看来已经很久没有打开过。

另外一个封套比较新，叶重生打开来看看，原来是在律师行签的遗嘱，上面写着，倘若二人过世，肥水街地段第二三〇号莲心茶铺位房子一栋，承继人是叶重生和花里巴巴。

得水牛

星期日，程锦绣约好花艳颜，一起到教堂去。程锦绣说，我们去听道理。并没有约其他的同学，只问过罗微。罗微说，不去，学校里天天唱圣诗，读经、祈祷，又有《圣经》课，还听什么道理。但程锦绣说，学校归学校，教堂归教堂，学校里又没有教堂。的确，飞利中学并没有教堂，唱诗、祈祷都在礼堂里。礼堂的前面是讲台，墙壁上空空荡荡，没有十字架。花艳颜还是第一次上教堂，不过，她们进入的不是里面高悬十字架的教堂，而是教堂旁边一幢房子，进去了坐在一间课室般的房间里。这房间的确像课室，因为有一排一排的长凳，又有矮桌子，墙上贴了一些耶稣的画像，墙上还有一块黑板。房间里坐着许多小孩，有的也和程锦绣她们一般年纪。各人选了座位坐下，小孩子倒也守秩序，不吵闹，不奔跑。过了一阵，进来两个人，一个坐在房间后面，一个到黑板前面站着，带领大家唱圣诗和祈祷，接着是讲故事。其实，这些耶稣的故事花艳颜早已读过，自己也能讲，许多章节还背得挺熟。她不知道程锦绣为什么要带她到这里来，她听着听着就渐渐低下了头，打起盹来。幸而人多，也没受注意。直到大家叫了一声"阿门"，才把她惊醒。花艳颜在学校中是著名的"水仙"，因为她最爱打瞌睡。程锦绣并不干扰，其实自己也觉得沉闷。

故事讲完，祈祷完毕，坐在房间后面的一人出外，进来时双手托着个大盘，上面是许多杯子，盛着热腾腾的牛奶。她走了几趟，最后带进来的是用碟子盛的饼干。孩子们坐得特别直,眼睛盯着食物。教堂的人分派给每人一杯牛奶、两块饼干,大家安静地吃着。

吃完,孩子们有礼貌地说谢谢,又有秩序地道别。讲道的人说,下个礼拜再来听道理哦。程锦绣吃得很慢,等许多小孩都走了,她才站起来,过去和教堂的其中一人说话。那人点点头,出外一会儿,进来时带了两件东西给程锦绣。她很高兴,回来对花艳颜说,我们可以回家去了。出到教堂门外,程锦绣把得来的一件东西分给花艳颜,原来是一罐奶粉。而她自己,得到的是一条有夹里的呢绒格子裙,上面的纽扣像宝石一样好看。她高兴极了,在身上量了量,好像长些,但她说,回家改改短就可以穿。

花艳颜在门外,这时才弄清楚一件事:她晚上偶然经过,老远就看到门上的光管亮着"信主得水牛",如今光天化日,才看到其实是"信主得永生"。不过是有些光管失灵,"永生"变成了"水牛"。她把奶粉带回家,让母亲冲给弟弟吃。几个月下来,她已经拿过几罐奶粉回家。每次程锦绣约花艳颜上教堂,都是悄悄地说话,不让别的同学知道,但她却会问罗微去不去,并且说,教堂有东西分派。罗微说:我要那样的裙子干什么?程锦绣说,当然,你又不爱穿裙子。另外一次,罗微说:又不信教,贪图人家的东西做什么?于是,程锦绣再也不约她一起去了。

花艳颜告诉父亲罗微说过的话,不知道好不好再到教堂去,也不知道该不该拿人家给的奶粉。她觉得这既不去偷,也不去抢,没有做什么伤天害理的事,不过是乖乖地坐在课室里听道理。奶粉的确是很有营养的食物，一般人都买不起，弟弟也喜欢喝。

"如果你觉得可以去，就去。"父亲说。

"好像很贪心。"女儿说。

"如果你觉得不应该去，就不要去了。"

"我只是想，拿奶粉给弟弟喝。"

"弟弟也不一定要喝奶粉，他可以吃粥。"父亲说。

自由阁

蜂蜜店搬铺了。要搬的东西虽说不多，而且不过在对街，可一点一点地搬，也忙了半个月。花一花二也来帮忙，硬木家具，就由几个人抬，厨房的碗碟都装在水桶和木盆里提上楼去。想不到看看没什么东西，搬起来倒很费力，因为从蜂蜜店的阁楼，要搬下楼梯，到新屋子，又得搬上楼梯，大家都搬得满身汗。

本来以为合约上写好是二楼一个单位和楼下一个铺面，算算该是二层，可是搬过去才发现有意外的惊喜，原来铺位连着一个阁楼，是个自由阁。莲心茶铺子也有阁楼，可那阁楼就由店铺内上下，只有一道室内的楼梯。新房子的阁楼，楼梯却在店铺外，就是楼上公用的同一楼梯。因此，住在二楼上，要走的却是两层梯，第一层上到阁楼，第二层才到二楼。

这阁楼是多么令大家惊喜呢，不但有楼梯通向街，同时另有楼梯通向店铺，那梯在阁楼的后进，一出阁楼是个平台，平台上有一铁梯通向店铺后座的天井。天井有厨房和厕所，平台上也有自来水龙头，既有阁楼，让花里巴巴住是多么适合。花里巴巴当然很高兴，阁楼比莲心茶铺子的大，从此以后，也不用倒马桶了。

叶荣华家具行当然一定要送家具来，不过，大家商量过，还是用些普通家具好。于是只摆了一套圆桌和墩凳在店铺中央，别的都用一般的木椅和木桌。虾仔送来二幅镜匾，就挂在墙的两侧。斧头党人送的是吊扇，装在店铺内。阁楼太低，不能装吊扇，所以仍用地扇。二楼勉强装了一把，却得把扇柄截去许多，看看几乎贴在天花板上。胡瑞祥送的是冰箱。花顺水说，花顺记好像又变成荷兰水铺了。

新房子清洁、光亮，没有霉味，油漆味依然强烈。房子显得特别白亮，相信是因为装了光管，比起暗黄色的电灯，明朗许多。不过，大家都承认，有玻璃罩的灯，比光管好看些。最令大家喜欢的是厕所，抽水马桶的确方便，又没有气味。既是两个单位，就有了两间厕所，渐渐地竟仿佛变成一间是男厕一间是女厕，楼上的厕所，只有花初三常去。

地方大了，住起来比以前舒服。花艳颜自己有一个小房间，但她仍睡在双叠床上，这床很结实，而且大家认为，上下床可以拆开，将来花可久长大，不用再添置。当然，花艳颜不用再攀到上铺去睡，她睡在下铺，上铺就成为现成的书架。小房间依次序排，是二楼的第三个房间，有一个大窗子，窗前摆放书桌，方便花艳颜读书做功课，这是花顺水夫妇坚持的，他们二人宁愿选了没有窗子的中间房。

从窗子朝外望，花艳颜可以见到远处的楼房，时蓝时白的天空，飞过的鸽群，和一只老是独自翱翔的鹰，翅膀像剪碎的花边，常常伸开，久久不动。窗子底下，是阁楼的平台，一般人家，都把晒衣架搭在窗前，但花家是上下楼相连的，决定不搭衣架，衣服都挂在天井的晾衣架上。有时候，花艳颜可以见到花里巴巴在平台上用水壶洗手，大多数的时候，他直接用水龙头。但这情形她见得不多，反而是清晨和傍晚，她见到花里巴巴在浇花。

花里巴巴住在阁楼，从平台上，他可以见到花艳颜的窗子，窗帘是墨绿色的。晚上，窗子透出灯光，如果灯光熄了，他知道她睡了，她睡得早，这是他知道的。空荡荡的平台，阳光充沛，花里巴巴从红砖房子搬来些植物，整齐地放在平台的矮墙上，一盆一盆，开着小小的、深紫粉红的花朵，使平台变得像个小小的花园。

模样威武

蜂蜜店的生意渐渐有了起色，来买东西的人比以前多。掌柜太太说，因为搬入新铺，这地方本来兴旺，所以生意好。其实，花顺记的生意好，是因为店内多了不同的品种。以前花顺记只卖蜂蜜，其次是一些蜡烛，但如今添了两种新商品，其中之一，是肥皂。那次，当花里巴巴一面唱起清字歌，一面做蜡烛的时候，忽然瞧着手中的一个蜡烛说：真像一块肥皂呀。花一花二听了，一个摸摸耳朵，一个摸摸下巴，几乎同时喊出来：我们怎么不做些肥皂呢？于是开始做肥皂，蜂蜜肥皂，加上香料。茉莉花香的、玫瑰花香的、桂花香的、水仙花香的、百合花香的，还有紫苜蓿花香的，等等，做成乳白色、琥珀色、莲花色，连花一花二都说，看看这些肥皂，就想一天到晚洗澡。

没想到喜欢花顺记蜂蜜肥皂的人非常多，有时还供不应求，需要预订。买肥皂的，越来越多妇女。也不知是什么人传开的，花顺记的肥皂，用过之后，人会变得特别美丽，看看花家的媳妇和孙女儿，仙子似的容貌和皮肤，就是用了蜂蜜肥皂，以及天天喝蜂蜜。除了肥皂，到花顺记来的人，还买另一种好看的东西：各种各样美丽的盆栽。

起先，盆栽并不是出售的。花顺记的铺位如今拓阔了，铺面上只有蜂蜜、蜡烛和肥皂，空空荡荡。叶重生见店铺内有温煦的阳光，对花里巴巴说：把后面平台上的盆花搬些过来吧，店铺内有花，多些朝气，花朵也可照照阳光。果然，绿叶和开花的植物就在店铺内出现了。经过的人见到好看的植物，长得那么茂盛，就进来买，真没想到，花顺记竟又变成一家花铺子。小小的盆栽，不但有人买回家去，还有人买了送给朋友。

早上还不到八点，花初三和花里巴巴把门板一块一块移下，搬到铺内，靠在墙上。花里巴巴还把天井上的盆栽搬到店面来。好几天了，总有一个中年人站在隔邻新开的银行门口看他们工作。这一天，他走进来，既不买肥皂、蜂蜜，也不买盆栽。他说，想找花里巴巴当银行的护卫员，他是肥水银行第十七分行的经理。

"我不会捉强盗，又不会放枪。"花里巴巴说。

"不用背枪，也不用捉强盗，那是警察的事。"

"那我有什么用？"

"站在门口很威武，你的样子好。"

花里巴巴弄明白了，银行需要一名外籍的门卫，只站在保险库门口做做样子，检查一下进出的人。工作真是再简单也没有了。花里巴巴认为可以赚点钱岂不好，银行就在隔邻，早上开了铺过去上工，五点钟就可回家，中午吃饭又方便，蜂蜜店并不缺人手坐柜台，还有，星期六下午和星期日又是假期。花里巴巴对银行经理说，星期五他得上清真寺做礼拜。经理沉吟了一阵说，也可以放半天假，不过，花里巴巴也得帮他一个忙，蓄一把浓浓的胡子。

厉害的仆人

花里巴巴每天到银行上班，他并没有特别的工作要做，只站在保险库的门口。枯站是很疲乏的，进保险库的人又很少。花里巴巴的呵欠打得更多了。于是，他不停地在保险库门口踱步，找东西看，消磨时间。银行门口砌了个大金鱼缸，养着十八条锦鲤，十八这数目是固定的,不能多一条,不能少一条。任何一尾鱼有什么背泳、斜泳等情况发生,立刻换一尾活泼的进去。

新落成的楼房,楼下一列开了五家店铺:茶庄、药房、花顺记、龙凤绣庄和银行。银行和另外的四家店铺很不相同,几家店铺,都搭了曲尺形的玻璃柜台,墙上也有玻璃橱,放着瓶瓶罐罐,或者布幅丝缎;可银行呢,一点货物也没有。肥水街的人进店去,买茶叶、痱子水、百花油、丝棉被,总有东西带回家。但银行呢,进出的人只是交换一些纸和小簿子。

银行是什么?花里巴巴问过花一花二。

"大概就像一个仆人和许多主人。"花一说。

"仆人替主人保管钱财。"花二说。

"主人很多,仆人保管的钱也越来越多。"

"仆人把钱借给需要钱的人,收取利息。"

"成为很有权势的、厉害的仆人。"

"结果,仆人越来越富有,比原来的主人更有钱。"

银行真有钱。大堂的一列柜台前面,坐着银行的职员,花里巴巴只看见他们数钱,收钱,交钱,看来那也是很枯燥的工作,不过,职员并没有打呵欠。花里巴巴又打呵欠了,他赶紧在有限的活动范围内走动。在保险库的门口,花里巴巴可以看到肥水街对面和斜对面的房子,以及不断来往的行人。年轻人梳的是多么古怪的发型呀,男的发上搽满亮油,额前檐篷似的突出一团头发;女的梳着高大蓬松的发型,远看活像顶着鸟巢。

无论男女，都穿花花绿绿的衬衫，女子有的穿很宽阔的裙子，像穿的是把张开的伞，有的穿很紧很窄的裤子，仿佛穿的不是裤子，而是很长的袜子。年轻人又爱穿一种厚布蓝裤，明线缝了许多袋，裤脚很宽，好像水手。花里巴巴觉得，还是花艳颜好看，小圆领的素色衬衫，镶一条细花边，泡泡纱的长裙子，印着浅浅的石榴花，走起路来，裙脚飘飘晃晃，真是好看极了。

银行对面，旧的蜂蜜店租了出去，店面很小，租给一位年老的跛脚裁缝师傅，搭了简陋的玻璃饰橱，有时挂着花布短袄，有时是丝绒的镶边旗袍。至于莲心茶铺子，关上了门，门上贴着招租的红纸，贴了很久，仍租不出去。其实也租出过几次，不过，租户住了三几天，就匆匆搬走了，有的一句话不说，有的直喊房子古怪，渐渐地，都说那房子奇异，没有人租用。

裁缝铺这一边很宁静，而十字路口的对街可热闹了，那里开了一家凉茶铺，常常传来很吵闹的哇啦哇啦喊的歌。有时候，店铺挤满人，连门口也围着一堆，传出来的不是音乐，而是时强时弱的人声。花里巴巴知道，准是转播足球比赛了。

在银行里工作久了，花里巴巴也熟悉了店内的职员和清洁工。有一位职员，天天下班就匆匆忙忙赶什么似的第一个跑出银行门口。原来是赶去上夜学。大家都觉得他勤奋，找到了工作，还继续进修。一位职员说，他不想一生一世当银行小职员，继续进修，得到专业知识，将来可以转换更理想的工作。

"白天上班，晚上读书，有夜校么？"花里巴巴问。

"有，许多学校呢，学打字、速记、语文。夜中学。"
"晚上读的中学？"
"是政府新开设的夜校，给那些白天没有机会入学的中学生去读。"
"收中学生？只收中学生？"
"花里巴巴，你想读书？"
"我想，我已经超龄。"
"没有人会超龄，你可以进成人夜校读书。"

锦绣前程

　　临近中学会考，应届考生都加紧温习，连最爱看电影的程锦绣也不再约同学上这里那里，乖乖地留在家中读书。到了中学的最后阶段，同学之间似乎失去了往日嬉耍游戏的情怀，聚在一起，常常谈的是毕业后的出路。一班同学，只有不到五个说会继续升学，其他的都说，必须到社会上做事，减轻家庭的负担。事实上，绝大多数的同学，没有能力再读大学，父母都要辛劳工作，能够让女儿读到中学毕业，已经很不容易。
　　中学毕业的女子，不用到工厂去当女工了。但是社会上的职业，却令她们选无可选。她们发现足下的路，原来只有两条：一是当护士，另一是当教师。大家一直注意报上招生的广告，得到了消息，就回到学校报告，哪一天该去报名，哪一天去取申请表格、该准备相片，等等。而且把一些细节也弄清楚了。比如说投考护士，体高必须五英尺，体重得够九十磅。这些条件很正常，并无刁难的地方。然而，花艳颜却失去投考的资格，因为她只有八十多磅，即使不断吃许多东西，一下子也胖不起来。看来，只能投考师范了。

罗微对当护士和教师的兴趣都不浓，所以她一直说，为什么女子不可以去当飞机师呀，为什么不可以去当船长呀，为什么不可以去做法官呀，为什么不可以去发明原子弹呀。班上年年考第一的淑敏说，那你得继续升学，多读书才行。才中学毕业，有什么本领发明原子弹。

人口突然增多了三倍的肥土镇，房屋、医疗、福利、交通、卫生，都出现了问题，其中之一是教育。移民里面，大多数的成年人，给工厂吸纳去了。许多小孩子，没有学校读书。如不迅速解决，不久，整个肥土镇将有数以万计的儿童在街上嬉耍，然后变成满街游荡、没受过教育的青少年。政府不得不想办法了，于是订下小学发展七年计划，兴建多间小学，加开师范学校，积极培训师资。入学的小孩实在太多了，于是再把小学分为上下午两班制，一间大规模的小学有二十四班，整日就变为四十八班，增加了一倍的学额。

飞利中学的位置，本来在小山的顶上，山脚是农田，几十年下来，农田一一隐退，菜田上都冒起了楼房。本来的蜿蜒小径，铺成宽阔平坦的斜坡马路，路的两旁，陆续建了房子。最显著的还是新近落成的小学，正是政府小学七年计划建成的第一批学校。飞利中学的应届毕业生，放学时走在斜坡上，总要看看对面的小学，三层楼的校舍，凹字形，有一个大操场。休息的时候，上午的小孩在操场上踢毽子，跳橡皮筋绳。有的吃东西，有的喝水。花艳颜也觉得教书不错，站在斜坡上，她常常见到课室内的教师，站在黑板前面，课室后头的壁报板上贴着蝴蝶和风筝。罗微认为这小学比起飞利中学也算有些气派。不过，她说，可惜那操场是水泥地，花草极少，单看建筑，更像监狱。至于花艳颜，她觉得这小学比观音庙旁的街坊小学不知优越多少倍。肥土镇有些学校，就在一般住宅的二楼和三楼，连操场也没有。有一家学校，体育课是到天台上去；另有一家，则带了学生下楼，穿过马路，到附近的空地去。

肥土镇不是国家，不是省，不是市，所以，政府学校的名称也不叫国立小学、省立小学、市立小学。用什么名字呢？不知是什么人的决策，起了"官立"二字，显得很权威的样子。官立小学上下午班的学生全部满额，招生时门外排了长龙。从家长的反应可以看出，他们对学校相当满意，校舍宽敞，教师都是正式受训的师范生，而且，学费廉宜。

官立学校是政府办的，校内的教职员，连校工都是公务员。在许多国家，公务员比较清苦，尤其是教师，薪酬不高。可是，在肥土镇政府核准的教师，薪酬令人羡慕。凡是投考师范的，都看到了锦绣前程。程锦绣的母亲已经在和亲友邻里的谈话中不时提到"我的女儿""我家阿绣"如何听话，读书如何努力，投考了师范。程锦绣自己呢，也觉得不久就会从小鸟变成凤凰。

我们保护你

从服饰上看，郭广年一眼就可以断定光顾大排档的顾客是哪一类人。穿蛤蟆衣，满身漆斑的，自然是船坞的工人，他们是随着船厂的汽笛声潮水似来去的；穿普通厚布衬衫、斜纹裤，也是身上一块灰一块白的，多数是泥水匠、木匠、油漆匠，这一带的房子仍在不断兴建，正在建造的房子需要砌砖墙，做门窗，已经入伙的房子需要装修，骑楼上加建玻璃窗、晾衣架，空敞的楼内要用木板间隔，厨房里要砌储水池；穿睡衣到来的，都是附近的居民，是来消夜。

可是最近出现的几个人，穿的却是土式的衣装，一件汗衫打底，外罩一件对襟企领上衣，布裤，黑色布鞋。本来，这一身打扮也没有什么特别，肥土镇上，穿土式衣服的男人还相当多，尤其是上了年纪的，并不打领带穿西装外套。不过，特别的是到大排档来而穿土装的人，是年轻人，上衣一排布纽完全不扣，露出里面白色的汗衣，坐的时候，一双脚不着地，踏在椅上。这些人，郭广年一见就心惊胆战。

他们其实是保护这一带治安的人。问题在，他们一来，你就要乖乖地交上保护费，要接受他们的保护，不然灾难就迅速临头了。

这些人常常到大排档来胡乱点菜，扔下一地啤酒瓶，吃着吃着忽然就吵起架了，接着大打出手，把桌子打翻，椅子踢倒，碗碟砸破，还夺过档主的菜刀，互相追逐，捣乱一番，扬长而去。既不付钱，也不赔偿，还把其他的顾客赶走。白天是这样，晚上又另有做法，有时纵火，有时把猪血淋在大排档上。天天骚扰。把警察召来，他们就一去无踪。警察一走，他们又来了，这一次，把主人痛殴一顿。如再不肯听话受保护，再捣乱，再打，总之，有你的好看。

几家大排档的主人，个个摇摇头，只得按月接受保护。别说固定的摊档要交费，连晚上出现的小食档、馄饨担、摆地摊卖杂物的，也得交，但因为流动性大，并不收月费。天天有文了身的人来收，抽人头税一样，整条街都成为他们的保护区。治安的工作由他们承担了，警察好像一点作用也没有，只知道拉拉流动小贩。大家都明白，警察怎么会抓不到这些人物呢？

在肥土镇里，有人说，大众受这些人物的保护，这些人物，则受警察保护。那些卫生帮办、消防帮办，出一次差，就等于出一次薪水。虾仔曾经讲过这样的故事：一位卫生帮办，进一家酒楼的厨房检查食物的卫生。天气可真热呵，卫生帮办穿着白上衣白百慕达式短裤的制服，白长袜和黑皮鞋。天气真热，制服厚，又热，厨房更加热，帮办一进门口，脱下外衣，搭在门背后的挂钩上，只穿汗衣四处瞄瞄。这家酒楼完全不合卫生的标准，厨房师傅抽烟的抽烟，咳嗽的咳嗽，不戴帽子。满地污水，用具油腻，生的鱼肉也不新鲜，冰箱不够冷。这些都该检举，勒令改善，否则不能开业。不过，酒楼的主人一路上展开笑脸，打躬作揖，送帮办出厨房，进入大厅，请上座，奉上香茗，一旁站着，静候官员的批示。帮办从厨房出来，在门上取回外衣穿上，他只消略一伸手，摸摸这件上衣的口袋，嗯，袋里有内容，它会变魔术，冷缩热胀，大家也就心照不宣。个个满脸笑容，握手道别，主人一直恭送出门，即使厨房再不符合卫生标准，仍可以安然无恙继续开业。

至于那些用盐水渗泥的楼房，水泥不足的支柱，马虎的天花板，消防设备不及格的一栋栋大厦，也顺利通过了检查的关卡。一小撮公务员五日一小宴，十日一大宴，口袋和肚皮正比例地一天比一天膨胀，官也越做越大。那么多的白蚁，不断蛀蚀肥土镇，看来真要把肥土镇蛀空为止。

目连

"重生，你看看这段新闻。"花初三拿着报纸，折叠了一下，走到妻子身旁，用手指着一个不太显眼的标题：女天文学家胡嘉，发现小行星目连。消息很短，寥寥数百字，刊登在报纸土闻版的一角。说是来自肥土镇的女天文学家胡嘉，一直在花旗国天文台工作，经过多年的追踪和探索，终于发现了一颗新的小行星，依据传统，由她命名为目连。

"也许，过年的时候会回来吧。"

离过年还有一段很长的日子，不过，胡嘉却突然回到肥土镇来了。她就像任何到外地读书回来的女子一般，没有引起注意，也没有人访问她。胡嘉突然回来，因为母亲病了。这一阵胡太太一直觉得不舒服，吃饭也没有胃口，胸口闷，人很疲倦。她行动正常，晚上还能入睡，似乎不像有什么病。也许是年纪大了，总有些生理变化，她也就由得它。空闲时和朋友搓搓麻将，独自一人时抽抽水烟，日子也打发过去了。儿子结婚后，搬出去住，她很不赞成，不过丈夫是读洋书出身的，思想很开明，认为孩子大了，应该可以选择自己生活的方式，不该由父母决定怎样做。于是胡宁婚后不住家里，胡嘉又远在外地工作，家里静了许多，来来往往，工人比主人还要多。丈夫一上班，胡太太更加寂寞，她不常常出外，又不爱逛街看戏，所以常在家里，不打牌的时候，只不停地抽水烟筒。

最近，胡太太的手肿了起来，然后，脸也肿了起来。于是去看医生，仔细检查，报告回来，说是肺有事，起硬块。经过几个医生的诊断，证实了同一的病征，胡太太的肺患了肿瘤。使胡瑞祥更吃惊的是，肿瘤已经扩散，根本不能做割治手术，而且到了这末期阶段，人力已无法挽回。

胡家都知道了情况严重，但一直隐瞒事实，只对胡太太说是肺炎，要多休息。在病人的面前，照往常一般说说笑笑，和她打牌；她也仍和往常一样，抽着水烟筒。叶荣华夫妇，花初三和妻子，都去探过病，为了避免病人疑心，人人表面上若无其事。胡嘉只说回来度假,亲友都说趁胡嘉回来聚聚,话题就集中在有关天文的事上。

"追踪了很久吧?"

"好几年了,六七年吧。因为国际天文学会规定,一定要观测到两次回归,并且算出运行轨道,才可以正式编号。"

"你找到的星,在哪里?"

"在火星和木星运行轨道之间。"

"为什么叫目连?"

"因为那是两颗相连的星。"

"好像两只眼睛连在一起吧。"

胡太太正在打牌,听得说目连,也插了嘴。她说,这个目连呀,是个孝顺的人呐,后来做了地藏王,下到地狱去救母亲。

遥远的爱人

四个月后,胡太太在医院中病逝。家中少了一个人,却像少了许多人似的。整座房子,走了半天不见人影,既没有小孩子奔走嬉笑的声音,也没有了许多的脚步声。胡嘉细心聆听,往日熟悉的水烟筒呼噜噜的水泡声的确是完全沉寂了。父亲上班之后,她一个人留在家里,面对的是众多的墙和越来越显冰冷的家具。家里的工人和女佣,只生活在厨房、天井和后院住宿的空间,并不到房子的其他地方走动,偶然才听见花王在房子的大门外扫落叶。

胡嘉一直想,母亲去世,就剩下父亲一个在家里了。弟弟只每个星期来一次,而自己,远在外地,常常是一年才抽空回来一次。过一个星期,她又得离开这里,她的工作和事业都在遥远的地方。这些日子,她静静观察父亲的生活,以为他将无法排除突然侵袭的孤寂,哪知一切都在她的意料之外。父亲并没有陷入极度的哀伤和忆念之中,只叫花王在花园里种植一列梅花,纪念妻子,因为梅是她的名字。

胡瑞祥的生活的确有了改变,早上起来,司机已经把一位耍拳的师傅从山脚下接上山来。两个人就在草地上一招一式练起太极拳来,胡瑞祥耍得不错,师傅在一旁指点、示范,他跟着做,耍得头头是道。他们练一阵,停一会,再练一阵,一个钟头就过去了。胡嘉看看父亲,穿着一套土式衫裤,脸不红,气不喘,步履轻盈,精神饱满。父亲说:要不要学几式?胡嘉摇摇头,几式她不想学,有机会的话,学全套才好。这时候,师傅已经走了,如果还在花园里,他一定会说,学一两式也可以强身,有的人只天天练一式"云手",也能强筋健骨。司机送师傅回家的时候,胡瑞祥去沐浴,更衣,然后下楼和女儿一起吃早餐。他的兴致很好,常常问起天文台的工作和情况。以前,他还会问女儿:有没有男朋友呀?现在他已经不再追问,只和她谈外地的生活,听女儿讲天空的奥秘和神奇。事实上,女儿如今生活的异地,也是他当年留学的城市,他在那里有许多湮远的记忆,和女儿谈起来,也有许多话题。

胡瑞祥白天上班，下班回来，常常约了几个朋友一起打牌，只要一开牌桌，就有许多小时的消磨，牌室内一片昏黄的灯色，传出来各人的笑语和麻将的噼啪声。胡嘉觉得这样很好，她一直怕父亲寂寞。胡瑞祥显然没有什么空余的时间，星期六的下午，他就和胡家的兄弟们一起上马场去看赛马，胡嘉也去了两次，但她对赛马的兴趣并不浓厚，也不太在乎输赢，随便下下注，跑输了也不介意。反而是她的叔叔伯伯，大喊大叫，非常投入。他们常常在马会吃饭，有时上乡村俱乐部去，星期六可算是最热闹忙碌的日子。

星期天，胡瑞祥又有了新的课程，请了一位老师来教他书法和绘画，一起研究笔呀，纸呀，墨呀，画呀，还一起去买画册和绘画用具，去参观书法、绘画展览。家中本来就挂了些字画。胡瑞祥却把自己写的字贴在板壁上，自己欣赏，还问女儿觉得怎么样。星期天，胡宁回来探望父亲，晚饭时一家人聚聚天伦。

胡嘉回花旗国工作，父亲到机场送行，花初三和叶重生也去了。表姊曾经问过表妹：肥土镇看不见星么？表妹答：肥土镇的天气并不适宜观星，因为春天密云，夏秋多露水；冬天虽晴朗，大气透明度极高，但气流最不稳定。她工作的地方，是全世界天气最好的地方之一。表妹对表姊说：请多些探望我父亲。胡嘉进入机场的海关后，胡瑞祥说：阿嘉在那边有一个爱人。

"阿嘉有了爱人？"叶重生惊异了。

"那是一台二百英寸口径的反射望远镜。"

单身家庭

半山上胡瑞祥的家中,从来没有这么宁静过。从早到晚,常常没有声息,偶尔才见到一些灯光;一阵汽车的马达声,或者几声狗吠之后,一切又归于幽暗和平静。胡宁到欧洲去开一个银行家的会议,顺便游玩几个古城,回来后上半山去探望父亲,哪知竟然没有人应门,只有狗吠。他并没有带门匙,也不知道发生什么事,回家打电话问起叔伯辈,都说他父亲天天上班,没有事。于是带了门匙再上去,恰巧碰见父亲自己驾驶汽车回来。

"爸爸怎么自己驾车,司机呢?"儿子问。

"我把司机辞掉了。"

进入屋子,坐在客厅里,也不见有人端茶出来。

胡宁走到厨房看,一个人也没有。没有厨娘,没有洗衣打杂的女佣。橱柜的云石台上亮着一只电动热水壶,锌盆中堆了几只碗,电饭锅中有小半锅粥,窗上的抽气扇,风翼哗哗地转动。经过饭厅,见到壁上挂着母亲的画像,一张供桌上摆着几盘水果,香炉中有熄了的香支。

"要喝茶的话,橱柜的第一扇门里有茶包,"父亲说,"不过,我们可以出去喝,顺便吃饭。"

"用人都到哪里去了?"儿子问。

"辞退了。"

"都辞掉了?"

"都辞掉了。"父亲很得意地说。

"那么,谁煮饭给你吃?"

"吃饭还不容易,和朋友一起吃,上俱乐部吃。"

"那么,谁替你洗衣服?"

"洗衣机。你来看,很不错,"父亲把儿子带到厨房后的工作间,指给他看,"新买的,可以洗衣,又可干衣。我天天早上扔一把衣服进去,晚上回来,用衣架挂好,悬在绳上,第二天就能穿。"

胡宁看看父亲,穿着一件厚棉布格子衬衫,灯芯绒西装裤,一件夹克外套。哪里看得出他是银行家,倒像是个艺术家。刚才驾驶汽车回来,他还穿着名贵的西装,打一条丝质的领带,穿皮鞋,现在足踏休闲鞋,也不用系鞋带。二人看完洗衣机,出到客厅,走到花园里,坐在白色的铁椅上,金鱼池内仍有游动的鱼,草地倒还是翠绿的,一列梅树,只有细枝没有花。饭厅门外的几盆芍药有一半的花萎谢了。

"那么,白衬衫谁给你熨呢?"

"免浆熨的,不用熨。领口脏了,先用清洁剂。"

"没有司机,不方便吧。银行门口没地方泊车。"

"我本来就喜欢驾车,这么好的车子,为什么给司机去驾驶。我把车子泊到停车场,走几步就到银行。"

"花王也辞掉了,浇花可辛苦了。"

"没有,不过是拉着一条胶管,到处浇一阵就行。早上开一个罐头给波比,就由得它自己跑来跑去。"

卷二 —— 311

"师傅还来和爸爸一起打拳?"

"不用来啦,我把全套太极一百零八式全学会了,自己可以耍,如今又没司机去接他。"

"爸爸星期天还学不学写字?"

"自己写,写字也不用特别学,勤写就可以。怎么样,把爸爸当犯人来审么?出去吃饭怎么样?"

千元运动

程锦绣带花艳颜去烫头发,因为第二天就得到师范学校去面试。烫头发对花艳颜来说是可怕的经验,药水的气味浓烈刺激,堆在头上的夹子很重,夹子里的纸浸了药水,冰冰冻,好像老会从额前颈后流下来。至于夹上通了电的钳子,整个头不能动弹,而且烫得很,使她不住想用手去推。接着又是洗又是吹,坐在理发店整整耗了四小时。照照镜子,觉得变了模样,很奇怪,不知道为什么要把头发扭曲成这个样子。

整个晚上,花艳颜在程锦绣的家里学穿高跟鞋走路,歪歪斜斜的,脚趾都挤痛了。穿玻璃丝袜真不简单,原来两只袜子要靠吊袜带垂下些夹子夹住,袜子又薄,要小心穿,不能用力拉,袜子背后的缝不能歪掉。程锦绣还带花艳颜去买了胸罩,穿在身上,就是不舒服,两条肩带好像随时要滑出肩膊。花艳颜觉得很辛苦,程锦绣则说，打扮得使自己美丽总得付出些代价。

程锦绣的家，花艳颜也常来，地方还算宽敞。不过，房子对面是水泥厂，除了办公大楼外，其余都是空地，堆满碎石和沙土，还搭建起架空的传输带，吊着一个个铁桶。那些铁桶整日在上空运行，轰隆轰隆响不算，附近一带到处都是灰尘。程家的窗从不打开，每天用抹布抹几次桌椅门窗，衣服挂一阵就布满煤灰。程锦绣总是埋怨：什么漂亮的衣裳都给弄脏了。她的志愿是考上师范，快快搬离这处地狱似的地方。程伯母的如意算盘也差不多，师范学校是政府办的，毕业生大多派到官立小学去，成为公务员，薪酬又高，是人人羡慕的金饭碗。一般的职业，个人的收入不过二三百元，可师范生一出校门，就有四百多的高薪，若是一对师范生恋爱结婚，就成为许多人津津乐道的"千元运动"。程伯母总盼望女儿在师范学校结识到适当的男友，"千元运动"魅力无穷。

第二天，花艳颜穿上一套盔甲似的武装，上战场去啦。师范学校的位置，在一座小山的半腰，从马路朝上走，是一面非常陡的斜坡，站在山脚朝上一望，的确叫人倒抽一口气。不过，投考的都是年轻人，有的还说，这是给年轻人的磨炼，当教师，也得先挨点苦。一段斜路，本来也难不倒年轻人，可怜的是一群女子，穿的都是高跟鞋，不少还是第一次穿，鞋子又是新的，从家中出来不久，有的已经脚痛，有的脚被尖头鞋压挤，有的脚后跟被厚厚的皮革擦伤。

花艳颜和同校的几位同学，在山脚约好，等齐了才一起步行上山，走到一半，就有一位同学脚下滑了一步，花艳颜刚好把她扶住。但自己也因此滑了一下，站好的时候，才发现鞋跟上的铁钉掉了下来，丝袜扯空了一道线纹。一拐一拐，进了师范学校，连忙找洗手间，脱下鞋子把铁钉用力按回鞋跟。忙了半天，走走还可以，就回到大堂等唤名字，竟立刻给叫进去面试了。四位考官，问些普通的话题，在校中喜欢什么科目，可有演戏，为什么投考师范。问着问着，花艳颜忽然打了一个呵欠。

考官递给花艳颜一本课本，其中有一首诗，请她走到门边去朗诵。花艳颜带着书本，仔细走到门边，朗诵起来，读得实在不错。不过，当她正想走回来的时候，身子突然一歪，幸而扶住了门的把手，才没有跌倒。这一次，她脚下的鞋子，不但铁钉脱落，连鞋跟也断了一截。考官们八只眼睛瞪着花艳颜一脚高一脚低走回去把书本交回。

下午茶

师范学校才发下津贴，程锦绣就请好同学去吃"香蕉船"了。几个年轻女子，坐在一家大酒店的咖啡厅里，四周是桃红色的沙发椅套，墙壁上镶着白色大理石的浮雕。"香蕉船"来了，一个水晶似的玻璃船形碟子，中间一字儿排开，盛着玫瑰红、象牙白和咖啡豆三色圆球冰淇淋，碟子两边，各放半只香蕉，冰淇淋上，正中插着一颗大红干果樱桃,旁边浇了巧克力糖浆,还撒了一撮碎胡桃果仁,左角斜斜插了片松化薄脆饼。整个玻璃盏搁在一只圆碟上,垫着一幅镂空通花厘士的多丽纸。这种纸,正是学校做蛋糕时老师分派给大家垫着蛋糕用的。几个年轻女子都看着色彩美丽的甜食,只有花艳颜,留神送冰淇淋来的侍应。

"虾仔叔叔!"花艳颜把侍应生认出来了。

"花小姐,你好。今天星期六,下午放假吧?"

二人寒暄了几句,虾仔就去做别的工作了。

"我从小就做梦,想吃香蕉船。"程锦绣说。

"怎么知道有香蕉船呢?"年有鱼问。

"是表舅母请的,在海边一座大酒店的露天花园。"

"我也吃过冰淇淋,但不是这样子。"唐吉庆说。

"要这样子才好吃,你觉得怎样?"

"很好吃。"

"比红豆冰怎样?"

"没有碎冰块,又多果仁,好吃多了。"邝神怡说。

"终于可以自己赚到钱吃香蕉船了。"

年轻的女子,坐在气氛悠闲、恬静、舒适、华丽的咖啡厅中,耳边听着钢琴缓慢的乐章。花艳颜不时见到虾仔叔叔到处走动,身穿米白的制服,制服上镶着金边和金纽扣,手托银盘,把饮食带给客人。那边沙发上坐着几位外国人,虾仔叔叔把银亮的茶具一一搁在茶桌上,还仔细给银茶壶的壶柄上缠上一方亚麻布的米白色小餐巾。他和外国人用外语说话，彬彬有礼，笑容可掬。花艳颜记得，虾仔叔叔每次上她家来，总是大说大笑，口沫横飞，一直叫她"小花朵"；可是如今竟这么风度翩翩，而且在同学面前称她"花小姐"。

老同学相聚，就谈起离校后的情况，程锦绣当然讲师范学校的生活，起初几个星期，也不用上课，完全是联谊活动，一方面要各自选科，另一方面忙着选学生会会长、演戏，简直像去参加嘉年华会。程锦绣选的科目是家政，她能烹饪，擅长绣花、打毛线、剪裁衣裳，将来教学生，当然游刃有余。

几位同学继续升学，分别在不同的学校读中六，过的仍是普通的学校生活，有的同学入了护士班。罗微没有来，她考进了警察部门，正在受训，不能离营，除了操练外，还得学空手道。至于花艳颜，没有被师范录取，起初既没有工作，又没有书读，由罗微把两份补习转让给她，才算不用待在家中。但上个月，飞利中学的校长通知她，学校设立图书馆，请她回校打理图书馆。相较起来，花艳颜的工作就没有程锦绣的多姿多彩，每天面对的主要是一摞摞的书。

"唉，又困在娃娃堆里，怎么结识男朋友？"程锦绣感慨起来，一面把一颗樱桃咬在嘴里。

挂念你

"花艳颜。"站在图书馆门口的是罗微。

"咦，你怎么来了？"花艳颜放下手中的工作。

"下了班，来探望你。"

"真是好同学。"

"我很挂念你。"

"我也是。"

"不，你不会像我挂念你那样挂念我。"

图书馆内并没有其他人，这是校内刚上课的时间，学生都在课室内，在每天这样的时间，花艳颜只一个人在图书馆内工作，她正在把报纸上的狗经马经版，依副校长的吩咐撕掉。花艳颜没有修读过图书馆管理学，不知该怎样处理图书。幸而，飞利中学的图书馆，规模不大，许多工作，已经有老师做出规模，再略加指点，她边做边学，也能办理。购买图书的事，由各科主任提供书目，校方购买，也不必她操心。她每天八点半到学校，下午四点半下班，就像平日上学差不多。

花艳颜在馆内负责新图书的加工，把书登记，按杜威分类学分类、编号。每一本书的书脊上都贴上索书号，号码用打字机打在贴纸上。书的内页贴上书标，糊上卡封，装进浮动的卡纸，再打两张卡，一张书名卡，一张作者卡，分别插进书卡柜；每一本书内盖上若干的印章，然后用塑料纸包好，检查过就可以上架。工作非常繁琐，花艳颜通常把包书、盖章、打贴书标这些工作交给学生，校方组织了图书馆风纪队，借书还书这些柜台工作就由风纪队负责，她自己花许多时间替书本分类和编号，并且仔细核对。

"工作困难吗?"罗微问。

"不难,分类比较花心思。"

"不是依照种类编就可以了么?"

"是的,可有时,一本书很难分类。"

"比如说呢?"

"一本书,既讲建筑,又讲雕塑和绘画,该入哪一类呢?"

"那就列入艺术类好了。"

"我也是这么办。"

花艳颜陪罗微在图书馆内走走,看看书架上的书。花艳颜告诉罗微,哲学的编号是〇一,历史是〇九。一本内容是哲学史的书编号该是一〇九;而一本内容是关于历史哲学的书编号该是九〇一。在近门口的书架上,排的是一列大型的图书,都是四开本和对开本。除了地图、各国名胜图书外,大多是烹饪、家居布置、手工艺的书,书架旁有一个报纸架,另外各有一架杂志期刊、新书展览。罗微走了一圈,看了书本的编号,也翻过几本书。

"唉,都是八〇〇至八九九的书。"罗微感叹。

"最多的是诗歌和小说。"

"几乎全是文学类。"

"此外,最多的是《圣经》故事。"

"这就是飞利中学学生的精神食粮了。"

罗微帮花艳颜检查一些新书,看看有没有缺页。两个人又谈了一阵彼此的工作。罗微说,她每天的生活刚好和花艳颜相反,完全是动态的。这个星期,受训完毕,才有空来探望旧同学。罗微还笑着说,她学过空手道,谁要是欺侮花艳颜,告诉她好了。

双语精英

李丽莲进的是和花艳颜并不相类的中学,两间学校的不同点并非女校与男女校的分别,而是教学的语文。肥土镇至少有两类中学,一类是盎格鲁语中学,另一类是龙文中学。前者如飞利中学,后者如南方中学。李丽莲读的是南方中学。花艳颜在学校中,只有两本课本是龙文的,其他如生物、物理、化学、数学、世界历史、地理,全是盎格鲁文,教的也多半是外籍的女老师。至于李丽莲,刚好相反,课本中只有一册盎格鲁语文,其他的全是龙文。

肥土镇最初办的学校,除了本土的学堂,其他的是外国教会人士开办,由政府所办的也以西方盎格鲁语为主,训练一群双语精英,进入政府高层结构管理普罗大众,初期目标还因为需要有双语的通译。这些学校,的确培养了不少人才,既懂外文,接触层面广了,开阔了眼界,又有不少学生从中学升大学,还出外留学,回到肥土镇来起了重大的冲击。

在肥土镇,凡是进入西文中学读书,毕业后几乎是不愁出路的,洋行又多,最不济的只要懂得西文,学会打字,就能当一名普通的文员。

所以，做父母的，没有一个不希望自己的子女考进西文中学。至于说，这样子就等于不爱肥土镇，绝对是另外一回事。肥土镇的人自有他们爱肥土镇的方式。在其他的地方，绝不退让，比如过年过节、饮食习惯、日常的生活、交谈的语言，完全是肥土镇式的。李健夫妇当然希望女儿进入西文中学，不过，他们是移民，李丽莲以前读的学校，小学五年级才开始读西文字母，虽然她的其他各科成绩优异，并没有考进西文中学，于是进了南方中学。南方中学也是极好的学校，正正式式的大校舍大操场大礼堂，上千的学生，不像开在民居房子二三楼的蹩脚学校。李丽莲对这学校也很满意，她的数学、语文本来成绩就好，如今读一册西文书，毫无困难。由于用功，西文渐渐比同班原来同学还要读得好。南方中学以体育成绩超卓著名，李丽莲还得过运动会的短跑冠军。但她没有把全副精神放在运动上，课余的时候，喜欢看书。

学校里倒有看书的风气，班上的同学常常带些文艺书籍交换了看。大家看得最多的，是一份叫作《肥土镇学生周报》的刊物，这份周刊以学生为对象，关心学生的思想、生活和娱乐，所以一份报纸内，既有严肃的哲理、人生修养，也有轻松的笑话，每一期都拨出固定的文艺版供学生练习写作，鼓励青年创作，至于电影、戏剧、舞蹈、美术、音乐，都有评论、推介。周报担负起学生从学校中朝外观看的窗子作用，使那些埋头课本中的学生打开视野，得到各地的讯息。

每到星期五，就有一些学生在报摊上等待新出版的周报，李丽莲也是其中一人,周报是她的精神食粮,虽然,有些版面对她来说似乎深了些,有些遥远的事情还不是她关心的。但她从报上读些小说、散文和诗,受到美的熏陶,她从许多文章的字里行间渐渐明白伦理道德、做人的方向,和隐隐约约的一种忧患意识。在这方面,她的确比花艳颜更了解外在的世界。比如说,她知道,在这个世界上,她应该作为一个人而活着,而不仅仅是应该作为一个女人。

团年饭

一张可以折合的方桌子,许多时候,靠墙贴放,不占地方,两旁放两把靠背椅;另一边撑开的桌板下摆两张圆凳,围着也可坐四人。晚上吃饭的时候,可得把桌子搬到通道的中间,把贴墙那边的桌板撑起来,正适合八个人用饭。依照平日,李健家的晚饭时刻,就由八个人团团围住饭桌坐,两个小孩,用碟子另外盛些菜,在骑楼的地方吃。小孩的桌子是方凳,座椅则是矮凳。不过,遇上什么节日,小孩子也挤到大人的饭桌前来了。

这天是吃年夜饭,祖先的神位和土地的牌位前都燃起了蜡烛,香支仍在继续闷烧,屋子里一片烟雾,于是打开了大门吃饭。彩姑一早就去买菜,和婆婆二人在厨房里忙了整天,又煮又煎,又洗又切,弄了一桌子的菜。大家先喝了一碗发菜蚝豉猪脚莲藕汤,然后拿碗去盛饭。李健家吃饭,从不备汤碗,也不用酱油小碟,每人只一双筷子，一个饭碗，一只调羹，酱油是用两个碟子装盛，在桌上双角各放一碟。至于桌面，从不铺台布，每次吃饭，摆放几张旧报纸，骨头就扔在报纸上，吃完饭，收拾好碗碟，把报纸一包，顺手扔进垃圾桶，大家都觉得方便省事。

当然，年夜饭的菜比平日要多，也丰富些。只有李健一个人爱喝点酒，就斟了一杯孖蒸，其他的人都只吃饭。孩子们喜欢红烧明虾、咕噜肉、栗子炆鸡和煎枪鱼；大人则较爱溏心皮蛋拌酸姜、冬笋腊肉蒸慈姑饼和鸡蛋蒸鱼肠，李丽莲喜欢虾米粉丝黄芽白。花芬芳特别喜爱荔芋香扣肉，一个人几乎吃了小半碟。各人的胃口不错，平日吃两碗饭的也多添了一碗。一家十口，能够这样坐着吃团年饭，李健觉得心满意足了，想想刚来肥土镇的时候，真是前路茫茫，不知命运如何安排。如今却安定下来，各有各的工作，上工的上工，上学的上学，生活能够维持，自己辛苦也就值得了。一家人坐着，那么热闹，孩子多也自有多的好处。如果没有孩子，年纪大了，谁来照顾？当初自己也想过，孩子多，是很重的负担，人人吃两碗饭，一个月下来，吃米也可以把人吃穷。可是这样的日子还是支撑过去，眼看未来是有转机的。因为孩子一天一天长大，只要读完中学，就可以出来做事。只要一个做事，就少了一份负担，还会多了一重收益，想到这里，他欣慰地又斟了一杯孖蒸。

彩姑也感到欣慰，因为这个家全靠她打理，买菜、煮饭、洗衣、拖地，当然，她不大识字，儿女的教育是无法兼顾的。她常常说：学校里有老师教，不用我操心。的确，孩子们读书成绩也不错，没有一个考第一，可也没有一个留级。丽莲和定源还申请到半费，替她省了不少钱。她虽然喜欢打牌，但不过是几毛钱上落，输赢不大，反而结识了左邻右里，钱银上周转方便。近来花顺记已把借去的会银按月还清，她手头上还有些闲钱哩。她担心的倒是大儿子的健康，因为家栋白天在巴士上当守闸员，晚上竟又去读文商，她怕他太累。但儿子说不累，年轻人不怕累。只要挨三年，就有转工的可能。他在文商读新闻系，希望将来做记者。

花芬芳帮媳妇在厨房里忙了半天，的确觉得累了。但她心情愉快，连午觉也没有睡，如今坐在饭桌前，正好休息一下，好好吃一顿。荔芋香扣肉是她极喜爱的菜，她又攘了一块扣肉进嘴巴。哪知肉还没到嘴巴，筷子一松，连扣肉一起掉了。她张开的嘴巴合不拢，拿筷子的手不能动弹。听到筷子落地的声音，大家才知道发生了什么事。有气有力的人多，于是把老人家背到楼下，截了一辆的士，送进医院的急症室。

正义之师

彩姑的一天是非常忙碌的，她不但要煮一日三餐，洗衣服，拖地板抹窗，还得照顾公婆和小孩。从早上起来，她就不停地做家务，仿佛女娲一般，支撑着家庭的天空。不过，彩姑也和楼上楼下许多的家庭主妇一般，在繁忙的时间中仍争取到喘息的时间，找寻娱乐的节目，调剂自己永远做不完的苦工。比如说，总能抽空打几圈麻将，但她是和婆婆轮流下场的。即使坐在麻将牌桌上，彩姑的脑子还在想着其他事，那是街头巷尾流行的"字花"赌博，很少钱也可以赌，不过是猜谜语般投注号码。

彩姑不让家人知道她买字花，但大家知道她赌。她常常不动声色，输了一声不响，只自己心里嘀咕着可惜。那么清楚明白，怎么会猜不中？早说一定开这个号码，偏巧又差了一点。有时候，彩姑也会赢，那她可高兴了，若是赢得多，晚饭也不煮，叫阿源到楼下对面的大排档去，买几盒炒饭炒面烧鹅髀之类。小孩子听说不吃饭，更加欢喜；大人也无所谓，换换口味。事实上，这情况也不多，买字花的主妇，总是输的多。

最令彩姑牵肠挂肚的，还是中午时段电台的空中小说广播时间，由家喻户晓的广播明星每天讲曲折离奇的伦理故事，播音员本领真高，既讲述故事，又时而融入不同的角色，模仿他们的说话，男女老幼都有，简直是一人大剧团。故事内容照例充满人情味，哀伤缠绵，悲欢离合，听得主妇们如痴如醉，不断用手帕拭泪。彩姑家中没有需交费的收音机，每天中午，饭后立刻到隔邻去听小说，她的婆婆也随着去，邻居非常大方，欢迎她们。平日互相帮助，一起听小说还可彼此同声感叹，猜猜剧情如何发展，这是她们社交圈的大话题。

不过，婆婆一病，彩姑就辛苦多了，麻将少打，小说也常常漏听。婆婆患的是中风，半个身子瘫痪不能动，连转身也得别人推。

长期卧床，背部生了许多疥疮，屋内有一股腐坏的气味。亲戚朋友来探病，也只能安慰说，安心休养就会好起来。事实上一直没有好起来，而是越来越差，胖胖的一个人，几个月下来，只剩一半的体重，话也呢喃不清楚。隔邻的主妇说，准是碰上什么邪风，或者是撞了小人，得拜一拜才行。

于是，上香烛店买用品，数数有香烛、纸马。既有"解关截杀，永保平安"的灵符，又有北极紫微大帝、救苦救难观世音菩萨，以及百解灵符，图文并茂，黄底红字，白底绿图。几个人陪同彩姑一齐到弯街的土地庙旁，燃起香支和蜡烛，插在铁皮罐里，先祭白虎，打开一沓纸马，找出纸人。彩姑也不知小人姓甚名谁，只写"小人"二字。众人脱下脚上一双鞋子，或者木屐，朝那纸上的小人就打，一面打还得一面不停咒骂。

"打打打，打你这小人。"

"打你个小人头，打到你没气透。"

"打你个小人手和脚，打到你没处走。"

"打到你残废。"

"打到你呕肺。"

彩姑们是业余打手，所以，打杀的招式和咒语普普通通。打了一阵，穿回鞋子和木屐，把小人和纸马一起焚化便收队回家。凉风吹过，把纸屑和灰烬扬散，朝附近的大排档罩去。王带宝的女儿站在大排档前手拿抹布，皱起了眉头。在肥土镇，"打小人"也是一门行业，若干街坊大婶还是职业打手，只要把小人的名字写给她们,她们就会尽忠职守,替你狠狠地打小人,直到她们认为已经把你的仇人打垮为止。小人包括坏人、口舌是非之徒、狐狸精等等;打小人的工具是皮鞋、功夫鞋,但以木屐最具声势。在肥土镇,职业打手有固定的地盘,招式凌厉,所向披靡,而酬金一点不贵,如果多打两个,还有折扣。

秦人之情

肥水银行第十七分行的经理坐在经理室中阅读文件,他是个在银行里从来不打呵欠的人。他太忙,忙得没有时间打呵欠。笃笃笃,有人敲门,进来的是花里巴巴。

"经理早。"

"哦,花里巴巴,早,有什么事?"

"经理,你可知道星期五是什么日子?"

"星期五,什么日子?"经理看看玻璃垫下的月历。

"就是你们秦人的节日。"

"星期五,清明节。"

"对啦,就是清明节。"

"哦,我明白了。花里巴巴,清明节是法定的假期,银行当然放假,大家不用上班。"

"我不是这个意思。"

"嗯,我知道了,清明节是四月,四月嘛,政府公务员调整薪水,加幅百分之八,至于我们银行……"

"经理,我要说的也不是这个。"

"是不是银行里没有猫,却有猫的叫声?"

"不不,猫叫是另外一件奇事。"

"那么,是什么事呢?"

"请问,你们肥土镇人,在清明节做些什么?"

"我们秦人都是有情人,清明节,纪念先人,去扫墓。"

"上哪儿扫墓?"

"坟场呀,郊外喽,还有边境的地方。"

"你可知道,有人在银行里扫墓?"

"在银行里扫墓?我们这里?"

"是呀,带了蜡烛,悄悄地点,打开了保险箱,里面放着骨灰盒子。"

肥水银行第十七分行的经理对银行的看法和花一花二并不相同,他认为,银行是做生意的地方,这家店铺销售的是信心。"我们一定会好好为你保管你的财物。""我们每年给你一定的利息。""我们把钱贷给你,让你可以购买楼房,结婚,读书,旅行,缴税,还债。""我们是你的财物的最佳保姆和护卫。"凡是相信这些话的人就把钱存到银行来,需要钱的人也来了。

到银行来的人,必须对银行有信心,要是没有信心支持,银行就会倒闭。任何细微的事,都可能令人对银行忽然失去信心,比如说,有人在银行里扫墓。这是好事还是坏事?害怕的人也许不来了,或者,有更多的人租用保险箱安放那奇异的东西。肥土镇地窄人多,活人已难有地方居住,更不用说死者了。火葬场的生意越做越大,永恒睡眠者是一支不断膨胀增长的队伍;即使变成了灰,仍需一张小小的睡床。银行保险箱在这方面可以发展么?并非每一户人家都有珍贵的珠宝和文件,可家家户户都有先人。

从经理室出来后,花里巴巴回到保险库门口站立。银行新装了中央系统空气调节,还没有动用,夏天还没到哩。不过,花里巴巴感到他站的这个角落特别阴冷。保险库的门,是一扇镂空的门扇,有许多空隙,如果银行里有一群蝴蝶,它们绝对可以从这门的两边自由进出飞翔。银行里面并没有蝴蝶,蝴蝶不像蜜蜂,从来不做储蓄的工作。可是,花里巴巴觉得,好像这里那里,就有扑着翅膀的什么在飞行。

诚心诚意

星期五的下午,花里巴巴从清真寺回来,带了一包羊肉。清真寺常常照顾一些贫苦的教徒,会分派一些羊肉让他们带回家。这天,正是月尾发薪的日子,花里巴巴在菜市场买了些东西,回到花顺记,见到叶重生,就从口袋里掏出一个信封来,交给她,一面说:花阿姨,我又收到薪水了。银行的经理问过花里巴巴,既然在银行做事，要不要开个户口，把薪水直接存进去，但他摇摇头，宁愿每个月收一沓现款。自从第一个月发薪开始，他就把全部薪水交给叶重生。

"你留着自己用。"叶重生说。

"我不需要用钱，没有东西要买。"

"理理发，鞋子补补，怎么不用钱？"

"那我只要一点理发的钱就够了。"

"小花里，你不是说想读夜校？"花初三问他。

"是呀，花阿姨只要把学费给我就可以了。"

花里巴巴这天请大家吃羊肉，连花一花二也给请来了。他在厨房里忙了一阵，把羊肉切成火柴盒子的大小，然后剁葱、韭菜花、香菜，打下鸡蛋，和盐、胡椒粉、玉米粉一起搅拌，放在大碗里。以前，花里巴巴也带过羊肉回家，却是由花顺水出主意，把羊肉切成薄片，放在大锅中用热汤滚沸，蘸了酱豆腐、葱花、辣椒油吃。

这一次，花里巴巴请大家吃的是烤羊肉，因为如今的花顺记有个宽敞的天井。花里巴巴搬了八块砖头，砌了一个围成长方形的凹槽，然后把烧好的火炭倒进槽中。经过几个小时浸腌的羊肉，用钢叉穿起来，撒上芝麻，一串串的羊肉就可以搁在砖槽上烤，一面烤一面转，香味四散，大家都说比热汤沸熟的好吃，也没有羊膻味。当然，花顺水只擅长斩猫尾巴，切羊肉没有刀法，羊肉切得厚，味道自然打折扣。

刚把碗碟收进厨房，熄灭了砖槽中的星火，隔邻龙凤绣庄的老板娘就过来了,还带了个中年人来。那人非常有礼貌,穿着整齐的西装,还打了领带,腋下夹了个扁盒子,露出些粉红色的丝带。

早一阵,龙凤绣庄的老板娘常常过来坐,和花顺水夫妇聊天。她总是问,你们家的千金中学毕业了哦,有没有找到事做?长得越来越标致了,有没有男朋友?我介绍我的侄儿给她认识,交个朋友也好,大家一起看看电影,吃吃饭。老板娘还说,她的侄儿是个品行温驯的青年,没有不良嗜好,人很老实,在巴拉西国开农场,地方很大。那里都是外国女子,如今特地回肥土镇来,想娶妻回去,是诚心诚意来找老婆的,绝不是胡乱追求戏耍。

老板娘果然带了侄儿到花顺记来,人也老实,有点拘谨,把一盒糖双手递给叶重生,说是想请花小姐去看一场七点半的电影。除了花顺水夫妇,其他的人都感到吃惊,花艳颜立刻走进厨房去了。她的祖父跟在背后说,交交朋友也是好的,去看场电影吧,人家可是诚心诚意来的。祖母紧接进来说,看场电影,又不是就嫁给他,给祖母一个面子。说着,牵着孙女儿的手走出来,让两个互相陌生的人去看电影,在门口截了一辆的士。绣庄的老板娘也就回店去了。

"人倒是蛮老实的。"掌柜太太说。

"年纪好像不小了。"花顺水说。

"巴拉西国那么遥远。"叶重生说。

"也不知道是怎样的农场。"花初三说。

花里巴巴坐在一旁一声不响,花艳颜和一个从来没见过面的陌生人去看电影,对他来说,简直是晴天霹雳,把他脸上一直挂着的笑容都震落了。花一花二在花顺记时没说什么话，回到红砖房子后，却讨论起媒妁之言这个问题来了。花一说，龙凤绣庄那位太太，可不是一只大蜜蜂？媒妁其实是资料中心，在古代，女子三步不出闺门，年轻的男女难得相见，倒不得不依靠媒妁来撮合姻缘了。花二说，可现代都是自由恋爱了。难说是自由，其实只是有限的自由，年轻的男女能结识多少朋友？许多人自由恋爱，结果却离婚了，自由恋爱也常常是盲目的呢。

两个都认为，将来的世界会有媒妁的计算机出现，两个打算结婚的人，让计算机来看看他们是否相配，适不适合结婚。资料包括双方的身体健康状况、家族病史、遗传基因、智力商数、教育程度、习惯脾性、志向理想、兴趣嗜好、经济能力等等，等等。

"恋人才不理什么家族病史、经济能力这些东西。"

"恋爱其实是一种精神病。"

"所以，从恋爱开始，到结婚收场当然最好，可恋爱和结婚根本是两件不同的事情。"

白粉道人

别瞧那个瘦削的流浪汉满脸病容，奔跑起来，还是挺快的。罗微从街尾追捕他，跑了半条街，跟着他跑上一道弯弯曲曲的楼梯，从楼下追上四楼，到了天台上，不见了他的踪影。如今这些新建的房子，一建就是十栋八栋，墙壁连墙壁，天台连天台。一上天台，四通八连，遇上火警，倒是逃生的上佳通道，至于追捕吸白粉的瘾君子，就不容易了，简直是在迷宫中捉老鼠。那么多的出口，不知道逃逸的人朝哪一座的楼梯遁走了。罗微小心翼翼，在天台上巡了一转，她不但要追捕吸毒者，还得保护自己，提防反击。但她受过训，学过空手道，自忖对付那逃走的人并没有困难，况且，楼下还有两个伙计正赶上来。

罗微不明白，为什么和她一起追捕的警员走得那么慢，是每一层楼慢慢地搜索么？八户人家的大门都关上，绝不会逃进屋去。事实上，罗微明明看见他一直奔上天台。从楼下跑上四楼，的确得花点体力。罗微在学校中不但是篮球健将，还是一百米短跑冠军，跑得快，气又足，爬楼梯对她来说，有何困难。楼下的伙计年纪的确比她大，胖墩墩的，大概跑了一半需要休息，才见不到人影。

终于一个挨一个，露出头来，气喘喘的。罗微说：分头找。刚巧听到远处铁门咿呀了一声，连忙翻过两道矮墙，果然见到人影晃了一下。她沿着楼梯追下去，到了一楼，追上了。那人缩在墙角，一面说，马丹[1]，你拉错人，你拉错人。罗微说，先跟我们回警署再说，用手铐把那人的一只手铐住。这时，两名警员也一先一后下来。那人对他们说：阿蛇[2]，拉错人啦。两名警员押着他到了街上，

---

1 马丹：音译自 Madam，指女警察。
2 阿蛇：音译自阿 Sir，指男警察。

也不答他的话，只说，回警署再说。

罗微捕到一名吸毒疑犯，觉得尽了警务人员的责任，非常高兴。警察的责任难道不是维持治安、扫除毒犯、打击不法分子、除暴安良么？吸毒疑犯由警员带去落案，登记，问话，她自己也回到办公室来。她是警务督察，属于高级官员，自己有一张宽阔的写字桌。这桌子，正中有一个抽屉，旁边有一列小抽屉。

她倒了一杯冷开水，拿着杯子，回到桌前坐下来喝。她的身体很好，经过一番追逐，并不见累，坐一会儿，又可以继续工作。她打开抽屉，咦，抽屉里有一个她从来没有见过的信封。她看看抽屉、桌子和四周的环境。她没有坐错地方，这正是她天天上班坐的位置。桌上的文件正是她摆放的样子。抽屉里的其他事物也是她整整齐齐放好的。只有这个信封，从来没有见过。她拿起信封，厚厚的，没有写上姓名和任何文字。她打开一看，里面是一沓纸币。罗微定了定神，终于知道是怎么一回事。

她急忙拉上抽屉，朝四周观看，人人各自埋头做事，都好像很忙碌，没有人瞧她，理她，一切如常，仿佛什么也没有发生。罗微知道，在这间大室内，以及其他独立的办公室内，每一个人，回到自己的桌前，坐下，打开抽屉，都会发现那么一个信封，里面塞满纸币。是谁放的呢？她看看四周，这个人，那个人，是他偷放信封的么？也许，他也只是收信封的人。可以确定的是：信封和这里的每一个人都有关联。大家都知道有信封这回事，就是不提。

她上洗手间去。经过大堂的时候，碰见和她一起追捕吸毒疑犯

卷二 —— 333

的伙计。她问他们,那个人给拘留了是不是?一名警员说,不,放走啦。

"怎么放走了?"罗微很惊讶。

"他是我们的线人。"

经济课

　　胡瑞祥已经整整三天没有睡过一觉。事情发生在星期六的早上,还没到九点钟,银行门口已经排起了人龙。门口一开,人潮涌入大堂,纷纷到柜台提取现款。这是出乎银行意料的突发事件,提款的人多,柜台上工作的职员少,工作的程序又缓慢,于是客户争先恐后,拥挤推搡,秩序大乱。大堂内挤得水泄不通,银行门口还围着许多人,要夺门而入,仿佛饥民抢劫食粮。

　　警察不久就到了,在银行外花了好多功夫维持秩序,终于把麇集的人群由实心的圆形分切成单行排列的长龙,银行门口还特别加设了铁马。是的,胡家的银行发生了挤提,不但总行外挤满人,连分区的所有银行也都发生同样的情形。胡瑞祥的兄弟、子侄,分头到各银行去打点事务,核心分子立刻召开紧急会议,商讨应变之策。

　　银行发生挤提,事先不能没有端倪,不过,肥土镇的土资银行没想到会闹得这么凶。自从肥土镇的建筑业、轻工业发展蓬勃,土资银行在短短数十年中增多了一倍。银行在各区各地甚至农村开设袖珍银行，吸纳客户，的确业务兴旺。那些本来把钱存在家中的小商人、家庭主妇，也都对银行充满信心，把钱存入银行，收取利息。而银行呢，资金点滴累积，就可以大量放款。

当然，银行愈开愈多，政府也订立了管制的条例，比如说，所有的银行最低的资本额要足五百万元，每年必须实收五分之一的公积金，银行经常要保持百分之二十五的流动资金，等等。这些条例，是要保证银行必须有足够的资金、健全的结构，不可以胡乱开业，浑水摸鱼。管制银行的条例颁布之后，不符合条件的自然无法执业了。也许是因为这样，有一家银号在一个月后就向高等法院申请破产。

银号会倒闭。这可把肥土镇的居民吓倒了。把钱存在银行里也不安全哩，银行倒了，一生的积蓄就变成烟尘了。这样的看法，在街头巷尾辗转相传，于是地震似的爆发了挤提潮。大家不再相信银行了，要把钱全部提出来，宁愿放在家里。当然这也不能怪小百姓，谁读过经济学呢，十之八九不懂得银行是怎么运作，做些什么事的。大家知道的只是，钱放在银行，是替你保存，还有按期的利息。

有的人以为，大家把钱存进银行，那些钱就藏在银行的地库或什么保管箱之类的东西里，铜墙铁壁，所以，银行里有很多钱。钱，大家又说，钱就是钞票，一张一张可以数，可以用熨斗熨平。大家不知道钱其实是许多不同形状、重量的东西，比如一沓支票、一块地皮、一列房屋。

胡家的银行有足够的资金，客户要提款，并不成问题，但是，没有一家银行会堆着千千万万的钞票，难道可以拿一寸地皮、一幅墙，拿不动产来让客户提取？即使是最牢靠、实力最雄厚的银行，一旦挤提，也无法立即支付许多现钞。胡家的银行不是没有资金，只是没有足够的一张张钞票。于是，胡瑞祥和儿子胡宁一起到处奔走，寻求大银行的支援，他父子二人都留学外国，故此由他们去和大银行的外国人商议。

星期六早上开始挤提，到了中午，人龙更长，银行本来下午休息，但为了应付客户的要求，照样办公，延长至七时。银行外仍排满了人。于是宣布星期日银行继续办公。提款的人就在银行外通宵露宿。于是，星期天又过去了。星期一才是胡瑞祥父子四处求援的日子。到了星期二，情况的确有了转机，因为由大银行出面保证有大量现钞支援，居民可以安心。挤提的风潮终于得到大银行的支持而平息下来。

彩姑整个夜晚没有睡好。当然，在街上露宿，又是冬天，怎么能安然入睡？肥土镇发生银行挤提的事，蔓延到许多土资银行，影响到各区各街的居民。商人、工人、白领、蓝领、家庭主妇、农民、渔民，各行各业，人人都抛下该做的事，去银行提款。彩姑是其中之一，她和楼上楼下的邻居一早收到风声，一传十，十传百，就联群结队去提款。银行外人太多，她们排在最尾，到了星期六下午七时，银行已经休息，她们还死守在门外，离银行一条街。排了那么久，谁也不肯走。于是都留在原地，露宿一宵。否则的话，明早再来，也不知排到哪条街上。

第二天是星期天，银行果然不休息，开门办公。不过，秩序由警察维持，每次只放十五个人进去，提款手续也繁忙，有的要取消存户，有的逐一数钱钞，花费很多时间。彩姑和邻居直到下午才能进银行，以为可以把全部积蓄提取，哪知银行因现钞短缺，每户每日只可提取一百元。出得门来，怨声载道。银行外面还有不少人挨着墙壁站立，或者坐在自己带来的小凳子上。有的妇人，拖着小孩、背着婴孩，一个老人感到头晕，由十字车送到医院去了。

星期一的晚上，彩姑还在那里喊叫，只准提一百元，有什么用呀，其他的钱会不会再也提不到呀，银行是不是会倒闭呀，早知这样，还是买金子放在家里好。她那么啰唆不停，终于给电台的新闻打断了。原来政府的官员在荧幕发表公告，叫居民不要忧虑。官员说，肥土镇的银行和财政结构健全，有充足的资金。任何银行受到挤提的压力，政府都会协助解决。又说，大量现钞已经运到银行。政府又呼吁居民，不要妄听谣言，应该理智看清事实真相，帮助解决困难，这是很容易的事，只要：

一、不再无端提取现钞

二、多用支票

三、已提取现钞的，从速将现钞存回银行

肥土镇的外汇银行公会也声明，银行以定期存款的存户，在未到期之前，一律不准提前取款。

银行的挤提风潮终于平息了。大家似乎也明白了一点银行运作的道理，好像突然上了一节经济课。建设一个城市，要几代人无数的心力；要破坏它，一两个人几句要命的谣言就可以了。一个月后，彩姑和邻居们又把钱存到银行去，至于胡瑞祥，白了许多头发，一下子苍老了。

烟的颜色

"初三怎么还没来呢？"

家具行的叶太太已经走到店铺门口张望了好几次了，但大街上并没有花初三的影子。叶太太等的是花初三，其实，她等的是小外孙花可久。每次花初三上家具行来，就带了孩子一起来。昨天，叶老板又买了一辆会呜呜响的电动玩具火车回来，火车不但会在轨道上行驶，转弯，还会喷烟。

等了很久，叶老板也站到门口来了。路边一个地摊上搁着个水桶，还有一盒子肥皂。小贩穿着一件大白袍，在袍上用笔胡乱画，然后拿起一块肥皂，沾了水，朝污迹擦，双手握着袍子搓。不久，袍子上的颜色墨迹都不见啦。于是他再重复把袍子弄污，用肥皂洗，一面喊：神奇肥皂，神奇肥皂，一洗就干净。围观的人充满好奇，也有人去买神奇肥皂。至于回家后灵不灵验，就要试过才知道，神奇肥皂小贩也不会再在这条街上出现。

花初三还没有来。叶老板夫妇看着流动的小生意人经过，一面走一面叫喊。磨剪刀铲刀。收买烂铜烂铁。附近没有人家要磨刀，小贩喊着喊着走远了。收买烂铜烂铁的倒有生意，理发店拿了一把坏了的吹风筒和一个烧炭的旧熨斗出来，至于一个饼干罐，拿出来又收了回去，因为店内的老太太嚷着要铁罐装零碎的东西。收买烂铜烂铁的声音远去后，大街上忽然有点浮躁的样子，行人的步伐是急促的，远处传来有许多车声和警笛声。有的人抬头看天，用手指点，叶老板顺着行人的视线仰望，晴蓝的天空飘荡着浓浓的黑烟。

花初三带着孩子上家具行，走到一半就听见鸣号的车辆此起彼落，几辆消防车还在他面前的路上驶过。花初三转入小巷，走向山边。即使在白天，远远也看到山上一片火光，黑色的烟不住扩散。通向山上的主要小径，挤满了人，仿佛倾覆了蚁巢，万虫钻动。朝下奔跑的人拖男带女，衣发散放，消防员则逆流而上。山下四周的几条街道上都站满人，那些从山上逃下来的灾民有的穿着拖鞋，有的赤足，有的抱着一个饭锅，也有的抱着枕头。有的人扶着老人坐在街边，有的人喊叫走动，寻找失散的家人。有的人仍想朝山上跑去。

消防车到了不少，但车子不能驶上山，都停泊在山下的街道上，长蛇般的喉管遥遥接驳到灾场。山太高，云梯太短；火场太大，水力太小。指挥官和警司紧张地讨论形势，警察驱散观火的群众。消防车和救护车、警车越来越多。花初三贴墙而站，抱着孩子。这是他从来没有见过的大火，他一生中碰见过无数次的火灾，烧的是一栋两栋的房子，牵连的是二楼三楼，而现在，这么大的火场，数以千计的木屋陷入火海，数万人在逃生，简直是肥土镇上的大灾难。

花初三只消看看烟的颜色，就可辨别火势。火场边缘的房屋，起初还在刚刚开始焚烧的阶段，不久已成为自由燃烧了，而中心的房屋，已陷入闷烧的阶段，冒出浓密灰黄色的烟。火场中央，无数木屋烧通了顶，大片的房子全面闪火。木屋多数由木板和锌板搭成，有的砌砖，室内的家具也以木为主，其他的物质则是纸和布，煮饭用火水，既无煤气，电流不多，也没有易燃的金属，要扑灭本来不算太难。用水冷却，使燃烧物的温度降至燃点之下，就可熄灭了。可是火场范围广阔，又在山上，简直像森林大火一般难以控制。消防器械车上挂着许多工具，有各种的钩、矛杆、撞锤、撬棍、鱼尾镐、锯、刀和斧。花初三觉得，看来，在这个时刻还是一把斧头更实用，大火无法控制，斧头反能劈开边缘的木屋，把困在屋中的人救出来。

这么大的火场，花初三想，大概得设一条控制线，不断用水降温，而中间的木屋，只能由得它烧完为止。灾场出来的逃生者一片哭声，对于一名斧头党员来说，最难过的还是见到凄痛的受灾者，以及无法控制的火势。他本来愉快地带着孩子上家具行去，现在的心情无比沉重。火燃起他许许多多的记忆，却又让他有一种无力感。第二天早上，他读报纸，山上的大火，焚毁了七千多木屋，灾民人数高达六万多。

七层船

跳鱼湾区和肥水区的接壤处，兴建了几栋高大的楼房，由地面数上去，共有七层。建好不久，已经住满了人，住进去的正是早几年住在山上木屋的居民，那次猛烈的山火摧毁了他们的家园，如今总算得到了安置。跳鱼湾区那块空地，本来是矿石场，石也采得差不多，已经被废弃，新建的房子，是政府的房屋计划之一。肥土镇的山火，一连发生了许多宗，灾民就有数十万，政府是必须想办法安置他们的，于是徙置大厦就在不同的灾区附近兴工动土。徙置大厦一列五座，看上去仿佛一艘艘巨大的海船，大厦与大厦之间，形成了人行道。楼下都是铺面，开了些杂货、食肆的小店，楼上则全是民居。这些房子，和一般的私人住宅不同，结构有点像宿舍。在街上朝上看，只见层楼外是走廊，以一米高的矮墙围着，走廊的内侧是一道一道的门，就像学校课室的门一样。但一般的学校，每一层楼大约有四个课室，徙置大厦则一层有双倍的门。每一扇门内住一户人。

即使从街外望上去，也可以看得出，每一户的面积相当狭小，户户相连，非常挤逼，楼身也显得低矮，不过，对于曾经住在山上木屋中的人来说，能够轮候住进去，已经是莫大的欣慰。首先，这是合法的居所，虽然要交租，可租金便宜。大厦有水，有电，有厕所，这就解决了生活上许多的困难。再也不用攀山了，再也不用去轮街喉的水了，而且，火警的威胁几乎可以完全排除了。当然，生活在这些大厦中的居民，仍有别的困扰。仿佛他们虽在海上获救，却不过转移到一艘颠簸的船上。

大厦的每一户，只有居住的一点儿空间，没有独立的厨房和厕所。所以，家家户户煮饭烧水的去处，就在门口贴墙小小的地方，这里既是交通的要道，同时又是主妇们忙碌的场所，一到炊火四起时，走廊上挤满人，弥满烟，食物滋滋的呼叫声，伴着左邻右里的闲话家常。这既是交际中心，也是仇恨的温床，有的人和平相处，有的人大吵大闹，操刀追杀。洗衣裳当然可以搬到自家门口洗，但上厕所，沐浴，还是到厕所和浴室去较方便。主妇和年轻的女子就不得不小心翼翼了。大厦只有公共的浴室和厕所，一字儿排开若干格，遮蔽的建设只是一道简陋的门，上下打通，仿佛泳棚一样，的确没有安全感。于是几个主妇一起进去，互相守护，做母亲的陪着女儿，以防骚扰。只有小孩子高兴热闹，让哗哗的水冲洗身体。

几座大厦，数条人行道，形成一个徙置区。居民上班，上工，主妇们煮饭，接手工业回家做，小孩们上学。居住在这么狭窄的空间，青少年被逼向外活动，常常逗留走廊和梯间，或者到附近的球场打球。小孩子则在楼下的人行道间追逐游戏。女孩子几乎没有一个可以安顿自己的休憩处，不是加入男孩子的群体，就只好躲在家里。天台是宽阔的，摆了些乒乓球桌，倒也可以让青少年上去运动。不久，儿童会利用这可贵的地方办了简陋的学校，让楼下的小孩可以读书。

于是，在白天，这里就成了小孩的课室和操场，还种了一点儿盆栽。有教师在那里走动,其中一个,是罗微。自从在抽屉中发现装了纸币的信封后,她已经辞职不干,宁愿另找职业,到天台小学教书。

一千七百多年

跳鱼湾区的徙置大厦住满了人后,金银湾区的另一组徙置大厦也动工了。近年的火灾,都是动辄数万人的灾难,而且灾场都是木屋区。不但山坡上的木屋,连山脚的木屋,平地上靠山边的木屋也遭到火神的光顾。当然,起火的原因是不容置疑的:人口众多,房舍密集,盖搭房子的材料全是易燃物品。

连续不断的火灾,造成无数人无家可归,政府再也不能采取放任政策,由得这么大群的灾民自生自灭。头痛了,就医头吧,快捷而又可行的办法,是迅速兴建简陋的徙置大厦,让灾民的头上有瓦,四周有几堵得以藏身的墙。至于环境的质量,狭窄的空间,都不再考虑了。

金银湾徙置大厦地段动工的时候,工人掘着掘着,竟发现山边有一个大洞,却不像防空洞,泥层不是一般的松土和岩石,好像有什么建筑物似的,规模似乎还不小。工程于是停顿下来,由专家来勘定,经过探测,缓慢地考察,山洞中的物体渐渐透露出自己的身份,正如考古学者的判断,那是一座古墓。

金银湾发现古墓的消息，使肥土镇的居民增多了茶余饭后的话题。过了不久，谁都把这件事淡忘了。可是，对于花初三来说，仿佛发现了宝藏。看过报纸上的消息，也等不到第二天，立刻就赶到现场去。花初三并没有想到自己在这个事件中到底处于什么位置，只是内心的呼唤，把他引导到一幅大空地上来。山洞旁边疏疏落落地站着、蹲着一些人，空地的外围则站满了观看的人群。

山洞旁工作的人，有几个是外国人，年纪比较大，另外有一些肥土镇人，倒是年轻的小伙子。一个小伙子，手握一把铜探铲，走到空场的边缘去，当他经过花初三的身边，忽然"咦"了一声，原来他是日耳曼国文化协会的学生，正在花初三任教的一班。两个人谈了一阵，小伙子就带花初三去见几个外国人，其中有冰岛的神甫，以及肥土镇土文大学考古学系的客座教授，小伙子是肥土镇土文大学的学生，教授是他的老师。

神甫会说日耳曼国话，和花初三轻易交谈起来，知道花初三是考古学系毕业的，又是田野考古研究的专业，很是高兴。神甫拍拍花初三的肩膊说："好极了，正缺乏帮手，大家一齐投入这千载难逢的盛事吧。"花初三没想到自己竟然可以参加考古发掘和研究的工作，这正是他梦寐以求的，那份雀跃的确没有人可以理解。

于是，花初三跟随冰岛神甫，以及另外一些考古的学者，加上考古学系的学生一起工作：发掘，记录，摄影，绘图，刷洗，拓印，由墓道的入口缓慢地发掘，终于让整个古墓浮露出来。古墓呈十字形，是典型的古代砖室墓，由封土、墓道、墓室组成；砖室又分前后室，左右耳室。虽然没有壁书，但随葬明器不少，且有私章，很具规模。五十八件出土的明器中，既有陶屋模型，又有陶鼎，并且有青铜器。

"古墓是一千七百多年前的遗物。"

"一千七百多年前，肥土镇已经有人兴建了这么文明的衣冠冢啦。"

蜃楼

莲心茶铺子的门上，一直贴着张红纸，写着出租的字样。有一段日子，根本没有人问起，不过，这一阵情形可不同了。三天两天，就有人来租。奇怪的是，租房子住的人并不租一个月，而是租一天，有的两天。而且，租房子的人，并没有行李，只是随身背一个书包，或者挽一个藤篮，仿佛到郊外去露营似的，其中，还有外国人。

花顺水在店铺内坐在柜台前，有人进来光顾了，不是来买蜂蜜或者肥皂，而是租对面的莲心茶铺子。花顺水翻开一本硬皮簿子看看，哦，下星期六，给人租了，再下个星期六好不好？租房子的人也无所谓，就租下个星期六。简直不像找房子住，就像买票看电影，这一场满座，那就买下一场的票子。的确，花顺水不久就明白啦，来租莲心茶铺子的人，根本不是想住房子，完全是想看"电影"。因为有些人住过，说是看到从没见过的景象。

"楼梯上有步履的声音。"

"一名青衣女子,挑着一盏莲灯。"

"房间一角,灯辉如昼。"

"许多女子,满头翠凤明珰。"

"走起路来,环佩玎珰。"

"唱起咿咿呀呀的小曲。"

"低声浅笑,喁喁细语。"

一个外国人也来租莲心茶铺子住,这个人头发都白了,他就是写过"飞行原理"文章的人,坚持说自己在肥土镇上看见过飞毯。他在莲心茶铺子住了两天,回去写了一篇文章,投到国际幽灵学刊上发表,题目叫"蜃楼异象",文章里面提到他见到一位绿衣女子,明明是许多年前坐在飞毯上的同一衣饰和模样。

肥土镇的杂志上也有专题的报道,说是有人在莲心茶铺阁楼见到如真如幻的人影,听到多声复调。撰文的人自称并无宗教信仰,也不相信鬼魂,但坚称是耳闻目见,至于原因,无法解释,只说是超出了自己的智力范围。

经过杂志的报道,来租阁楼的人更多了,都是充满好奇心的人。也有拜佛的妇女,来看看是哪一些菩萨显灵。但她们什么也看不见。也不知道是什么道理,住阁楼的人,有的说看见人物,绘影绘声,越说越稀奇;有的却说什么也没有瞧见,这些人继续又试过几次,仍无收获,终于下个定论:别的人全是胡说八道。于是写信到报纸的读者之声发表意见,认为有人妖言惑众导人迷信。一位学者引用了荣格新作的理论，认为人们宣称看到的幽浮，不过是另一种集体无意识，把梦境当作真相。无论如何，租阁楼的人更多了，而且，由于有的人说见到，有的人又说没见到，竟分成了见到派和见不到派，互相辩难，从阁楼出发，牵涉到科学、神学、灵魂学，以至哲学、音乐、舞蹈、文学、电影等等。花顺水才不管别人怎么说，他只是打开一本硬皮簿子说：下个月的第三个星期六怎么样？

"怎么有的人看得见？"花一说。

"有的人又看不见？"花二说。

"嗯，是这样的：左半脑发达的人看不见。"花一说。

"右半脑发达的人看得见。"花二说。

"左半脑管的是理性思维。"

"右半脑管的是直觉。"

"右半脑发达的人是越来越少了。"

花叶重生

兴隆银行是胡瑞祥家的家族生意，由祖父一辈传下来，如今是第三代掌柜，董事局的成员全是胡氏家族的兄弟。胡瑞祥在兄弟中排行第六，是众兄弟中排行最幼的，他兄弟虽多，可是其他的兄长全是同父异母，他的母亲是妾侍身份，可最受宠爱。父母既已过世，妾侍子女的地位相对来说不高，不过，胡瑞祥在家族中受到倚重，是银行中的中坚分子，因为那些兄长虽然掌握了大权，却只有他一个是真正留学有成，读经济出身，懂得银行的运作、金融的管理。但这也并不意味着他的兄长们就不懂得银行的业务，他们是凭经验来操纵这一台银行机器的。

胡家几个子侄，都在银行做事，职位自然不低，算起来，真正能干的并不多。胡宁也是经济系出身，可他的一些堂兄弟，父辈花了不少钱让他们留学，其实是山高皇帝远，拿了钱吃喝享用，驾驶名贵的汽车招摇过市，几曾好好读书？胡胡混混，过了几年，也带着一张毕业文凭回来，还拍了不少四方帽子的照片。到银行工作，除了一套花拳绣腿装模作样，最多会说一嘴流利的洋话。

开董事会的时候，提到银行的业务和开拓的方向，几个穿得漂漂亮亮的青年人就建议把跳鱼湾海边当年买下的一列货仓拆卸，建一座宏伟富丽的兴隆银行大厦，因为这样才可吸引居民的信心，前来存款。他们的父辈自然看得出这是浮夸的建议，没有理会，反而提出稳扎稳打、踏踏实实的计划。事实上，他们的眼光是锐利的，看得出肥土镇最蓬勃的还是建筑业，其次是小型的工厂，由于贸易生机勃勃，就必须更换先进的设备和机器。银行必须吸纳这些商家，向他们放贷，的确，兴隆银行的业务果然十分兴隆。

切入心脏地带，是胡宁的建议。刚好和兴建宏伟的银行大厦相反，他建议开设更多的小分行，在肥土镇不同的地区，而且是在大家认为贫穷的民居。这些分区小银行，面积不必大，不需要高楼大厦，只需两个铺面的大小，给人一种亲切感，营造街坊形象，让每一个人都可以进去。胡宁认为，许多居民对银行还像对待衙门一样，仿佛是很严肃，少一点钱也不能进去的地方，如今必须把这观念纠正过来。可以在报纸上做广告，可以允许用很小额的钱开户口，可以由专人在银行中帮助客户，讲解和回答一切的问题，可以储备大量的硬币供他们找换，后者特别方便那些在菜市做生意的摊贩。

胡宁的建议得到通过，兴隆银行在街市、人口稠密的地方，甚至在徙置区、乡村全开设了分行，果然获得小市民的信任和欢迎。拖着小孩的主妇，穿着木屐的小贩，年老的文盲也走进银行来了，银行吸纳了大量的小额存款，向更多的客户放贷。这个时候，正是肥土镇上建筑业最蓬勃的时候，建筑商可以大量兴建房屋，自然是得到银行的支持，于是，银行业、建筑业都欣欣向荣，带动了建筑材料商、木工、泥水匠、油漆工人都生意兴旺，还增加了测量师、会计师的工作机会。

兴隆银行的业务不断拓展，胡瑞祥管理的是外汇和按揭的部门，只要有物业，就放贷给企业家。银行还增设地产的部门，掌理兴建楼宇，由胡宁跟着三叔镇守。正是建筑业兴旺的年头，胡氏家族手上有不少地皮，那是祖父辈以前以低价投得的，如今地皮飞涨，正可利用那些地方建高楼大厦。但胡宁另有建议，认为可以发展肥水区的中心地带，莲心茶铺子的地方。这是花顺记从未料到的计划，胡宁和表姊一家认真商议了许多日子，结果签下了合约，花顺记这边在合约上签的名字有两个：花叶重生，花里巴巴。

卷三

俘虏

两个男人，一左一右，走到花里耶身边。花里耶刚从清真寺出来，打算回家，正在奇怪两个陌生人越走越近，一下子就给他们推进一辆在街旁慢驶的汽车。花里耶来不及喊叫，被人在头上套了一个纸袋，只露出眼睛。汽车迅速驶去，渐渐远离楼房，进入荒僻的野外。花里耶瞧瞧车内的人，司机、两个劫持他的人也头上套纸袋，不过，这种纸袋上贴了许多绉纸和彩饰，悬垂着丝带，飘荡着羽毛，仿佛是去参加化装舞会。

汽车一直朝山丘、岩石、草丛的地方驶，最后抵达一处美丽的海滩。这地方非常宁静素洁，没有任何游人抛弃的垃圾，沙滩上遍地是各种各样的贝壳，到处有螃蟹在漫步。海边泊着一只小艇，花里耶被陌生人带到艇上，然后在海中心又上了一艘飞船。船只立刻升上海面飞行。这时候，花里耶头上的纸袋给脱下来了，不过，颈上却套了个项圈。花里耶觉得很奇怪，根据常识，人质总是给加上手铐，绝少加上颈铐的。

花里耶不知道船只会带他到什么地方去，也不明白别人为什么要劫持他。不过，船上的人对他非常有礼，也很友善，他们端给他美味的食物，包括罕有的驼羊奶，还放电影给他看。在船上，他有自己独立的船舱卧室，舒服的床，现代化的卫生设备。船舱内的桌子上摆了鲜花，还有一篮品种不同的珍异水果，床罩已经折起翻开，让他随时休息，枕头上还放了一颗突厥国土产的软糖。花里耶想,这简直是住进大酒店了。最令花里耶感到意外的是,地上铺了一方膜拜的地毯,织的花纹是清真寺的拱门和悬挂的灯盏,地毯的边饰布满了不同颜色编织的生命树。地毯的拱门图案上端,搁了一个指南针。花里耶想,真是设想周到,于是做了循例的膜拜,翻开桌上的《古兰经》读了一阵,决定还是睡一觉再说。

花里耶并没有失眠,大概是晚餐吃得丰富,又喝了点糖茶,一觉睡到天亮。梳洗之后,出得舱来,原来船已泊在岸边,有人在岸上欢迎他哩。一个满脸笑容的人对花里耶说:"欢迎您到飞毯岛来,我是一三五号,随时为您效劳。"这时候,花里耶看见一三五号的颈脖上也围了一个项圈,几乎所有的人都有同样的饰物,不久,花里耶就明白了,项圈其实是对话机。飞毯岛上住着来自不同国家的人,说的方言又多,彼此语言有别,无法沟通,而对话机是飞毯岛上的高科技产品,戴上了,按钮调校,就可以和任何人交谈。

花里耶在岛上受到和船上同样的礼遇,有独立的花园洋房,每餐的食物丰富,还有家乡的风味。在他的寓所里,衣橱内挂着突厥国的衣衫,书架上摆着突厥文的书籍;当然,地上铺了地毯。如果一个人的要求是过悠闲舒适的生活,这真是理想的乐园。不过这种乐园来了就没有办法离开。大家可以透过报纸、书刊,了解世界各地的情况,获得消息,外面的人却无法知道你在哪里。对于贵宾来说,这里没有长途电话,没有邮递服务,也没有任何和外界沟通的工具。

花里耶住了几天就明白了他被强请到飞毯岛上来当贵宾的原

因。原来有那么一位富甲天下的人，世界上的许多奇异珍宝他几乎都有了，可是，他的梦想，却是拥有一幅飞毯，一幅真正会飞的毯。于是，他占据了地图上也找不到的隐秘的岛，建设得美轮美奂，一切设备都尖端科学化，然后，由他的职员到世界各地把和飞毯有关的专家"请"来，希望能帮他做出一幅飞毯。凡是和"飞""毯""天空"有关的人，都受到青睐。花里耶正是被选中的人物之一，因为他是果鲁果鲁村的地毯商，那里的人个个会织地毯。

飞毯岛

谁也没有见过飞毯岛的岛主，只听过他的声音而已。大家都由岛上许多的工作人员接待，受到尊贵的礼遇。比如说花里耶吧，他是突厥国人，爱吃突厥国的食物，爱穿突厥国的衣裳，在飞毯岛上，他的房间里就有整整一橱家乡的衣服。每天，服务员特别为他送上家乡的食品。即使需要什么特别的东西，只要一说，过几天，这东西就出现在花里耶的面前了。这么好的待遇，并非花里耶一个人独有，而是每一位贵宾都可以享受。

飞毯岛上的贵宾，都是由岛上的工作人员到世界各地"请"回来的，数十人中包括科学家、文学家、哲学家、艺术家，什么人都有，只要被认为和飞毯有关，就给请来了。起初的研究重心是飞毯，稍后范围扩大，凡和"飞"或"毯"有关的都网罗在内，尤其是和飞行有关的人物。比如说，泼拉泼拉，她是一名女巫。据说，自从十三岁开始，她就一直在找寻母亲遗留给她的一把念念咒语会飞行的扫帚。至于和飞机、飞船、风筝等有关的人，自然也给请来了。

岛上生活舒适悠闲，平日随各位贵宾的旨趣过活，住的是一年四季二十度室温的空调独立单位寓所，二层楼式的花园洋房，四周栽满花树。各人可以在室内安静工作，也可以散步，骑脚踏车，种花养鱼，或者游泳，划艇，攀山，打球。

飞毯岛的地形从高空俯瞰，像猫的足印，中间是一大片土地，另外有几块小一些分散的小岛。贵宾们住的是那些小岛屿；至于那幅大的土地，是岛上的行政大楼，贵宾们被邀请每月到大楼的会议厅开一次会，讲讲有什么新的发现和心得。

每次开会，岛上的贵宾就相聚一堂了，大家坐在圆形的大厅中。这时候，众人可以听到岛主的声音：欢迎大家，请说说最近对飞毯发展或制造的心得。事实上，几年过去，一直没有人能够提供制造飞毯的方法。但既然是开会，岛主循例请贵宾随便发言，内容只要涉及毯、飞行，甚至天空、气流等什么都行。一位小说家每次讲一则和飞行有关的故事，一位宇航员讲星空中的各种见闻，一位物理学家讲四度空间和宇宙中的弯曲航法。

花里耶每次也讲一些话，他讲的都是编织地毯的技艺，用什么材料，怎样染色，怎样编织，绘什么花纹，怎样处理边饰，等等。

由于地毯知识的丰富，也由于兴趣相近，他和另外几位地毯专家结成了朋友，空闲时还一起游泳和打球，并且交换了各地编织地毯的心得。其中一人是古典地毯博物馆的馆长，另有一位是国际地毯协会的主席。但和花里耶常常见面的人并不是他们，而是一位来自肥土镇的哲学家。

在飞毯岛上，每个人都要戴一个项圈，这是彼此借以交谈的仪器。肥土镇的哲学家一直拒绝戴这件怪物，称它是狗圈，戴了就像一只狗，说话只是狗吠。所以逼他戴上，他就不开口。岛主拿他没法，可大家又不懂他的话，于是只好请花里耶来做翻译。花里耶的住所也就搬到哲学家的隔邻。每次开会，哲学家倒有许多话要说，每说一句，就由花里耶重复一次。花里耶记得，第一次做传话所说的话，一开头的时候就是：维天之命，于穆不已。

有一次，哲学家一讲讲了两个小时。从孔子、孟子一直讲到程朱陆王，既讲佛家的天台、禅宗，又讲康德的批判。花里耶也不知道自己传对了多少术语和道理，只知道在座其他的一些哲学家惊讶极了，肥土镇居然也有哲学，也有文化。他们后来常常找了花里耶一起上肥土镇哲学家的住所聊天。由于翻译，花里耶倒学懂了不少龙文。

在岛上，空闲的时间对花里耶来说是太多了。许多贵宾倒也乐于宁静地在家中看书，研究，写作。肥土镇的哲学家也一样，大多数的时间在埋头写读。他很少出外运动，喜爱的是下棋，不久，花里耶就成为他的棋友，每晚，二人总在屋里下棋。

文棋

　　生活在飞毯岛上的花里耶，并没有事情要做，他又是不耐烦枯坐家中的人，于是整日在户外到处逛，游泳呀，钓鱼呀，种花呀，胡思乱想呀。许多科学家躲在室内设计和研究，但也有不少人跑到露天的地方来。比如说，文学家就躺在树荫下休息；生物学家伏在泥土上捉甲虫；至于马戏班的杂技员，在两栋房子顶上悬挂了钢线，持着一支长竹练习空中步行。花里耶常常到处看别人工作，表演，白天很快就过去了。到了晚上，他就到肥土镇哲学家的寓所去下棋。

　　肥土镇的哲学家不爱户外活动，既不游泳跑步，也不踢足球打网球，他只爱读书和写作，此外，他爱下棋。有时候，几位哲学家会上他的寓所和他讨论哲学的问题，这时候，花里耶又得辛苦地去当传译啦。不过，大多数的日子，哲学家只是一个人留在家中，花里耶是他的邻舍，不时过去看看他有什么需要，因为他不佩戴对话项圈，一切都由花里耶去传话。

　　肥土镇的哲学家需要一副围棋，服务员很快就送来了。当时没有对弈的人，哲学家只好自己和自己下棋。过了几个月，服务员送来了一台小机器，上面有一块屏幕，只要按动机器的按钮，屏幕上就会显现围棋的棋盘，再按动机器，还会下子。这一来，可有了下棋的对手了。但哲学家并没有因此感到欣喜，因为他不喜欢机器棋手，他喜欢和有生命的人相处。机器是科学家努力设计的东西，哲学家关心的是人，人的来处和去处，人的本性和本质这些课题。

花里耶常常上哲学家的寓所，不久就成为哲学家下棋的棋友了。起初，花里耶对围棋一点也不懂，只见一堆黑一堆白的圆石子，放在棋盘的格线上，后来，他渐渐明白了。以前在肥土镇，他也见过人下棋，小孩子玩斗兽棋，棋上画着狮子老虎大象老鼠，还有海陆空战棋，画的则是战舰、炮艇那些。

至于成年人，多数下象棋，棋子有兵卒车炮将帅。围棋和那些棋都不同，只有黑白两种颜色，没有名字。下久了，花里耶也明白这种棋的特色了，象棋是武棋，讲打讲杀，弱肉强食；围棋是文棋，讲的是围与突围，重视气的空间，只要有气，就能生存。这里面，似乎有很深的道理。和哲学家下棋的时候，二人也会聊聊天。对于花里耶来说，飞毯岛不是理想的生活场所，不能四通八达，怎么能经济繁荣呢？他到底是做生意的人。而哲学家也有他的意见，认为岛主只一心想登天，却不知天不践仁。他说：如果心灵了无挂碍，肉体上了天又有什么意义呢？

这么一位哲学家为什么会被请来？原来在一次公开讲学时，他曾说："夫子之不可及也，犹天之不可阶而升也。"意思是大家都比不上孔夫子，一如青天不可以用阶梯爬上去。他是研究孔子的权威，那么他大抵是知道有其他飞天的方法吧？于是也把他捉来。

到过肥土镇哲学家寓所中的人，见过桌上摆开了棋盘，有的也学起围棋来了。其中有一位物理学家狄先生，更加感兴趣，过了两个月，他带了一个新的棋盘来见哲学家，这棋盘可真令大家感到惊讶了，因为一般的棋盘都是平面的，这棋盘竟是圆形立体的，那模样，恰恰像一只轮胎。狄先生说，这是"没有边缘的封闭曲面"，棋盘的格子散布在上下左右，把十九格的角和线的界限都打破了。哲学家也觉得这环面棋盘能启发思考，因为下棋的人不再需要考虑"角"位有任何优势；黑子下第一手的时候，不管下在哪里都不要紧。

世界上的一切事物都互相牵连，互相启发。比如这圆形的棋盘，正配合哲学家这一阵思考的重心，他正在钻研佛教圆教、道家圆教、儒家圆教。哲学的最高境界是最高的善，他认为，最高的善即圆满的善，也即是圆善。

打开意见箱

每月一次的"飞毯研讨会"，是岛上的贵宾有义务必须出席的，所以，行政大楼二楼的会议厅，团团围坐了岛上的贵宾。除了肥土镇的哲学家，人人都戴上项圈，这样，才可以听到别的人说些什么。在这样的会议中，岛主总是首先发言，循例是欢迎贵宾光临飞毯岛，需要什么东西，可以向服务员提出。最新的书籍、杂志、专科资料，研究的仪器、材料，个人喜好的用具、食物，都可以供应。当然，岛主一再道歉，对外的通信无法满足贵宾的要求。

"这里简直就是监狱呀。"女巫泼拉泼拉喊。

"我们是遭到软禁呀。"一位吉卜赛预言家说。

"把我们都当作奴隶呀。"马戏班的空中飞人说。

岛主总是说,希望贵宾牺牲小我,为全世界的人谋求幸福,制造出飞毯来。为什么要制造飞毯呢?他说,这个世界是不是越来越不适合居住?因为人类不断破坏大自然,不论是城市和乡村,充满有毒的废料,天空、河流、雨林都被污染,人类将来再也无法生存了。所以,我们就要制造飞毯,替代如今的汽车、轮船、飞机。飞毯不会污染环境,没有废气,原料只是羊毛或真丝,绝对不会破坏大自然。由于时间的关系,暂时就讲到这里,希望大家讨论。不知道最近可有制造飞毯的突破?

"拥有了制造飞毯的技术,岂不可以变成世界上最富有的商家?难保不是为了私人的利益。"一位经济学家发表了意见。

"我看,一旦拥有了飞毯,就拥有了空中的霸权,是掠夺权力的手段吧。"一位历史学家有他的想法。

"现代人不断发明飞得更快、飞得更远的交通工具,已经是火箭、穿梭机的时代,怎么还要制造古老的飞毯,简直是文明的大倒退。"一位火箭专家不甘沉默。

事实上,岛主在每次开会时,只做一番短短的开场白,内容的论点似是而非,甚至有时破绽百出,但他说了一番话后,循例不再作声,既不辩论,也不反驳。而大会上呢,不久也就形成了两派的争辩,一派是科学家,另一派是神学家。科学家认为,世界上根本就没有飞毯这样的一种东西,会飞的地毯,并没有任何事物可以实证；而神学家则认为，宇宙之大，是人类无法洞解的，宇宙是大海，人类所了解的充其量是这大海中的一滴水罢了。至于有没有飞毯，人类不知道。

一位文学家并不参加辩论，每次只是讲一则飞行的故事，从《一千零一夜》到《小王子》，他的故事再讲数十年也讲不完。一位导演则讲述他下一部电影的拍摄计划，主题是天使的爱情。来自肥土镇的哲学家每一次都有话说，当然，他说的话都由花里耶传达一遍，有几次，花里耶传得很辛苦，因为不明白内容，只好一个字一个字照述，比如：道可道，非常道；名可名，非常名。不过，有时候，花里耶好像也懂得一些传述的内容。比如：北溟有鱼，其名为鲲。鲲之大，不知其几千里也。化而为鸟，其名为鹏。鹏之背，不知其几千里也；怒而飞，其翼若垂天之云。

别以为飞毯岛上的贵宾什么成绩也交不出来，好几位科学家就一起合作制出了一个"飞行平台"。这物体没有双翼，亦无旋转器，只像一幅厚厚的地毯。平台上有驾驶台，左右两旁有控制器，可以控制和调节飞行的高度、速度，以及方向。平台上还设有紧急降落伞。

它不需要跑道起飞，可以负载一百五十磅燃料，承载一个人，时速六十英里，最大飞行高度为一万英尺，可以连续飞行三十分钟。当然，飞行平台仍然不是飞毯，平台上有涡轮风扇发动机的动力装置，没有飞毯的潇洒，也不可以卷起来，而且，制作的后期，已经有飞毯岛的工作人员严加监守了。所以，科学家们得继续研究，贵宾们没有回家的自由。

文化交流

如果说贵宾们在飞毯岛上毫无贡献，那是不对的。那么多的专家和经验丰富的手艺人，怎么会没有建树？飞毯岛上好几间大房间内，搭起了编织地毯的木架，摆满了毛线、丝线、棉线，坐着一群人在那里工作。另外还有染线房，储备茜草、靛蓝、皂斗、紫草、绿矾等染料，还有设计室，让绘图专家在里面给地毯打图样。简直是制造地毯的大工场，而且产品丰盛。不过，漂亮的、优质的、令人惊叹的地毯织出来了，却没有一幅会飞。

古典地毯博物馆馆长、国际地毯协会主席、花里耶，和一些地毯艺术家，空闲的时候就到地毯作坊去参观，看手艺人怎样搓线、染色、设计图样和编织。不同乡村的人织出风格不同的地毯来。

"这么多地毯的品种，真是文化交流的好机会。"说这话的人，是国际地毯协会的主席。

"如果文化过分交流就糟了，应该保持自己的特色才好。"古典地毯博物馆馆长有不同的意见。

"地毯会飞是天生的，大量生产也没有用。"这是花里耶重复了许多次的话。

飞毯岛上的确没有制造出飞毯来，不过，岛上却有许多地毯。

每天不停生产，又有许多专家提供意见，岛上拥有了各种各样风格独特、精致无比的地毯。在行政大楼和贵宾馆的地上和墙上都挂满、铺满了地毯，连走廊上，楼梯上，也都铺上地毯。在众多的产品中，有一类图案，是飞毯岛上特有的，也可以说是岛上培育出来的成果。一般的地毯图样有的是花朵，有的是动物，有的是图案，可飞毯岛上的地毯图案，出现了鸟笼，没有门窗的房屋，被捆绑的人。若是挂在大堂里，简直像开画展一般，展题大概是"囚城"。

地毯专业的人那么多，所以，每次研讨例会上，讲述地毯的话题和讨论飞行的各占一半，涉及天空的则相对减少。一名记者，没有什么特别的话要说，每次只记录一些贵宾的话，结果，寓所中积存了许多书架的开会资料。空闲的时候，他还把地毯、飞行和天空的主题分门别类，编集起来，他说将来如果能够离开飞毯岛，就可以出版好几册厚厚的书。

他于是很努力地记录贵宾的说话，这天，他又记了好几页纸。以下是其中的一部分：

为什么羊毛是编织地毯最适当的材料呢？因为它有八大优点：耐磨性、弹性、抗起毛球粒性、耐污性、去污性、保暖性、抗静电性和阻燃性。抗静电性是挺重要的，地毯上若带有静电容易吸尘、沾污，使色泽萎缩；阻燃性也重要，不然的话，一枚烟蒂就足以把整幅地毯烧掉。羊毛地毯有这八大可爱的个性，可有没有缺点？当然有，它的防蛀性低。羊毛也容易氧化，由白变黄。

怎样把一幅地毯挂在墙上呢？五英尺乘七英尺的地毯，就在背面缝上一条长长的布，仿佛一只长长的袖管，用木棍或不锈的金属棒穿过布条的长洞，就可以挂起来了；大的地毯，应该分三段处理才够承担力，挂毯不可受强烈的阳光直射，以免褪色；不可近火，以免烤坏；不可挂在潮湿的墙上。

怎样收藏一幅地毯？平铺在地，把一个比地毯阔的硬纸圆筒放在毯面上，小心卷，别使毯面打皱。卷成圆柱状后，头中尾段各扎一条绳子。不要把地毯直立或斜放，毯上不可放重物。每年打开来看看，让它呼吸三两天。不可用胶袋包裹地毯。厚毛的毯，毯面向外卷，卷好后可用布包扎平放。当然，收藏前得把地毯上的尘土拍干净。收藏的地点要干燥，不能太冷或太热。车房、地库、阁楼都不适合，太黑暗的地方易蛀，最好就是书房的书架上啦。

水是地毯的天敌。受了水染的地毯，就得像对待心爱的猫一般照顾。用毛巾、海绵、纸巾先把水自底面全吸干净，用清水拍印染迹，用低热量的吹发筒把水吹干，用手指把压扁的毛轻轻扒松。至于不同的污渍就得用不同的方法啦。鸡蛋和果冻，得先用盐加水清理，蜡质要先刮去，然后铺吸水纸用熨斗熨。指甲油污就用去指甲油水。咖啡、茶用无皂性的地毯洗洁剂。猫狗的小便呢，则要动用白醋了。啊啊，大家要养听话、懂得上厕所的猫狗才好。若是顽皮猫活泼狗把地毯的流苏咬断，那只好自己动手找线、配色编修了，也可以在边饰上缝绣锁线。出动针线，必须找一块蜂蜡，线固然要在蜡上拉过，针也得每次拖过蜡才能穿透结实的地毯。

波斯国的符号学家说，地毯上的骆驼图像代表财富与快乐，鸽子代表和平，橘子代表丰盛，梳子代表清洁，云带代表好运，哭泣的杨柳代表悲哀，狮子代表光荣和胜利，生命之树代表永恒。巨龙国的贵宾说大家别遗忘了羊，该国出产著名的和田羊毛、叶城羊毛、巴楚羊毛、蒙古羊毛和哈萨克羊毛。而和田和叶城羊的秋白毛，具有纤维粗长而不黏合、抗压力大、富有弹性、光泽度强等特点，是编织地毯的最理想原料。至于花纹图案，富地方色彩，为"东方地毯"七大类别中独有的巨龙国类型，充满吉祥的寓意和象征，如五福捧寿、松鹤长春、狮子戏绣球、松竹梅三友图；宗教地毯有轮、螺、伞、盖、花、罐、鱼、长等八宝。多姿多彩，长毛剪花，自成体系，充满书香味道，和游牧生活的地毯大异其趣，充分显示了数千年的文化传统。

出海钓鱼

这天，飞毯岛上有一项大型活动：出海钓鱼。钓鱼这件事并不怎么吸引岛上的贵宾，因为大家在岛的四周到处可以钓鱼。可吸引贵宾的是出海的意念，由岛上供应游艇，贵宾们自由驾驶，到离开飞毯岛的水域钓鱼。几乎没有一个贵宾不参加这项活动，因为贵宾们的心目中都有一个目的：离开飞毯岛。下围棋的时候，肥土镇的哲学家就说过：肥土镇是一个有自由、没有民主的地方；可是这里呢，连自由也欠奉。

的确，在飞毯岛上，贵宾们可以自由走来走去，选择自己喜爱的衣服、食物、阅读的书本，讨论任何话题，过自己爱过的生活。但是，贵宾们不是自己的主人。这里没有传真机，没有国际线路的电话，不能寄出书信，没有办法离开。大家都怀念家乡和亲人，却无法相见，也得不到他们的消息。许多人用过不同的方法逃走，可是没有用，凿地道是不可行的，游泳也跑不了多远。几个绝食抗议分子被分别带走，也不知送到什么荒岛去，下落不明。出海钓鱼，提供了逃亡的想象，连平素不参加户外活动的一些人也都兴致勃勃地踏上游艇。花里耶和肥土镇的哲学家上了同一的艇，另外还有好几位科学家，其中一位是宇航员，他把游艇当作太空梭，飞也似的驶出海去。

本来极好的天色，说也奇怪，忽然一下子灰暗下来，海面翻起了大浪，连花里耶也支持不住，呕吐起来。游艇虽然行驶得快，事实上离飞毯岛并不很远，大家正想该回航呢还是继续向前冲刺，却看见远处冒起一个直立通天的黑烟囱。一位地理学家立即喊了一声：海龙卷。这海上的龙卷风移动得快，眼看在很远的天边，忽然从东滑到西，只听见耳边都是风声浪声，接着是一声巨响，龙卷风卷起了飞毯岛，把这个浮岛越升越高，一直升到天空，然后像一幅地毯那样在云层上，消失了。

龙卷风停定后，天气忽然又灿烂起来，游艇有的遭到破坏，有的入水，都驶回飞毯岛来。飞毯岛可是变了模样，行政大楼的那块土地不见了，只见一片碧绿的海水。至于贵宾们居住的花园洋房，却好端端地一座一座，分布在四个小小的岛屿上。贵宾们于是把游艇泊在小岛旁边，上岸回家。龙卷风救了所有的贵宾，因为飞毯岛上的行政大楼，连同岛主、工作的职员看来都给龙卷风卷走了。贵宾们可以自由离开这个地方。

第二天就有一批人修理了游艇走了。花里耶和肥土镇的哲学家是稍后走的一批，因为他们的游艇需要多修理几天。大家把干粮和食水搬下艇，花里耶没有东西要带走，肥土镇的哲学家这些年来写了几个纸盒的稿纸，是他的几部哲学著作，花里耶帮他搬入艇中。有的科学家带了些标本，仪器。各人都很兴奋，终于可以离开这块囚困了他们许多年的地方。大家都相信，游艇加上小艇，他们只要到达公海，有远洋轮船经过，就会得救。

在船上的时候，大家少不得又说起这些年的生活，有一两个科学家忽然依依不舍起来，想起多年难得宁静的研究环境，而且经济的支援一直不缺，外边的世间，恐怕再没有这种方便了。其中一个，坚持说只要再研究七八个月，就能够制造出类似飞毯的飞行器。如今却被迫放弃，未免可惜。岛主真的被龙卷风吹走的吗？一个文学家又开动他的想象力：还是他终于做出了飞毯，飞走了？十天之后，随水漂流的游艇，颠颠荡荡的，终于被一艘大邮船发现，众人都给救上了船。

邮船经过许多国家，被救的人一个一个上了岸。花里耶在突厥国的首都离船。本来，他想和肥土镇的哲学家一起到肥土镇，但他又想念家乡，既然船先到突厥国，他就和哲学家道别了。哲学家在甲板上向他挥手，频频说再见，再见。

一模一样

　　花里耶又到肥土镇来啦，离开了飞毯岛，他先回到故乡，见到了父母、妻子、女儿和一群亲戚邻居。小镇的生活变化不大，仍是从事编织地毯的行业。家中的人都安好，当然，年轻的长大了，年纪大的长老了。花里耶在家中休息了半个月，立刻起程到肥土镇找儿子。这次，他既不带猫，也没带什么家乡的手工艺了，只提了一个旅行用的帆布提包，装一些替换的衣衫。这么轻便的行李，他也不用雇车，下了飞机，就从机场沿着大路走到肥水街来。肥土镇地方很小，机场就在民居中心，不过是跳鱼湾的新填地区。走在肥水区的海边，一眼就看见机场中伸出海面的跑道。

　　肥水街变了不少，以前那些二层楼的房子，几乎全不见了，如今耸立的是高大的楼房，大约有十多二十层高，连那些七八层高的房子都已经显得陈旧。商店的变化就更大了，打铁铺、小杂货店、糕饼店，一间也没有了，代替的是电器铺、时装店、西药行。还有店面宽阔的超级市场、银行。走着走着，花里耶觉得，他仿佛在肥水街上，又仿佛不是在肥水街上，一切看来既熟悉，却又陌生。前面会是怎样的景象？还有没有莲心茶的铺子，以及花顺记荷兰水店？

过了观音街，很快就到莲心茶铺子了。观音庙还在，这是肥水区的标志。转入肥水街，他经过的不是低矮的楼房，而是一座酒店，门外砌了荷花池，酒店的名字叫连城。继续走了五分钟，终于来到莲心茶铺的地方。不过，景象不一样了。四周并没有高楼大厦，人行道上的内侧，是一幅砌了几个花窗的白粉墙，墙的上端盖了檐形的黑瓦片。花里耶从窗的图案缝隙中看进去，里面种了许多树，有道曲折的游廊，栏杆上摆放了盆栽。远一点有些凉亭，似乎还有水池，再远一点，是一座古色古香的木楼房，这种亭台楼阁，花里耶并不陌生，他在巨龙国时见得多了。但是，在肥土镇上却是罕有的。

那么，莲心茶的铺子呢？原来房子还在，却被围在白粉墙里面，墙外也髹着白粉，门口敞开，并没有小柜台，也没有瓷碗盛着的茶水。门口两边沿着墙脚，摆满了盆栽，既有黄菊，又有白色的龙吐珠。门上有一块木匾，褐色底子刻着三个髹了绿色的字，写着：仙缘居。莲心茶铺子原来变了仙缘居，而围墙的里面是一座古色古香幽静的小花园。花里耶沿着白粉墙找到了花园的入口，那是一个葫芦形状的门洞，楣上砌了"留仙园"三个字。门内是一座假山，可以听见一些流水的声音。花里耶走进园内，转到假山后面，看见一个人在小径上打扫落叶。那人看见花里耶的面貌和模样，一点也不感到意外。

"对不起，我是来找人的。"

"先生原来会讲肥土镇的话。你是来找哈里泼先生的吧？他们一早出去逛街了。请先到客厅坐下喝杯茶。先生这边走,请随我来。奇怪,先生好像很面善,不知在哪里见过。啊,让我替你拿行李。"

"不用不用,我自己拿可以了。"

"啊,真巧,他们回来啦,你瞧。"花里耶从花窗内朝外看,隐隐约约看见一片飘拂的衣衫和头巾,几个人有说有笑经过。不久,那些人从园门入口进来,一共是五个人,其中三人穿着长袍,扎着头巾,垂着穗带,样貌胡子的颜色一看就是和突厥国很相似的人。这三个人花里耶都不认识,却觉得十分亲切;至于另外一个,个子高大,眼睛明亮,穿着条纹衬衫和西装裤子,一脸的笑容,容貌和花里耶一模一样。啊,所有的人都呆了一呆,两个那么相似的人,仿佛照镜子。花里耶找到了他的儿子花里巴巴。

留仙园

叶重生和花里巴巴是莲心茶铺子的主人,他们都不愿意把铺子拆掉;同样地,胡宁更加有理由要保留这个楼下连阁楼的矮矮小小的建筑物。于是莲心茶铺子原封不动地保留下来,但四周的环境却有显著的变化。茶铺子的东边,盖起了一座高大的建筑,那是连城酒店,而茶铺子的西边,包括茶铺子在内,变成了一座小小的园林。面积不大,但小巧玲珑,古色古香。茶铺子的两位主人都很满意。

小园林的外墙是白粉墙，墙头铺黑瓦，墙上有几个漏窗，大门并不宽阔，只是一个月洞门。园内除了原来的茶铺子矮楼房，主要的建筑，并没有堂皇的厅堂。一座单檐硬山顶砖的木建筑，规模不过是小轩和书斋的结合，墙壁较薄，三面都开连续半窗，给人的感觉是疏透明快，通风宽敞。室内布置不用对称的家具，而是活泼的摆设：一张罗汉榻，一张书案，几把扶手椅，几张圆凳，足够坐卧休息。另有条桌，平头案，上面摆放些淡素花瓶、盆景，以及供观赏的石头。另外有两个花几，摆着盆花，天花板上吊着素绘兰花的玻璃宫灯。

轩室外就是庭院，地上铺着冰裂纹的图案，不过是些废瓦、碎砖和双色的鹅卵石，平日如一幅细致的花毯，逢上雨天，仿佛浮在水中的织绣。庭院内种着南天竹、石榴、芭蕉，沿阶长着丛丛密密翠绿的书带草。庭院连着贴墙而建的游廊，以及一座半扇亭，亭周环绕着鹅颈椅，坐在这靠背椅似的栏杆座上，可以宁静地呼吸清新的花香。亭下有个池塘，里面长着睡莲。沿着游廊的水磨砖栏杆上，摆上一列盛放的盆花，既有蓝绣球，米白的龙吐珠，也有粉红、枣红的秋海棠，大岩桐，狗尾大戟。至于围墙一带，种着高大的乔木和多花的灌木。乔木是肥土镇常见的宫粉羊蹄甲、鱼木、九里香、石栗、黄槐、大叶桉及酸枣树；灌木有红桑、黄蝉、大罗伞、木芙蓉、夜丁香、素馨、鸳鸯茉莉、茶花和山指甲。

留仙园和连城酒店属于相连的建筑系列，形貌完全不同，彼此贴邻，却各自独立。住在酒店的旅客并不到园中来，只有晚上留在阁楼上的旅客才到园中歇息。轩室中不供应酒食，只奉茶水和莲心茶。小园林的经理是花里巴巴，其他的工作人员都是酒店派过来的，清洁房舍，打扫花园，栽植花木，均有专人打理。花里巴巴只到园中来看看一切是否办理得井井有条。在园中的一个小角落，摆了不少盆景，并且栽了青葱的小麦草，后者是花里巴巴特别留给花顺记的。叶重生也是留仙园的主人，但她并不打理园中的事务，有时她会陪母亲到园中坐坐。

想到阁楼上度宿的旅客，以前要找的人是花顺记的掌柜，现在都知道到连城酒店去预约。事实上，预约的时间还得排上一个多月哩。叶重生和花里巴巴是留仙园的主人，也是连城酒店的股东，花里巴巴每个月还支薪水，但两个主人每年都收到可观的花红。一切都是意外，但大家都觉得欣慰，因为莲心茶铺子可以保留下来了，那正是陈家二老毕生的愿望。

另类巴洛克

石油国的王子哈里泼这次上肥土镇来，是微服旅游，随行只有一名侍从和一名保镖。王子坚持穿本国的衣饰，却是平民打扮，但石油国的衣衫是宽阔的长袍和彩色的头巾，这一身民族服装依然吸引无数过路人的眼光。然而，在肥土镇，他是安全的。这个小岛，异人特别多，各地的游客、生意人，满街都是，没有人觉得奇怪。既没有漂亮的领事馆汽车由警车开路引领，也没有什么地段临时封锁，王子在肥土镇大街小巷散步，自由自在，非常写意，并没有人打扰。王子到肥土镇来的目的只有一个：探访仙缘居。报纸上关于仙缘居的消息，王子一读到就手舞足蹈起来，要知道，这位王子没有特别的嗜好，最好研究建筑，其次则是研究灵魂学。全世界的什么古堡、宫殿、教堂，只要可以进去度宿，他都去过了。胆子又大，带着各种优质摄影和录音器材，几乎天天晚上在那里寻找幽灵。王子见到花里巴巴，居然好像碰见同类生物，原因就是二人都在大白天爱打呵欠。呵呵呵呵呵，呵欠，大家都笑起来了。当然，王子和花里巴巴一见如故，除了爱打呵欠，还因为王子会说突厥国的话。关于仙缘居的一切，就由花里巴巴给他描绘和解答。

来到肥土镇，王子夜晚住进仙缘居，白天呢，当然去逛街了。于是，王子把在大学中读建筑系的花可久也一起邀去，因为二人谈起建筑来，也有许多话题，而二人又可以用盎格鲁语交谈。肥土镇真是一个充满奇异建筑的地方，王子仰起头，像一头鹅摇摇摆摆向前走。飞土区那边林立的大厦，王子一点兴趣也没有，他就爱看肥水区的房子，窄窄的街道，房子排在两边，最特别的是店铺还没碰上，却早早碰上了招牌。这里的街道，不是给人和商店挤满的，而是被巨大的招牌挤满了。本来，商店的招牌应该和街道平行，挂在店门上面，可肥土镇传统的招牌，都伸到马路的上空，直的几乎五六层楼高，横的似乎要把马路上的天空斩断。彼此又剧烈竞争，进行招牌战，要成为街中的招霸。到了晚上，霓虹管招牌闪闪亮，红绿黄蓝一片，幸好没有不停地闪动，否则，居民都会染上飞蚊症。

除了招牌，肥土镇民居的特色就该数楼房的外墙建筑了。好端端的一幢房子，建好了，住进去，在窗子外面钉一个晒衣架，那是无可厚非的。可是，几乎每一组窗子外面都有特殊的建筑物，有的是铁栏，有的是吊楼，有的是困笼，有的是檐篷，各有各的设计、材料和图像；天台上又耸起山丘般的矮楼，插上梳齿似的天线网，冷气机随意镶嵌，墙外自由涂花写字。每一幢楼房的外貌不一样，不能不说是一种百衲布式的图书。楼房的花槽上，植物默默生长，沾满灰尘，晾衣架上的衣衫随风飘扬，红橙黄绿青蓝紫，彩虹似的缤纷，这是一个既静又动的空间，不同的时间又有不同颜色和形状的流变。每一组窗子里住着肥土镇普通的居民，在窄狭的空间挣扎着向外伸展，使居住的空间，断断续续，和外界藕断丝连，成为令人惊讶的街道景观。

"真是奇异的建筑。"王子的确从来没有见过。

"肥土镇人努力建造自己的家园。"花可久说。

王子到处游览，璀丽的、辉煌的、庄严的、宏伟的建筑他见过太多了，有的是神的居所，有的是权力的展示，有的是财富的炫耀。面对肥水街的民居，王子聆听年轻的建筑系学生的说话。花可久说，肥水街的普通民居，自有本土的特色，不靠经典的立柱来支撑，也不思考立面的处理，这是在窄狭的土地上，迅速兴建，低价出售，形貌内容简陋，谈不上艺术的民居；但是，在这基础上，居民权宜发挥了穴居的意识，加建铁笼花槽，使它变成各自创造的小天地，既是护卫的城堡，又是开放的花园。平凡而充满人性，划一的住宅终于成为特殊的住家。这些楼房芜杂、喧哗、凌乱，没有秩序，恰恰不是冰冷、严肃、单调、重复再重复的做法。十六世纪的西方建筑不是有一个巴洛克时期？文艺复兴对严谨古典的建筑规律进行反叛，建筑家把呆板改为活泼，把整齐改为参差，把平静感改为戏剧感。新的建筑外墙可以是波浪形，山花顶的轮廓被冲破，线脚粗重，主柱扭曲成绳状，空间互相穿插，灵活新颖，活力横溢。

"我明白你的意思了。"王子瞧着肥水街的楼房。

"殿下面对的正是肥水街的巴洛克建筑。"

"不是由建筑家设计的。"

"而是肥土镇居民的杰作。"

当然，巴洛克也有正面巴洛克和反面巴洛克。肥土镇的巴洛克和十六世纪的巴洛克一样，某些人会使之变得丑恶怪诞，荒谬背理，形象构图互不调协，究竟是不健全的。花可久说，但肥土镇的巴洛克式民居风格，也许可以对未来的民居建筑有所启示，那就是建筑上的接受美学，将来建筑的民居，也许该由居者参与设计，居住者也有布置外部空间的自由。

心目中的建筑

虽然说是微服旅游，石油国的王子还是给人认出来了，因为他上了一次清真寺礼拜。如果光在肥土镇的街上走，谁也不会注意哈里泼先生，最多觉得他的衣服充满异乡情调。可清真寺就不同了，进进出出都是石油国、突厥国、发达国等的侨民，其中就有石油国领事馆的官员。他们见到哈里泼先生吓了一跳：阿拉在上，这可不是咱们国家的王子殿下？于是纷纷趋前见礼，把王子烦得要命。又说要接王子殿下去领事馆的宾馆，又说要派一队保镖护卫，又说晚上要在宾馆设宴，邀请突厥国、发达国等的领事。王子花了好大的劲才把他们摆脱，回到仙缘居来说：本来想再在肥土镇上多住几天，看来只好早点离开。

王子在仙缘居住得很写意，白天逛街，晚上搜索幽灵，和花里巴巴以及花可久都谈得投契。他从手上脱下二枚指环，分别送给二位年轻朋友，说是欢迎他们到石油国游玩，只要出示指环，就可进入皇宫找他。他知道花可久正在读大学，修的是建筑，希望年轻人完成学业，到石油国为他设计心目中的建筑。

"哈里泼先生心目中的建筑是什么？"

"一座花园，一座沙漠上的花园。"

"沙漠上的花园？"

"是的，在我们的国家，大部分的土地都是沙漠，自古以来，我们都把心中的花园编织在地毯上。"

"难怪贵国的地毡以花园图案著名。"

"我们的祖先，曾经建造过一座空中的花园。"

"那是世界上的古奇迹之一。"

"建造一座美轮美奂的沙漠花园,一直是我的梦想。"

王子说,他已经找到一位植物学家,将会为他的花园设计一个花时钟。一天之内,不同的植物在指定的时间绽放花朵,有一定的规律。比如:蛇床花在清晨三点开放,牵牛花四点,蔷薇五点,龙葵花六点,芍药七点,荷花八点,半枝莲十点,马齿苋花十二点,万寿菊十五点,茉莉花十七点,烟草花十八点,丝瓜花十九点,夜来香二十点,昙花二十一点。

"那将是一座美丽的花时钟。"花里巴巴说。

"哈里泼先生,你心目中的花园,是你自己的花园呢,还是你的国民的花园?"花可久问。

"是我的,也是我的国民的。"

"你的国民也会喜欢这花园吗?"花可久再问。

"谁会不喜欢那么美丽的花园呢?"

花可久对石油国的王子说,他希望将来真的能到石油国去设计一座沙漠上的花园。不过,他说,目前,他自己必须努力求学,而王子呢,也有许多事可以做。花可久问王子,在他的国家里,是不是每一个国民都有舒适的房子居住,既有洁白的厨房,又有宽阔的浴室?是不是人人都能受到良好的教育,然后都能找到适合自己的职业?是不是病人得到医疗,老人受到照顾?在沙漠上散步,是不是安全?空气,是不是清新?食水,是不是清洁?交通,是不是通畅?法律,是不是一视同仁?有没有进出的自由?不同的政见,是不是可以发表?花可久说,只有到了那个时候,哈里泼先生才适宜一心一意营建他心目中沙漠上的花园。

绿色时期

　　花顺记还在老地方，不过，楼房不一样。花里耶住在莲心茶阁楼的时候，一出门口，见到的是三层高的楼房，楼下店面就是花顺记。现在呢，面对的却是一座高楼，经过这么多年的时间，仿佛楼房是一棵不停茁长的大树，一点一点长高了。只有一直生活在原地的人，才知道中间的转折。花顺记的招牌是唯一不变的，花里耶一认就认出来，至于店铺，显然很不同。当年花里耶到肥土镇来，白天就在花顺记的半边铺位摆卖家乡的土产。那时候的花顺记是荷兰水店，铺面是柜台，坐着花顺记的掌柜，店铺的一边，留出一条狭窄的通路，其余的地方堆满了一箱箱的荷兰水。店铺内进，黑压压的是造汽水的机器，地上永远水湿湿，店里店外一片热闹。那时候的花顺记，虽然荷兰水是无色的，玻璃瓶是素色的，整体的颜色却是灰霭霭，只有冰块一片明亮，店中充满了甜味。

　　现在的花顺记呢？花里耶觉得亮丽多了，不再是灰蒙蒙，而是彩色缤纷，仿佛节日一般明艳，又像花园一般，盛放着不同颜色的花朵。事实上，花顺记的确也有盆栽出售，但数量不多，颜色的来源，主要集中在水果的身上。因为如今的花顺记不再是荷兰水铺，而是一间果汁店。如果以颜色来区别的话，花顺记从冰水色的时期,过渡到琥珀色的时期,而进入了绿色的时期。花里耶见到的冰水色的花顺记,如今是绿色的花顺记。至于琥珀色的花顺记,他只能从老朋友的记忆中去想象。

琥珀色的花顺记时期,店内售卖的是蜂蜜,虽然蜂蜜肥皂的销路好些,但蜂蜜和蜡烛的售量有限,而且,肥土镇到处开设了超级市场,市场内蜂蜜、肥皂多得很,小店铺根本无法与大市场竞争,不少杂货店都结业转行,给庞大的巨兽吞噬了。要和超级市场竞争,以求生存,小店铺不得不另谋出路。花顺记决定改为果汁店,因为新鲜的果汁比超级市场的盒装果汁更受欢迎。这是叶重生的意见:天然果汁不掺水,不加糖,没有防腐剂,是健康的饮品,明智的顾客是懂得选择的。于是,花顺记变了果汁店。

第一个出主意的人并不是叶重生,而是花顺记的老朋友虾仔。他在大酒店任职多年,成绩不错,酒店还派他到外国去修酒店管理,回到肥土镇来,已经被升为餐厅部的经理,有空的时候,他仍上花顺记来探望大家。眼看蜂蜜店那么静态的营生,花顺水夫妇也承认有时候半天也没生意,就觉得沉闷,他们都是惯于忙碌的人。于是虾仔说,不如卖果汁吧。虾仔的一个朋友在飞土大道上开了水果店,一到中午,门口排满了白领阶层的长龙,都来喝一杯果汁,有的还买十杯八杯回办公室,生意很不错。虾仔还提供了朋友的经验,到什么地方入货和店铺的设备等等。

花顺记不久就变得果园一般鲜艳了。门口的柜台上是一个个有大把手耳朵的玻璃瓶,墨绿的是奇异果汁,浅绿的是哈密瓜汁,红的是西瓜汁，紫的是葡萄汁，黄的是木瓜汁。橙汁多数即时榨取，又新鲜又可口。花顺记的店面又像卖荷兰水时候一般热闹了。肥土镇的水果种类多，由世界各地运来，肥土镇的气候又是冬日短夏日长，果汁极受欢迎。

使花顺记进入绿色时期的并不只是明黄碧绿花红的水果，而是店中一片翡翠的颜色。在店的一角，摆满了一个个浅木箱，露出细长的绿叶，仿佛一片草地，又像没有开花的满店水仙。是这些植物给花里耶绿色的整体感觉。他走过去看，那些植物显然不是盆栽，有点像肥土镇人七巧节时拜七姐用的秧苗。

"这些是什么呢？"花里耶问。

"是小麦草。"花顺水说。

草的选择

起初不是小麦草，最初的时候是苜蓿。那又得从虾仔说起。虾仔被派到外国进修酒店管理时，常常要在餐厅中实习，对于餐桌的布置，菜式的烹调，甚至甜品的制法，他都有点底子，但仍有许多事物可学，增长了不少知识和技巧。在调配沙拉这道简单的菜式中，他发现不同的调味料固然重要，但新鲜蔬菜的品种是首先吸引顾客的。在那些卷心菜、番茄、青椒、洋葱、椰菜花等的蔬菜中，他发现顾客特别爱苜蓿。在肥土镇工作的时候，菜沙拉中几乎没有苜蓿这种选料。回到肥土镇后,他被升为餐厅部的经理,为了使酒店的菜式更加丰富特别,他想到了在菜沙拉中增多配料,其中之一即是苜蓿。可苜蓿到哪里去找?肥土镇的菜农不种苜蓿,从外国运来的苜蓿又路途遥远。他记得红砖房子里的园子有苜蓿。他去找花一花二啦。

"原来许多人爱吃苜蓿哩。"花一说。

"原来马比人还聪明哩。"花二说。

虾仔说,如今外国都推行健康食品,医学界、营养学界也推荐苜蓿的嫩芽,因为可以生吃,热量低,颜色又青翠,夹在三明治、菜沙拉中极受欢迎。花一说,苜蓿的确营养丰富,不但含蛋白质,矿物质如钙、钾、铁、磷,还含维生素ABCDE、芋酸、泛酸。当然叶绿素最丰富,属碱性食物,碱度比菠菜还要高。花二也说,这苜蓿,几乎包含了所有重要的氨基酸呢。说了半天,得出的结果是:红砖房子出产苜蓿芽菜,长期供应给虾仔的大酒店,酒店每天派人来收取。本土种植的苜蓿,又新鲜,又完全不用农药,非常理想。

种苜蓿很容易,是一种任何家庭都能栽培的食用植物,根本花不了花一花二许多时间。他们想过,要不要多种一点,放在花顺记售卖?可肥土镇人吃苜蓿的风气并不普遍,还是只供应给大酒店吧。由于种苜蓿,花一倒想起可以同时种一些别的食用植物。花顺记是果汁店,可不可以也供应蔬菜汁呢?兄弟二人摸摸额头,抚抚耳朵,几乎同时喊了起来:小麦草。种小麦草也不困难，别说红砖房子背后的花园，连花里巴巴阁楼外的平台都能种，甚至在室内也能培育。于是不久，小麦草就在花顺记的店铺出现了。

小麦草并不供应顾客做三明治或杂菜沙拉用，在花顺记，它们不是食用植物，而是饮料，就像大家喝果汁一般。小麦草长在培育盘中，搁在店内的木架上，就像店内的冰箱中藏着西瓜、苹果一样。果汁用水果榨出汁液，小麦草也一样；不过，果汁用电动的果汁机榨取，小麦草则用手摇机操作，把小麦草割下来，放在榨汁机中，好像榨甘蔗一般。花初三有时去榨一杯小麦草汁喝，一面用手摇，一面用耳朵听，他说，仿佛在手摇一台留声机呢，似乎小麦草也会唱歌。有时候，他在小麦草汁中加别的果汁，有时候加蜂蜜。

花顺水榨了一杯小麦草汁给花里耶，新鲜的草汁非常可口。一般的水果都甜，草汁没有糖分，素食的人特别喜欢。在花顺记，玻璃瓶装的果汁不多，那是供赶时间的人喝的，只要有时间停一会儿，花顺记都为每一位顾客榨新鲜的果汁。果汁存量少，不隔夜储存，比如小麦草汁，过了十二小时就不能再留存了。因此，小麦草汁更加要即喝即榨。如今的花顺水夫妇，可不愁因没有事做而感到沉闷，虽然他们的年纪一天一天老了，但还是在店中便捷利落地走动。事实上，花顺记和以前的荷兰水铺一样活泼，也是水呀，冰呀，机器的响声呀，连伙计也又请了两名。如果说花顺记还缺少什么，只有木屐那咯落咯落的声音。

只知买房子

回到肥土镇来的花里耶,再没有莲心茶铺的阁楼可住,就和儿子花里巴巴一起,住在花顺记的阁楼上。如今的花顺记,不但店面和以前荷兰水铺一般热闹,连左邻右里也恢复了不少当年的面貌。留仙园的入住率非常高,叶重生每年分到数目不小的花红。把钱存在银行里么,放在夹万里么,叶重生别的都不想,只知道自己年轻时纵火,把花顺记的物业都烧掉了。那么,她如今经济情况好转,手上又有浮动的钱,还是买房子吧。

龙凤绣庄老板娘的侄儿并没有在肥土镇上娶到妻子,反而是过了几年,老板娘一家结束了营业,到侄儿居住的巴拉西国去了。店铺一空,叶重生就去买下来。花顺记无意扩充,所以物业租出去,辗转经营过不少行业,眼下开的是一家药材铺。肥土镇的药材铺和以前的已经不一样,再不是黑黝黝,满铺子抽屉;而是灯光明亮,抽屉极少,阔口玻璃瓶极多。药材铺卖的也不是以干药材为主,而是兼售参茸海味,又卖什么冰糖燕窝、龟苓膏。门口伸出一个杂货摊,堆满了虾米干、冬菇、云耳和一包包的药材汤包、即食补品,简直像小型的超级市场。

药材铺的楼上,叶重生稍后也买下来了,这个单位是她极喜欢的,因为和她家贴邻,只隔一道墙。事实上,花家住在花顺记楼上,地方渐渐不敷使用,一家六口,只得三个小房间总嫌挤逼。花顺水夫妇老说可以搬到店铺后进去住,而花可久则说可以和花里哥哥一起住阁楼。大家考虑了很久，刚巧邻家搬走了，叶重生就把那个单位买下来，并且把中间的隔墙打通，成为一个四房二厅的大单位。花初三夫妇和儿子就搬过新的单位，夫妇的房间临街。记得以前，他们住在照相馆的楼上，磨砂天棚的屋顶上睡着猫儿。花初三说，可惜如今没有天窗啦。叶重生也说，可惜没有了那群猫儿啦。

叶重生不但购下了右邻的店铺和二楼，渐渐地，用分期付款的方式，还购买了左邻的店铺和二楼。叶重生的意思只是想购回她烧掉的花顺记的物业，哪知却是上佳的投资。肥土镇的房地产一直蓬勃，房子越来越贵，叶重生当初买的房子不过十万元左右一个单位，忽然都值二三百万，使她变得相当富有。左邻的店铺和二楼也都租出去，二楼开的是一间书店，楼下也换过几个老板，这一阵开的是文具店，最近才搬进一台影印机。

肥土镇的楼房，再也不是花顺记这种模样啦，六七层高，没有电梯。新建的楼房，二三十层高，栋栋有电梯，家家的门上装警眼，门外加铁闸，楼房有独立的看更，楼下有大堂和大铁闸，住宅区还有花圃、小径、水池和停车场。花顺记为什么不搬到那种楼房去住呢？这完全因为花顺水要守着肥水街上的花顺记，仿佛那店是他们一家的灵魂。

肥水街上的店铺不断更改店面的容貌和内容，不过，有一件事是不变的，那是永不终止的商业竞争，只要看看花顺记隔邻的药材铺就知道了。离药材铺不远，一共开了四五家参茸店，卖的也是人参鹿茸和海味。自开业不久，彼此即展开剧烈的商战，这家卖每两一千三百元的野山花旗参,那家却卖七百五十元三两的野山花旗参了。一家说自家的才是真正野山花旗参,别人的只是种植的白干参。一家突然"买二送一"推销,另一家则"买一送一"。当花里耶重到肥土镇来时,药材铺和参茸店正在展开蜜枣战,起初是一元一斤,对手立刻以五毛一斤对付;然后竟又以一毛一斤争夺市场。街坊的大婶们欢喜若狂,纷纷在店铺门外排长龙,抢购一毛钱一斤的蜜枣,成为肥土镇另一类的长龙景色。

高手

家庭中烹调高超的主妇,一直受到称赞,遇上什么宴会,一桌子摆出来的菜式,色香味全,谁不佩服呢?于是,无数主妇就去学烹饪了,柠汁红烧鹌鹑、卤水禾花雀、鱼翅海参杂烩、南乳猪手、红枣冬菇蒸猪脑、蒸鱼肠、腊肉糯米饭、虾酱炒凤肝鲜鱿、龙虾沙拉、红烧明虾、化皮乳猪、椒子琵琶鸡、填鸭、炸酱排骨、黑椒牛柳、酥炸肉丸、豉椒骨髓、煎蟹饼、咖喱墨鱼、翡翠炸生蚝、七彩蛇羹……都是香喷喷可口的食物,那么能干的主妇,怎么不是一家人的福气。

有那么一则新闻:一名女子,结了许多次婚,嫁的人都很富有,每次婚后丈夫不久即去世,她辗转承继了大量的遗产,成为非常富有的人。女子的丈夫们,并无遭到意外,也没有中毒的迹象,都是患了病：心脏病、糖尿病、中风。原来，他们的饮食太丰富了，吃喝过多精致的食物，脂肪积聚，提早离开了人世。他们娶的妻子，是一位烹调的高手，天天表演自己的厨艺，吃得丈夫们肥头大耳，体重二百磅。烹调的高手，竟是隐潜的凶手呢。

所以，操纵一家生命钥匙的家庭主妇，应该学习的不单单是漂亮美味的菜式，而是该认识营养学。什么食物对一家人有害，吃了容易生病，长期食用，慢性疾病会在许多年后冒发；什么食物对身体有益，使一家人的身体健康。病从口入，而入口的东西，大都从厨房而来。说起厨房，肥土镇很多的家庭，厨房越来越漂亮，以前用火水炉、炭炉，熏得厨房黑黝黝，到处是烟垢灰尘；现在呢，厨房和饭厅同样受到重视。到一个朋友家去，大家总以厨房和浴室的洁净和明亮度来评论家庭生活的水准。煤气、抽油烟机，容易抹理的瓷砖，电饭锅，整齐的橱柜，使厨房的地位提高，开放的厨房甚至和饭厅连接一起，成为可以生活的起居空间。厨房的确是起了革命，不过，从厨房出来的食物，却不是家家户户都有所改进。

自从花芬芳因为中风瘫痪在床上一年半后过世，花顺记一家人感慨了许多日子，也就把这件事渐渐淡忘了。可是，叶重生却从这件事中得到了启示。在她家中，有两位长者，而她自己，也有年迈的父母。她的丈夫，自己和儿女，甚至花一花二和花里巴巴，每天的饮食，主要源自花顺记家的厨房，一家的健康，就从厨房开始，而叶重生正是坐镇厨房的首席人物。于是，她决定发挥她的力量啦。

她叫女儿在图书馆借些有关营养的书回来看。花初三也到书店去买一些有关健康食品的书回来。渐渐地,叶重生明白了许多东西,什么蛋白质、淀粉质、矿物质、纤维、脂肪,甚至维生素ABCDE,她都知道一点,然后又弄清楚了鸡蛋黄、乌贼、动物的内脏含胆固醇,多吃了对人体有害。经过一番研究,她从厨房中端出来的菜,都是清清淡淡,蔬菜多,肉类少,一家人绝不吃垃圾食物。

每天早上,叶重生拿了个菜篮上市场去,买蔬菜,选鱼,回到家里仍煮出美味的菜式:杂菜煲、冬菇炒蜜豆、苋菜蒸茄子、清蒸桂花鱼、红萝卜番茄南瓜汤、青瓜菠萝牛肉、虾仁肉丝大豆芽、百花蒸豆腐、青豆蒸水蛋。许多年来,花顺记一家人果然身体健康,很少生病。叶重生空闲时回娘家探望父母,特别吩咐用人做素淡的菜,二位长者一直没有高血压,打理店务还精神奕奕哩。

弯街白痴

观音庙附近的菜市场,如今搬到室内去了。一幢高大的楼房,楼上有图书馆、诊所、康乐体育活动统筹的部门;楼下呢,相连的建筑却是室内的菜市场。这菜市场还分三层呢,地库的一楼卖干货,二楼是蔬菜、鸡鸭、鲜花,另有饮食档,三楼卖鲜鱼和鲜肉，却也有布匹衣衫的摊子。照说，这菜市场避免日晒雨淋，间隔齐全，又有水电，夏天还有空气调节，岂不是十分理想的地方？可是，菜市场开了许久，市场内的不少摊位却是空置的，根本租不出去。原来坊众觉得场内走道狭窄又要上楼梯，很不方便。哪里像以前在大街上般自由自在呀，小贩们大叫大嚷，主妇们站成一堆闲聊，又热闹又舒畅。菜市场搬走了，这样的气氛消失了。以前上菜市场，是逛市场，现在嘛，就真的匆匆忙忙去买菜。

流动的小贩不见了，原来的街道宽阔了些，两旁却开了许多店铺，卖蔬菜鱼肉，还有烧腊铺，在店外挂起一只只烧乳鸽、一节节的烧肉烧排骨，旁边一个炉内还在煮卤水鸡翼。每天早上和傍晚，这个地方照例堆满了人，又不用走楼梯，空气也畅通，主妇们也不一定要上室内市场去。那些出租的摊档，结果只变成堆货的小仓库。政府建立室内菜市场，并没有大受欢迎。至于另一项制度，就更加难以普及。这进度呆滞的计划就是十进制。

在肥土镇，十进制推行了不少年，学校里教的早已不是镑、先令和便士，也不教吨、磅；可是，大家依旧用早已习惯的度量衡，一斤十六两、一码三呎等等。在菜市场，菜摊子倒摆了一个磅，至于鲜鱼鲜肉的摊子，仍然用传统的秤，卖烧肉的还是一斤半斤计算。肥土镇就是这样的地方，有些事物非常先进，但另一些事情又奇异地保守。

叶重生每天上菜市场一次，挽着一只菜篮。花可久对她说过，最好不要用塑料袋，她的确尽量避免，不过，街市的小贩没有人用一条咸水草扎东西啦。倘是以前,不但蔬菜、鱼肉可以用草扎起来,连鸡蛋、豆腐,只要用报纸一包,水草一缠,就非常结实。现在呢,都用塑料袋。买一次菜,总有七八个塑料袋。有一次叶重生带了盒子去买豆腐,许多人都笑她麻烦。又有一次,她说不要塑料袋,那鱼贩子却说,这么脏,用胶袋装着干净。叶重生也见过有些主妇带了菜篮上市场,不过,篮内仍是塞满了塑料袋,菜篮只不过用来装满一大堆塑料袋而已。

在菜市场,叶重生常常会碰见一个年轻人,街市的常客都认识他,他有一个绰号,叫"弯街白痴",据说他有精神病,每次买东西都和摊贩争吵要讨公道。不过,叶重生却觉得他不像有精神病,而且说话头头是道,有他的道理。如果每一个人都有他的勇气,不怕事,据理力争,会不会因此改变社会上很多不合理的现象?叶重生并没有把年轻人当白痴,反而觉得他吐出了不少人的心声,看,那人正在和鱼贩子争执呢。

"我买鱼尾,不要鱼头,为什么搭一个大鱼头?"

"有头有尾才好。"鱼贩子说。

叶重生看见年轻人把包好的鱼拆开,提出一个鱼头来,狠狠地摔在鱼摊上。稍后,他去买烧肉,又和烧腊摊的刀手争执起来。

"我买烧肉,为什么搭一块骨头?"

"这骨头有很多肉,很好吃。"

"我只要买这块烧肉,不要其他。你可以加价,但不要搭些我不想要的东西。"

咸水鱼

观音庙附近的菜市场搬入了建筑物内，的确是肥水区民生的一大改变。马路宽敞了，也清洁了，车辆可以畅顺通行。可是，熙来攘往的热闹和街市的独特色彩因此荡然无存，大家都匆匆忙忙买东西，不再在市场上游览闲聊，人与人之间的交往、关心渐渐淡却。菜市场的变革，是肥水区居民目睹的事，至于这个地方的另一种建筑物的面貌变了，却不是每一位家庭主妇亲身经历过的。那个小小的建筑，是公厕。

早一阵，政府的官员到各国去旅游考察，用了一笔公帑，参观各地的公厕，回肥土镇后，决定要改善本地的卫生条件，尤其是落后的公厕。事实上，肥土镇的公厕地面湿滑，门铰脱落，而且气味难闻，一个繁荣富裕的城镇，却有那么糟糕的公厕，简直是市政的污点。果然，参观过外国公厕，回来开过会的官员，就为肥土镇做点事了。首先，在旅游点，建了几座新颖的公厕，哦，简直像进了大酒店的漂亮厕所了。公厕内光线明亮，色彩悦目，最重要的是清洁干净，还有充足的水瀑布般全日流泻，几乎连上厕所也成为一件乐事。

观音庙附近的公厕没有旅游点的漂亮，但也算不错了，因为是连着菜市场一起建成的，也算是新的厕所，不但照顾一般居民，还顾及伤残人士，有轮椅的通道和伤残者专用的公厕。改良后的公厕的确比以前进步。可是，别以为进厕所的人都是在适当的时间到适当的地点，不是的，对某一小撮人，公厕可是他们的避难所，或者是谋生的工具。以公厕为避难所的，大都是吸毒者，躲在厕格内，谁去干扰呢？至于谋生的工具，却和鱼有关。

菜市场有鲜肉鲜鱼的摊档，鲜鱼除了用冰镇着的淡水鱼，还有活生生在水中浮游的咸水鱼。肥土镇的人最爱吃海鲜，活泼跳跃的鱼，清蒸起来不知有多鲜甜。所以肥土镇的菜市场，到处都有鲜鱼摊，养着海鱼。海鱼是咸水鱼，养海鱼得有海水。从菜市场到海边运海水回来，路途遥远，又麻烦，还得花钱，最简单的方法，就是利用公厕啦。冲厕的都是咸水，正好用来养海鱼。于是公厕的咸水就养着浮游的海鱼。可这些水清洁么？经过化验么？没有人理会，买鱼的人也不知道。

叶重生常常买鱼，买海鱼，她怎么知道养着海鱼的水是从公厕取来的？即使她那么注重一家人的健康，掌握了全家生命的钥匙，她怎么看得出哪一尾是不宜入口的鱼呢？菜市场竟常常潜伏着危机。有一阵子，蔬菜染有农药，一群人中毒进了医院，主妇们连蔬菜也不敢买了；又有一阵，出现生虫的猪肉，猪肉又成为可怕的食物。叶重生试过多次，煮了几天素菜，整个星期都到红砖房子去找没有农药的蔬菜。

花顺水说，以前的公厕，门口都有人坐着卖厕纸，这个人其实也有好处，妇女进公厕，遇上什么事，大喊一声，至少门外有人知道。他的妻子也说，早上听收音机，节目里讲三十岁以上的女人找不到工作，若是所有的公厕门外都需要看守，倒可以让许多人有事做。

流动的水

星期五是穆斯林的聚礼日，教徒都上清真寺去做"主麻"拜。花里耶重返肥土镇，到了星期五，就和儿子一起上礼拜堂去了。清真寺的地点没有变，可是建筑的形貌和花里耶记忆中的已经不一样。记得许多年前，清真寺的位置比较隐蔽，在一座大公园的旁边，有浓密的树木荫护，路人大都不知道这地方有一座伊斯兰的圣殿。可现在，清真寺经过扩建，像突然冒出来的一座大型建筑物，外墙亮白，壁上的窗饰刻着阿拉伯风格的浮雕，寺旁还矗立两座高大圆柱形的呼唤教众礼拜的邦克楼。殿堂的奠基非常高，路人看不见殿内礼拜的情形。教众都得拾级而上，在殿前脱鞋才能进内。

清真寺刚建好的时候，对肥土镇的人完全开放，任何人都可以进寺内参观。可是，肥土镇的许多人，并不明白这是伊斯兰教的圣殿，也不懂得穆斯林的禁忌，竟把清真寺当作新鲜的好去处。于是，周末、假日，甚至空闲的时候，三三两两，扶老携幼，或者经过时见到这么奇异的建筑，就进去嬉耍啦。穿着鞋子到处走的有，在殿内奔跑追逐的有，吃喝野餐的也有，还有带了收音机的，把音量扭得震天价响，甚至跳起舞来，当然还留下不少垃圾。于是，清真寺不再对外开放了，只接受做礼拜的教众进入，保持圣殿的洁净、宁谧和肃穆。在清真寺完全开放的那一段日子里，花里巴巴曾经带花艳颜来过。他带她到处参观，主要的礼拜殿宽阔庄严，男教众和女教众分别在不同的地方礼拜。寺内有沐浴的水房，还有教长室和讲经堂。花艳颜自小在基督教会学校中读书，在校中早会时天天唱圣诗，念经，祈祷；她又常常扮演玛利亚，但因为花里巴巴，她知道，除了基督教天主教佛教，世上还有伊斯兰教。花里巴巴每天做五次礼拜，早上做晨礼，中午做晌礼，傍晚做晡礼，日落至晚霞消失做昏礼，夜间做宵礼。花里巴巴也常常会讲一点作为穆斯林的天职，他们有六大信仰，信仰天主，信仰天使，信仰经典，信仰圣人，信复生，信前定。礼拜的意思是清除邪念和疑虑，清洁身礼，保持心灵的纯洁。

花顺记一家人从小看着小花里长大，熟知他的生活习惯。他不吃猪肉，喜欢穿白色的衣裳，爱清洁。许多年来，他的家居用品极少极简单，但一个汤瓶和一个吊罐是一直不离居所的。当他住在莲心茶铺子的时候，就常常洗脸，洗手，洗脚，从不用脸盆，只用一把洗壶，盛满水，冲着洗。至于沐浴，则用一个吊罐盛了水，从头淋。搬到花顺记的阁楼后，平台上有一个水龙头，他常常就在那里洗手，洗脸，洗脚，站在干净的踏板上，让流动的水把污垢冲走。花初三家有浴室，砌了一个浴缸，但他从不动用，他觉得花洒更好，浴缸没有用，仍爱站在浴间的踏板上，让流动的水从头上冲下。

星期五的清真寺，中午响起唤祷的声音，路人远远都听得见。

花里耶只觉得新建的清真寺洁白亮丽、对称、协调、肃穆、庄严。如今的清真寺外加了栏杆，教众常在附近一带活动，或者伫立交谈，有的人在石级上蹲坐，有的脱鞋，有的穿鞋，许多人戴上小花帽，妇女披着头巾。花里巴巴忽然怔怔地想，花艳颜披上头巾不知道又是什么样子。但他和父亲并肩走着，听见父亲对他说：过两年，我们一起上克尔白朝圣去。花里巴巴知道，克尔白是圣城的大清真寺。

真可惜

现在的莲心茶铺子，已经是著名的旅游点，花里耶回到肥土镇来，当然不再住进阁楼去。他住的是花顺记的自由阁，和儿子一起，每天晚上，二人喝喝家乡的茶，吃点果仁，有谈不尽的话题。花里耶把飞毯岛上的遭遇都告诉儿子了：奇异的地方，奇异的海龙卷，真是天方夜谭的故事。花里耶找到了儿子，在肥土镇上也停留了一段日子，他该回家乡去了。

"我打算下个月就回家去。"花里耶说。

"我喜欢肥土镇。"花里巴巴说。

"你不和我一起走么？"

"暂时，我想留在肥土镇。"

的确，花里耶也看得出儿子已经把肥土镇当作自己的家乡了。

他和花顺记一家，就像亲人一般。除了样貌之外，他已经是个彻头彻尾的肥土镇人。在肥土镇，花里巴巴有一份不错的工作，由于懂得肥土镇的语文，他在突厥国领事馆任职，而且他是留仙园的半个主人，回到家乡，虽有亲人，难道和村民一样编织地毯么？编地毯，多一个人不多，少一个人不少。还是留在肥土镇发展的好。花里耶担心的反而是儿子的婚姻，这么大的孩子，怎么还没有结婚呢？肥土镇的姑娘不喜欢他这个外国人么？那么，在家乡，他一定很快就可以结识本国的女子。

既然儿子不想立刻回国，花里耶也不勉强，二人谈着谈着，也就谈到了将来。花里耶觉得，儿子在肥土镇生活，也有一个好处，何不就在这里做生意呢？他们可以开设地毯店，由花里巴巴打理，而父亲则从家乡运货过来，甚至还可以专卖家乡的土产。比如说，开一间突厥大猫专门店。至于开地毯店，花里巴巴非常兴奋，因为他在银行里有笔存款，又不懂得买股票，也不去买房子，通货膨胀，只会贬值。父亲有生意头脑，由他去处理钱财是最适当的了。花里耶决定这次回乡，就积极进行筹备地毯店的事。其次，他还有几个地方要去走走，自从在飞毯岛上结识了几位朋友，他得去探望他们，而且，他如今已是国际地毯协会的会员，有时要开会。花顺记的自由阁，比莲心茶铺的阁楼要宽阔得多，以花里巴巴目前的经济情况来说，可以住一个大单位的寓所，可他一直很舒服地留在自由阁上。花里耶觉得，儿子这么做，主要是为了想和花顺记一家生活在一起，他们之间有的是亲情，而这些年来，做父亲的反而欠缺了。自由阁中的家具也很简单,不外是日用必需的床橱桌椅,只有一件东西是花里耶认得的,那就是铺在地上的地毯。花里耶记得,毯上有错体的颜色和花纹,没有人喜欢,认为是劣货。

"这地毯一点也没有变,仍是当年的样子。"

"它是很特别的好毯。"

"我们家乡织的都是出色的地毯。"

"它更特别,因为它会飞。"

"它会飞?它是飞毯?"

"是的,它会飞,它是飞毯。"

花里耶的确呆住了。面前这幅错体花纹颜色的织物竟是如今罕有的,也许是唯一的飞毯。飞毯岛上的人花了那么那么多的心血也调制不出来。花里耶的思想飞行了很久,渐渐冷静下来,竟叹了一口气说,在这个争夺杀戮残忍自私的世界上,即使有飞毯,有什么用呢?不外是增加人们的贪念,必定引起永无休止的争夺,所以,绝不能让别人知道。

"真可惜,只能把它当作平常的地毯。"花里耶说。

"太可惜了,不能让它自由地翱翔。"花里巴巴说。

怎样飞?

普普通通的地毯,摆在家里的地上,或者挂在墙上,若是不用,仔细卷起来,小心折叠,好好收藏就行。可是一幅飞毯,一年到头困在室内,不让它伸展伸展,自由飞翔一番,就会变得暮气沉沉的啦。以前的飞毯,简直就像鸟儿一般,在空中飞来飞去。如果长途跋涉,还有海燕那般的能耐,从不觉得疲倦。如今的飞毯呢?肥土镇上的飞毯呢?花里巴巴的飞毯呢?

"飞毯,总得常常飞一下才好。"

"不然的话,它会很郁闷。"

"是呀,就像猫狗,得给它们跑跳的运动。"

"不能老困在狭窄的空间。"

"光天化日,怎能放飞毯出去飞呢?"

"它一飞,整个肥土镇的人都看得见了。"

花里耶父子在自由阁里吃了许多核果,喝了许多糖茶,仍在思索让飞毯出外转悠的办法。他们想过了种种方法都行不通。比如说,夜间飞行,但肥土镇在晚上一样有许多在街上逛的人,而且华灯明亮,飞机往来;比如说,到离岛去飞行,但肥土镇的离岛也挤满人,比较荒僻的岛也住着村民,一到假期,旅行的人比城市还热闹。父子二人日思夜想,经过许多日,忽然花里巴巴瞧瞧窗外一件飞行的物体,快乐地叫起来:有办法了,他看到的知名飞行物体,是一只蝴蝶风筝。

星期日的早上,花里巴巴带了飞毯,放在花顺记的小货车里,驾着车子到乡村去啦。陪伴他的是父亲花里耶。车子驶到一个到处是树木的草地上。这里的空气清新,风景素丽,一片翠绿,四周还有小山丘，几户农舍散落在田边。花里巴巴把飞毯抱出车子，放在铺上厚布的地上，然后替飞毯的四个角落扎上风筝线，又接驳了线圈。这些线虽然是真正的风筝线，事实上只是一种装饰。

花里巴巴和花里耶手拿线圈，跑到稍远的地方，稍微扯扯线，地毯自己就飞起来了。它是靠自己的本领飞起来的，不必借用风力，也不依靠人力，但它懂得和地面的主人保持距离和默契，升到适当的高度，就翱翔起来，地毯上的流苏流水般拨动，它自己也做波浪形的起伏，有时如饱胀的风帆，有时如展翅的大鸟。花里巴巴和花里耶是多么高兴呀，飞毯终于可以到户外活动了，它可以在光天化日之下飞行了。父子二人看得出飞毯愉快活泼，朝气勃勃，在草地上一面放飞毯一面手舞足蹈。在乡村里，也有小孩在放风筝，两名村童，放的都是豆腐风筝。他们看见了花里巴巴父子和他们的风筝。

"哎呀，这是什么纸鸢呀？"

"我看，是只大毛巾纸鸢。"

小童放的豆腐风筝和大毛巾风筝一起在空中飞翔，既不割线，也不比赛，大家都放着自己的风筝。那么宽阔的天空，可以容纳更多各种各样的风筝。小童看得出花里耶和花里巴巴是外国人。他们说，外国人真奇怪，放的竟是一幅大毛巾，又笨又重，哪里比得上豆腐纸鸢轻盈。一个小孩说，我们也可以拿幅床单来放。另一个小孩说，把床单放上天空，岂不变了降落伞？空闲的日子，花里巴巴就带着地毯到乡村去飞行了。肥土镇每年都有风筝比赛，有的在草原上举行，有的在海滩上，很长的蜈蚣风筝，很阔的财神风筝，都在天空中招展，这些风筝比赛花里巴巴一次也没有参加，他才不去冒险哩。

叮当叮当

　　拍。得得得。叮当叮当。嘟嘟嘟。叮当。叮当是什么声音呢？在红砖房子里，只要走上三楼的楼梯，几乎就听到那些叮当叮当、得得得、嘟嘟嘟的声音，从一个房间里传出来。走进房间一看，原来是花一花二在玩弹子机。兄弟二人都是弹子机迷，早一阵，常常跑到游戏中心去，和一群年轻人一样，霸占一台游戏机不放。游戏机中心有许多不同类型的游戏可以选择：宇宙行星、街头霸王、死亡驾驶、超级金刚等等，不过，花一花二对那些游戏没有兴趣，只爱弹子机。拍，一颗弹子打出去，得得得地游走，碰上彩环，叮当叮当响起来啦，彩环也亮起了闪闪的灯光。

　　啊哎，弹子要滚进沟渠了，快些按动挡臂，把它弹出去。拍拍，弹子又得得得地滚转，碰上了彩环，叮当叮当。好极了，碰上了很多彩环，弹子不停转，许多彩环的灯连续亮闪，连垂直的灯板上也哗啦啦全面闪亮起来，数目字，123456789 不停飞转。花一花二高兴了，根本不肯离开弹子机。

　　游戏机中心空气污浊，花一花二长期霸占弹子机，招惹不少厌恶的眼色，而且场内人物复杂，常常有吵架打架的事。花一花二很无奈，既喜欢弹子机，又不喜欢那环境。

"如果自己有一台弹子机就好了。"花一说。

"家里有一台弹子机最好了。"花二说。

花一花二的愿望不久竟实现了。一台弹子机从外国订购回来，搬进红砖房子，抬上三楼的一个房间里。这是花里巴巴送给他们兄弟的礼物。叮当叮当，拍拍拍，嘟嘟嘟，花一花二没有一天不到这机器前面站半天，开心得不得了，唯一担心的是，弹子机坏了，不知道到哪里去找人修理。经过游戏机中心的时候，常常见到坏了的游戏机堆在门口，修好的不久又抬进店里去；修不好，就扔到垃圾站啦。

有了弹子机，花一花二不上游戏机中心去了。如今，他们也很少上电影院，要看电影，就去租录影带；好看的，还可录下来。机器的确改变了花一花二不少的生活习惯。他们听镭射唱片，看影碟，完全电器化了。二人觉得最方便的是洗衣机，节省了他们洗衣服的时间和劳力。有一天，他们对花初三说，花顺记那边不必操心每天给送饭来。花初三说，那你们吃什么呢？他们说：自己会煮饭。

的确，花一花二天天自己煮饭，而且是煮一大锅，一日三顿都够吃。每天晚上，他们浸各种豆，红豆绿豆乌豆红腰豆，还浸米，糙米红米黑糯米，第二天就把豆和米放在锅内煮，有时煮的是粥，有时煮的是饭，红豆饭、绿豆饭、八宝粥，七彩缤纷，又好看又好吃。厨房里有压力锅、微波炉，还有双门大冰箱。花初三和花里巴巴常常在星期天给他们运来粮食，塞满整个冰箱，另外的食物柜中，冬菇、云耳、发菜、紫菜这些干菜也总是不缺。谁也不知道他们什么时候开始爱生食，而且自己种起蔬菜来。后园的土地有一部分变成菜圃了，种了苋菜、白菜、生菜，还种青椒、番茄等等。

花一花二生食蔬菜，除了蔬菜，他们又爱上水果。这，花初三也给他们运了大量的果粮。花一花二常常说，只吃水果蔬菜和豆粥，觉得很舒适，有一种胃肠心肺都净化了的感觉。有时候，他们整天只吃水果：香蕉、苹果、橘子、西瓜、哈密瓜，直到饱腹为止。起初，拉了几天肚子，后来竟习惯了。花一花二说，只吃水果很清爽快乐，第二天，连小便也有水果的芬芳。花顺水知道了这情况，叹了一句：我的天呐，两个侄儿快要变成猴子了。

模拟城市

花可久喜欢看电影、看书和逛街。他看电影，和别的年轻人的看法有一点儿不同。别的人会看导演手法、演员的演技、电影的情节，他当然也注意这些，不过，他还特别注意电影内的建筑物。街道上有些什么房子，房子内有些什么建设，甚至一扇门，一扇窗，一幅墙，一根梁柱，他都十分专注。可惜，在电影中，这些作为背景的景物总是一出现就消失了，使他常常好像失落了什么似的。

逛街的时候，花可久也爱看建筑物，肥水街的楼房、观音庙；跳鱼湾区的医院、学校；飞土区的银行、商业大厦；郊区的茅舍围屋、别墅、古堡；半山区的教堂，甚至海上的渔船，他都看了又看。总要想想它们是怎样建成的，用的是什么材料，建造的图则，是传统的呢，还是别有创意。

花可久自己拥有一点儿建筑学的书，有几本是大学的课本，大多数是参考书，但他还看图书馆里的书，肥土镇艺术图书馆里建筑学的书，他几乎每个星期去看。艺术图书馆里没有文学作品，都是音乐、美术、摄影、戏剧、书法、陶瓷、服饰、工艺品、舞蹈、电影等的书，可惜这些书都不能借回家看，即使花可久的姊姊是这图书馆的行政人员。他觉得自己要学习的还有很多。他常常想到的问题是：肥土镇的建筑特色是什么？在世界潮流冲击之下，有什么值得保存？怎么可以建造一种既属于当前世界的，又属于肥土镇的房子？

这一阵，花可久天天在家里玩电子游戏，他对那些吃鬼、迷宫、寻宝、勇救美人、打倒恶魔的游戏，并不十分沉迷，老是一天到晚打打杀杀，永不止休，画面又千篇一律，久了也有点厌倦。最近，花可久发现了一个他心爱的游戏，叫作"模拟城市"。并不是甲方和乙方不断杀戮，画面也不是一幅幅屠场，而是很有创意的建设游戏。玩游戏的人是"模拟城市"的市长，一开始的时候，市长得到一大幅荒芜的空地和一笔可以随意动用的资金，于是，市长就可以建设他心目中的城市。

对于花可久来说，这是多么有趣的游戏，他可以依自己的理想来设计心目中完美的城市了。于是他先在荒芜的土地上发展。这里要铺设道路，那边要兴建码头；什么地方该建一座机场，哪一个地点要建民居。道路的走向，公园的形状，商业区和民居如何隔离，文化中心又该如何妥善安置。这样的游戏，每一次玩耍，都有不同的面貌。上一次的建设出了错，下一次就该改善，既然是电子游戏，更加可以不断使用"试错法"，从错误中试出理想的城市。花可久运用他从学校和书本中学得的知识，按着电子机的键盘，的确得到许多启示。"模拟城市"的游戏没有敌人，却有对象，这些对象好快就变成对手，他们是民众。你是市长，对方是民众。是的，不要忘记，你建造的可不是空中楼阁。你努力建设完美的城市，他们是监督，不断发出回应的声音。市长自以为把城市建得不错，经过了若干年，五十年，一百年，把一个渔港变成金融中心，人口发展到六百多万。可是民意调查的结果出来，市民有很多意见哩：开发的土地很少，只高度集中在小部分热点，地价贵得不得了，地产商摸准时机就刮个肚满肠肥。此外，空气污染、交通阻塞……于是，当市长的就要解决一切的困难。事实上，花可久玩游戏时，不断要调查民意，不能等到最后才让电脑发出警告讯号。因为到了那个时候，问题就不易解决了。一旦市长无法解决民生疾苦，也正是他该下台的时候。

花可久面对游戏机，每天可以建立一个新的城市，但他走到街上，生活的却是一个已经形成、充满缺陷的现代化城市，而这个城市，不是游戏机的屏幕，不能轻易抹掉从头建立，只能改善，只能拯救。要拯救一个城市，比如楼价高涨、水质恶劣、噪声干扰、汽车废气、垃圾堆积，可不是市长一个人可以解决的，只有靠所有人的力量一起参加拯救的行动，城市才可以继续生存。

相对贫穷

　　花里耶在肥土镇找到了儿子，非常高兴；又见到了花顺记的老朋友，大家都觉得，命运真是一切分子中最奇异的组合。到了肥土镇，花里耶还记挂着另外一个人，那就是肥土镇的哲学家。他按着地址，走了不到十五分钟就找到了，哲学家根本就住在肥水区，四层楼高的房子，寓所在四楼。楼房没有电梯，花里耶只好一层一层走上去，走得气也喘了。花里耶说，这位飞毯岛上的老朋友，原来还是顶楼上的哲学家。哲学家正在家里，屋子里还有两个年轻人。花里耶以为二人是哲学家的学生，来探望老师，听老师讲人生的学问。不错，年轻人倒是大学生，可不是哲学家的学生，而是在另外一所大学读书，修的也不是哲学，而是社会学。

　　二人是在做一个专题调查，探讨肥土镇的贫穷现象。这些年来，肥土镇的经济起飞，居民的收入不差，消费能力强，到处是上餐馆酒楼吃喝的家庭，百货公司永远挤满人，年轻人穿起漂亮的名牌衣服。那么，肥土镇是不是非常富裕，没有穷人了呢？而在这么一个欣欣向荣的地方,贫穷线又定在什么地方?于是就由大学的社会工作学系进行调查,由大学生抽样到各区去实地探访。

哲学家的居所被抽中了。年轻人在屋子里这里看看,那里瞧瞧,又问了一些简单的问题,然后在资料档案中填写。室内的设备是调查员可以见到的,他们在以下的项目中都画了一个"√":卧室、厨房、浴室、电视机、冰箱、电话、收音机、洗衣机、冷气机。这些家居设备,哲学家都有,不过,他居住的房子,并非自购单位,而是租用。调查员还问了如下一连串的问题:

家中成员是否每位都有自己固定的床?

家人生病是否看私家医生?

有没有出外旅游?

有没有找朋友吃饭?

孩子读书有没有自己的书桌?

是否紧急需要时才乘的士?

九年免费教育后,孩子是否升高中和大学?

有没有常常全家出外吃饭?

当然,调查员又问了家庭的收入和成员的数目。

花里耶问调查员,肥土镇的贫穷线定在哪里?回答是:贫穷有两类,一是绝对贫穷,即是赤贫。至于另一类,则属于相对贫穷,肥土镇有很多相对贫穷的人。

"那么,户主算是富人还是穷人?"花里耶问。

"看来,是属于相对贫穷的阶层。"调查员答。

哲学家并非吃不饱、穿不暖，虽然家中有不少电器用品，但这已是肥土镇居民家中普遍的物质。可是，哲学家并没有自己购置的房子，也没有汽车，没有电脑，所以，他仍属于贫穷的家庭，不是针对基本生存需要的赤贫，而是相对于肥土镇一般生活水准的相对贫穷。调查员道谢之后就走了，很可惜，他们并不知道这户主是杰出的哲学家，如果留下来聆听他讲一阵人生的学问，一定得益不浅。

调查员走了之后，花里耶说：老朋友，我们还是来下一盘棋吧。于是二人一黑一白对弈起来，仿佛又回到飞毯岛上。花里耶仿佛仍听到哲学家一面下棋一面说：只要留住气，有气就能活。

绝对富有

从物质的角度来说，肥土镇的哲学家属于社会中相对贫穷的阶层，但从精神生活方面来说，他可是绝对富有了。事实上，哲学家也不理会物质上的匮乏，他要一辆汽车有什么用？他要一座别墅有什么用？那些电脑，音响设备，对他有什么用？他关心的又岂是个人的生活享受。从飞毯岛回来，他的生活没有变，仍在学校中讲课，并且在家中把飞毯岛上写的文章出了厚厚四册的哲学巨著，然后继续思考人类精神的最高境界，他相信那就是圆满的善。而善，是人性与生俱来的，仿佛人有心和眼，是一出生已存有的东西。

一个星期中,哲学家有两天,撑着一根拐杖,从家中的四楼步行到楼下,走几百步路,横过一条车辆繁忙的马路,再走几十步,就到了一所学校。这时,他又得一级一级走上石楼梯,直到四楼上的研究所。途中,他得休息一两次,因为哲学家的年纪已经不轻了。不要以为有这么一位大学问的哲学家讲课,课室就会挤满人,事实上,通常听课的,包括哲学系的学生、研究生和旁听者,合起来才二十人左右。在肥土镇,精神生活只停留在看电影、电视、报纸和杂志的层次上。若是有什么番邦时装设计师的酒会,或者新式汽车展览,会场上肯定挤得像沙丁鱼一般热闹。

肥土镇哲学家在肥土镇大学教书,教的竟然不是哲学系。肥土镇大学龙文系之外,根本没有独立的龙文哲学系,那一系,叫作 Oriental Studies。意思就很明白了,那是洋人立场,洋人心目中的东方研究。至于哲学系,教的都是西方哲学。西方大哲康德、黑格尔都不懂东方,不知东方也有哲学,他们都以西方哲学作为全部的哲学。一直要到那个罗素,著了浅显的哲学史,才间接承认有东方哲学,因为书名叫《西方哲学史》。即使这样,肥土镇大学仍没有东方的龙文哲学系,哲学大师只是东方研究名下的教授。在肥土镇,所讲教育,培养的只是政务官,或者经济人,而非文化人。

哲学家说,大学生在大学里要学的岂止是知识,还应学习研究事物的态度、方式,以及培养影响一生的科学思维。大学教师则以传播真理为己任。但是在肥土镇,大学里学的只是知识,不是追求真理。那么,为什么大学中该学哲学呢?因为哲学可以观照人们一切的经验，指引人的行为，使人常用批判反思的目光审视自己。哲学教导人面对现实中的幸与不幸，摆脱世俗的偏见，从客观的角度思考问题，建立自己的价值观。而不被表面的现象羁绊，心灵不致失落。哲学可以成为精神之光，照耀人们在黑暗中摸索前行。

肥土镇的哲学家后来离开了肥土镇大学，在一所研究所中教哲学，可是，他对大部分的学生感到很失望，因为学生极少真正在求学问，求学不过是求取功名的途径，为了寻找高薪的职位。哲学家常引康德的话说：我们不是在学哲学知识，而是学习怎样进行哲学式的思考。教授对学生感到失望，却依然竭力发扬哲学的精神。他在课室中反复讲解《孟子》的《告子篇上》，反对把人性视为材料，说明仁义礼智都是人固有的，不是生物学上的固有，而是道德层次上的固有。但仁义之心只是微明，像晨曦初露的光，不加巩固、发扬，就会被乌云掩盖。一个人为什么要受教育，读书求学问？就是要明白是非，然后实践。肥土镇是非日渐颠倒，皂白日渐不分，补救的方法，也只有从教育做起。

铁将军

参加社会民居抽样调查的大学生，由于实地工作的缘故，得到的成果不仅仅是一沓纸上的资料记录，而是见到各式各样的家庭和不同生活的居民。他们从一幢楼宇进入另一幢楼宇，在静寂的长廊间走动，才发现肥土镇越来越变得像一个封闭的社区。在走廊的每一个角落，他们面对的都是密密紧掩的大门，和门外坚实巨大的铁闸。这些铁闸把户内和户外严格地隔绝，既防止外界的入侵，也避免里面的一切外泄。邻居不相往来，每一户人家独守自己的秘密，彼此不关怀，不信任。

社会调查的大学生，并不受欢迎。他们仿佛那些逐户拍门的推销员、传教士、年晚高喊"财神到"的小孩子，或者市政所区政所立法所等竞选期近就忽然出现推销自己"请投我神圣一票"的成年人。试过很多次了，他们按响住户的门铃，大门上的警眼暗了一阵，然后有人把大门打开一条缝，知道是做调查的，"砰"的一声就把门关上。有时候根本没有人应门，也许是一家人都上班了；有时候，应门的是一个老人家，解释了半天，老人家说，不明白，不懂，不知道，仍把门关上。事实上，治安不好也是把陌生人拒于门外的理由。

各种各样的人住在各种各样的铁闸内，不同的家庭有不同的内容。一个奇异的女子，从大街小巷捡拾许多废物，堆满整个住宅，既有破烂的锅炉纸盒，也有残旧的桌椅等，废物堆得从地上摞到天花板，从窗口移到门口，打开大门，不见天日，仿佛面对一座垃圾山，奇怪的是，垃圾堆中却有三三两两地坐着睡着大大小小或花或黑的猫猫，瞪着杏圆或橄榄形的眼睛。这家人家，及大猫小猫并不接受调查。另一家的门打开了，却是一个小孩子在门内答话。爸爸上工去了，妈妈下楼买菜，他和更小的弟弟在家，大门反锁着，只有妈妈回家来才可以打开。

"唉，如果发生火警，该怎么办？"调查员摇摇头。

"这么小的孩子留在家中，岂不危险？"另一个说。

白天的楼宇，留在住宅内，多的是小孩和老年人。孤独的老人家，神经兮兮地把自己关在室内。调查员在一道铁闸外遇到了一名社区服务的职员，每天按时给独自留在家中的老人送饭，可是这天，老人家又坚持不打开门了，认定来者不善，饭也不要，劝来劝去不理不睬，令为她服务的职员没有办法。试过几次，拍门也不回应，也不知道是不是发生了意外。

"孤独的老人和小孩子一样，易出意外。"

"也许住在护老院中更适合。"

调查员虽然常常饱尝闭门羹，但也有一些家庭接受他们的调查，比如这天，他们非常顺利地进入一个单位，进门后只见整个住宅像个室内动物园似的，原来是一座笼屋。室内没有单独的房间，只有几列床位，分为上层和下层，床位与床位相连，彼此以铁丝网相隔，成为一个一个四四方方的笼子。每一个笼子中就住着一个人。

这样的住宅是床位寓所，居住的人是笼民，许多都是已年过六十岁的单身老人。那么小的空间，长度刚够一个人躺下睡觉；高度只够一个人坐在床上，而衣服、被褥、鞋子、筷子碗杯，所有的用具都不得不堆在床上。调查员还是第一次目击人间这样的居所，其中一个记得，肥土镇动物园里的猴子和猩猩，居住空间远比笼民宽敞；另一个记得，曾经有一次，笼屋发生火警，困在笼内的人无法及时逃生。这些人是肥土镇赤贫的一群,调查员把资料记录下来。可资料和档案对笼民有帮助么?可有人为他们改善生活的环境,提供安置的地方?许多日子之后,做过调查的学生大学毕业了,他们调查过的笼民仍住在原来的环境中守着笼门,接受另一批年轻人的调查。

赫赫军容

陈大文是肥土镇的名人,但他并非大人物,也没有什么独特的才干和本领,按理该是个寂寂无闻的普通人。不过,他居然广为大家熟悉,却是很意外的事,原因也极简单,因为他是公务员。说起公务员,在肥土镇,这可是一支非凡大军。肥土镇最著名的大军共有二队,一支是劳动大军,另一支则是公务员。劳动大军在五六十年代军容最盛,由于移民众多,工厂林立,人力过剩,工资低微,劳动人口占了就业人数的强大比例,而且这队大军入伍的成员不仅仅是男子,还包括大量的妇女,甚至儿童和少年。

后来,这支大军渐渐裁减,少年和儿童都进学校去了,因为肥土镇推出了九年免费教育,而且是强逼的,不肯入学的少年、儿童,他们的家长就会被判罪。强逼免费教育的实施,连许多向政府争取平等教育的头脸人物都始料不及,来不及欢迎。说来有趣,原来是镇督一次出洋开国际商务会议,被外人指摘肥土镇有廉价童工。如何回答指摘呢？他回来后第二天就搬出这个计划，事前连教育署长也不知道。而妇女劳工相对地减少，则因为女子受过教育，自有别的职业可以选择，再也不必到工厂去做女工，有的因此成为高级行政人员。

可肥土镇的公务员大军呢？不但没有萎缩，反而越长越茁壮，政府的部门更加细微分立，公务员相对增多了，六十多个政府部门，就发展扩增到二十多万公务员。这支赫赫的军团，推动了肥土镇的齿轮转动，使肥土镇的政务，大致上处理得井井有条。但公务具有等级的分别。比如说，布政司是公务员，而街道上的清洁工人也是公务员，分别不啻天壤。

事实上，高级的公务员，正是肥土镇的精英集团。肥土镇的教育，主要就是培养当公务员的精英，在社会上担当重要的职务，收取高的薪酬，享受物质丰富的生活。的确，肥土镇的精英们有的是知识和才干，而且渐渐发展为适应社会的经济人才，熟谙国际金融、贸易、法律、企业管理，使肥土镇迈向先进的后工业社会。可惜，肥土镇的大多精英意识薄弱，欠缺文化修养，没有思想体系可言，只成为成功的经济人。陈大文是否精英分子？不是的。他不过中学毕业，在政府部门当一个卑微的文员，计算起来，属于大机器中一颗小得不能再小的螺丝钉。那么，像这样的一个人为什么大名鼎鼎，知名度那么高呢？说来也是巧合。不知是哪一个公务员，为了方便，把陈大文的名字用在政府各种申请表格的范本上。比如说，你想申请一份工作，你就得去取一份表格，仔仔细细填好交回。表格这种东西，说它难填，其实很容易；可说它容易嘛，填起来又非常麻烦。表格上的细则和说明，不论是外文还是龙文，你看来看去，阅读三四遍，还是弄不清说的是什么。政府部门可能也明白这一点，而且，镇民有不少是知识水准不高，头脑不灵活的呐。于是，就有了填表的样本。这样本，用的恰巧是陈大文的名字和资料。

在示范表格样本上，姓名一项，写的是陈大文，性别是男，然后是年龄、住址、电话、身份证号码等等等等。凡是填表的人，无不对着这样本作参考，于是凡填表的人，都知道"陈大文"三个字。大家感谢陈大文之余，却除了他的亲戚朋友，几乎再没有其他人见过他，样本上并没有贴上他的照片。因此，陈大文就成了著名的影子人。虽然陈大文绝非一个影子，他是真正的实体，是公务员，而且是称职的公务员。

什么是称职的公务员？在肥土镇文官制度的科层体制中，不论布政司或清洁工人，作为标准的公务员必须做到以下几点：廉洁奉公，服从上级，遵守法制，严格保密。当然，当高级公务员必须有良好的学历，必须有才干，而且渐渐地，他们也必须面对群众。

泥土的交谊

花顺水以为儿子从外国读书回来，大概也会变成两个侄儿一般的傻兮兮的大孩子，埋头埋脑做自己喜欢的事，既不上班，也不找一份像样的工作。然而，花顺水估计错了，儿子虽然读的是什么考古，却没有整天躲在屋子里，竟天天在花顺记帮忙，空闲的时候，或者遇上特别的情况，才去做他的研究。花初三读书时学的是日耳曼语，肥土镇用的官方语文是另一种外语，所以，花初三就不能到大学里去教考古了。他只参加了考古学会，和一群志同道合的发烧朋友常常聚会，一起研究。此外，则教点校外课程的课。一个星期一次，他仍回日耳曼国文化协会教书，教的不是肥土镇的学生，而是日耳曼国的人，教他们学肥土语。

平常的日子，花初三在店里帮忙，每天驾驶一辆小货车，和一名伙计，到果栏去买水果。肥土镇四通八达，航运空运都便利，果栏简直像个世界水果集散地，各种纸盒、木箱装着水果，颜色缤纷的招纸，画着水果的模样，写着原产地的国家、城乡，还有不同的文字，花初三在这里仿佛上着活泼的地理课。他只觉得，他的一生原来和泥土有重大的关联。他读考古，研究的是泥土底下古老的东西，而买水果呢，则是和泥土上面生长出来新鲜的生物打交道；上家具行，碰上的又是泥土中长出来的树木，这其中，可不有许多奥妙的含义？

每个星期，有几次吧，花初三到家具店来啦，家具店的业务，他也得帮忙。有时候，他和儿子一起来。叶老板也看得出，花初三对家具这一行兴趣不大，但外孙花可久反而很专心看师傅工作，并且不时动手做。叶老板想，呵哈，说不定将来就是这小家伙承继自己事业了。花可久也说，自己学的虽是建筑，可不一定有房子可建。在学校里，他的成绩不算好，脑子里一派幻想，设计出来的房子，老师常常说是无法住人的。那么，花可久说，将来不造房子，做家具也有趣。不用钉子泥胶等物而用接榫造的房子和家具，根本就是艺术品。花可久还常常说，许多建筑家都设计风格独特的家具，非常出色。

叶老板如今又不用做普通的家具了，仍用上好的木料，精工做优良的椅凳、屏风橱架。肥土镇的人富裕起来了，许多家庭又忽然爱用古色古香的木家具。红木家具不愁销路，而且身价百倍。连城酒店兴建的时候，订单同时下来，大厅、菜厅、走廊等处，都选用红木家具，连每间睡房都用上一两件，更不用说留仙园了。事实上，叶老板还是连城酒店红木家具的维修顾问，什么家具有破损，需要修理，都搬到维修部，请叶老板去打理。

家具店早已搬了铺，不再是以前的旧房子，而是一座大厦的底层，铺面宽大，老师傅都留着没走，年轻一点的手艺也不错。有时还有人上门请叶老板鉴定古家具的年代。叶老板年纪大了，可身体健康，天天仍上茶楼一盅两件，和老街坊高谈阔论各类新闻，发表意见。有时候，花初三和妻子一起上家具店来，叶重生就到楼上去探望母亲。搬到店铺楼上的单位，是大家赞成的，而且请了一位用人，是店内伙计的亲戚，大家都不当她是用人。叶重生见到她时总是请她煮菜时少放糖和盐，不要常常煎炸。叶太太虽然不用做家务，可她自有忙碌的事。有时候，她上隔邻家打牌；有时候，忙着研究马经。一个星期总有两次赛马，赛前要研究排位、路程、马房、骑师、马匹的资料，赛后又得做检讨，因此，天天在那里看报纸，写资料，拿着一只放大镜，握住一支红笔，圈呀点呀。买二十块钱，取回十块钱，她就认为赢了，感觉良好了。女儿到来，她才放下一切，和女儿聊天。叶重生常常带她下楼，到对面的休憩公园去坐坐，散散步，经过投注站，老人家又笑嘻嘻地走进去了。

文次郎与小旋风

在肥土镇，绝对贫穷的，除了笼屋居民，还有街头露宿者。在肥水街的一道天桥底下，就栖息着几名露宿者。即使是露宿，竟也有贫富的分别。其中有二人，在桥底下拥有不少家居的财物。他们有自己的矮铁床、床褥、被铺，有一个木架，堆满了铁罐、碗碟、胶桶，还有时钟。地上有火水炉，炉上有水锅。有时候，床上躺着一个人；有时候，床上蹲着三只猫。他们还养了一只黄狗，常常卧在路中心，也不避路人。这两个人，据说原本当打磨工人，后来老板把工厂转移巨龙国，五六年来，他们再找不到工作。至于一个蓬头发的流浪汉，则身无长物，只睡在桥底石柱的另一边，他散仙得多，只有一张破席。不过，天桥底下的天地突然起了变化。

起先是所有的床、凳、杂物都不见了，过了一阵，地面上翻土动工，种了一列大叶植物，然后是正中的空间，堆满了巨大的石头。这么一来，桥底下再也无法露宿了。拥有小小简陋家园的露宿者消失了。至于那个蓬头发的汉子，头发更长了，结成一串一串的硬块，仿佛发上悬挂着许多薄饼，或者就像头顶着一棵龙眼树。他的衣服只是几幅破布，他的足趾越来越长，因为长，所以弯曲起来，仿佛狮虎的利爪，使他走起路来缓慢而困难。

蓬头发仍在肥水街一带活动，常常睡在银行的门口，有时候起来活动，到废纸箱找寻吃喝的东西。他和几名老妇同样光顾废纸箱，老妇搜索的是汽水罐，拿到回收铺子去，每个铝罐值五个仙。蓬头发也找汽水罐，但他只找水喝，摇摇罐子，听到了音乐，就把嘴巴凑到罐口，仰起了脖子。他与老妇和平共存，事实上还帮助她们掏出汽水罐。不过，老妇一天可以捡到不少汽水罐，蓬头发却不易找到喝的汽水。奇怪的是，近几个月来，常常有一个年轻人，走到他面前来，微笑着，递给他一瓶一公升的汽水。绿色的瓶里荡晃着魅力四散的白色流液，瓶身上还布满了更诱惑的水珠。这么美丽的甘泉，太美丽了，必定有毒。蓬头发不认识手握汽水的陌生人。那人不止一次递给他汽水，还有饭盒、三明治，甚至香芋，但蓬头发不接受，必定是有毒的，必定有阴谋，他想。

"你叫什么名字？"陌生人不止一次问蓬头发。

"我叫小旋风。"蓬头发有一次突然答话。

"我叫文次郎。"陌生人微笑着。

电视上播过一个小贩阿德的专辑，他是名果贩，却同时是义工，每天在街上和露宿者联络，帮助他们改进生活的状况，使他们重新投入社会。陈二文看了电视，很感动，决定像阿德那样，去帮助流浪者，于是加入露宿者行动委员会当义工，自动与露宿者打交道。志愿团体的义工都称他为文次郎。陈二文已经跟踪蓬头发几个月，但得不到对方的信任。

整个星期六的下午和星期日那天，蓬头发都躺在银行的门口一动不动。陈二文走过去，蹲下身子，摸摸他的额头，一片火烫。蓬头发病了。陈二文找来医生替蓬头发注射针药。他扶起蓬头发，斜靠在破包袱上，打开一盒牛肉粥，喂他吃。蓬头发身子很虚弱，也不反抗，喝下粥，嘴巴一动一动地咀嚼牛肉。过了几天，蓬头发的病好了。文次郎喂他的毒药没有发作。陈二文带他上露宿者之家，替他理了发，给他一大块肥皂，带他去洗澡，给他一套新衣服和一双新鞋。

蓬头发整个的模样变啦。陈二文告诉他以后可以到这里来理发和洗澡。蓬头发抱着自己的细软犹豫了一阵，从衣衫内摸出一件东西来说，这个放在你那里。那是他的身份证。几个月后，一天，陈二文路过码头，远远看见蓬头发站在海上一条舢板上，双手提着长竹竿，扎着一个油漆帚。蓬头发正在替邮轮髹漆。

乌托邦之旅

花里耶回到肥土镇之后，并没有见过花艳颜，因为她旅行去了。在花里耶的记忆中,她还是个抱着一只斑纹大猫梳两条辫子的小女孩。花艳颜是和罗微一起去旅行的,参加的是"乌托邦之旅"旅行团。旅行回来,花里耶已经回乡,筹备开地毯铺,并去探访飞毯岛上分别的地毯朋友。肥土镇的人,如今经济富裕,天天日夜工作,遇上假期,纷纷出外旅行。旅行成为生活的习惯,成为日常的话题。旅行社就像地产公司一样,不断扩张。不过镇外无论远近的大小名胜风景很快就一窝蜂去得差不多了,大家对这些地方再提不起兴趣,而要求更新鲜的去处。因为旅行的一大乐趣竟是先睹为快,至少要比若干人捷足先登。

旅行社不得不适应市场需求,绞尽脑汁,多方设计开拓新风景点、新旅行线,以种种新颖的招数来吸引游客。于是,什么猎奇、探险、美食、怀旧大量出笼;吃野味风味、参观古代武士竞技等等,不断有新招。比方一家旅行社吧,推出一个"世界著名监狱七日游"的豪华团,请得一位监狱史专家带队,既考察各地监狱的建筑,又比较各地刑法、罪犯生活的异同,据说反应好极了。可能收费不低,而团友的食宿太佳吧,不多久,一位社会学家出来,提出数据,断定罪案增多,是由于旅行团美化监狱的恶果,误导镇民坐牢等于入住五星级酒店;他要求政府严加管制,起码要让团友尝尝坐牢的苦头,否则,倒不如把它取缔。

但另有一种意见,其实也来自一位社会学家,指出所谓数据,只是一种伪科学,因为社会罪案丛生,是现代化的副产品,跟监狱的设施并没有必然的关系;相反,监狱,一如公厕,日渐改善，正是社会进步的征象。一提公厕，果然就有旅行社推出"国际公厕巡礼"的节目，声言创新大胆，能令参加者的人生观改变。正是在这些无奇不有的旅游热时期，花艳颜参加了"乌托邦之旅"。

这个旅行团，当然又是旅行社搞的新点子，单看宣传的资料，已经很够吸引。未去之前，大家已经热切地讨论了一番了。首先，团友会到的是大西岛，在那里，有一个叫模拟理想的国家。

这国家一切以理想为主：理想的制度、理想的公民性格。但为什么是模拟而不是理想本身？因为理想是一种理念，对某些哲学家来说，理念先于真实事物，实物充其量只是理念的影子、摹本。而这个国家，并不欢迎诗人、艺术家。因为诗人做的只是模仿的工作，就像画家，若你画的是一张床，可哪里是一张真正可以躺在上面睡觉的床呢？不过是床的模拟罢了。所以，在理想国中，受尊敬的反而是木匠。花艳颜报名时对旅行社的职员说，自己虽然算不上诗人，可也喜欢看看书，喜欢美丽的飞毡。但旅行社的职员安慰她说，只要你喜欢的文字艺术，对这个国家有益就行；谁参加这个旅行团，谁就又有益又有建设性了。

"哎呀，还能不能朗诵'床前明月光'呢？"花掌柜说。

"在那个国家里，人们感叹的时候，不是说'我的天呐''我的上帝呐'，而是说'我的猫呀'。"

"我的菩萨呀。"掌柜太太说。

第二个会去的地方，则叫"华氏四五一度公园"。在那里，主要是参观公园,其他的地方没有什么特别。因为当地政府把一切文学作品烧掉之后,公园里就出现一批来去不停散步,喃喃自语的怪人。这些人在公园中废寝忘食地流连,抗拒睡魔,坚持漫步,原是在背诵他们喜爱的文学作品。有的背长篇小说,有的背一部短篇小说,有的背整部诗集,或者几百篇散文。公园里的人天天见面,并不交谈,只略打招呼,点头微笑。他们的名字就是他们背诵的作者和作品的名字。这个叫荷马奥德赛,那个叫但丁地狱;一位长了胡子的男人可能叫玛丽·雪莱科学怪人;一位女子可以是福克纳约克那帕塔法。

"那些人可懂得把书藏在墙壁里呢?"叶重生说。

"唉,那个国家,墙壁一定是透明的呐。"花可久说。

团友当然会到美丽新世界。福特教主会让大家参观中央孵育暨制约中心,看人怎么从孵育器中孵出来,制造成阿尔法、贝塔、甘玛、德塔和埃普西隆五种社会阶级的人。又在育婴室看他们接受催眠教学,参加舞会,团结礼拜,看感觉电影,听色香合成音乐,还会特别安排参观公园巷的临终医院,泥沼火葬场及磷质回收处。各团员获赠该国一瓶索麻,据说吃了索麻,人都会变得快乐,无忧无愁。

"太可怕了,根本是个集中营。"花里巴巴说。

"索麻是从 Asclepias acida(肉珊瑚)这种植物中提炼出来的,是印度古籍中记载的植物。"花一说。

旅行团到的地方还包括桃花源,会分组坐小船去,顺着溪水,两岸都是桃花,非常美丽。小溪通向一座山,从山洞中穿过去,上岸步行,就到桃花源。那是一大片青葱的田园,又有清澈的池塘,平坦的土地上盖了朴素的屋舍,房屋之间种了桑树和竹林,田间都是小路,屋后有鸡的啼叫,屋前有狗走动。住在那里的人,生活悠闲,日出而作,日入而息,浑忘外界的世代、变迁,大家一定舍不得离开。

"真希望能到那里去走走。"花一说。

"大抵只能去一次,人一生只能有一段日子忘记一切,要是不断忘记,怕不变成白痴了。"花二说。

旅行团要到的另一个地方更有趣,叫"无何有之乡"。这地方,说它本无,却似乎真有,说它真有,却又无有。地方宽广无垠,无端生出一棵大树,高大而臃肿,枝丫却是蜷曲的。这样的木料,根本没有木匠看得上,因为砍下来也做不了什么。完全无有人理会。可这树自顾自在生长,树身越长越高大,枝叶越长越茂盛。

"那是樗树,有臭味,不适宜做家具。"叶老板说。

"因此,它可以避过了伤害。"花一说。

"真有这么一个可以自顾自地生活的地方?"花二说。

旅行团还会到史波伦萨岛,知道那个岛的人不多,但提起岛主却叫大家醒悟过来,因为岛主是鲁滨逊。连花里巴巴也立刻说道:是《鲁滨逊漂流记》吧。岛上还漂来了一个人,叫星期五。是的,故事的确是这样。不过,旅行团要去史波伦萨,探访的却是另外一位鲁滨逊,他乘搭的船因遭飓风而触礁,漂流到岛上幸存的,除了他还有一只狗。后来他也意外地救了印第安少年,仍取名星期五。两个人生活在岛上,本来像君主与臣民的关系,后来渐渐变成兄弟关系般的友谊。

孤岛后来也有船经过,水手们一上岸就砍果树,追捕山羊,发现了两枚金币,于是展开寻金游戏,鲁滨逊见到人的劣根性,再不愿返回令人厌恶的文明世界,只有星期五跟船离去。船走的那天,一名爱沙尼亚少年却悄悄下船,宁愿留在岛上。鲁滨逊给他取名"星期天",虽然,他隐隐约约知道,他离开的那个文明社会的后殖民地主义评论家会说,这是殖民地"内化"的表现。在史波伦萨岛,大家会见到鲁滨逊和星期天,过着和谐的生活,饲养山羊,栽种蔬菜和果树。他们读同样的书,吃同样的食物,互相尊敬,与大自然合而为一。

花里耶离开肥土镇一个星期不到,花艳颜终于旅行回来,却带回一脸失落的神色,对大家说:货不对板,货不对板。但旅行社当然也有辩解的一套:比如说,团友之间各有自己的乌托邦,并且坚持自己的乌托邦才是唯一的乌托邦;未上路已经吵个不停,走到任何地方,总有人不满意,而不满意的人又声称自己代表大部分人的意见。何况,旅行社的经理眼含泪光说,这次旅行其实给了大家一个重要启示,倘非参加这次旅行,不会体味到,大家不是一边旅行一边想家么?总是拿自己的老家跟这个比较那个比较,乌托邦原来就在肥土镇。

嘴吧

　　肥土镇的香药坊，到了晚上，可热闹了。白天这地方静悄悄，行人疏落，只有街角摆了一个鲜花摊，像个花园似的展览着缤纷的颜色。晚上的香药坊，鲜花摊子收了市，黑黝黝地，霓虹灯却红红绿绿，夜游的人像鱼一般在街道上游泳。香药坊整个地区并不宽敞，不过是三两条街道，由于山势的形状，曲曲折折，蜿蜒迂回，又如梯田般层层叠叠，斜坡起伏，街道两旁，开了许多小餐厅、小酒吧。肥土镇的年轻人，肥土镇的异乡人，肥土镇的旅人，都爱到香药坊来逛，这是肥土镇充满欧罗巴洲小镇风景特色的地方。

　　香药坊以前有许多药材铺，既有干草药铺，也有生草药铺，还有固定的鲜花摊子，整个地段充满草药和鲜花的香味。渐渐地，草药铺子式微了，鲜花摊子搬迁了，但古旧的房子还留在原地，白粉墙，矮栏杆，临街的木窗，隐蔽的后门，不同的高度，独特的建筑，经过这里一点修饰，那里一点添补，成为又古老又新鲜的汇合，吸引了许多人。香药坊如今还可见到一个鲜花摊子，楼房的底层大都变成了餐馆和酒吧。这边是天方夜谭吧、猫醉吧，那边是紫袋巾餐厅、七三馆。都是极知名的。其中，"嘴吧"也是许多人熟悉的。

　　"嘴吧"的店名是嘴，店内的布置图像，都以嘴为主，既有吸烟斗的大嘴巴，也有啜果汁的樱桃小嘴，最著名的标志是超现实画家的嘴唇，飘飘浮浮，垂挂在嘴吧的天花板下。到嘴吧来的常客，有不少是大学生、艺术家、诗人、摄影家、导演、编剧和各种文艺发烧友，于是，在嘴吧中，充满了吵闹的嘴巴、争辩的嘴巴、中心与边缘的嘴巴、同志的嘴巴、女性万岁的嘴巴，一言堂的嘴巴，还有大圈子嘴巴，非常热闹。到了晚上，嘴吧门外的平台上摆开了好几张小桌，围着一圈椅子，没多久，就挤满了嘴巴了。平台其实是香药坊的通道之一，路人从斜坡底下走上来，穿过梯田似的平台，转入小径，攀上登山的楼梯，朝另外一个方向走去。坐在嘴吧门外的人一面喝啤酒，一面天南地北，或者集中一个话题，闲聊，辩论，一面看着行人穿梭，看着四周一两株大树、几面破墙、一段石梯，或者高来高去的猫。

花可久到香药坊来不止一次了，事实上，香药坊是他很熟悉的地方。花可久的一些同学，到香药坊来逛，年纪已经十八九岁，但花可久却是年纪很小就到香药坊来玩的，那时候，他大概五六岁的样子。那么小的小孩，到香药坊来，而且跑进一间酒吧去，是很罕有的事。原来，花可久是跟着父亲到这里探望一个人，花可久称他为虾叔叔，花可久的父亲则称他为虾仔。他们是老朋友。虾叔叔在大酒店做事，但他和朋友合伙，开了一间小酒吧，生意不错，酒吧的名字是"花露水"，据说是因为以前曾在花顺记做学徒，与花和水都有关。那一阵，斧头党人有时候也上"花露水"来。不过，如今的"花露水"，虾叔叔偶然才在酒吧内，掌理店务的是虾叔叔的两个女儿。这一阵，虾仔不在肥土镇，他上心镇去啦，酒店派他上心镇的连锁店去训练新的侍应生。

一群年轻人在喝啤酒吃核果，谈天说地的时候，忽然，整个花露水吧的玻璃杯子叮铃叮铃响动，并且哗啦啦裂碎坠地，仿佛一艘巨大的玻璃船在海上遇到风浪，散裂成亿万的碎片。玻璃杯瓶碎裂，不但在花露水吧发生，整个香药坊的酒吧都遇上同一的灾难。

在肥水街上，花顺记的果汁瓶子，玻璃杯也都滑落地面，发生了什么事呢？肥土镇地震了。肥土镇并非位于地震带，但是，巨龙国却有广阔的地震区，肥土镇发生的地震，是受到巨龙国震荡的影响。

怎么办？

一连五天，肥土镇的两个电视台各自设计了关于地震的专辑，每天播放一小时，搜集了资料，请来了专家，邀请了明星艺员发表意见，并接受观众电话和现场共同探讨。节目的收视率很高，因为肥土镇的人对地震都极为关注。而节目的内容也算充实，知识、娱乐都兼顾了，男女老幼都适合收看。比如说，在某台的第一辑中，有半个小时是探讨地震的一般知识，由专家讲述，介绍了地震成因的四种假说：

一、弹性回跳说。此一假说认为地震的发生，是由于组成地壳的具有弹性的岩石在断裂时，原本发生的弹性形态又回跳到未变形前的状态，从而释放出巨大的能量而造成。

二、岩浆冲击说。它认为地震的发生，是由于岩浆向地壳中的薄弱部位冲击，致使地壳破裂和产生运动造成。

三、相变说。它认为地震的发生，是由于岩石在一定的温度和压力下，发生了体积和密度的快速变化，对周围的岩石产生突然的挤压或扩张而造成。

四、扩容说。它认为地震发生前，岩石受力达到一定程度，就会出现许多细微的裂缝，使体积增大。如果压力继续增强，地下水渗入并达到饱和，这时岩石变得易于滑动；倘若压力进一步增大，就发生断裂错动，从而产生地震。

半个小时的科学分析后，接着披露大自然在地震前发出的警告，包括气象的变化，天象的异常，地声地光、海水、温泉的动态，还有动物、植物的特殊行为等。例如井水忽涨忽落，翻花冒泡，气温短时间内迅速增加，气压急剧下降，海鱼跃出水面，冬眠的蛇仓皇游走，结了果的树重新开花。

第二天的专辑则分析肥土镇的地理位置，以及附近国家岛屿与地震带的关联。肥土镇虽非位于地震带，但巨龙国的南方却是地震带区。半小时中报道了世界各地震带的分布情况，还介绍了地震三要素的知识，即地震点、震级和发震时刻，还介绍了地震记录图纸上的纵波、横波和面波。接着的半小时是指导居民遇到地震时应该怎样应变，还印发了应急措施刊在电视周刊上供居民剪存：

一、保持镇定，不要盲目"自救"去跳楼，跳窗。
二、躲在坚实的家具下，如床、饭桌等。
三、靠近楼房内侧的墙下躲避，抱着头。
四、在厨房、浴室中躲避，因为房间跨度小，不易塌落。
五、不要在高大的建筑物附近避震。
六、不要在高压线、变压器附近避震。
七、不要靠近陡坡避震。

接着的两天，节目谈到的是天体运动与地震，包括月球引力，太阳黑子活动，超新星，引力波，以及介绍地震幕，慢地震，诱发地震种种。由建筑学会讲述建筑物与抗震知识，比如房楼间设立地震缝，窗户以小和少为佳，楼宇顶部造得轻些，或采用地基、墙壁和屋顶的钢筋牢牢地连成一体的"铁笼技巧"，甚至有楼顶储水减震法。

那些住在陡坡之上的居民自然更觉心惊胆战，而楼宇顶上建有储水池的居民则觉得多了一重保障。在众多的资料中，观众一下子得到了许多知识：有史以来地球上发生过的大地震，地震病是什么，世界七大奇迹中原来有三座毁于地震，等等。最末一辑的专题，竟由科学家从另一个角度来谈地震，说的不是地震的灾害与可怕，而是地震对人类的生存和发展所做的贡献：

一、地震提供的能量促使矿物形成。例如，使木质素得以在地壳浅层转化为煤。而铁矿、金矿、蓝宝石矿、金刚石矿、水晶、红宝石和蛇纹石矿,皆由于地震的营造力形成。

二、如果没有地震,地球内部活动所产生的能量及地球运行过程中所获得的能量将会不断累积,到达某一阈值时,地球就会爆炸,解体。地震是地球释放能量的一种主要途径。连绵不断的小震及时释放地球能量,使地球不至爆炸,人类才能生存。

三、地震是了解地球奥秘的天然"窗户"。

四、小地震是火山爆发的前兆,监测地震,可以预报火山的爆发。

五、地震是生物进化的外动力之一,因为地震会引起地震磁场扰动,地壳岩石的破裂会产生强电子流,为生命活动创造了条件。

这天的另外半小时由观众发问和表达观感。其中一个问题正是肥土镇居民最关心的事情,如果发生地震,心镇的核电厂受到影响,那怎么办?

半个月后,电视台又推出一个新专辑,探讨的是核电厂的功与过,核电厂一旦发生意外,对肥土镇的影响,以及肥土镇居民将如何应变,政府又有什么应变措施。两个节目的收视率都很高,肥土镇居民日常的话语中充满地震带、震央、辐射线、疏散等字眼,其中谈论得最多的竟是移民。

去或留

"人生就是不断地选择。"花一说。

"我们又面临选择了。"花二说。

"搬不搬家呢,是一个问题。"

"养不养蜜蜂呢,又是一个问题。"花一花二面临的选择,主要是蜜蜂的问题。兄弟二人许多年来一直饲养蜜蜂,因为他们有一座连着楼房的花园,和花园相连的是一片宽阔的农地,和农地相连的是一座绵延起伏的小山。可这环境已经改变。首先农地不见了,变成了许多楼房,还有交错纵横的马路;其次,那座长满树木,无数花鸟蜂蝶甲虫蜥蜴寄居的小山正遭受侵袭,铲泥车从不同的方向朝山的中心夹攻,过不了多久,这块美丽的动植物天地将被夷平。

红砖房子天天受噪声的骚扰,灰尘飞扬,花木枯萎,果树折断。这样子,如何再饲养蜜蜂呢?吵闹的地方不适宜养蜜蜂;没有花草树木的环境无法养蜜蜂。当然,为了采集花粉,养蜂人必须带了蜂箱旅行,仿佛牧羊人,找寻水源和郊野。花一花二以前就常常深入山谷野外去扎营,带了蜂箱漫游。如今,肥土镇的郊区、离岛都建起了楼房,农田、菜地、果园、花圃已经越来越少了。

还养不养蜜蜂呢?如果继续,那么花一花二只能搬家了,搬到离岛或郊野去。如果不再养蜜蜂,问题较易解决。搬家毕竟是件麻烦的事。为了蜜蜂的去留,花顺记一家人都发表意见。一致认为既然花顺记不再卖蜂蜜、肥皂、蜡烛,只卖果汁,当然不一定要养蜂。何况，如今寻找适宜养蜂的地点也不容易。花可久说，为什么要培养温柔的蜜蜂呢？温柔的蜜蜂遇到了敌人怎样保护自己？

"若要搬家，红砖房子怎么办？"花一问。

"绝不可售给地产发展商。"花二说。

"他们一定会把房子拆掉。那么好的房子，拆掉就可惜了。"

"最好留给巴别开很大的书店。"

那么，不再养蜂的话，数十箱蜜蜂怎样处理？花一花二看到一段花絮新闻：花旗国的一个州，十年前本有十一万五千个蜂场，十年后仅剩下五万五千。养蜂业中落，最大的受害者是果园，因为缺乏蜜蜂传播花粉，果树的收成下降。果场的主人不得不到邻州去借五万只蜜蜂来传播花粉。蜜蜂研究专家指出，蜜蜂传播花粉每年获利九十三亿花旗币。

"没有了蜜蜂，就没有了水果。"花一说。

"花顺记有了水果，就没有了蜜蜂。"花二说。

花旗国离肥土镇太远了，不然的话，花一花二倒可以把蜜蜂送给果园的主人。但是，送蜜蜂给人的事提醒了花一花二，他们决定把蜜蜂带到郊野去，找养蜂人或果园主人，把蜜蜂送掉。蜜蜂和搬家的问题都解决后，兄弟二人晚上睡觉也舒服多了，一觉睡到大天亮。不过，一个星期以来，他们发现一件奇怪的事，每天去看蜜蜂，在花园里竟有许多蜜蜂死去。为什么忽然死掉那么多蜜蜂，既非由于风暴，也没有胡蜂等天敌。

一天清早。花一花二被一些声音惊醒了，仿佛有贼潜进花园。

二人悄悄打开窗子,却见一群老年人,有男有女,穿着短衣短裤,头戴帽子,帽子四周垂下纱布。这些人走到蜂箱前,摇动箱子,于是蜜蜂就出来啦,蜜蜂追逐老年人,朝他们的臂上、腿上叮。而那些人一个也不走避,不断手舞足蹈,显得异常高兴,仿佛参加园游会。当花一花二走到花园来,老年人看见他们就从进来的地方钻出去,如鸟兽散。有一个走得慢的被花一花二截停。

"你们在做什么呢?"花一问。

"蜜蜂可以医治风湿。"那人说。

"治风湿?"花二问。

"是啊,蜜蜂有刺,我们有风湿。"那人说。

巴别

在肥土镇住久了,花里巴巴和附近的邻居都熟稔起来,大家见面总会打个招呼,却说不上深交。那么,他到底有没有可以聊天喝茶的朋友呢?有的,那个人就是巴别了。

巴别一如花里巴巴,并不是全名,不过,许多人都叫他巴别。他开了一家书店,招牌竖在楼宇的墙上,白底绿字,写着巴别书店。巴别的书店,也和其他相同的书店一般,是肥土镇特色之一,因为这类书店,开设在楼房的二楼,而不是楼下人来人往的街道上。

书店上了楼,反映肥土镇书业的困难。整个肥土镇,像样的外文书店加起来，不会超过五间，有规模的龙文书店，也不过三几家。这些都是堂堂皇皇的店铺，当街当巷，铺面宽阔，有的书店更加占地数层楼。但是，肥土镇的读书人喜欢走动的却是另类书店，即二楼书店。原因有二，其一，书种多，主要是文史哲。书店虽小，不卖文具，选书却能针对读书人的胃口。其二，价格比大书店便宜，书本一般八折。肥土镇的楼宇铺面，租金昂贵，居民不爱读书，开书店，除非是庞大的出版机构。小本经营的书店，别说赚钱，连维持也不容易，不得不另谋出路。于是只好向上发展，就诞生了二楼以至三楼书店。

二楼，相对于楼下的铺面，租金便宜多了。二楼书店的店主，多半本身就是读书人，所以出售的书籍总有一定的水准，而且由店主或伙计到巨龙国去细意选购，把新出版的好书运回来，书既精选，价格又合理，自然吸引读书人流连。二楼书店推动肥土镇的阅读文化，带给市镇优等的精神食粮，成为小小的文化伊甸园。

巴别虽然也在二楼开书店，可他的书店，和其他的又有点不同。这个巴别，本来是个书虫，最爱读文学作品，所以，他开书店，只卖文学书。他的店里，所有的书分为三类：诗、小说和散文。其中最多的是散文。整间店铺，过半之上是散文，不过，如果买书的人到散文的部门去找书，见到的可并非都是和文学有关的散文，而是包括了哲学、历史、地理，甚至建筑、美术、电影等等。像这样子，又怎可称为文学专门店呢？巴别自有他的解释，他认为，除了诗和小说，其他的都是散文。

巴别书店另有一个特色，外文书多，尤其是诗集，什么希腊诗、波斯诗、俄罗斯诗、日本诗、韩国诗，不只提供译本，还有原文正本，让读者可以直接见到原著。他不喜欢吸二手烟，也不希望一个人只读二手文学。当然，许多原文的书，摆了许多年卖不出去，巴别也不介意，他自得其乐。他的书店，毋宁说是他的私人图书馆。

此外，这书店还设有一个肥土镇的文学专柜，放置了肥土镇的文学创作，却也洋洋大观，证明了这地方许多年来原来一直有人写诗写小说写散文。肥水街上这家奇异的书店，就开在花顺记隔邻的二楼，正是许多年前卖蛇的店铺楼上，巴别知道了店铺的历史后说，蛇教唆人吃禁果，结果人有了智慧。但蛇又何曾计较自己有什么好处呢？

巴别不大理会书店的生意好坏，空闲的时候他埋头读书，而且不断学习外文。学了法兰西文又学日耳曼文，学过意大利文又学西班牙文，又学拉丁文。他学外文的方法，是打开一部诗集和一本字典，并不学字母文法。

他只学习阅读，不学书写和讲话，只求看得懂。他常常说：我的目的是看书，又不和外人交谈，也不用外文写作。但他也尽量学一点书写的文字，以便向外订书，也希望学读音，以便朗诵。

巴别书店是租来的房子，业主是叶重生，日子久了，花顺记一家和巴别成为朋友，叶重生决定不再收书店的租金，让巴别可以为肥土镇的文化出一份力。花里巴巴常常上巴别书店去，不久二人就成为好朋友，巴别不但跟花里巴巴学突厥文，并且订书回来给花里巴巴阅读。书店小小的,没有很多人上来买书。巴别以前当过教师,后来提早退休,靠退休金过活,一日三餐尚可维持,面对一屋子书,他很快乐。没有人来买书么?他并不感到失望。店里一幅墙上钉着一块木牌,写着一行拉丁文,译出来的意思是:书籍自有书籍的命运。

聪明姑娘

　　银行的门口堆满了人,容易使人产生错觉,以为银行发生了什么事,莫不是又出挤提的风潮?街道上的商店,一旦门口挤满了人,总给人"出了事"的感觉,倒闭了,还是命案?至于银行,这一阵的抢劫情况严重,匪徒还出动了步枪,在大街上展开一如电影上所见的警匪枪战,祸及无辜的途人。不过,常常经过这家多宝银行的街坊,对银行门口挤满了人一点也不惊讶,因为每天都是这样子。围聚在门口的人,是在看银行橱窗中的一台电视机,屏幕上可不是播放什么精彩的节目,而是金融的消息:黄金对多少本地币值,什么国家的币值和本地的币值兑换率是多少,什么币值的利息又是多少,等等。

　　这一阵,围在银行门口的人太兴奋啦,肥土镇股市的指数升了一千点,黄金升,外币又升,所有的人都显得有点疯疯癫癫的亢奋。不要以为股市狂泻会令人疯狂,股市上升可以有同样的效果,人飘飘然了,口气大了,上酒楼吃喝,也就用鱼翅捞饭了。围着银行的群众,本来大多数并不相识,可那么站了一阵,各自发表了一番议论,竟像很熟的街坊。

"依你看,这只外币会不会再升呢?"

"如今买入黄金一定可以赚钱。"

"听说鲨鱼湾那边好像要打仗了。"

"短线投资,先趁机赚了再说。"

"多买几种外币稳固些,这只跌了,那只也许会升。"

"我也是这样买,这是买保险。"

这群中年男女中,站着口沫横飞的彩姑,口袋里有一本外币的存折,里面密密麻麻横列了好几只外币的名字。连彩姑自己也没想到,自己竟这么悠闲,天天可以一早到银行门口来看经济行情。以前,在这个时候,她得赶忙买完菜回家煮饭,洗衣服,服侍家翁和家姑,照顾小孩。再说,一个月的开支常常是赤字,哪里有余钱可以买外币。

现在的彩姑,和以前不一样啦,首先,家中的老人都已过世,孩子中三个大的男孩都已结婚。奇怪,三个儿子结婚时都说:爸爸妈妈,我要结婚了。父母当然很高兴,然而,他们从来没有说:爸爸妈妈,你们来和我们一起住吧。如今都流行小家庭,夫妇二人世界,不和父母一起住,于是,结一次婚,搬走一个儿子。结果三个都离开了。

彩姑的家庭,如今仍有五个人,她夫妇二人,一个女儿和两个儿子，丈夫和女儿做事，两个儿子上大学，中午都在外头吃饭。因此，彩姑根本不用煮饭，自己一个人，太容易啦，买个饭盒，上茶楼和街坊喝茶。至于家务，如今也简单，洗衣服有洗衣机，煮饭有电饭锅，用的是石油气炉，不用加火水，换灯芯。现代妇女的确该感谢工业革命和先进科技。彩姑如今也不再做事，事实上，她已经搬了家，住进一层新的楼宇中，楼高三十五层，她家住二十二楼。彩姑对新房子一直很满意，三房一厅，柚木地板，还有小露台。浴缸、厨柜一应俱全。唯一可惜的是，邻居不大来往，要打牌还得找旧街坊。

外币升值，彩姑精神爽快，进银行打了一个转，记得约了旧邻居中午喝茶，由她上茶楼找座位，于是离开了一群长颈鹿似的坊众，上茶楼去了。

十二点钟，彩姑的旧街坊都到齐了，一共四位家庭主妇，吃过午饭，一起上其中一人家去打牌。一面打牌，一面聊天。

大家都觉得生活比以前好过。比如说，一台电冰箱，多么实用，隔日的菜仍然可以吃，又可以把鱼、肉放在冰格内，几天不买菜也可以。而冷气机，又比用风扇舒服得多。主妇比以前悠闲，家庭的收入一般增加，年轻的一辈受过教育，找到的工作可以得到不错的薪酬。"如今小孩子读书都是免费。谁家小孩不去读书，还要判罚家长。"

"想想以前，几个孩子，就不知该给哪一个读书才好。儿子当然要去读书，女儿就退一步再做打算啦。"

"是呀，那时候我们就一直在想，阿莲要不要让她读书，还是进工厂当女工。"彩姑说。

"幸亏读了书，现在当了教师，薪水又高，又受人尊重，做女工，一世也别想有出头的日子。"

"没想到，女儿读了书，和儿子一般有用。我们现在还不是靠阿莲，才住了新房子。而三个大儿子，却一个一个搬走了。看来，两个小儿子也会这样子，结果，还是女儿照顾我们夫妇，负担我们的生活费。"

"你家阿莲，怎么一直没有结婚呢？"

"条件那么好。人品好，有学问，又能赚钱。"

"要求太高是不是？"

"世界不一样啰，我们那时候，十七八岁就出嫁了。这么早结婚有什么好。"

"是呀，像我，一共生了六个儿女，两年一个，一世人有多少年呀，单是生孩子照顾孩子，就花了十多年，而且很辛苦。又要逃难，又要做家务，又得担心生活费。"

"还是现在的姑娘聪明。"

"我们那时是没有办法呀，自己又没有本事赚钱，只能依靠丈夫，一世人先是父母养，然后是丈夫养，最后是儿子养。"

"现在的大姑娘可自己养自己。"

"不必靠人多好，也不一定要结婚。"

"说是这么说，不结婚，会不会寂寞呢？"

"我也常常问阿莲,有没有适合的对象?她说,如果有,当然结婚了,没有,还是自由自在的好。什么时代呐,世界人口这么多,不一定要结婚的。"

"好像现在的许多大姑娘都不结婚,结婚的也都很迟。不把结婚当一世人最重要的事。"

"现在的姑娘,的确和我们那时候不一样啰。"

"我家的小孙女长大了,又不知会是什么样子。"

陨冰

四月十二日中午十二时十五分,肥土镇的跳鱼湾,突然从天空中落下七块冰块。看见的人说,冰块坠落时,有飞行的鸣响和雾气状的尾巴。冰块大小仿佛拳头,白色,半透明,表面上有明显的气孔。冰块没有打中任何人,掉到草堆里。几个在跳鱼湾骑脚踏车的年轻人,正好对什么飞碟、不明飞行物体一直极有兴趣,立刻用身上刚好带着的保鲜袋把冰块包好,火速送到天文馆去了。

没多久,电视台的《时事看清楚》《肥土镇明镜》节目的采访记者都拥上天文馆去访问和拍摄照片,同时访问了肥土镇的天文学家、地理学家、物理学家等等。向镇民的报道如下:

一、七块冰块同一时间降落,成为一条直线,每块的距离相隔五百米左右。

二、冰块下降时，呈白色球状，并且有雾状的气尾。

三、冰块外部和内部都有许多孔。

四、重量比人造的冰轻。

五、形状奇特，表面有洼孔。

肥土镇位于亚热带，全年不下雪，虽有降冰的记录，次数却很少，而且，四月的天气已经温暖，不可能降冰。降冰的地点附近并没有制冰厂，而且离民居有一段距离，似乎不像是人造冰块，事实上，天降的冰块比人造冰为轻。显然，冰块不是由人从空中抛下来的，当时也没有飞机飞过。有一些镇民，因为降冰的消息，就发表了自己的看法：降冰是不祥的预兆呀，肥土镇一定有灾难了。许多人立刻上车公庙、黄大仙庙、观音庙去上香。

行星学家对坠冰事件另有看法，认为那些冰块，可能是天外飞降的陨冰。天空中会降下陨石，这是人人都知道的，而且经过科学家的验定。可是陨冰一直是个谜。因为，直到现在，还没有一块陨冰物质得到国际天文界的公认。于是肥土镇的人又议论纷纷，谈话的数据又多了起来，充满各种想象、猜测和谬论。

"宇宙中有许多水么？"

"天空中有一架巨大的制冰机器？"

"如果巨大的冰块打下来，会打死人呢。"

"冰块是水变成的，当然是从水星上掉下来的。"

肥土镇一份报纸的副刊，立刻选载了一篇侦探小说，以飨读者：夏季的一天，超级大国首都的街头，忽然有一人倒地身亡。没有听到任何枪声，身上找不到弹痕，四周也没有持枪荷弹的可疑人物。谁是凶手？将尸首解剖一看，体内也没有发现子弹。真是一件疑难的凶案。结果发现，凶手是一辆载冰的卡车。原来那车在马路上急驰而过，把车上的一块冰摇落地上，恰巧另一载重的卡车飞驰过去，把冰块轧碎，其中一块锐利的碎片，像子弹一般射进路人体内，把他杀死了。

肥土镇其他的刊物不甘落后，大量选登侦探小说，冰子弹的手枪、玻璃碎片、大钟表的指针，都成为杀人武器。连《动脑筋》的游戏，也不放过冰的题材。就说一个人在房间中悬梁自尽，房间中既无椅凳，又无踏足的物体，自尽的人如何飞上高空呢？原来是踏在一块巨冰上，冰块融化之后，就没有了痕迹。

天文馆当然不理会虚构的故事，科学家重视的是实质的证据，关于那七块冰，天文馆已经成立了研究小组，第一阶段要做的事是：

一、对坠冰进行铱、铀、锶、钴、钛、铬、钪等微量元素的探测和分析。
二、对坠冰中固体微粒的形貌观察和成分分析。
三、对照地球水进行氢、氘的同位素分析。
四、对地球以外物质的天文背景分析。

生命的起源

地球上生机盎然，生长着千千万万不同的动植物。嗡嗡的蜜蜂、扑翼的飞鸟、艳丽的蝴蝶、蠕动的爬虫、跳跃的羚羊，奔驰的黑豹……以及智慧的人类。科学家向星空探索，月球、火星、土星、木星、金星，都找不到生物的痕迹。为什么地球上才有生物呢？而地球上的生命起源是什么因素？科学家对地球上生命的起源有两种说法：

一、源自地球本身，是土生土长。
二、来自地球以外的太空，是外来品。

科学家认为，生命起源是一种化学进化过程。地球最初形成时，不可能存在有机物。有机分子是从无机物、水、氨、氢氰酸这些分子，在紫外线和雷电的作用下产生出来的。地球上最早的有机分子，乃是地球自身演变进化的结果。渐渐地，简单的有机物发展成为复杂的有机物，最终进化为具有新陈代谢能力的蛋白体，于是地球上有了生命。这是苏联研究生命起源的学者奥巴林首先提出来的假说。二十世纪六十年代的生物学家和化学家大都认同这个观点。德国化学家李比希则提出另外一种假说，叫作"宇宙胚种论"，认为地球上最初的生命来自存在于宇宙空间的生命胚种，问题就出来了，宇宙中的生命胚种必须活着，才能到达地球，事实上，宇宙空间充满了极强的紫外线和宇宙射线辐射，生命胚种在这么厉害的辐射下，如何能到达地球？

二十世纪六十年代天文学的四大发现之一就是在一九六九年探测到了星际有机分子，再进一步的研究发现，星际分子中的有机分子竟占了百分之八十。到了一九七八年盎格鲁天文学家霍伊尔提出最早的有机物来自地球之外，而这等于"宇宙胚种论"的新解释。有机物如何到达地球，如果原始太阳云中的部分有机分子在太阳系形成时未受破坏而存留下来，在地球冷却后从星际降落到地面，它们就可能在地球环境中发展成最初的生命。那么原始星云中的有机分子，通过什么方式被带到地球上来呢？霍伊尔认为最可能的使者是彗星。

彗星一生中绝大部分时间都在远离太阳的寒冷宇宙空间环境中度过，因此可以长期保存原始太阳星云物质。一旦它们运行到与地球相遇，所携带的有微分子就可能降落到地球表面上来。哈雷彗星在八十年代的回归期间，通过空间飞船的近距离观测显示，彗核表面的尘埃中有大量的碳。碳是构成有机物质的主要分子之一。

和彗星有密切关联的陨星中也发现了有机分子。从天而降的陨石，在地球上数目已经相当多，科学家从陨石中发现数十多种氨基酸、组成核酸的碱基，还有碳氢化合物、嘌呤、嘧啶、卟啉、色素等多种有机化合物，氨基酸是构成蛋白质的基本物质，而蛋白质则是构成生命的最重要成分。通过射电望远镜的日益完善，发现星际分子主要由碳、氢、氧、氮、硅、硫六种元素组成，这些都是构成生命的重要元素。天文学还认为，猎户星云中的星际分子，是生命最自然的摇篮。

哈雷彗星回归地球时，据探测的结果，彗核是长条形，外表面粗糙，极不规则，仿佛许多碎片组成的冰砾堆，最外层是由非挥发性物质构成的多孔表面层，表面层之内有冰存在，当阳光热量通过表层传到内部使冰升华时，蒸汽才穿过表面逸出。彗核是以水冰为主的冰物质。那么，陨冰有可能是从彗星上飞降地球的天外来客。

为什么几块冰坠落在肥土镇会令天文馆那么珍之重之呢？一位记者在采访胡嘉的时候曾经问过。

"为什么要研究几块冰呢？"

"为了探索地球上生命的起源。"胡嘉答。

牛郎织女星

"从前，有一对恋人，一个叫牛郎，一个叫织女。"

坐在一间课室内的是一群小朋友，给他们讲故事的是胡嘉。这是星期六的早上，市政局图书馆办了一个"小朋友看星星"的兴趣班，让小孩子认识天上的星。这个班是和太空馆合办的。有时候，小孩子在课室内听老师讲星的故事，有时候，他们到太空馆的星象厅去看放映。胡嘉给小朋友讲星的故事，不禁想起自己童年时坐在家中花园里，那时候，她对天上的星是多么地好奇。

"后来，牛郎织女被天帝责罚。"胡嘉说。

"被一条大河隔开。"

"那条河就是天河。"

胡嘉给每一个小朋友一张图画纸和一盒颜色笔，请他们在纸上画一条银河，在河的两岸各画一颗星。许多小朋友都用银色的笔画天河，织女用粉红色、浅紫色，而牛郎则用蓝色、绿色。

"原来，牛郎和织女生了四个孩子。"

"孩子怎么样，谁照顾他们呀？"

"一人照顾一半。"

"牛郎带着两个男孩，织女带着两个女孩。"

胡嘉告诉小朋友，牛郎总是想带了孩子渡过天河去见妻子和女儿。于是，他用一根扁担，挑起两个箩，箩里坐着孩子，他想过河去。可是，天帝不让他过去，他只好站在河边，一直挑着那根扁担，担着箩内的孩子。胡嘉请小朋友替牛郎画一根扁担，每头各挑着一个箩。至于织女，带了两个女儿在天河的另一边等。女儿就站在织女的旁边，靠近天河。

"当我们抬头看星。在银河旁就能找到牛郎织女。"

"要到七月七日才能见面呀。"

"要喜鹊搭一座桥才可以见面呀。"

胡嘉告诉小朋友，明亮的牛郎星和织女星都是三颗星组成的，织女星是一颗很明亮的星，是 0 等星，其他两颗是 4 等星，合起来是织女一、织女二、织女三。最亮的当然是织女一。至于牛郎星，真正的名字叫河鼓,由河鼓一、河鼓二和河鼓三合成。中间的河鼓二才是牛郎,那是1等星,河鼓三是3等星,河鼓一是4等星。亮度都不一样。

"牛郎和织女被天帝罚,所以很伤心。"

"故事还没有完么?"

"嗯,织女太伤心了,一直在天河边徘徊,回家时发现竟把心失掉了。"

"哎呀。"

"那颗心掉在离织女家很远的天河边。"

胡嘉请小朋友把心画在离织女很远的天河旁。胡嘉还告诉小朋友,那颗心掉在地上碎了,碎成三份,中间一块大些,旁边两块小些。胡嘉说,在天上,这组星叫心宿,也是由三颗星组成。心宿一、心宿二,心宿三。中间的心宿最大,是1等星,旁边两颗是3等星。

"心不见了怎么办呢?"

"可以找回来么?"

"牛郎就去替织女找心。以为心掉到天河里去,就到天河中去打捞。"

"拿什么去捞?"

"一个水勺。"

水勺就是一个斗。在天上,天河边有一个斗,由六颗星组成,叫南斗星。牛郎织女的朋友也都替他们找心,因为天上还有别的水勺。其中一个，叫北斗，由七颗星组成，就是北斗星，很容易辨认，抬头看天，一找就找到了。

"有没有找到织女的心呀？"

"一直在打捞呢。"

重建消逝的生活

这一群年轻人戴着鸭舌帽，背着背囊，穿着T恤牛仔裤，在离岛的山间行走，可不是一般远足的队伍。他们是一组考察队，其中一人年纪比其他的人较长，他是花初三。年轻人是他的学生。九月开始，花初三这校外课程开设了一个"田野考古入门"班，报读的人并不多，不过，每一个学生对考古学的兴趣都很浓厚。花初三在课堂中讲的是一般田野考古的知识，包括考古调查、考古钻探、田野记录、考古绘图、考古摄影、文物的整理和报告编写、拓印技术和文物保管工作等。由于肥土镇地方小，大型的遗址极少，所以，他的课程并不侧重考古测量和遗址的发掘。

既是田野考古，最实际而又令人兴奋的仍然是到户外去考察和发掘了。事实上，在肥土镇，地底下还是蕴藏着不少古代遗留的文物。这一阵，花初三在课室中讲的是文物的拓印技巧，这是可以到现场实践的工作。于是考古班的学生就一起到离岛去了。肥土镇是个海岛，沿海一带和好几座离岛，面海的崖边，早已散布了古代的石刻，由旅行的人，坐船经过的人，有意地寻找和无意地发现。肥土镇共有八处著名的石刻，分布于不同的地点。考古班决定把每一处的石刻都拓印回来。

上课时已经学过拓印石刻的准备工作和方法，所以，学生的背囊带齐了排笔，拍刷、排刷、扑子、锤子和毡垫等用具，也带备了清水、湿墨和宣纸。排笔、拍刷、排刷都可到商店买到，扑子却要自己动手做，用薄纱布，裹着棉花，外加塑料薄膜，再用毡布和多层细纹白布扎好，制作似乎容易，但也有难度，松紧要适中，沾墨时，表面要没有皱纹。

学生见到石刻时，真是兴奋非常，也许这正是考古吸引人的地方。几个年轻人很快就爬到石刻前面，互相合作，拿出所有的工具，一个提干纸，一个拎清水蘸湿的湿纸，一个拿刷子。几个人把一幅石刻几乎完全遮蔽。石刻位于野外，受到风吹日晒，上纸、上墨都要又轻又快。所以，大家在上纸时立刻用拍刷在石刻的上部，从上而下，把纸上好。纸上好了，立刻用拍刷刷打，用排刷扫，然后等纸稍干迅速上墨。

考古班的学生已经不是第一次拓印石刻，他们懂得一些必须注意的细节：用排笔沾水时，使整张纸的湿度均匀；拍刷时把宣纸拍入花纹的坑沟内，但不可把纸刺破；排刷时得把纸和拓物之间存在的气体挤出，这样才能使纸紧贴在拓物的表面，上纸后绝不能出现气泡，上墨时两人用扑子对拍。使用扑子，必须把扑子吃进去的墨完全拍出来。学生动手拓印，花初三站在一边观看，必要时也伸手援助。石刻上的花纹拓印出来了,考古班的成员觉得他们真像艺术家。

"这些纹饰都是几何图形。"

"这像眼睛。"

"这看来像人物。"

"我觉得像飞鸟。"

"和古代青铜器或陶器的纹饰很相似。"

"那么,大约有三千年的历史了。"

"是用什么工具刻的呢?"

"为什么刻呢?"

"英国考古学家彼特里怎么说过?"

"考古学的事业,就是重建已经消逝的生活。"

"但无论怎样重建,恐怕也只是部分的生活吧!"

"这还是经过不同的人不同的解释。"

"我可是想到文化以及文化身份,原来也随着时间而流动变化。"

瞌睡学生

考古学班上的学生大都是年轻人,不过,班上也有一个年纪和老师一样大的学生。这人总是穿套西装,打上领带,他个子肥胖,长了一个大肚皮。每周上课一次,但这人常常缺课,大家到野外实习，他从不参加；偶然在课室出现，坐在最后一行。这天，不知什么风把他又吹来一次，他循例迟到，朝老师打躬作揖道歉一番，坐到课室的后排。花初三虽然开的一门课是"田野考古入门"，但有时也提及其他考古的话题。这天，讲述的内容是西方考古学史的几个阶段，让学生明白，当前的考古含义，已和过去有所不同，因为自六十年代以后，出现了一种"新考古学"的理论和方法。到底考古的目的是什么呢？为什么要考古呢，不同的时代有不同的看法。

虽然各国的考古研究进展不同，大体而言，考古学的研究可以分为三大阶段：第一阶段是考古学的萌芽期。那是在文艺复兴时代开始的，因为在中世纪的黑暗制度下，人们寻找一个新的世界，试图建立新秩序，于是注意到古希腊罗马的雕刻、美术；稍后还收集古代的工具、武器、装饰品，包括石器、铜器、铁器，把这些事物加以分类，奠定了近代考古学的基础。第二阶段是考古学成熟以后的传统考古学时期。这时，考古地层学和考古类型学成为两条方法论的支柱。前者摧毁了基督教会和大学里惯用的年代学；后者则是从生物学的分类学中得到启示。考古学家梧尔德在《人创造了自己》一书中，提出了农业发明和家畜饲养是人类历史的"食物生产的革命"。可惜，后来的考古学被抽象、概念化的叙述笼罩，代替了深入而具体的研究。第三阶段是二十世纪六十年代以后的考古学新时期。年轻的学者认为考古学的目的不再是准确地进行发掘和出版报告，也不只是地层的比较和器物类型的划分，过去的毛病是太注重人工制品而忽略了非物质性的内容。他们强调考古学应该是一种行为科学，宜采用综合研究法，对史前时代文化做全面的研究。稍后，出现了"新考古学派"。

坐在课室最后一排的学生，伏在桌子上打起鼻鼾来，呼噜噜，呼噜噜。其他的学生也见惯了听惯了。要知道，校外课程的上课时间多数在晚上，学生白天上班上学，晚上才来上课，谁不是拖着疲倦的身躯？白天里精神抖擞的生活，显然已经消逝了。大家也就原谅了熟睡的人。而花初三，继续他的讲课，提到西方考古学派近年的主要理论方法：

一、历史复原法
二、假说—演绎法
三、系统行为研究法
四、新马克思主义
五、结构主义

"假说—演绎法"是典型的新考古学派，认为传统考古学的研究层次不高，只用"归纳法"就够了，如今却该用"演绎法"。当然，除了这些，还有"后过程考古学"，强调在认识人类活动时，应注意人类的主观知性所起的作用。此外，又有"历史考古学派""民族考古学派""社会考古学派""描述考古学派""技术考古学派""生态考古学派"等等。

"那么，我们为什么要考古呢？"

"复原古代社会的面貌,阐述发展规律。"

"从有限的古代遗存所包含的各种讯息中,寻找文化发展的模式。"

这时,下课的铃声响了。熟睡的学生突然从远古的沉梦里惊醒。原来下课了,他匆匆离开座位,走到花初三面前,从口袋中掏出一块玉来,请老师替他鉴定一下。上次是一只陶钵,再上次是一个青花瓷瓶。

"是清朝还是明朝?会不会是宋朝?"

"是商朝,一定是商朝。"一个同学喊。

"是三皇五帝的遗物,绝对假不了。"另一个喊。

"看看又怎么知道。"花初三说。

"你是专家,用热释光法就行。"

"热释光法也不可靠哩。"花初三笑着说。

"不可靠?"

"它只能分辨现代陶器还是古代陶器。"

"能分就好。"

"如果是古代的假古董,它可测不出来。"

"测不出真假?如果是假古董,一文不值。"

花初三只好笑,考古学者是什么人呢?对某些人来说,他们破坏了风水;对另外一些人呢,他们却又变成了阻挠文明进步的绊脚石。大多数人当他们是探险家;而在眼前这位商人或收藏家眼中,他们是古董家。

心镇

哎呀，几乎认不出这个走路的人是彩姑哩。为什么她走路如此蹒跚，再说，怎么她一下子变得这么肥胖？还有，和她一起过桥的一大批妇女，以及其他的人都走路走得有点古怪，躯体不知为何都显得臃肿。但这群人却笑嘻嘻的，一面走一面谈笑，匆匆过桥去了。桥的对面，是一处叫心镇的地方。

心镇别名心震，地名的起源已经无从稽考，不过，大家都说，那是因为以前，这是一个令人心惊胆战的地方。不知什么年月开始，巨龙国和肥土镇之间相连的土地被海水淹没了，于是，居民在两地之间搭了一块木头，使两地的人可以往来。那桥是独木桥，不过是把一截树身横搁在两边，走在桥上，桥身不但摇摆，有时还滚动，风雨的日子尤其吓坏人。故此，有的人宁愿游泳也不愿过桥。据说，心震的名字是这样来的。

现在的心镇可繁荣了。独木桥早已不见，代之而起的是钢骨水泥的桥，不但行人可以过桥，还通火车，每天呜呜呜穿梭。嗯，说错了，每天有突隆突隆很低的车声传出来，因为已是电动火车的时代，巨龙国和肥土镇的商业交往也更繁忙了，生意人忙碌地往来，经济推动地球转动。

彩姑在桥上走动，和许多同路人一样，朝心镇走。到巨龙国去，干吗走路，干吗不坐火车，若果跟踪彩姑去观察就知道了。还是先看看桥的这边奇异的景色再说。这几个人站在桥的这一端做什么？卷起了裤管脚，拉起了上衣的衫尾，露出一截腰腹，然后，用绳子把一块块的东西，缚在小腿上，扎紧在腰间。嗯嗯，来一个近镜，哦，扎在身躯上的东西是猪肉。于是，把衣衫拉好，裤管脚放下来，大家过桥去。

经过关卡，顺便在免税的小店买两条香烟一瓶洋酒。断续过桥。到心镇了，过桥连关卡的手续，总共不过十多分钟。一到心镇，就有人迎出来啦，他们是收购烟酒和猪肉的人。从肥土镇来的大婶，把烟酒换了钱，解下腰间腿上缚的猪肉，收获不错。顺便到心镇的街市买些新鲜蔬菜，仍回肥土镇来。几位大婶还说，如果气力够，推一台电视机过桥，利润更可观。

彩姑步行过桥，肥土镇的许多人却搭乘火车。他们中不乏商人，因为心镇的劳动力便宜，商人把厂房纷纷迁到心镇，结果，肥土镇大批工人失业，这是兴高采烈的彩姑不知道的。

彩姑陪着街坊，带了几斤猪肉，回家给丈夫斥责了一顿：大热天时，到处跑，弄得满身猪肉腥，能赚多少钱？彩姑虽然天不怕地不怕，也不喜好擦粉涂胭脂，可丈夫说她满身猪肉腥，顿时一惊，再也不敢走水货。还是到银行去买卖外币的好，银行有空调，风凉水冷，不知多么舒服。但一个人总不能一天到晚坐在银行里呀，如果没有牌打，又不想睡午觉，可有什么可做呢？彩姑永远不乏市镇中各式各样新兴的娱乐。

去看新楼宇示范单位，是彩姑的娱乐节目之一，几位街坊主妇，联群结队一起去，还有空调大巴接送呐。单位房厅设计怎样，有没有柚木地板，云石窗台，可有平台花园？都是主妇的谈话资料，虽然不买，看看也是好的。真正想买房子的居民，却对昂贵的楼房皱着眉，一面看示范单位一面垂头丧气。看示范单位毕竟比不上逛超级市场，后者显然更实际。在超级市场，可以做超级市场价格比较学，哪一家的鸡蛋比哪一家的便宜两毛钱，哪一家的汽水正在减价推销，哪一家有新牌子的人参茶可以免费试饮。当然，还有购物储蓄印花，储够五十张加上六百多元，可以换个微波炉。街坊主妇永远有吸引她们的事物。

珍稀大鼻

上车，上车。大鼻专车，大鼻野味。先生食野味？对，正宗野味。准没错，你看看我的鼻子，大鼻子，生招牌，谁不知道我大鼻王专卖正宗野味。一定正。包正，新鲜，专车接送，上车带你去。三位食野味？这位原来是阿蛇，哈啰，骨摩宁，阿蛇。好多阿蛇中意食蛇。我有好多蛇，什么蛇都有。饭铲头，有；金脚带，有；过树榕，有。先生上车吧，你地[1]肥土镇人好多都帮衬[2]我。你看，我这里有一本名册，全是肥土镇食家，大阔佬，一到心镇就揾[3]我。

---

1 你地：粤语中意为你们。
2 帮衬：粤语中意为光顾。
3 揾：粤语中意为找。

北门肉菜市场？小儿科。三几条蛇，几只山瑞，算什么野味，肥土镇都有啦。先带你们参观参观，慢慢选，货色不好不收钱。今日礼拜六，阿蛇一定放下昼[1]。阿蛇真识叹世界[2]，来心镇食野味。人一世，物一世，外国没有野味食，连烧乳鸽也没有。白鸽到处飞，又嘈又脏，吃了好。这是我的卡片，吃过满意，下次 call 我，可以打电话预约，有些野味不是时时有，预约一定有。或者，各位留个电话给我，有什么生猛正菜，我通知你们。

　　是，我带你们去食堂，不远，就在香瓜湖。二十分钟，食野味包接送。阿蛇做盛行？做帮办？你地老番在肥土镇最吃香，住洋楼，养番狗，出入跑车，菲佣又平。你是盎格鲁人？盎格鲁人在肥土镇都是阔佬，回到自己祖家就无得威，挨薯仔[3]。大鼻野味为什么比别人好？好在两方面：第一，菜料正，货品齐，都是一流货色，等一阵你们看过、吃过就同意；第二，我以前做过酒楼老板，吃这一行，最在行。我还开过药材铺，懂得药材，野味对健康有益，吃过龙精虎猛。点解来香瓜湖工作？赌钱啰，输清。我开酒楼赚过一千几百万，都输光了。店铺执笠[4]，还欠下一身债。幸好有个老友在香瓜湖当老板，找我来帮手办食堂。本来是工友食堂，平常菜饭。牛肉猪肉吃多就厌，才想到野味。尤其是肥土镇人上来，都问

1　放下昼：粤语中，下昼意为下午，"放下昼"即"下午放假"。
2　真识叹世界：粤语中，叹世界意为享受，"真识叹世界"即"真懂享受"。
3　挨薯仔：粤语俗语，意为过苦日子。薯仔指土豆。
4　执笠：粤语中指商铺倒闭，破产，关门大吉。

有没有野味，于是做野味。

你看，很快是不是，到了。你们来过香瓜湖没有？第一次？难怪不认识我。这里的架空火车、水上过山车，刺激是刺激，都是后生仔女的玩意；白雪公主、米奇老鼠，自然是骗小孩子。我们中年人，最紧要补，不补，容易老。这边，你们看，和老虎拍照，看见了没有？这只老虎叫中中，和人一齐影相。很驯，猫一样。阿蛇说什么？问我有没有老虎吃？泰格，食泰格？有。不过今天没有。吃老虎要预定，不是天天有。你可以预订，下次来一定有。早一阵我们就开过虎宴，宰了一只大老虎，叫青青，刚才看见的老虎，是它的兄弟。哈哈，武松也没吃过老虎。相反，他几乎被老虎吃了。现在的老虎，对，没有以前多。我们这里的老虎，是龙南虎，全南方只有七只，吃一只少一只，认真矜贵。

到了到了。各位请下车，随我来，看看货色。喜欢吃什么就叫什么，即叫即劏[1]。怎么吃、怎么煮，随你们意。来，借一借，我来开门。喏，货色不差吧，这几笼是蛇。这条大蟒蛇，还是肥土镇的土产。上过电视，在厚海湾吞过一头牛仔，村民说要打死它，后来官府出面争论一番，放了。现在还不是到了这里来？这么大的蛇，三位吃，多了些。来条小的怎样？这几笼小蛇，炒三丝、炸蛇枣、蛇羹，都不错。蛇比较普通，来这边看看。这是果子狸、山猫、猫头鹰。来只猫头鹰怎样？不喜欢吃猫头鹰？的确不大鲜味，肉粗。

---

[1] 劏：多用于粤语，意为宰杀。

许多人买回去玩,买一只返去,当宠物。这一只就不错,足足六斤重,不过一百多元。比彩雀、八哥有型。眼大,嘴尖。每日喂一只老鼠。我在肥土镇看过《驱魔人》,一点也不恐怖。猫头鹰的头就能团团转。我转给你看。是吧,是吧;整个头可以转到背脊去。阿蛇有办法的。带只猫头鹰过关,别人不行,阿蛇是老番,老番什么都好讲话。好,再往里边看。

这一堆是穿山甲皮,昨天刚到了一条,肉还有一些,雪藏。不错,一百元一斤,三位吃,半斤也够了。穿山甲的皮,可以做药材,要不要买些回去?这位先生要拍些照,没有问题,拍些照回去,替我大鼻王宣传宣传。你们若有朋友想吃野味,请介绍到我这里来。这一堆是猴子头。熊掌、猴脑,都是名菜。熊我们不常有,要订。猴子容易办,随时上桌。当然依正宗的吃法,这是桌面,中间穿洞,猴子绑在桌下,脑门剃干净了,从圆洞中突出来。脑膜还会扑通扑通地跳。阿蛇到巨龙国来,一定要试试,用小锤子敲破猴脑,一勺一勺舀来吃,吃豆腐花一样。猴脑最补脑了。几位都是用脑的人,不要错过。

水池里这条是娃娃鱼。样子像四脚蛇。是的,会叫。劏它的时候,叫得像 BB 仔,所以叫娃娃鱼。桂州的名产,来货不多,还剩一条。许多人到桂州旅行都吃娃娃鱼,我们特别订了一批,都吃光了。墙上这几幅皮漂亮吧?是雪豹皮。我们一共劏过四只雪豹,皮都挂在墙上。活的在这里,看,黑白两色,好像下雪时在外面跑过。这两只还小,比猫却大得多,腿粗。

各位吃什么？什么，吃竹丝鸡？不吃雪豹和娃娃鱼？哦，唔紧要，人未到齐，晚上才到，现在先来看看。哦，其他的人没下班。好，现在午餐随便来些普通小菜，晚上才吃正宗野味，得。要不要啤酒？我这里的啤酒是正牌货。肥土镇人最爱喝蓝岛啤酒，我知道。我不卖冒牌货，心镇蓝岛啤酒你们喝过没有？还有心镇制造的茅台，真是茅材。几位过关，点解不带一点烟酒？每人带一支酒，两条烟，可以卖给我，赚回火车费有何不好？等于免费旅游。换不换龙币？一百兑七十。

野味王

你找我？对，我是大鼻王，又叫野味王，你认得我？不错，我现在出名了，人人认识我。人家出名发达，我出名就衰到贴地。报纸上都有我的照片。你想食野味？你是自己坐车来，找到这里，看见我部车停在外面。是的，我的小货车停在门口，上面还写着我的名号。你居然找到这里来，算你本事。

你走前门没有用。食堂给封啦。大门上贴了封条，一条大杉，一个大交叉。有什么办法？心镇工商行政管理局尚垺分局封案，白纸黑字，贴到实。门上贴住财神，有鬼用，财神这次自身难保。哦，你看见那张通告：员工进膳，请走后门。所以摸到这里来，你想吃野味？有是有，不过，许多正货都给没收了，只能随便给你来一点。

这样吧，我介绍你两个菜式：红烧黄麂肉，大头龟炖竹丝鸡。

铁笼里的正货都没收了，只有一笼白鸽。鬼知道上次来的鬼佬原来是密探，合家富贵，算我瞎了眼。原来大只番鬼是盎格鲁国防止虐畜会总部检核指挥，一个半唐番[1]是肥土镇防虐会代表，另一个是摄影师。专程来调查我，拍了不少照片。洋人和我们巨龙国人不同，各国有各国风俗。背脊朝天，四脚爬地，人皆可食，什么吃不得？鬼佬连猪肝牛肺鸡肠鸭肾都不敢吃，我们却很平常。你不见蛮荒的土人，食人。在你们肥土镇，不是人人吃蛇？满街蛇铺，大家吃蛇，鬼佬也吃，又不见犯法。也没有人散档。如今却管到心镇来，有什么办法，那个世界野生生物基金会会长就是盎格鲁国王夫公爵。

事情闹到国务院去，你说我大鼻王出不出名？农历年间，中央大员南下巡视，到心镇来啦，参观市容，廉洁演讲一番，突然说：听闻香瓜湖有老虎肉吃，生意兴隆。在座官员还以为大人不但敢捋虎须，还想食老虎肉，连说有有。岂知大人厉言正色，说老虎乃国家珍贵保护动物，不准吃。你看这边墙上挂着一幅图，上面的小字你看见了？"本省珍稀野生动物，二类保护"，连孔雀、天鹅、白鹤、鹿、青蛙、乌龟都列入二级保护动物。老虎、豹、熊，更不用提了。

北门肉菜市场都是散客，没有我惨。我的食堂被封，没收二万元龙银，一万六千肥土银，另罚一万龙银。旅行证件由公安局托

---

1 半唐番：混血儿，特指中西混血儿。

管，不得擅离香瓜湖范围。我想返肥土镇，走不得，只好留在这里。动物都没收了，放去心镇自然保护区。会不会坐监？唔知。最严重的，罚两年有期徒刑，或罚钱，钱已经罚去。

国务院环境保护委员会今年七月公布的重点保护野生动物名录，一级保护动物共八十四种，主要是熊猫、猿猴、虎豹、鳍豚、骆驼、野驴、鹿、羊、兔、牦牛、羚、雕、鹫、雉、蜥、鲟……什么都保护。番人吃猪、牛，饮鱼肝油又得？龙虾，三文鱼不是珍贵动物？什么？珍稀才特别要保护，多就可以减少。世界上人最多，多到呕，多到爆炸，大家不如吃人呀，笨。讲到公平，大家齐齐不准吃，再迟一阵，连食饭都有罪，因为米都会成为珍稀食粮。

老虎一共劏过两只，向香瓜湖买。本来是买来做模特儿和游客影相。一共四只，一个月可赚三万。因为有两只生病，才废物利用买来飨老友，食得唔好浪费。老虎生什么病？因为近亲繁殖，患有先天性大脑缺氧。八六年从尚海购入，原本打算训练表演马戏，其中一只到香瓜湖不久死掉。一只成日晕倒，送去医院，又请兽医来，医不好。我用一千银买回来，虎骨以六千银卖给药酒厂浸虎骨酒，虎肉留作"野味宴"。另一只来自犀安，生疮，一日比一日瘦，毛大块大块脱落，站也站不稳，结果也劏了。我读书少，唔敢骗你，古书上不是说："天生汝辈固需吾辈食也？"大鼻野味，做了一年，行衰运，我要去买个三叉八卦，钉在门口叉住。

自己的房间

这一年,花顺记家共得了两个奖,一个是店铺取得的"环保商店奖"。因为花顺记售卖健康饮品,盛果汁不用塑料和纸制品,而用玻璃杯。另外一个,却由花可久夺得。是肥土镇建筑界设的奖,鼓励年轻人设计,主题是"明日的建筑"。花可久的同学也有好几位参加了,结果是花可久得了奖。记得参赛的日子,同学们都有很多计划,有的要建纪念碑式的建筑,有的要建高科技的大楼,有的要建什么什么主义加什么什么主义。花可久天天走在肥水街上,看着拥挤的楼房,镶满了花笼、檐篷、招牌、违例建的骑楼,他想到的只是:建造适合每一个人生活的居所,有较宽阔的空间,较流通的空气,较合理的光线,更适合个人活动、工作和休息。

花可久的设计,只是建一幢幢民居的楼房,与如今一般的住宅区的洋房没有多大分别,从外面看,也没有特色,但看看楼房内部的设计,站在模型前面探头细看的观者,就会惊讶地说:原来是这样呀。事实上,如果粗心的人去看,也许还忽略了哩。楼房中的独立单位,仍然是分为主人房、睡房、客厅、饭厅、厨房和浴室。这是每一个家庭所必需的生活空间。花可久设计的住宅单位,厨房并不大,采用开放式,并不设饭厅,饭桌就和厨房相连;而客厅,其实也和厨房和饭桌同一空间,只不过厨房的位置比较边缘一点。这样的设计,并没有新鲜的地方,不少家庭已经住在这样的房子里,采用了这样的设计。

究竟什么才是花可久得奖的原因呢？还是看看模型中那些房间吧，这一间是主人房，咦，那边也是一间主人房。同一个单位里共有两间主人房。的确，在一个家庭之中，既有男主人，又有女主人，为什么不该有两间主人房？花可久翻阅过许多有关建筑的书，自人类有房舍的建筑以来，由于传统的习惯、权力的分配、宗教的影响，所有的家庭，结了婚的成年男女，就生活在一个房间中了。除了少数的贵族和富裕的家庭，家庭中的男主人，才有另一个属于他们自己的活动空间，或者是书房，或者是工作室。至于女主人，除了卧室，就别无其他了。

已婚者的卧室，属于两个人生活的共同空间，奇怪的是，这间卧室，往往属于男性，因为整个住宅都是他的财产，而他只是进来睡眠、做爱、梳洗而已，其余的时间，他总是寻求另一个可以安身的地方。主人房的布置，大都十分女性化，绣花的枕头，荷叶边的床单，明镜的梳妆台，满室的香水味。女性在一间屋子里占领的两大领域，显然是厨房和卧室。可是这很女性化的卧室，其实并不属于女子，因为她的丈夫可以随时闯入，破坏了她有时需要的宁静。

女子，其实并没有属于自己的房间。即使有，大概也只在十五六岁之后及婚前的一段时间，还得是经济情况相当不错的家庭。女子小时候和父母同一房间，大了些就和兄弟姊妹一个房间。结婚以后，就永远失去她自己的小天地。即使是富裕的家庭，书房也不属于女子，它属于丈夫。就是因为没有一个属于自己的房间，世界上才那么少女科学家、女画家，甚至几乎没有女音乐家和女哲学家。没有个人房间的女子，到哪里去工作、看书？卧室么？一会儿又有侵入者了。厨房么？那也是无法工作的。

结了婚的夫妇，当然应该在一起生活，可是每个人都是独立的个体，各有各的生活习惯和兴趣，如果有私人的天地，才可以生活得从容和悠闲。如今的女性大都出外工作，回家也需要看书，做报告，设计。平日学做陶瓷，回家也得有工作的地方才行。花可久的设计，其实还分为AB二型，A型是每个家庭有两间主人套房，B型是只有一间主人套房，但主人各有一间属于自己的工作室。

参观模型的人有许多意见，赞成的人居然非常多，会场上的人意见纷纷。

"两间主人套房，真是家庭的内在革命啦。"

"女人为什么不该拥有自己的房间？"

"如今的单身贵族，也许就是因为喜欢拥有自己的房间才不愿结婚。"

"下次和老婆吵架，也不用抱着枕头被放逐到客厅做厅长。"

"两夫妇怎可分房睡？"

"卧室是两间，难道不可以睡在一间里？"

不管人们怎么说，花可久的设计得了奖，原因是创意，是建筑史上罕见的构思。

明智地消费

　　胡瑞祥生日那天，胡嘉和胡宁姊弟二人为了让父亲高兴，请了些亲戚回家吃饭。家中的外籍女佣不大会做菜，所以，晚餐是由一家餐馆到会，采取自助的方式。这样子倒也好，各人可以按自己的喜好和食量取食，也可以随意坐到花圃、客厅、饭厅的任何角落。客厅的一角坐着胡瑞祥和他的几个兄弟，还有花顺水夫妇。大家谈的竟然都是慢性疾病，什么痛风呀，风湿呀，血压的高低呀，脉搏的快慢呀，气喘呀，等等。于是交换各自的心得，吃些什么药，做些什么运动。

　　花初三、花艳颜以及花里巴巴，则和胡嘉讲天文和考古。花艳颜说：艺术图书馆可没有什么天文学的书籍。花里巴巴说：如果天文台可以搬到一幅飞毡上，飞到天空去看星，不知道会不会更有趣。胡嘉决定回到肥土镇的时候，大家都感到很惊讶，只听见她说：我的爱人就在肥土镇。如今她每天陪父亲一起吃饭，做运动。她并没有上班，只在一星期中抽一天，给儿童讲授天文的课程，也在校外课程开"星空奇遇"班。她在家中的花园搭了一个观星台，许多日子，她和父亲一起看星。

　　靠近花园的门口，叶重生和胡宁的妻子正在谈论酒店的事。连城酒店和留仙园的入住率非常高，那么多的游客来，如今打算再兴建一所酒店，就看有哪一幅适合的地皮。二人还替新酒店起名字，想出了七八个。

　　一旁的胡宁却和花可久谈到年轻人得奖的事。

"有什么奖品呢?"

"有一个奖座。"

"有没有奖金?"

"没有奖金,是由航空公司赞助的两个月暑假旅游,参观各地著名的建筑。另外有零用钱,其实也就是奖金了。"

"你会怎样用这笔钱呢?"

"买一点书看吧,余下的,放进银行储蓄。"

胡宁听了摇摇头,微笑。

"表舅父不赞成储蓄?"

"在我们那个年代,父母总是叫我们养成储蓄的习惯,因为他们忽略了通货膨胀这件事。当年通货膨胀也并不厉害,如今的银行定期储蓄只有五厘半利息,物价不断上升。你足够买一台电脑的钱,没多久只够上菜场买一副猪脑了。"

"那么,表舅父的意思是?"

"学习投资。理财是一生的事情,年轻时就该学。"

"我对投资的事一点也不懂。"

"慢慢学就懂了。刚才我和你父亲就谈起过,他会给你一笔款项,你就去买股票。你觉得哪一种企业有前途,就买哪一只股。这方面,你母亲有丰富的知识,这些年来,她在股市很有收获,是成功的理财者。"

"我对股票一点儿也不明白。"

"开始的时候,当然不知怎么办,你就跟着母亲一起读年报,了解企业的财政状况，从报纸上读资料，看国际的形势。"

"那岂不是要花许多时间？我还在读书，功课并不少。"

"学校里的知识是学问，学校外面的知识也是学问，你可以从投资中学习，知道凡事不可急进，也不宜太保守。研究为什么股价上升，什么原因下跌。而且明白投资不一定赚钱，常常会亏本，对于得失，不可过分重视。重要的是明白金钱并非只供消费，懂得适当地理财才是明智的消费者。"

"谢谢表舅父的指点，我就试试看。"

"你有信用卡的吧，小心使用，以免债台高筑，胡乱消费会使债务滚雪球般膨胀。现金才是身份的象征，不是金卡。免年费，丰富赠品都是陷阱，得益的永远是收取利息的人。"

压力锅

晚间的新闻，其中一则是报道压力锅爆炸的事。跳鱼湾住宅区中一个高楼的寓所"砰"地一响，然后听见一片玻璃碎裂的声音。爆炸现场是寓所的厨房，爆炸的物体是一个压力锅。屏幕所见，天花顶上一个黑圈，那是锅盖弹上天花板留下的痕迹。此外，爆炸震破了厨房的一扇窗子，玻璃飞散各处。幸好当时厨房内没有人。

压力锅是肥土镇许多家庭的烹调器具，这一阵流行的还有真空锅。事主说，那锅刚从心镇买回来，煮东西快熟，很符合经济原则，省时省燃料，觉得很环保，而锅的价钱又便宜，不过五十块钱，所以，后来又多买了一个。报道的镜头一转，由消费者委员会的职员讲述用压力锅的安全法。叶重生一见，立刻把讲述者认出来了。

"罗微又上电视了。"

"这次讲些什么？"

"压力锅。"

花顺记一家都认得罗微，她虽然不常常上花顺记来，可因为上电视，大家对她好像比对程锦绣还要熟。电视屏幕上罗微面前的桌子上摆了几个锅子，锅盖都揭开了，她正举起一个锅盖给大家看。消费者购买压力锅，得注意四点，她说：

一、气压掣。看看排气孔有没有跳动。

二、锅盖。密封的程度。

三、烹调的中途，不可打开锅盖。

四、烹调时，锅子温度极高，要小心。

罗微手拿两个锅盖示范，其一是与爆炸的同类的锅，锅盖没有胶边围团，证实密封不周，这样，煮东西时就会冒出许多水蒸气。另一锅盖则有胶圈，质料较好，当然，压力锅并不便宜，优质的锅需千多二千元，所以购买时不可贪便宜。

罗微在消委会工作，已经许多年了。在肥土镇，成立消委会是近二十年的事，主要是保障消费人的权益，让消费者有投诉的部门，遏止商人种种欺骗手法，货不对板。在肥土镇，消费者最气愤的是购买电器和出外旅游。肥土镇的居民经济渐渐富裕，购买电视机、录影机、唱机以及出外旅游的人不断增多。可你上电器店去买东西，商人总是用饵诱的手段使消费者上当，要么买了劣货，要么花更多的金钱买回并非最初想买的电器。至于旅游，住宿饮食差，旅游点随意删减，临时堆加收费，导游服务态度恶劣，使消费者满肚子气。有了消委会，总算投诉有门。

　　罗微的工作并不轻松，除追查投诉外，得花时间进行产品测试，看看是否安全、卫生，此外，要出版《明智的治费者》月刊。消委会保障消费者，站在商人的对立面，这就产生了冲突。早些年，消委会的工作人员常常接获匿名的电话恐吓，电话中人警告：你个衰婆，唔好行出街。

　　在消委会工作，的确需要勇气和毅力，产品安全条例的制定要花十年时间，监管旅行社亦需要七至八年。幸好工作人员都不怕艰难，其中大部分还是勇往直前的女性。如今，肥土镇的消委会已加入国际消费者联合协会成为理事，为了协助消费者采取法律行动，还争取设立了消费者诉讼基金。罗微说：这是反击战，不能让奸商得逞。

勇者不惧

　　罗微站在人行道上伸手截的士。等了很久也截不到一辆。在肥土镇，这一阵，想坐的士竟变成困难的事情。肥土镇的的士司机一向很讲职业道德，可也有一小撮人另设方法使用骗术赚钱。比如说，在计程表上做些手脚，于是那小小的计价器跳得比乘客的心脏还快；或者是故意绕远路，兜圈子；接载从机场出来的游客，车行不过二十分钟，收取三百元车费。最没理由的是拒载，如果是换更、吃饭时间，暂停载客无可厚非，偏偏是好端端的，却打出"暂停载客"的纸牌，遇上招车的顾客，就把车子稍停，东挑西选。飞土区的中心？不去不去，交通阻塞；跳鱼湾？不去不去，路途太近，没什么赚头。对这类劣行的士司机的投诉，罗微每天都要聆听好几宗。的士司机平日常常拒载，到要求加价，示威游行，却大声呼吁居民支持。

罗微终于上了一辆的士，不，不是的士司机自愿载她，而是她不理司机的拒绝，上车再说。的士司机说不去。如果碰上程锦绣或花艳颜，她们只好很生气地下车。可是罗微才不。她说：不去？好，上警署吧。我不怕烦，就和你磨到底。于是的士司机缠她不过，只好开车，沿途上骂骂咧咧，把一辆车子摇晃得波涛上的船一样。罗微毫不惧怕。她真的试过和的士司机吵架，连人带车一起上过警察局。控告的士司机无理拒载。的士司机一面开车，一面还在诅咒。罗微打开手提袋，拿出一件东西来，"嗒"的一声响，然后对的士司机说：你少骂人，别出粗口，这是录音机，可以作为呈堂证据。我记得你的车牌号码。

这天是星期六的中午，罗微赶着上茶楼去，因为飞利中学的一位旧同学移民外国,回来度假,由程锦绣发起,约大家聚聚。罗微则约了花艳颜在百货公司的门口等,才一起上茶楼。罗微等了好一阵,也不见花艳颜,打电话去问,却说已经出门很久。过了半个小时,才见花艳颜匆匆赶来,说是搭乘的地铁走到半路,两截车厢分了家,车头的一截开走了,扔下尾后的一截在黑黝黝的地洞中。太可怕了,花艳颜说,好端端离家出外,也不知道会遇上什么意外。

上茶楼得横过百货公司的大堂,罗微和花艳颜循例地打木人巷一般闯过一列化妆品摊位的列阵,这些摊位亮晶晶、香喷喷,仿佛浪漫伊甸的样子,其中,充满了许多猎人。一下子,花艳颜给一个猎者缠住了,那是推销化妆品的售货员。

"太太,你的脸色不太好,灰蒙蒙的。啊,你的皮肤很粗糙,毛孔大,还有黑头。我介绍你用一种洗脸剂,特效的磨砂液,包你用后皮肤光滑细致。"

花艳颜根本不理会,继续挣扎前行,却被另一个猎人截住。

"太太,你眼角有皱纹,面上又有雀斑。我介绍你用一只新出品的去皱霜,不用去看医生整容。看医生很贵,整容又痛,许多医生,医术差,只会骗钱。我们的去皱霜十天见效,没有副作用……"

花艳颜刚脱身,罗微却给挡住了。

"太太,你的皮肤已经有衰老的迹象,你有眼袋,长了黑眼圈,我介绍你用我们的新产品……"

"小姐。"罗微再也忍不住了。

"啊，太太，你需要什么化妆品，请过来，请过来。"

"小姐，你一定不懂法律。让我提醒你，你刚才说的那番话，是对我的人身攻击，我可以控告你诽谤。怎么样，还有什么指教？"

家居文化

喝过茶，程锦绣约旧同学上她家坐坐。她住的是公务员楼，属于环境优美的一种，两幢楼房，一梯二伙，才二十四户人家，楼下有花园和停车坪。室内面积一千多平方英尺，三房一大厅，露台宽阔，厨房背后有工人套间和晾衣阳台。肥土镇居民的生活渐渐富裕，拥有自置住宅的人一天比一天多，不过，大多数的住宅面积不过五百平方英尺左右，有的才三百多平方英尺。新建的楼宇，每单位居然只有二百多平方英尺的实用面积，供楼花的人收楼的时候才知受骗。供楼花是肥土镇的特色之一，房子还没建好，已经公开出售，买房子的人只看纸上的图则，分期付款，最后才发现货不对板。

肥土镇的大多数居民，到亲友家中去做客，有权利也有义务。权利是参观住宅的每一个角落，因此，当主妇的总要整天花许多时间去打扫家居，布置厅房，让人家来参观。床单枕套的花式质料不可低俗，浴室、厨房得纤尘不染，至于那些镜子、肥皂、毛巾，都经过一番选配。客厅饭厅更加重要，这里摆一瓶花，那里搁一件陶瓷，必得显出主人家的品位。奇怪，一个家倒像商店的橱窗似的，不像居住者自己休闲生活的地方。

然则客人在主人家里有什么义务要尽呢？那就是看照相簿了。主人家的照相簿可以装满一个橱，这一摞是结婚纪念，这一摞是家居生活，这一摞是旅游。别以为在旅游相片中会见到各地的景物特色，因为那些景物只是背景，模糊不清，前景才最重要，那只是主人的大特写。程锦绣给大家看的照相簿中，倒有一册受到欢迎，因为拍的都是一只猫的生活，各种睡眠、跳跃、静坐、打呵欠、侧着头的姿态，有趣极了。那只灰猫并不怕人，坐在电视机顶，垂下条大尾巴。猫的肚子上扎了幅白纱布，背上扎个蝴蝶结，原来刚动过节育手术。电视是开着的，并没有收看任何节目，只播几尾金鱼游来游去。这是电视台最新的设施，使每一个家庭的电视机变成金鱼缸。关于猫，主人说，早一阵装修房子，一名泥水匠擅自在她家沐浴，却用了洗猫蚤的沐浴露，可不是笑话么？罗微认为这不是笑话，是悲剧。主人招呼大家吃过点心，就带大家参观住宅了。客人对室内的一切只觉得清洁漂亮，反而对其中一间房间留下深刻的印象，因为那房间充分展示了年轻女孩的卧室文化。那是主人女儿的房间。这房间内挂满了歌星的海报，墙上、门板上，都是巨大的海报，到处是歌星的杂志、镭射唱片。床上堆满了玩具恐龙。

"我这个女儿呀，我们一点办法也没有，也不懂得怎样管教。她根本不听话，迷上了歌星，现在参加歌迷会去了，老是忙着见歌星，送花给歌星。晚上和同学讲电话，讲到半夜三点还不停，你们说该怎么办？"程锦绣诉苦。

"这是过渡时期。将来长大结识了男朋友,就不会迷歌星啦。"唐吉庆说。

"唉,生了女儿,就是担心。不知会交什么朋友,不管,怕她变坏;多管,又怕她离家出走。"

于是回到客厅来坐着,聊聊别后的状况,各人的生活。程锦绣住的是那么漂亮的房子,夫妇都有高薪职业,感情又融洽,在一般人的眼中,必定过着令人羡慕的幸福生活。可是,她的苦水从谈女儿的话盒子打开,像决了堤,泻个不停。原来她和丈夫的健康情况都不佳,老是觉得疲倦,失眠,不舒服,常常做噩梦,被厉鬼追赶。她的丈夫的病况似乎比她还要严重,看过医生也没进展。

"邝神怡,你看这是什么病?"

"单凭说说,很难诊断。这样吧,你们哪一天有空,上我的医务所来,我替你们诊断一下,或者做一些检查。"

不称职病

邝神怡给程锦绣夫妇二人看病,让他们去做了一些验血、照肺、做心电图等的检查,结果报告回来,一切正常,并没有任何病兆。那么,为什么常常不舒服呢?两个人的病况似乎差不多,神经紧张、偏头痛、失眠、冒汗等等。邝神怡说,看来工作太紧张了吧。医生的忠告是:找一些空闲的时间,画画,种花,到郊外散步，搜集自己喜欢的东西，比如茶壶、陶瓷、邮票、手表、鼻烟壶。事实上，邝神怡没有说的是，和肥土镇的大多数人一样，程锦绣夫妇可能患的是一种职业病，由一位心理学家研究出来，名叫"升官病"。

升官病又叫不称职病。心理学家认为现代人，尤其是城市人，工作的机构大多属于科层组织。本来，科层组织只是描述宗教管理制度中的僧侣等级的，事实上，如今就是任何按身份、阶层有等级次序排列的雇员组织。政府部门、大企业机构、工厂、百货公司、学校都属于科层组织。在这些部门工作，可以有很多升职的机会，一级一级升上去。升职是好事，谁不希望升职呢？自己喜欢，家人高兴，同事羡慕。可是，问题来了，不断地升职，愈升愈高，到底称不称职呢？心理学家说，或早或晚，各类科层组织中的每位雇员，都将被从他所胜任的位置提升到他所不胜任的位置上。

程锦绣夫妇的确是患了升官病，不过，他们自己并不知道。程锦绣的情况，倒是李丽莲看得清清楚楚。李丽莲中学毕业后，也进了师范学校，毕业后派到和程锦绣同一的小学教书。那时候，程锦绣还是一位小学教师，担任三年级的班主任。不过，一年一年过去，她不断升级，当上了副校长。程锦绣是一位不错的教师，尽责，本身资历好，教六年级也游刃有余。作为教师，她的确是非常称职。可是，早一阵，她从科主任升为训导主任，就出了麻烦。

训导主任的工作主要是管理学生的品行。程锦绣教书讲课很出色，可叫她管顽劣的学童，却不是专长，全校的秩序反而愈来愈差，排队时不整齐，聚会时又一片喧闹。休息的时候，罚站墙边的学生排满一墙，放学后起码有十个学生要见家长。程锦绣总是说：现在的学生愈来愈顽皮。但她一点办法也没有。渐渐地，她把责任分给全校的教师去负责，要教师加紧管好各班的秩序，休息时多派当值教师，上下楼梯，要教师带领，放学后也由教师见家长。那么她做些什么呢？她注意的是检查学生的校服、运动鞋清不清洁，头发有没有太长。在这方面，她倒又称职了。

不久，程锦绣竟又升级了，这次是当上副校长，行政的事，她也不擅长，结果仍不称职，而她呢，把一副心机都花在联络感情、同事聚餐的事情上。

至于她的丈夫，是大学里的讲师，他本来是中学教师，后来继续深造，进入大学。他称不称职，大概就要问问花可久一位中学的同学，如今他是讲师的学生。讲师开的是文学批评课，题目可大了，是"二十世纪的外国文学批评"，的确很吸引学生的注意。结果呢，讲来讲去，讲的仍是"新批评"。有些同学大胆发问二十世纪是否只有新批评，老师脸色一沉，说新批评就是最新的批评。

程锦绣夫妇的确在科层组织中陷入不称职的位置。如果一个仍当中学教师，一个仍是六年级的班主任，他们的生活就会愉快幸福了。心理学家认为，所有不想得到"升官病"的人都应该停留在，或想办法待在称职的位置上，不要愚昧地升职。否则，他们只好在该尽责的事上弄得一塌糊涂，然后用专注于别的小事来转移自己的能力，在那些事上称职地补偿。

婵娟

肥土镇有两种路，一是平路，一是山路。平路大多是马路，最初供马匹牛车运货行走，渐渐被各种车辆占据，只有斑马线可供镇民横过。山路本来是通向山顶的窄路，后来扩阔了，改建了，也变成了车路。肥土镇的巴士司机就有超凡的驾驶本领，在那些弯曲倾斜狭窄的山路上，耍杂技一般兜来转去。那么，肥土镇还有属于镇民的街道和道路么？有的，不是星期天繁华闹市那三几条行人专用区，而是一级一级由石板砌出来的山路。在这些路上，没有车辆没有马匹，镇民可以在路中心自由行走，漫步看风景。

罗微的家在半山，不是靠近山顶的半山区，而是接近山脚的半山。那里的楼房，依山而建，仿佛石头的梯田。每天早上，罗微的邻居出门上班，匆匆忙忙，赶乘大巴小巴或的士，罗微没有，她从半山沿着石板的街道一直走到山脚，走得快的话，十分钟就能听见飞土大道上电车行驶的声音。也许是因为那些石板街的缘故，罗微才爱上了摄影。在石板的街道上行走，非常适畅，不必担心左右前后有车辆，街道的这一边有些平台，走几步楼梯，有几栋四五层高的楼宇，住着数十户人家，平台上种些花草盆栽，古朴寂静；那一边是面街的矮房子，有几家店门半掩的手作坊，有一两家小店铺，门口躺着一只狗，三几只猫悠然散步，大榕树下的帆布床上，睡着的人还没醒哩。再走一段路，有一幅砖墙，髹着蓝色，窗子外镶着白色的井字铁栅，也有绿琉璃瓦顶的红砖房子，背后贴着黑铁的盘旋楼梯。

即使是星期六和星期天，罗微也爱在石板的街道上溜达，这时候，她不必匆匆忙忙行走，也不必直朝山脚下行。她可以随意停驻，横向穿逾蛛网般的小巷。那里有陈旧楼房，古老的店铺，卖些奇奇怪怪的东西。许多时候，罗微会带了照相机，沿途拍摄：寂静的长街，残破的石壁，吃饭的猫，幽暗的小店的剪影。空闲的日子，花艳颜也和罗微一起在这些街道上散步。花艳颜并不摄影，她爱看书，常常集中一个主题一系列地看，这一阵，她看的是有关卷草的花纹，搜集了许多图片。不注意的话并不觉察，一旦关注，就发现卷草的纹样是那么多，而且随时都会碰上。陶器瓷器，衣服的饰边，建筑上，地毯上，哪里没有卷草纹呢？而且年代非常古老，埃及的莲花和纸莎草，就有卷草的纹饰了。

在石板街的迷宫中漫步，可见的卷草纹比想象中要多，那些商店橱窗里的一只碗、一幅地毯上面都布满了卷草纹样，罗微也就把它们拍摄下来。花艳颜看书的专题常常会变，有一阵看的全是讲葫芦的书，有一阵又专心看儿童的玩具，一面看书，一面也搜集图片及一些实物。罗微摄影的范围倒也广泛，不过，她另有一个永恒不变的主题：拍肥土镇即将消逝的景物。花艳颜看过不少有关摄影的书，她对罗微说，你会变成法兰西的那个阿杰哩。

罗微爱拍街道，摄影多半是沉默的，而街道却充满声音，不，不是人类的原始的声音，而是符号，那是街道上特殊的语言。无论在墙上、地上、灯柱上，到处可见街道的语言，罗微也爱把这些摄影下来。有的语言充满霸权：禁止招贴，不准泊车；有的语言彬彬有礼：工程维修，引起不便之处，敬请原谅；有的语言自高自大：我是肥土镇的国王；有的语言穷追猛打：莫一鼎，如不将债项还清，将向你公司索取。许多语言，令罗微和花艳颜皱眉，有的令她们微笑。有时候，橱窗内的一只花瓶也会说话，瓶身上写着：但愿人长久，千里共婵娟。

除了静态的景物，罗微也摄人，摄生活在肥土镇的人，描述他们的生活。渔人捕鱼，工人搭棚架，主妇买菜，儿童上学，白领上班。她拍摄快餐店的职工、百货公司的售票员、邮差、看更、警察、女司机等等。最近，星期五的中午，她在清真寺外拍摄穆斯林的信徒，男子戴着小帽，女子披着头巾。星期天，罗微到飞土大道中的休憩公园和名店区拍摄外籍女佣，拍她们聚坐在橱窗前、水池边、长廊里、天桥下，谈话，读书，祈祷，念经。肥土镇充满了各地的人，不同的宗教，不同的国籍，不同的生活习惯，不同季候年代的移民，共同生活。但愿镇长久，千里共婵娟。

困惑

肥水镇的街道上又有新的热闹了。首先是马路中心分隔来往车辆的那道栏杆，近斑马线的安全岛两端，一字儿排开，悬挂了好几个长方形的木板牌，上面贴着招贴纸，纸上是穿得体面的人的大头半身照片，男的穿西装打领带，女的穿套装，看起来像学校的校长和行政人员，都是一副精神奕奕、很有干劲的模样。照片的一旁印着大字，招贴纸的旁边写的字更大，连坐在花顺记店铺里的掌柜老太太也看得清清楚楚。

木板上的字，大都差不多，写的都是请投神圣一票，为镇民服务，争取权益，改善环境卫生，等等。花掌柜老太太知道，又是选举什么议员的时候了。

在肥水银行的门口旁边，新近摆出了一个小摊子，其实不过是一张小桌，上面摞着纸，搁着笔。桌前坐一人。路上有两个和摊子同道的年轻人，见到行人路过，就微笑着走前去问：登记了没有？有的人说，登记了。有的人侧侧身子，自顾自走了。登记什么呢？是登记做选民，到了选举的日子，到票站去投票。花掌柜老太太记得，有一次也是不知投什么票，马路上还有车子响着大喇叭，哗啦哗啦像警车捉贼和消防车去救火一般，吵得很。

花掌柜老太太从不理会这些马路中心的木牌和银行门口旁边的小摊子。可是，你不理会别人，别人可不会不理你。这天，有几个人走进花顺记来了。喝些什么果汁？花老太太问。原来不是喝果汁的。他们笑容满面，打躬作揖，还问候老人家的安好，然后拿出几张印得粉红粉蓝的纸交给老太太，说道：记得投一号一票，请投一号。临走的时候，还和老太太拉拉手。粉红粉蓝的纸上，印着的照片中人，就是马路中心木板牌上的那人，纸上写的字也就是花老太太天天打开门见到的字。

过了不久，又有另一些人进店来了，也分派一些纸，很亲切地和花老太太说话，问候她的健康。纸上的照片当然是另一个人，不过，也是从马路中心的木板牌上走出来的。两起人都来请花顺记一家去投自己的票。奇怪，花老太太想，天天见着栏杆上的照片，模样倒看熟了，可她并不认识他们，不知道谁是好人，谁是更好的人，或者，谁是坏人，谁是更坏的人。他们替肥水区的居民服务，服了些什么务呢？花老太太越弄越糊涂，为什么平日从没见过他们，电视上也没见他们出现，忽然就到处贴上他们的照片了。买一棵菜，还容易选，看看照片，就知道该选谁？

"叫我去投票哦。"花老太太在吃晚饭的时候说。

"那你去投票好了。"

"选些什么议员哩。"

"市政所议员。"

"市政所，什么是市政所呀？"

"是帮大家做事的政府部门。"

"做些什么事呢？"

"比如说，每天替你倒垃圾，扫街道。"花可久说。

"每天宰十多万只猪给大家吃。"

"管理公园、游乐场，给你去散步，看花看草。"

"那倒很好。"花老太太说。

"还管运动场、游泳池、图书馆。"

"还管艺术节、音乐会、博物馆。"

"替你看看超级市场的食物新鲜不新鲜。"

482

飞毡

"也管花顺记的果汁品质好不好。"

"那么，市政所是很有用的。"花老太太说。

"那么，到了选举日，你就去投票好了。"

"可是，我怎么知道哪一个忠，哪一个奸？"

丁屋

人群在街道上示威游行，在肥土镇已经不是新鲜的事。数十年前，示威游行是罕见的情况，而且带给镇民事态严重的印象。一般的镇民，还产生错误的看法，认为示威游行不过是大学生的浪漫革命情怀，甚至是些滋事分子在扰乱治安，对游行示威者，没有好感，最好由官府把这些人捉将官府去，使社会保持安定繁荣。现在呢，镇民受过教育，资讯发达，眼界开阔了，知道示威游行是争取权益的方法之一。于是，街道上就常常出现示威的人群，不但有大学生，还有草根阶层的劳动者，连公务员、教师、护士都示威过，要求同工同酬、公平待遇。游行的队伍中，不但有年轻人、成年人，还有年纪大的老人家，甚至有八九岁的小孩子。肥土镇的居民对这些已经见怪不怪了。

各种各样的示威游行都有，的士司机，是连人带车的，一辆一辆慢驶；货柜车采取的方法是罢驶，把车抛到路面，断绝往来的交通；也有连人带船的示威游行，比如渔船，一艘接一艘在海上绕岛而行。为什么有那么多的示威游行，那么多不同阶层发出不满的声音呢？不错，肥土镇上出现了许多问题。以前大家都怕事，保持沉默，现在则站出来说出自己的意见；以前透明度低，有些问题没有揭露，现在揭露出来，群众就要求合理的处理。

这天，在肥水街上游行经过的，却是什么人？有什么话要说？从人群来看，有男有女，其中以女性居多，手持的示威标语牌和布幅，写的是：争取男女平等，反对歧视妇女，争取妇女权益。原来人群中大多数是乡村女子，反对乡村的不合理俗例，歧视女性。在游行的群众中，眼明的人可以见到立法所的议员。可是，文化程度低的乡村女子为什么会为自己争取权益呢？那当然是受到有知识的女性的鼓励和影响，得到了启蒙。

最初到肥土镇岛上居住的人，成为所谓原住民，他们世世代代住在乡村，有一点土地和房屋，这些房地产，久而久之，就属于他们的私产了。原住民的子孙开枝散叶，居住的土地渐渐不够用，但他们再也无法扩展原有的土地，因为自从有了政府，一切的土地都属于政府。有的原住民依然在乡村种田养猪，依靠土地谋生。镇中心的廉租屋远离农地，不是他们理想的居所。于是政府拨出土地给原住民，让他们可以在土地上建房子，分给下一代。于是，在乡村中，漂亮的三层楼房红瓦白墙，一座一座建起来了。有的乡民盖房子给子孙住，但大多数的楼房却由原住民自行出售，或者卖给地产发展商。土地那么昂贵的肥土镇，原住民的生活有了改善，甚至变得相当富裕。

在乡间建的房子，名叫"丁屋"，顾名思义，丁指男丁。依照乡间的俗例，原住民的子孙，只要是男性后裔，年满十八岁，就可申请土地建丁屋，同是原居民的后裔，女性却无此权利。政府拨地给原住民建"丁屋"，那些当儿子的可高兴了，有的不再种田，也不出外工作，终日吃吃喝喝，靠房地产的收益，过悠游的日子。虽说乡村远离市区，事实上，肥土镇的城乡界限已经融会，资讯又发达，普遍的教育水准日渐提高。原住民的女儿辈，也出外读书，进大学，不再是无知的妇孺，终于站出来说话。

游行队伍中，既有议员、妇女会的成员，也有大学生。年轻人和年长者一起在队伍中并肩而行。队伍经过花顺记的店铺门口时，叶重生认得其中一人，正是姑父家以前的婢女翠竹，和她一起步行的，是她大学毕业的女儿。这次的游行示威，并非普通的反歧视女性行动，问题比较复杂，牵涉到女性继承权的问题。当天晚上，叶重生看电视新闻报道时，才知道，当游行队伍抵达立法所门外，激进的男村民，不但粗言恶骂，甚至当众动手打人，行为粗暴。在一个文明的社会中，还出现如此大男人主义的封建落后心态和行为，真是太丑陋了。叶重生一面看一面激愤不已。

街道语言

彩姑在肥水街上匆匆地走。今天，她没有站在街道上看银行玻璃饰橱内电视播映金融的消息。她进的也不是银行，而是一间快餐店。没多久，她就从店内出来，手提塑胶袋，袋内是一个饭盒。她朝肥水街的街尾匆匆走去。平日，在街上溜达的是彩姑，今天，在街上出现的竟是彩姑的丈夫，这是很罕见的事，因为李健在工厂中工作，整日都留在厂内，并不上街。但李健跑出工厂，到街上来了，和他同样行动的，整整有一百多人。他们坐在工厂的门外，用白布写了字，横张在工厂门口，过路的人都见到了，记者的摄影机也拍摄到了，那些字的意思是：反对无理解雇，要求复工，争取退休权益。

　　李健的工厂发生工潮，因为厂方突然把一群年纪较大的工人解雇，事先没有征兆。工厂的业务没有衰退，每年还有不少的盈利，突然解雇员工，又专选年纪大的下手，大家都认为和退休制度有关。关于退休制度，已经在立法局讨论过，一旦通过实行，资方得付庞大的退休金。肥土镇的商家急谋对策，提早把将近退休的员工先行解雇，就不必付许多退休金。李健工作的工厂由几个人发起罢工，争取合理的赔偿。彩姑买了盒饭，正赶去送给街头静坐的丈夫。街头静坐示威，是肥土镇新的街头语言。

　　李健和许多工人一起坐在工厂的门口。邻家的漂染厂却无声无息，紧闭着大门。原来那漂染厂不但早一阵解雇了一半工人，连厂也关闭了。漂染厂其实是许多年的老字号，不过近年生意不景气，政府又增添排污费，于是干脆把厂搬到心镇去。近年来，搬到心镇去的厂极多，那里的大量廉价劳工吸引了商家，这么一来，肥土镇的许多工人失业了。浩浩荡荡的肥土镇劳动大军竟变成了失业大军。当然,失业率的递增有许多因素,本土的经济转型,新移民人数增多,不易找到工作,此外,还有外来的劳工和本土人争夺饭碗。

彩姑送饭给丈夫,也就坐在工厂的门口,和众人一起手持纸牌。她看见斜对面一家银行的门口排了人龙。挤提么?她知道不是,并没有去排队。银行门口出现了人龙,只不过是旧历新年快到,主妇们争着去换十元纸币。彩姑记得,最初到肥土镇来,过年的时候给孩子们压岁钱,红封包里放的是二毛钱的硬币。这些年下来,红封包的内容,由二毛钱一直冒升,竟是五元硬币了,有许多家庭则是十元钱一封。在肥土镇,十元钱是纸币。放在红封包内,轻飘飘的,但孩子一摸,欢喜极了。这一年,政府发行了新的硬币,金银二色,看看漂亮,掂掂也有分量,不过,十元纸币从此取消。彩姑从女儿的口中知道,这叫作通货膨胀。看看以前一毛二毛的车费,如今都动辄五元十元。快要过年了,主妇提着一袋装满硬币的红封包,少点力气也不行。那些十元的硬币,又重又麻烦,容易和别的硬币混同,所以,为了兑换纸币,人人到银行去排队。然而,银行也没有十元纸币呢。以往,临近新年,银行就多发新钞票,现在呢,十元纸币通通收回,别说新的,连破的也没有。今年的红封包,彩姑的确得好好考虑,还是封封二元硬币好了。银行门口排起长龙,是肥土镇古旧的街道语言了,但这语言有了新的内容。

在工厂门口坐了很久，彩姑的双脚有点麻痹，晚上在家看电视，得把脚搁在茶几上。电视上并没有李健和工人静坐的画面，因为另有别的新闻播出。也是工人的示威，原来肥土镇正在建新机场，雇用了万多名外地劳工，却被承包的雇主克扣了三分之一的工资。镜头一转，肥土镇的建筑工人，找不到工作做，清早蹲在街头，一脸无奈的神情。

墙壁猎人

"你想找怎样的房子？"地产物业代理经纪问。
"最好是家徒四壁的厅房。"巴别答。
"你家几个人住呢？"
"两个人。"
"那么，两房一厅足够了，四百平方英尺，很不错。"
"是的是的，不过，不是两个人住房子。"
"不是人住房子？"
"是我的书住房子。"

巴别想搬家，的确是为了书住房子。他的书真是越来越多了。巴别住的地方小，书多，他的书已经堆得没有地方放，连母亲的卧室也被占了大半，家中的沙发由两座位变成单座位，衣柜早扔掉了，改用一根铁管搭在两边书架上挂衣服。至于走廊，门口，都是书架，窗台上、地板上都是书。于是巴别想换一层大点的楼房。

地产经纪带巴别看过许多房子。楼房很贵，面积很小；面积稍大的，房子又残旧不堪。超过三十年的楼龄，维修费肯定会比楼价要高。巴别到处找房子，才发现肥土镇新建的楼房根本容纳不下一个书橱，这，除了地价高昂之外，也由于肥土镇人越来越不读书。一般的楼房，睡房只摆床和衣柜，客饭厅摆桌椅沙发和电视。偶然有人设了个小酒柜，没有书。巴别进入过五六十户人家，一个书橱也没见过。他一进楼房，什么也不看，只看墙。没有墙，摇摇头出来。奇怪，肥土镇的楼房大多是五福临门格式，一进大门，站在客饭厅一看，只见一个窗，五扇门，连一幅整整齐齐的墙也没有，有的只是窗和门占据后剩余下来的窄窄的墙壁，放个电视架或小沙发就报销了，哪里有墙可以摆靠书橱？钉个书架也嫌挤。几个月下来，巴别找不到让书居住的地方，终于打消搬家的念头。

家没搬成，巴别倒和肥水街上七八家地产公司的代理变成街坊朋友了。这些店铺，说是公司，其实规模极小，小资本，铺面内不过是一张写字桌，两把椅子。生财工具也简单，一部电话，一台传真影印机。店面的玻璃，贴满红绿黄色的荧光纸，写着租售楼盘的资料。店主多是夫妇档，操着不道地的肥土语，一听口音，就知道是新移民。

近年肥土镇的经济不景气，失业率高，原因不一，众说纷纭。有的说是外劳的影响，有的说是因为大量工厂迁往心镇，有的说大学四年制改为三年制，增加更多待业的青年，有的说是经济转型，使劳工与职位未能配对,有的说是消费与服务行业放缓,不像过往能够吸纳制造业的剩余劳动力,有的说是如今合法进入肥土镇的新移民,每日高达一百五十人……

的确,新移民到肥土镇来,怎样谋生呢?巴别和地产经纪闲聊也知道他们的艰辛。小孩进学校读书有免费教育,病了也有政府医院可以求诊,住屋呢,几个相熟的新移民家庭合租一层旧楼,也应付了。找工作最难,一般的职位,都要求学历,投身劳动的行列,已无工厂可入,反而是物业代理,不需专业知识和技能。小本独立的经纪互相合作,你供楼盘,我带顾客,渐渐学会行内的运作,加上介绍律师,泥水木匠,也是一笔生意。巴别天天在肥水街上经过,难怪如今物业地产的代理公司开得比银行还要多了。

巴别想搬家的事,花一花二知道了。

"把书搬到红砖房子来存放吧。"他们说。

"真的?"巴别的惊喜真的无法形容了。

广告与忠告

蜜蜂显然比人类明智,它们一看见烟雾就散开,纷纷走避。家园附近的蜜蜂逃得远远的,巢内工作的蜜蜂立刻吸吮蜜汁,抵抗烟雾。而人类呢,吸烟的历史大概也有几千年了。当然,许多人爱烟,天天吸;至于不吸烟的人,却身在烟雾中,常常吸二手烟,很少像蜜蜂般躲避。另外一种烟,却拜文明所赐,由汽车在街道上喷出来的废气,工厂、茶楼厨房烟囱释放出来的浓烟,合在一起,叫肥土镇人避无可避。

在肥土镇的街道上行走,谁没有见过各种各样的广告呢,它们无处不在,无孔不入。不过,最奇怪的广告大概要数香烟广告,这些广告奇在什么地方?因为它既是广告,又是忠告,不知道算不算矛盾的统一。广告是烟商的宣传,忠告却是政府的劝谕。对于这样的广告加忠告,肥土镇人天天见,见怪不怪,也没人理会。而陈二文却有意见。香烟广告的背景面的常常是优美风景,山光水色,绿野遍地,空气清新,然后说香烟如何温醇,如何清柔。然而,在广告的图画底下,出现了这么一句:肥土镇政府忠告市民,吸烟危害健康。稍后,句子又改为:吸烟会导致心脏病。政府对吸烟这件事,很早就忠告市民了,忠告的字眼,最初写在电车挡板上。

对于这样的政府,大家可有什么意见?陈大文说,也算是关心市民健康的政府。但陈二文另有想法,而且振振有词。比如说,"政府忠告市民",肥土镇不是国家,不是省市,哪来市民?拿出身份证来看看好了,肥土镇的人全是居民,身份证上明明印着"肥土镇永久性居民身份证",其中的"性"字,当然是受了性泛滥的祸害。不过,陈二文认为,这且不去咬文嚼字了,还是回到他原初的意思上来。本来,不提出"危害健康"这样的忠告倒没什么,一旦提出,反而觉得政府的做法不彻底,而且口是心非,既想大家健康,更要税收。此外,为什么单单只忠告居民,吸烟危害健康呢？为什么不忠告居民"看电视危害健康""住在机场邻近危害健康""听耳筒音乐危害健康""穿高跟鞋危害健康""吃甜食危害健康""打游戏机危害健康""快餐店食物危害健康""电脑危害人脑"……？陈二文经过快餐店，只见人人吃煎炸食物，那些年轻人和儿童留在煎牛肉包香肠包的即食店中吃炸薯条、炸肉汉堡，喝汽水，没有什么蔬菜水果。这些年轻人和儿童，二十年后个个会患上心脏病，后果比吸烟严重。政府为何只见烟，不见其他？

"吸烟者会危害不吸烟的人。"陈大文说。

"噪声令人发狂，会去斩人哩。"陈二文说。

陈二文认为政府应该一不做二不休，事事忠告肥土镇居民小心才对。陈大文则说，关于快餐店食物，有卫生署中央健康教育组指导居民；关于机场噪声，有环保处负责测量；关于街道上的废气，不是正在积极劝驾驶者改用无铅油么？至于什么奶粉适合婴孩，什么电器有危险，就有消费者委员会去着手调查。何况，这本来就是自由贸易的社会，政府的政策就是积极的不干预。陈二文说，政府忠告居民，居民也在忠告政府，报纸上的读者栏、电台的居民之声，就有许多给政府的忠告：政府应该革除官僚作风，建立以居民为中心的社会秩序，体察民情，提高居民的生活质素，增加透明度，政府官员要牢记自己是肥土镇的仆人。陈二文说，他不希望公仆变成父母官，因为那些掌握了父权母权的人，就以为可以打骂子女，操纵他们的命运。公仆若是兄弟姊妹官，要比父母官好些，至少大家是平辈，互相平等。

找到了

红砖房子背后的那座山,是花一花二常常去散步的地方,山上长满了树,栖息着各种颜色的鸟,山坡上野花杂草、甲虫蝴蝶到处可见。不过,这山不久将会被夷平。即使在红砖房子这边,隐隐也可以听见爆石的声音,以及铲土机和马达的喧嚷。一个星期日的早上,花一花二和花初三仍到山上散步,沿着小径绕到山后,只见一片黄泥和光秃秃的山石,半边山已被掏空了。他们站了一阵,因为前面已经没有路,只好折回。

山上其实有好几条小径可以步行,其中一条通向一个山洞的入口,三人经过的时候,发现山洞的顶端已经和外界打通,阳光把山洞照得一片光亮,俨如一道峡谷。平日,花一花二并不进入山洞,怕碰上蛇,如今反而可以走进来。这是他们从没有到过的地方。山洞显然有几个入口,从一个入口进来,走到中段,迎面是一块石壁,旁边却有两条岔道,如果洞顶没有塌斜,洞内应该是一片黑暗的,爱探险的人必须带电筒才能进来探索。但现在,在洞中行走并无困难,倒像是走进迷宫。有几条路可以选择。

山洞里原来竟有人呢,这倒令花一花二感到意外了。在山洞转弯的侧路上,花家兄弟碰上了另外的三个人,两个比较年轻,一个却是年纪很大的妇人,头上梳着发髻,头发已经斑白。花一花二觉得这个女子并不陌生,因为他们常常在不同的山坡、海滨、荒僻的港湾碰见她,发髻上永远插着一支碧绿的发簪。三个人正在搬运几个陶土的大坛。洞里的泥土已经给翻掘出一道深沟,泥土堆积在山边。

"有人来了。"放下锄头的男子说。

"不必理会,把大坛搬上车。"

"是它了,是它了,终于找到了。"老妇人一面声音颤抖地说,一面还在指点手中展开的一幅画着弯弯曲曲线条的图。

几个人把大坛抬上小手推车,前拉后推,拖着车子咿呀咿呀地走了。车子经过花家兄弟的身边,三个人都闪避一旁,让手推车驶过。双方没有交换话语,因为彼此并不认识。为了闪避手推车,花家兄弟把身子紧贴着石壁,正是这样,花一的鼻子几乎碰着了石壁上的青苔,于是触到了他一直在找寻的植物。

"是它了,是它了,终于找到了。"花一喊。

"原来就躲在这里。"花二也喊起来。

花一花二细心地把植物从湿滑的石壁上挖掘下来,连根带泥一起放在纸袋里。花初三并不认识石壁上的植物,他的视线却被泥土中的一些东西吸引住了。在被翻掘过的土沟深处,仿佛有些青青绿绿质地坚实的东西。他跳到土沟中去细看,拨开浮土和泥层,呈现在他眼前的是一些陶瓷的碎片,年代似乎湮远,真是无意的发现。这次轮到他喊叫起来:我也找到了。

各人都找到了心目中要找的东西。花初三高兴得手舞足蹈,晚上还和妻子说个不停,说是怎样随便到山上走走,怎样走进山洞,怎样碰上几个人,其中一个竟是常常碰见的老人家,发髻上永远插着一支碧绿的发簪。山坡正要被夷平,那几个人一定是把先人的骨灰移走,好安放在别的地方。

"一支碧绿的发簪?"叶重生问。

"年纪很大的老人家,还是妇女。"

"会不会是她呢?"

"是谁?"

"我以前的乳娘。"

"你常常提到的郑苏女?"

"她一定找到祖父的宝藏了。"

海盗乐园

跳鱼湾区在肥土镇各区域中,比较静寂无名。比如说,飞土区是金融中心,南田区有跑马场,银线滩有细沙的海滩,牛角区有巨大的商场,肥水区有观音庙,而跳鱼湾区,没有名胜古迹,也没有现代化的新型建设,提起名字,也只是一个普通的住宅区和工厂区。不过,这地方突然冒现了吸引许多人去的地方,因为濒海的大片土地,经过许多个月的工程,建成了一个叫作"海盗乐园"的游乐场。

"海盗乐园"里可以游玩的地方才多呢,有一半的建筑设在陆上,有一半则在海上。机动的游戏有惊险刺激的过山车,钟摆式摇荡的海盗船,巨大的摩天轮;小型的电动游戏有旋转木马、碰碰车、小汽船等等。还有玻璃迷宫、哈哈镜,各种摊位游戏,仿佛嘉年华会一般热闹。事实上喜欢水上活动的人就更加高兴了,既有淡水的泳池,也有海上的浴场,围绕着海滩的是防鲨网,所以,在这里游泳,不怕会受鲨鱼的侵袭。

除了海浴的范围外,可以在海上划艇,踩水上脚踏车,滑水,还有海盗船定时出没。到乐园来游玩的人,可以打扮成海盗的模样,上船出海游览。出售乐园纪念品的小商店里,各种和海盗有关的玩具、物饰,应有尽有,像海盗布衣和布裤、藏宝地图、海盗布娃娃,其中,最畅销的是女海盗布娃娃,因为那布娃娃并不甜美华丽天真活泼,而是英勇果敢、精明能干,的确像纵横四海的领袖。

"海盗乐园"也有比较宁静的一角,这地方掩映在花草树木之间,是一所小小的"海盗馆"。里面陈列了肥土镇海盗的历史图片,以及文字的报道,还有海盗的服饰、武器、船只、巢寨的实物和照片。这个馆比较少人进去,其中有些早年官府斩杀海盗的照片,看了的确令人惊心,只见沙滩上一具具尸首,西瓜般的头颅滚在血地上。不过,参观过"海盗馆"的成年人,知道了海盗中也有侠义的行为,有的海盗一直保卫肥土镇小岛一带的渔民,从不劫掠,只针对远洋的轮船,那些船带来有毒的阿芙蓉,以及侵略的野心。

叶重生在"海盗馆"中参观的时候,看到一帧女海盗首领的图片,穿着一身普通的衣装,盘扣的布衫和宽阔的布裤,手握一杆长枪。长发在脑后盘成发髻,斜插一支簪。叶重生觉得图中的人似乎很面善,轮廓和神态,正是她年幼时和她生活了许多年的乳娘。于是叶重生相信,她的乳娘真的找到了祖父的宝藏,而用这笔钱兴建了"海盗乐园"以作纪念。

"海盗乐园"的游人非常多,夏天挤满了喜爱水上活动的人,冬天则是陆上的活动吸引了儿童,小孩子爬山洞玩寻宝游戏,捉迷藏,闯迷宫,正是一家大小消磨一天的好所在。"海盗乐园"带动了肥土镇的旅游业,快餐店、玩具店推出许多本土的卡通海盗人物玩具,一刹那间,肥土镇的本土海盗文化掀起一次热潮。还有不少番邦的专家特地来研究,比较。这些,郑苏女可不管了,每天起床,她细意地梳理她的长发,盘成一个髻,插上一支与她永不分离的碧绿玉簪。

肋骨

列百加是个没有名气的天使。真的,有谁听过天使列百加的名字?没有。《圣经》中一次也没有提过他。不过,许多天使都不著名,那些六翼的天使,个个都叫基路伯,也没有自己的名字。列百加是名瘦弱天使,纯朴善良,与所有的天使成为朋友,碰面时称兄道弟。每次和路西法在云端坐坐聊天时,路西法总说他愚蠢,入世未深。

"你是天使,天使不等于天真。"路西法说。

"请您指教。"列百加诚恳受训。

"你别和加百列称兄道弟。"

"天使都是平等的。"

"你能和他比?"

"他是天使长。"

"对了,你不过是边缘的天使,地位卑微。"

不知道为什么,列百加每见路西法一次,就发现自己被对方揪出无数缺点来,渐渐地,他越来越自卑了。比如说,加百列、米迦勒长得气宇轩昂,一站出来就有天使的气派;丘比特虽然像个小孩,却给人活泼可爱的形象。而列百加弱质纤纤,站出去自称天使,真是有损天使美誉。有一次,路西法的一番话,使列百加对自身突然关注起来,疑虑重重。

"你和我们都不一样。"路西法说。

"怎么不一样了,我,哪里出了毛病?"

"你的名字就不一样。"

"列百加有什么不妥?"

"没有不妥,不过,那是女子的名字。"

"你是指?"

"不错,你是女性天使。"

"胡说,天使并无性别。"

"那么为什么你叫列百加,而别的天使都用男子的名字?"

说列百加是女的天使,使列百加很困扰。路西法还说,他大概是加百列的一条肋骨。一个无忧无虑的快乐天使,竟给弄得坐立不安起来。这一阵,所有的天使都很忙碌,连列百加也不例外,因为肥土镇居民向上天祷告，希望上天保佑肥土镇，赐福给当地的居民。上天听了祷告，于是派列百加去传递上天的信息，那是关乎六百万人的。

列百加从来没有当过传递信息的使者，也没有实习过，不知道该怎样做才不致失天使的身份。天使并无信息的文本，只靠记忆来传达口语，所以，天使必须有最好的记忆力，准确地传递信息。到了这个时候，列百加不得不承认那些天使长、大天使的确有非凡的才能。为了好好地执行任务，列百加把《圣经》中关于天使报信的文字细细读过，相信自己必定也能顺利完成。他记得，天使们由于长相和常人迥异，一出现就把人吓个半死。所以开口说的第一句总是"不要怕"。于是列百加下降肥土镇去了，半路上却遇见了路西法。

"有空么，到彩虹上去坐坐，聊聊天。"

"我下肥土镇去。"

"下肥土镇去？你知道肥土镇在哪里？要不要打开地图找找？你会看地图吗？你会讲肥土镇的话语？要不要先学一阵肥土语？"

每次遇见路西法，列百加就会糊糊涂涂起来。事实上，天使认得任何地方，不需要地图；天使能说万国的方言，不必恶补。不过，列百加给路西法的一番话影响，加上满天污浊的气体使飞翔很不流畅，还咳嗽了一阵，一路上飞行，还不断受电波的干扰，竟把传递的信息记不清楚了。列百加尽力摇晃脑袋，糟透了，那信息是什么呢？怎样也记不起来。列百加原本想得很漂亮，一到肥土镇，就显现天使的形象，然后用权威的声音说：不要怕。然后把信息一字一句，清清楚楚说出来。可是现在他竟把信息忘记了。

自障叶

花一花二在红砖房子背后的山洞中找到了令他们惊喜莫名的植物，使他们立刻大叫了一声：找到了。他们找到的是什么东西？原来是传闻中的自障叶。这种奇异的植物似乎从没有人见过，只在古代的典籍中出现。据说，有那么一个人，到市集中去买得了自障叶，相信手上拿着那叶子，就没有人可以见到他了。他在妻子面前试过几次，老是问：见不见到我啊？妻子被他烦死了，顺口说：看不见。他欢喜极了，以为真的隐了形，于是到市集中顺手牵羊，不料给人抓住。他得到的自障叶只是假的隐形叶。从此，人们相信，世界上并没有自障叶。

但看来，自障叶还是有的，只不过不容易被人发现，因为它们本身有一种自障的保护色，叶子的彩色随着环境转变，在白天迹近透明，只能触及，无法目睹。那么，花一花二怎么发现了自障叶呢？就是在山洞中因为要避过别人的手推车，不得不紧靠山洞的墙边。这么一靠，怎么碰到一些柔软的叶子似的东西，却又看不见面前有任何植物？当时脑中电光石火，忽然想到什么，相信可能是久已闻名的自障叶。手推车离开之后，花初三忙于在地上挖掘，花一花二却继续朝山洞幽暗的地方走进去。这次，他们看见洞壁上布满一种闪闪发光的东西，仿佛圣诞树上张挂的灯饰。圣诞树的灯泡是彩色的，山洞中的植物闪烁的却是神秘的浅蓝色荧光，真是一片奇异的景致。

花一花二找到了自障叶。本来，自障叶是肉眼无法见到的，山洞中的自障叶灌木突然发光，是因为叶子上长了寄生的真菌，这种真菌，是蜜环菌，光从菌丝体上发出来。菌会发光，所以又名"亮菌"。花一花二记得，十九世纪在法兰西国际博览会上，光学馆一间特别的展览室中，一盏灯也没有，却明亮悦目，原来是一个个玻璃瓶中培养的细菌发出的光亮，竟可以照明。这原理，就和古人把萤火虫采集在布囊里来照明夜读一样。不过，萤火虫是发光的动物；而植物，也是会发光的。植物会发光，因为体内有荧光素和荧光酶的发光物质。生命在活动过程中要进行生物氧化，荧光素在酶的作用下氧化，同时放出能量，这种能量以光的形式表现出来，就成人类肉眼可见的生物光。生物光是一种冷光，它的发光率很高，有百分之九十五的能可以转变成光，生物光的光色柔和，舒适，若能利用，可给世界带来新的光源。

花一花二找到了自障叶，灵魂不啻飞上了天。他们在洞壁趁着冷光把植物细心连根掘下，带回家去，培植在黑房中，别人用黑房冲印底片，他们则栽种自障叶。自障叶繁殖迅速，兄弟二人就把叶子摘下，混拌含羞草叶，加上昙花的花瓣和蜂蜜，做成特别罕有的蜂蜜糖，他们相信，这种糖可以治梦游症，即使治不好，也没有害处。于是把草药蜂蜜糖制成后，送了两瓶给花顺记，当然，这是不售卖的。一家人闲时吃一颗，都说味道香甜可口。花艳颜尤其喜爱，还送给罗微品尝哩。花一花二见花艳颜喜欢这种蜂蜜糖，也满心高兴，又制了几瓶。他们大半生研究这研究那，怀抱小小的希望和梦想，是否真有所成，原也并不介怀，可是在不相熟的外人眼中，却是游手好闲，迹近痴呆。他们其实是两个病入膏肓的梦游人，从没有醒来。至于花里巴巴也喜欢吃糖喝糖茶，不过，他更喜欢的是这种奇妙的叶子，如果把叶子堆在他的飞毯上，在空中遨游，不是没有人可以看见，不受干扰了么？

幽浮

花初三在灯下仔细观看几件从山洞中挖掘出来的破碎陶片。这些碎陶并非新石器时代中期的遗物，也不属于新石器时代晚期，而是青铜器时代。陶片身上除了保留着早期绳纹和几何印纹的传统外，还有一种经过较高火候烧制而接近结晶的硬陶其中的夔纹，是青铜器时代的主要纹饰。那么，这几件硬陶已经有三千五百多年的历史了。虽然，肥土镇的考古发掘，找到过公元前四千年前的绳纹夹砂陶和划花、镂孔甚至彩绘的泥质陶，证明在那么久远的时代，肥土镇已有先民生活的痕迹。而青铜器的出土，显示了肥土镇的先民铸造过这些用具。从这些文物中，也许可以提供一些线索，追溯到肥土镇的先民不是"蛮夷"，而是"百越人"。

当花初三沉醉于几件陶片的时候，他被消防车的哨笛声惊扰了。消防车似乎就在门外停下，哪里又发生了火灾？花初三跑到楼下抬头张望，消防车接二连三又到了一批，泊在路心，原来是附近一座高楼着火了，居民正从大厦中狼狈地跑出来，许多还穿着睡衣。那座大厦足足有三十五层高，烟火从很高的窗口冒出，消防员走进大厦去了，大厦外的消防车架起了云梯，治防喉接上了水源。可是，楼房那么高，云梯只能升上十多楼，消防喉也只能把水喷上二十楼以下。花初三看见三十多层上的窗户有人挥手，坐在窗台上呼救，但怎样救呢？烟火正在他们背后，眼看快给火舌吞噬了。这时候，消防员在楼下张开了救生气垫，灾场的窗口离地那么高，被困的人敢跳下来么？救生气垫又有没有把握把他们接住？花初三急煞了。

烟越来越密，忽然，花里巴巴出现在花初三旁边，摊开了一幅毯。朦朦胧胧地，花初三踏上毯，那毯就飞起来了，刹那飞到三十多层高的烟窗。花初三仿佛当年年轻而英勇的斧头党员，从窗口上把被困的人一一救出，登上了飞毯，很快把他们带到地面，放在救生气垫上，然后乘着飞毯回到花里巴巴身边。花里巴巴把地毯一卷，带进了屋子。花初三不知道发生了什么事，仿佛大梦一场。当消防车和街上的群众逐渐散去，花初三回到家中，面对桌上的陶片，坐在椅中。刚才有没有发生火警？一切是不是他的梦呢？至于大街上的群众，也弄不清楚事情，只见一片浓烟遮蔽了窗口，什么都看不见，忽然，救生气垫上出现了一堆人。垫上的人迷迷糊糊，相信是舍命跳下来的。消防员庆幸救生网张布的位置精确,终于救了人,他们都得到了嘉奖。

子夜时分,胡嘉在家中的天象馆里打开了圆拱的天窗时,忽然看见一件蓝幽幽的物体在面前飞过。哎呀,会是什么?这么奇怪的东西,胡嘉从来没有见过。怎么好像四四方方的海浴用的大毛巾?会飞行而不知名的物体几乎是圆形的,即使热气球或孔明灯也不例外,那么,四方的飞行物体会是什么?胡嘉跑下天象馆,从楼房的窗子朝外望,那闪闪发光的四方物体停泊在她家花园的草地上。她立刻奔下楼梯,走到花园里的蓝光前面。她看见的是一幅散发着萤火光芒的毯,因为毯上的纹饰、图案和厚度,表述了自身的本质。

胡嘉相信自己是在做梦,只知道她朦朦胧胧地踏上了毯,坐在上面,毯就轻轻地、平平稳稳地飞起来。不久,胡嘉就身在空中了。头上是秋夜晴朗的天宇,缀满了点点繁星。这真是胡嘉从没有过的经验。她一生中看星的次数太多了,多得无法计算,可是,每一次都是在地面上,从来没有试过在半空中。当然,胡嘉搭乘过飞机,但在飞机上根本看不见星。坐在一幅会飞的毯上看星,太奇异了,她从坐的姿势改为躺卧的姿势,因为这样子就不必仰起头来。飞毯很平稳,她俨如躺在舒适的床上。在这么高的空中,用肉眼看星,完全是不同的感觉。没有望远镜,当然就看不见许多遥远的星星,也看不见星的"云彩",但看不见并不等于它们不存在。胡嘉知道,在南方远处,整齐地排列着三颗星,那是著名的猎户座。三颗星的下方,那一团模糊的光斑,周围是淡绿色,像一把扇子的,就是非常美丽的猎户座大星云，距离我们一千五百光年，质量等于三百个太阳的总和。好看的云彩还有很多，麒麟座有一团玫瑰星云，形状仿佛盛开的玫瑰花；天鹅座的网状星云，形同渔网，撒向无边无际的星空海洋；宝瓶座中有耳轮星云，金牛座有蟹状星云。星空中就点缀着这朵朵灿烂的云彩。星云不但瑰丽，还带来信息。比如人马座的B2星云中的乙醇，含量超过人类有史以来酿酒的总量。

一面看星，一面思考，胡嘉愉快极了，她断定自己是在做梦，为什么在肥土镇会有这样的梦呢？为什么她在肥土镇会坐上了飞毯呢？在宇宙之中，怎么会有肥土镇这样的地方？肥土镇是否一朵瑰丽的星云？想起了肥土镇，胡嘉不再看星了，她又改变了姿势，俯卧在飞毯上，观看地面。地面上也有点点的繁星，仿佛那里也是一条银河。肥土镇的灯光闪焕，那是一个小小的宇宙。毯缓缓地飞行，天色渐渐鱼白，灯光转暗。但是肥土镇的地貌清晰起来，蓝色的海、绿色的山、灰色的房舍、褐色的土地。那边的山顶有一座大佛，再过去一点，一片泥黄，宽广的面积正在兴建新的机场。肥土镇的地域不大，四周是海，坐在飞毯上的胡嘉，只觉得缓缓飞行的，不是地毯，而是她所俯瞰的肥土镇，只见肥土镇在海上徐徐漂移，一切安静，曙光初照，这座小岛，传说是飞来的土地，水中浮出来的土地，龟背上的土地。将来，会回到水中淹没，还是默默地继续悠游地浮游，安定而繁荣？

和第一次坐飞毯的时候，相隔了多少年啊。那时候，他们都还是孩子，如今彼此已经是成年人。对于第一次坐飞毯的经验，花里巴巴是永远也不会忘记的。他真的是又惊又喜，和花艳颜一起，单独在一起，是他一世中最快乐的时刻。可是，他原来天生有畏高症，这又使他不敢再坐飞毯。而且，肥土镇的居民不断递增，夜晚日渐热闹，再也不能让地毯出外飞行。但是，没想到过了许多日子，花里巴巴又可以和花艳颜一起坐在飞毯上在肥土镇的夜空中漫游。

当然是因为花一花二发现了自障叶。这种叶子把花里巴巴给迷住了。于是他也和花一花二一般，栽种起这么奇异的植物来。花一花二把自障叶灌木种在红砖房子的花园，花里巴巴则把它种在留仙园里。那些住在仙缘居的旅客常常说，就是那个花园呀，也充满了神秘的气氛，到了深夜，园中一角闪着幽幽的蓝光，白天却是一点也不见。还有，子夜时分，园中会出现一个穿着白衣的飘飘逸逸的影子，时隐时现，不知是人为的布置，还是天然的真实。不管如何，那的确是令人感到又迷惑又神秘的。

梦游症好像一直依附着花艳颜，只不过，发作的日子相隔得远了，常常是几个星期，甚至一季才发作一次。如今的花艳颜，在睡梦中游逛，并不走到遥远的海滨，而是行走到马路对面的留仙园去，沿着小径缓缓步行，经过小亭、小桥、花丛，绕一个圈子又回到花顺记楼上的家中。花里巴巴仍是数十年如一日般警醒，花艳颜离开家门，他就知道了。他守护着她，让她安全过马路，仔细在碎石路上步行，牵着她的手，不让她跌进荷花池里。只有在晚上，在花艳颜梦游的时刻，他可以牵着她的手，和她一起。

如今，他们又一次坐在飞毯上。花里巴巴栽植了自障叶灌木，采摘下叶子，穿插在地毯的纤维里，又把叶子扎在地毯的流苏上。因为有了自障叶，地毯就隐形起来，为了容易把地毯辨认，他总在地毯上插些散发冷光的叶子，于是，飞毯就像一幅发光的飞行物体了，肥土镇的夜游人的确看见了那奇异的幽浮，可他们相信，那是不知名飞行物体，没有人知道是飞毯。

当年在肥土镇居住过一段日子的领事先生，重临肥土镇旅游。这天晚上，老太太站在露台上，又看见飞行的物体。她惊讶地喊起来：是飞毯呀，快来看，是飞毯呀。但她的丈夫把老花眼镜和杂志放下，跑到露台上时，什么也看不见。他说，唉，哪里会有飞毯呢，看你，真是五十年不变，仍然相信世界上有飞毯。坐在飞毯上的花艳颜和花里巴巴在两位老人居住的房舍顶上冉冉飞过，朝郊区的林木山岭飞去。

花里巴巴不敢朝地面俯瞰，只要眼望天空，或者看着花艳颜，他就没有惊畏的感觉。他听见花艳颜轻轻地唱歌，看见她拔下地毯上的自障叶，像吹蒲公英的果实上的茸毛一般，把花粉吹满半空。真像吹肥皂泡哩。花里巴巴也拔下自障叶来，放在嘴唇边吹，那些花丝一条一条飞散了。当地毯在空中飞，自障叶的花、叶、粉、果，就散满空中，渐渐飘下，仿佛细雨，仿佛雾，仿佛霜，仿佛一天一地的蓝色的萤火虫在飞舞。自障叶的花、叶、粉、果，落在楼舍的屋顶，山间的树冠，狭窄的草地，稀落的田圃，还有，落在溪涧、水库，以及微微皱折的海面，落在山崖上的鹰巢，也落在近岸飞行的海鸥的翅膀。

药糖与魔法雨

　　创造者花一花二，绝对没有想到这次他们制造的药糖的效果。效果常常出乎努力创造的人意料。比如有人说，上帝创造了天地万物，还创造了人。可是，人反过来宣称上帝已经死亡。又比如有人说：那些写小说的人，小说写好之后，再也和作者无关，变成另一种事物，得由读者去诠释意义。花一花二创造了特别的药糖，本意只是想医治花艳颜的梦游，哪里知道，这糖竟是一种神奇的魔法糖哩。

　　事实上，花一花二，一直不知道药糖的魔力，因为这种魔力显灵之后，已经超越他们的智力和能力的范围，一如父母孕育了孩子，孩子一旦长大，就有了自己的生命，以至好歹有了自己的命运。花艳颜吃过药糖后，她的梦游症也许已经痊愈，也许一直没有改变，因为，在这么多仔细观察她的人之中，其中一个主要的人，渐渐失去了她。这个人，不是花一花二，不是花初三和叶重生，不是花顺水夫妇，也不是花里巴巴和花可久，而是叙述他们的故事的人，是叙述肥土镇故事的人。

　　花一花二创造出来的糖，真是一种奇异的魔法糖，花艳颜吃了之后，整个人就渐渐在讲故事的人的眼前点点滴滴地隐退。起初还有点朦胧，后来淡化得只留下一个影子的轮廓，然后就完全消失了。花艳颜不见了。而这不见，显然只是相对写故事的人而言，看不见她，听不见她的，只是写故事的人。花艳颜在她父母、兄弟等人的面前相信仍然和以前一样，仍然活生生，是个有血有肉的生灵。因为当花顺记一家人相聚时，叙述者仍看到其他的人，而且听见他们和她说话的声音。叙述者看她不见，听她不闻，可是，仍然可以感知她的存活，她只不过在这时隐了形罢了。说得准确一点，她只是在叙述者的面前消失了。在她生活的那个世界中，她显然仍是她。叙述者欣慰的是，花艳颜虽然隐没了，透过其他的人，围绕在她身边的人，仍可感觉她的存活。而她也俨如在这里那里看见我们，聆听我们。可是这重要的渠道看来也渐渐断绝了。魔法糖奇异的魔力，慢慢挥发，不断扩散，创造者本身似浑然不觉，而写故事的人却一天比一天吃惊。因为魔法糖的魔力，是会传染的，只消花艳颜或者花里巴巴打一个呵欠，魔力立刻传到就近的人身上，而且，花顺记一家人也都吃过几颗药糖哩。于是，花艳颜之后，花可久也隐形了。再过一些日子，叙述者努力追索、重溯的人物都一个一个隐没。起先是叶重生，后来是花初三，然后是花里巴巴、花一花二和花顺水夫妇。写故事的人无可奈何，不知道用什么方法才可以把他们留住。他们都像断了线的风筝，飘远，隐退，最后消失了，也自由了。

　　一般的传染病，只传给同类。比如人类传给人类，蜜蜂传给蜜蜂。但花一花二创造的糖，也不明白是什么原因，竟能跨越生物与非生物的界限，永无止境地传染，不但是人，连蜜蜂、花猫、鸽子、店铺、街道、狐仙、神祇，无一不受影响。于是，有什么办法呢？叙述者奔跑，追逐，记录，拍摄，描绘，捕捉，都无法把一切掌握。

秋天来了，秋雨并不常至，但要来的话，也像夏雨，尽最大的力气，仿佛是对人间的暂别。秋水从水库中化成水蒸气，升上天空，凝聚成云，在肥土镇滴滴淅淅地落下，落在房屋上，落在街道上，落在山上，海上，花上，草上，秋雨无处不降，秋水无处不流泻。这些雨，这些水，都浸浴着、溶汇了自障叶的花粉，渐渐地，肥土镇变得透明起来，随着花顺记的隐没，肥水街消失了。肥水区一点一点空白起来，山石、宝藏、仙缘居、海盗乐园，最后，整个肥土镇，完完全全不见了。摊开一幅肥土镇的地图，地图变成白纸，播放一卷录影带，却是洗刷后的灰暗和雪花。写故事的人的桌上，只剩下空白的书页。

肥土镇的故事

你要我告诉你，关于肥土镇的故事。我想，我已经把我所知道的，你想知道的，都告诉你了，花阿眉。